JOJO
MOYES

Книги
ДЖОДЖО МОЙЕС

До встречи с тобой

Девушка, которую ты покинул

Последнее письмо от твоего любимого

Корабль невест

Один плюс один

Серебристая бухта

Вилла «Аркадия»

Танцующая с лошадьми

Ночная музыка

После тебя

Счастливые шаги под дождем

ДЖОДЖО МОЙЕС

Счастливые шаги
ПОД ДОЖДЕМ

Издательство «Иностранка»
МОСКВА

УДК 821.111
ББК 84(4Вел)-44
М74

Jojo Moyes
SHELTERING RAIN
Copyright © 2002 by Jojo Moyes
All rights reserved
This edition is published by arrangement with Curtis Brown UK and The Van Lear Agency LLC

Перевод с английского Ирины Иванченко

Серийное оформление Ильи Кучмы

Оформление обложки Виктории Манацковой

Издание подготовлено при участии издательства «Азбука».

© И. Иванченко, перевод, 2016
© Издание на русском языке, оформление. ООО «Издательская Группа „Азбука-Аттикус"», 2016
Издательство Иностранка®

ISBN 978-5-389-09785-8

Чарльзу Артуру и Бетти Макки

Пролог

Затем архиепископу надлежит поцеловать правую руку королевы. После чего герцогу Эдинбургскому надлежит подняться по ступеням трона и, сняв свою корону, преклонить колена перед ее величеством, вложить свои сложенные руки в ее ладони и произнести слова присяги:

«Я, Филипп, герцог Эдинбургский, становлюсь твоим вассалом на всю жизнь и буду почитать тебя и служить тебе верой и правдой до самой смерти, защищая от всяческих напастей. Да поможет мне Бог».

Поднявшись, ему надлежит прикоснуться к короне на голове ее величества и поцеловать ее величество в левую щеку.

Подобным же образом надлежит по очереди принести присягу герцогу Глостерскому и герцогу Кентскому.

Из порядка церемонии коронационной службы, 1953 год

Довольно-таки обидно, думала впоследствии Джой, познакомиться с будущим мужем в день, ставший днем принцессы Елизаветы. Или королевы Елизаветы II, как торжественно она была наречена к концу того дня. При всей важности этого события для них обоих оно не вызывало — по крайней мере, у Джой — радостного волнения.

Тот день предвещал дождь, а вовсе не прекрасную встречу. Свинцовые небеса над заливом Гонконга набухли влагой. Медленно прогуливаясь со Стеллой по парку Пика Виктории, Джой сжимала папку с влажными нотными листами, ощущая скользкие от пота подмышки и прилипшую к спине блузку, что отнюдь не прибавляло ей монархического пыла при мысли о приеме в честь коронации в доме Брогэм-Скоттов.

Мать Джой беспокойно металась по дому, взволнованная присутствием отца, вернувшегося из очередной поездки в Китай. Всякий раз его появление, казалось, вызывало резкий спад настроения Элис, и Джой уже не надеялась избежать недовольства матери.

— Не смей это надевать! — нахмурившись и сложив ярко-красные губы в недовольную гримасу, сказала она дочери.

Джой не спускала глаз с двери, с нетерпением ожидая появления Стеллы. Тогда ей не пришлось бы идти на виллу Брогэм-Скоттов с родителями. Джой наврала им, что хозяева попросили заранее принести ноты. Даже пешие прогулки с родителями вызывали у нее морскую болезнь.

— У тебя такой невзрачный вид, милая. Опять ты надела высокие каблуки и будешь над всеми возвышаться.

Это знакомое словечко «милая» должно было подсластить неприятные замечания Элис.

— Я буду сидеть.

— Невозможно сидеть весь вечер.

— Тогда подогну колени.

— Тебе следовало бы надеть широкий пояс. Он тебя укоротит.

— Но врежется в ребра.

— Не понимаю, зачем так упрямиться. Я лишь стараюсь помочь тебе. А ты, похоже, даже не пытаешься выглядеть привлекательной.

— Ах, мама, мне все равно. И никому до этого нет дела. Вряд ли кто-то обратит на меня внимание. Все будут слушать, как принцесса произносит клятву или что-то в этом роде.

«Просто оставь меня в покое, — взмолилась в душе Джой. — Не дай бог весь вечер выслушивать твои колкости».

— Ну а мне не все равно. Люди подумают, что я воспитала в тебе пренебрежительное отношение к вещам.

Для Элис было очень важно, что подумают люди. «В Гонконге все на виду», — любила повторять она. Всегда кто-нибудь на тебя смотрит, кто-нибудь о тебе судачит. «В каком крохотном и скучном мирке мы живем», — хотелось ответить Джой. Но она молчала, хотя это было правдой.

Отец, несомненно, напьется и станет целовать всех женщин в губы, а не в щеку, заставляя их беспокойно озираться по сторонам из опасения, что они сами дали ему повод. Немного расслабившись, он позже накричит на Элис. Хорошая жена не мешала бы мужу чуть повеселиться после нескольких недель изматывающей работы в Китае, ведь все мы знаем, каково это — иметь дело с азиатами! Он очень изменился после вторжения японцев. Но тогда об этом не говорили.

Там были Брогэм-Скотты. И Маршанты, и Дикинсоны, и Аллейны. И все прочие семейные пары, которые принадлежали к особому классу, обитавшему между Пиком и Робинсон-роуд (в те дни в «среднем ярусе» действительно жили представители сословия клерков). Они встречались на вечеринках в Крикетном клубе Гонконга, на скачках в Хэппи-Вэлли, совершали совместные плавания на джонках к отдаленным островам, попивая херес и сокрушаясь по поводу москитов, покупки молока, цен на недвижимость и шокирующей невежественности китайцев. Говорили об Англии, о том, как тоскуют по ней, о приезжающих оттуда теперь, о своей скучной, неинтересной жизни и о том, какой тусклой им казалась тогда Англия, хотя война давным-давно закончилась. Но больше всего судачили друг про друга, причем у военных был в ходу особый язык, приправленный солдатскими шутками, торговцы безжалостно поносили конкурентов, а женщины, соревнуясь в язвительности, примыкали то к одной, то к другой группке.

Но хуже всего, что там был не пропускающий ни одного сборища Уильям — со скошенным подбородком и редкими светлыми волосами, вполне сочетающимися с писклявым голосом. Он, бывало, обнимет Джой за талию влажной рукой и, не спрашивая ее согласия, ведет куда-то. Из вежливости делая вид, что слушает, она заглядывала сверху на его макушку, замечая новые залысины.

— Думаешь, она волнуется? — спросила Стелла.

Ее блестящие волосы были собраны на затылке. Ни один выбившийся волосок не завивался во влажном воздухе, в отличие от волос Джой, которые стремились распушиться, едва их собирали в пучок. Когда Джой закалывала волосы, ее горничная Бей Лин, бывало, хмурилась и ворчала, словно Джой делала это нарочно.

— Кто?

— Принцесса. Я бы волновалась. Как подумаешь обо всех этих свидетелях церемонии...

В последнее время Стелла, щеголявшая по случаю предстоящих торжеств в красной юбке, белой блузке и голубом кардигане, проявляла, как казалось Джой, какой-то нездоровый интерес к принцессе Елизавете. Подруга обсуждала украшения принцессы, ее наряды, вес короны, даже то, как ее муж, наверное, завидует ее титулу, поскольку сам не станет королем. Джой подозревала, что Стелла пытается отождествить себя с принцессой.

— Ну, не все же ее увидят. Многие, как мы, будут только слушать репортаж по радио.

Обе они отступили в сторону, чтобы дать проехать машине, успев мельком заглянуть в нее — нет ли там знакомых.

— Но принцесса может все же перепутать слова. Я бы перепутала. Я наверняка запиналась бы.

Джой усомнилась в этом, поскольку Стелла почти во всем была образцом настоящей леди. В отличие от Джой у Стеллы был рост, приличествующий молодой леди, и она носила элегантные наряды, которые портниха из Цим-Ша-Цуй шила ей по последним парижским фасонам. Стелла никогда не спотыкалась, не дулась в компании и могла без устали болтать с бесконечной чередой офицеров, которых принуждали посещать приемы, чтобы отвлечься от мыслей о неминуемой отправке на корейскую войну.

— Как думаешь, мы останемся до конца?

— До конца церемонии? — выдохнула Джой, пнув камень. — Это займет не один час, все напьются и примутся сплетничать. А моя мать начнет флиртовать с Данканом Аллейном и заговорит о том, что Уильям Фаркухарсон состоит в родстве с Джардинами и имеет все шансы жениться на девушке с моим положением в обществе.

— Я бы сказала, он по росту недотягивает до твоего положения в обществе. — Стелла тоже иногда острила.

— Я специально надела туфли на высоком каблуке.

— Ладно тебе, Джой. Это же здорово. У нас будет новая королева.

— Чему тут особенно радоваться? — пожала плечами Джой. — Мы даже живем с ней в разных странах.

— Но она все-таки наша королева. И почти одного возраста с нами! Подумай только! Это же самый большой прием за много лет. Все там соберутся.

— Но там не будет ничего нового. Неинтересно ходить на вечеринки, где всегда одни и те же люди.

— Ах, Джой, зачем настраиваться на скуку? Полно новых людей, с которыми можно поговорить.

— Но мне не о чем с ними разговаривать. Их интересуют только магазины и тряпки и кто кому навредил.

— Извини меня, — насмешливо произнесла Стелла, — а о чем еще говорить?

— Я не имею в виду тебя. Ты же понимаешь, о чем я. В жизни должно присутствовать много другого. Неужели тебе не хочется поехать в Америку? Или в Англию? Путешествовать по свету?

— Я уже побывала во многих местах. — (Отец Стеллы был капитаном корабля.) — Честно говоря, мне кажется, люди повсюду интересуются одним и тем же. В Сингапуре это была одна сплошная вечеринка с коктейлями. Даже маме стало скучно. Так или иначе, люди не всегда одни и те же. Есть офицеры. Сегодня их там много соберется. И ты наверняка познакомишься не со всеми.

Офицеров собралось много. Широкая терраса на вилле Брогэм-Скоттов, с которой в те редкие моменты, когда на вершине Пика Виктории рассеивался туман, открывался великолепный вид на залив Гонконг, сейчас являла собой море белого цвета. Внутри, под вентиляторами, жужжащими наподобие огромных пропеллеров, бесшумно сновали среди гостей китайские слуги в мягких туфлях, тоже одетые в белые куртки, разнося на серебряных подносах напитки со льдом в высоких бокалах. Гул голосов то перекрывал музыку, то заглушался ею, и сама музыка, казалось, затихала в удушливой влажной жаре. Вымпелы с «Юнион Джеком», развешенные под потолком, болтались, как мокрые тряпки, едва покачиваемые искусственным ветерком.

В углу отделанной мрамором гостиной полулежала в шезлонге, обитом дамастом, обольстительная, томно-бледная Элвин Брогэм-Скотт. Ее, как обычно, окружала толпа предупредительных офицеров. На Элвин было шелковое темно-фиолетовое платье с глубоким вырезом и юбкой в сборку, ниспадающей складками на длинные бледные ноги. У нее под мышками нет пятен от пота, отметила по себя Джой, крепче прижимая руки к бокам. Одну из туфель, отделанных искусственным мехом горностая, Элвин уже сбросила на пол, выставив на обозрение ярко-красные ногти. Джой знала, что именно скажет ее мать, увидев Элвин и досадуя на себя на то, что у нее самой не хватит на это смелости. Дальше ярко-красной помады для губ Элис не шла, но не потому, что не хотела.

Джой и Стелла положили ноты на столик и кивнули в знак приветствия, зная, что миссис Брогэм-Скотт не любит, когда ее прерывают.

— Как мы будем слушать церемонию? — спросила Стелла, с беспокойством озираясь по сторонам в поисках радиоприемника. — Как они узнают, когда все начнется?

— Не волнуйтесь, моя дорогая, у нас еще есть время, — взглянув на часы, ответил Данкан Аллейн. — Не забывайте, что на родине время отстает на восемь часов.

Данкан всегда разговаривал как герой Королевских военно-воздушных сил из фильмов о войне. Девушкам это казалось смешным, однако Элис, к досаде Джой, как будто воображала, что сама она похожа на Селию Джонсон[1].

— А ты знаешь, что ей предстоит принять «живых оракулов Бога»? — восторженно произнесла Стелла.

— Что?

---

[1] *Селия Джонсон (1908–1982)* — английская актриса театра и кино. — *Здесь и далее примеч. перев.*

— Принцессе Елизавете. Во время церемонии. Ей предстоит принять «живых оракулов Бога». Понятия не имею, кто они такие. И ей будут прислуживать четыре кавалера ордена Подвязки. Как думаешь, а они действительно следят за ее подвязками? В конце концов, у нее ведь есть дама, отвечающая за гардеробную. Мне сказала об этом Бетти Уорнер.

Джой заметила мечтательный взгляд Стеллы. Почему это событие не приводит ее саму в восторг? Почему мысли о предстоящем вечере внушают ей только ужас?

— А еще, ни за что не поверишь: при миропомазании миро наносится ей прямо на грудь. По-настоящему. Жаль, мы только услышим все по радио и не увидим, как архиепископ дотрагивается до нее.

— Привет, Джой. Ей-богу, у тебя немного взмыленный вид. Пешком сюда добиралась? — Это был Уильям. Залившись краской смущения, он робко протянул ей руку. — Извини. Я не то хотел сказать, то есть я тоже добирался пешком. И ужасно вспотел. Гораздо сильнее тебя. Взгляни.

Джой подхватила с подноса высокий бокал с розовым напитком и залпом выпила. В тот день не одна принцесса Елизавета принесла свою жизнь в дар стране.

К моменту начала коронации из высоких бокалов было выпито немало розовых коктейлей. Джой, стремившаяся достигнуть обезвоживания в условиях влажности, осушала бокалы один за другим. Коктейли по вкусу мало походили на алкоголь, а мать выпустила ее из поля зрения, поскольку разрывалась между наглой ухмылкой Тоби Джагга[1] на лице Данкана Аллейна и досадой на мужа, который явно наслаждался вечером. Поэтому Джой очень удивилась, увидев, что портрет принцессы Елизаветы, висящий на стене столовой, начинает вдруг двоиться и как будто даже заговорщицки ухмыляться при виде попыток Джой идти по прямой линии.

Несколько часов кряду гул множества голосов, возбужденных обильной выпивкой, то нарастал, то стихал, заполняя собой внушительный первый этаж виллы. Не наделенная даром свободно беседовать, Джой все больше замыкалась в себе. Похоже, ей удается лишь отталкивать от себя людей, а не привлекать их. Она наконец избавилась от Уильяма, сказав ему, что с ним хочет поговорить по какому-то делу мистер Эймери. Стеллу поглотил кружок восхищенных морских офицеров. Рейчел и Джинни, две другие девушки ее возраста, сидели в уголке со своими кавалерами-близнецами, волосы которых сияли от бриллиантина. Освободившись от докучливого внимания со стороны сверстников, Джой сдружилась с высокими бокалами.

Заметив, что ее бокал почему-то опять пуст, она поискала глазами слугу. Слуг как будто поубавилось, или, быть может, ей стало трудно отличать их от прочих людей. Хихикнув про себя, Джой подумала, что им стоило бы носить куртки с «Юнион Джеком». «Юнион джекеты». Или маленькие короны.

---

[1] *Тоби Джагг* — главный герой произведения Денниса Уитли «Преследователь Тоби Джагга», военный летчик, получивший тяжелое ранение и оказавшийся прикованным к инвалидному креслу.

Она смутно различила звуки гонга и смеющийся тенор мистера Брогэм-Скотта, который созывал гостей к радиоприемнику. На миг прислонившись к колонне, Джой стала ждать, пока люди перед ней не продвинутся вперед. Тогда она сможет выйти на террасу и подышать свежим воздухом. Но покачивающиеся людские тела стояли перед ней сплошной стеной.

— О господи... — пробормотала она, — мне надо на воздух.

Джой думала, что произнесла эти слова мысленно, но вдруг кто-то взял ее за руку и тихо проговорил:

— Тогда давайте я помогу вам выйти.

С удивлением Джой обнаружила, что ей пришлось поднять глаза. Ей редко доводилось поднимать взгляд — она была выше всех китайцев и большинства мужчин на приеме. Джой с трудом различила два удлиненных серьезных лица над двумя тугими белыми воротничками, которые склонились к ней. Морской офицер. Или два. Точно она не знала. Так или иначе, один из них взял ее под руку и осторожно повел через толпу к террасе.

— Хотите сесть? Дышите глубже. Я принесу вам стакан воды. — Усадив ее в плетеное кресло, офицер исчез.

Джой с жадностью вдохнула свежего воздуха. Смеркалось, и на Пик опустился туман, скрыв виллу от остальной части острова Гонконг. Единственными признаками того, что она здесь не одна, были отдаленные сиплые гудки барж, бороздящих воды внизу, шелест листьев баньянов и чуть различимая струя чеснока и имбиря, разлитая в неподвижном воздухе.

Именно этот запах доконал Джой.

— О господи... — снова пробормотала она, — о нет...

Оглянувшись, Джой с облегчением заметила, что последние из гостей исчезают в комнате с радиоприемником. Перегнувшись через перила террасы, она долго и шумно блевала.

Наконец она выпрямилась, тяжело дыша, с прилипшими к вискам влажными волосами. Открыв глаза, Джой увидела перед собой того морского офицера, который протягивал ей стакан воды со льдом. Джой лишилась дара речи. Она лишь посмотрела на него в немом ужасе, потом наклонила зардевшееся от смущения лицо к стакану с водой. Быстро протрезвев, она молила лишь о том, чтобы офицер исчез.

— Дать вам носовой платок?

Джой не поднимала лица, хмуро уставившись на свои туфли на высоченных каблуках. У нее в горле застряла какая-то гадость, не желавшая опуститься вниз, несмотря на все ее попытки сглотнуть.

— Послушайте, вот, возьмите.
— Пожалуйста, уходите.
— Что?
— Я сказала: уйдите, пожалуйста.

Если она сейчас же не смоется, ее застукает здесь мать, и начнется светопреставление. Джой прикинула возможные варианты:

ее никуда нельзя брать с собой;

позор ее поведения;

почему она не может быть такой, как Стелла?

что подумают люди?

— Прошу вас. Пожалуйста, уйдите.

Джой понимала, как невежливо это звучит, но страшилась, что ее обнаружат или что во время светского разговора бог знает что может выплеснуться на ее блузку, поэтому выбрала из двух зол меньшее.

Наступила долгая пауза. Из столовой доносились громкие восклицания.

— Мне так не кажется. Думаю, вам лучше пока не оставаться одной.

Голос был не такой молодой, как те возбужденные, резкие голоса большинства офицеров, но без басовитых нот, присущих властным людям. По званию он, должно быть, не выше офицера.

«Почему он не уходит?» — думала Джой.

Но офицер продолжал стоять рядом. На одной штанине его безукоризненных брюк она заметила крошечное оранжевое пятнышко.

— Послушайте, сейчас мне гораздо лучше, спасибо. И мне правда хочется, чтобы вы ушли. Пожалуй, я пойду домой.

Мать придет в ярость. Но Джой скажет, что заболела. И это не будет откровенной ложью. Правду будет знать только этот мужчина.

— Позвольте проводить вас, — произнес он.

Из дома вновь послышался нарастающий шум, а затем чей-то визгливый, немного истеричный смех. Вдруг зазвучала джазовая мелодия и столь же резко оборвалась.

— Держитесь за меня, — сказал офицер. — Я помогу вам подняться.

— Прошу вас, оставьте меня в покое!

На этот раз ее голос прозвучал резко даже для собственных ушей. Ответа не последовало, а потом, затаив дыхание, Джой услышала удаляющиеся шаги, когда он медленно выходил с террасы.

Джой было не по себе, но чувство стыда быстро прошло. Она встала, отпила большой глоток воды со льдом и поспешно, чуть пошатываясь, пошла в дом. Если немного повезет, она сможет сбежать, пока все слушают. Но когда Джой проходила мимо двери гостиной, оттуда начали просачиваться гости. В первых рядах с расстроенным выражением лица и заплаканными глазами шла Стелла.

— Ах, Джой, представляешь?

— Что? — откликнулась Джой, прикидывая, как бы поскорей пройти мимо нее.

— Ах, этот проклятый приемник! Угораздило его сломаться именно сегодня! Невероятно, что у них один на весь дом. Наверняка у всех больше одного приемника в доме.

— Не стоит волноваться, дорогая Стелла, — сказал Данкан Аллейн, одной рукой теребя усы, а другой задержавшись на ее плече чуть дольше, чем того требовало якобы отеческое внимание. — Кто-нибудь мигом принесет приемник из дома Маршантов, и вы ничего не пропустите.

— Но мы пропустим все начало. И никогда больше этого не услышим! Возможно, за всю нашу жизнь не будет другой коронации. О, это просто невозможно!

Теперь Стелла плакала по-настоящему, не обращая внимания на гостей вокруг. Не исключено, что некоторые из них считали священную королевскую церемонию досадной помехой для этой замечательной вечеринки.

— Стелла, я хочу уйти, — прошептала Джой. — Очень жаль, но мне нездоровится.

— Но так нельзя! Подожди хотя бы, когда принесут приемник.

— Завтра я к тебе загляну.

Заметив, что родители вместе с другими гостями сидят вокруг молчащего радио, Джой устремилась к двери. Кивнув слуге, который выпустил ее из дома, она оказалась одна во влажном вечернем воздухе, прислушиваясь к писку москитов и немного сожалея об оставшемся в доме мужчине.

Экспатрианты Гонконга привыкли к хорошей жизни с едва ли не каждодневными вечеринками и ужинами, поэтому по утрам на улицах не часто можно было встретить европейцев. Но вот Джой оказалась в меньшинстве, проснувшись на следующее утро с совершенно ясной головой после досадного происшествия с розовыми коктейлями.

Казалось, все живущие вблизи пика страдают от похмелья. Мимо бесшумно проходили парами китайцы и китаянки, некоторые с тяжелыми корзинами или тележками, но не было видно ни одного европейца. Побеленные дома, стоящие на отдалении от дороги, были увешаны поникшими разноцветными полотнищами, а из окон свешивались портреты улыбающейся принцессы, как будто утомленной излишествами прошлого вечера.

Шлепая по квартире с тиковыми полами, они с Бей Лин разговаривали шепотом, чтобы не разбудить Элис и Грэма, которые до поздней ночи возбужденно и сбивчиво ругались. Джой решила, что стоит отправиться на Новые территории, чтобы заняться верховой ездой. Сегодня домашние с приступами головной боли, которую только усугубит влажная жара, будут в раздраженном оцепенении валяться на диванах под вентиляторами. В такой день не следует оставаться в городе. Но Джой смущало то, что нет никого, кто мог бы вывезти ее из города.

Около десяти она подошла к дому Стеллы, но все шторы были задернуты, и Джой не решилась войти. Отец, на которого она всегда могла рассчитывать, вряд ли встанет раньше полудня. А больше ей не к кому было обратиться. Сидя в плетеном кресле у окна, Джой забавлялась мыслью о том, как бы доехать на трамвае до центра города, а потом сесть на поезд. Но она никогда не ездила туда одна, а Бей Лин отказалась ехать с ней, понимая, что хозяйка очень рассердится, если узнает, что прислуга уехала на прогулку.

— О Боже, храни чертову королеву! — буркнула Джой вслед удаляющейся спине прислуги.

Джой не в первый раз возмущалась ограничениями в своей жизни, как территориальными, так и физическими. Когда вскоре после вторжения японцев в Гонконг колонию покинули женщины и дети, Джой с матерью некоторое время жила в Австралии, и там она испытала неслыханную свободу. Они жили у сестры Элис, Марселлы. Двери ее дома, стоявшего прямо на берегу океана, были всегда открыты для Джой и многочисленных соседей. По сравнению с обитателями Гонконга эти люди казались такими свободными и жизнерадостными.

Элис тоже держалась там непринужденно, она расцвела в сухом жарком климате, где все говорили на ее родном языке, а высокие загорелые мужчины беззастенчиво флиртовали с ней. Там манеры Элис казались верхом изысканности, а наряды поражали воображение. В изгнании Элис удалось предстать именно в таком виде, как ей хотелось: шикарной экзотической космополиткой. Кроме того, Марселла, будучи моложе сестры, уважала ее вкусы и стиль, что было приятно. В этой благоприятной атмосфере Элис меньше обычного беспокоилась за Джой, спокойно отсылала ее на пляж или в торговую галерею — совсем не так, как в Гонконге, где она была постоянно озабочена огрехами во внешности дочери, ее манерами и потенциальными опасностями, с которыми может столкнуться девушка в нецивилизованной стране.

— Ненавижу свою жизнь, — вслух произнесла Джой, дав волю мыслям, которые облаком нависли над ней.

— Мэм? — В дверях стояла Бей Лин. — Вас хочет видеть джентльмен.

— Спрашивает мою мать?

— Нет, мэм, вас. — Она многозначительно ухмыльнулась.

— Пригласи его.

Нахмурившись, Джой пригладила волосы и встала. Меньше всего ей нужно было сейчас общество.

Дверь открылась, и вошел незнакомый мужчина в белой рубашке с коротким рукавом и светло-желтых брюках. Аккуратно подстриженные рыжеватые волосы, удлиненное аристократическое лицо и светло-голубые глаза. Высокий, он пригнулся, проходя в дверь, в чем не было необходимости, — вероятно, по привычке. Моряк, рассеянно подумала Джой. Они всегда пригибаются перед дверями.

— Мисс Леонард... — Мужчина держал перед собой соломенную шляпу, сжимая ее обеими руками.

Джой смотрела на него в оцепенении, не понимая, откуда он знает ее имя.

— Эдвард Баллантайн. Прошу извинить меня за вторжение. Я лишь хотел... Решил, проверю, как вы.

Вглядевшись в лицо мужчины, Джой с ужасом узнала его и покраснела. До сих пор она видела это лицо только в удвоенном варианте. Она невольно поднесла руку ко рту.

— Я позволил себе смелость спросить у вашей подруги ваше имя и адрес. Просто хотел убедиться, благополучно ли вы добрались до дома. И ругал себя за то, что отпустил вас одну.

— Ну что вы, — ответила Джой, упорно глядя себе на ноги. — Со мной все хорошо. Вы очень добры, — немного помолчав, добавила она, понимая, что накануне была груба.

Некоторое время они стояли молча, а потом до нее дошло, что он не собирается уходить. Джой стало настолько не по себе, что мурашки забегали по спине. Никогда она не испытывала такого смущения, как накануне вечером, а теперь оно возвращалось к ней, как навязчивый запах. Почему он не оставит ее в покое? Оставит с ее унижением? Бей Лин замешкалась в дверях, но Джой намеренно проигнорировала ее. Она не станет предлагать гостю напитки.

— На самом деле, — начал он, — я хотел пригласить вас на прогулку. Или сыграть в теннис. Нашему капитану дано особое разрешение пользоваться кортами внизу, в Козуэй-Бей.

— Нет, благодарю вас.

— А нельзя ли попросить вас показать мне некоторые из местных достопримечательностей? Я никогда не бывал в Гонконге.

— Очень жаль, но я как раз собиралась уйти, — ответила Джой, по-прежнему не решаясь на него посмотреть.

Наступила долгая пауза. Он явно пялился на нее. Она это чувствовала.

— Что-то интересное?

— Что-что?

Джой слышала, как сильно колотится у нее сердце. Почему он не уходит?

— Вы сказали, что уходите. Просто... хотелось бы знать... куда?

— Еду кататься верхом.

— Кататься верхом? Здесь есть лошади?

Уловив энтузиазм в его голосе, Джой подняла глаза.

— Не здесь, — сказала она. — По крайней мере, не на острове. На Новых территориях. Друг моего отца держит там конюшню.

— Не возражаете, если я поеду с вами? Дома я немного езжу верхом. А сейчас мне очень этого не хватает. В сущности, я уже девять месяцев не видел лошадей.

Он произнес это с тоской, с какой большинство военных говорят о своих родных. Его лицо словно распахнулось, довольно резкие черты смягчились. Поневоле Джой подумала, что он как-то по-взрослому красив.

Но этот человек видел, как она опозорила себя на террасе.

— У меня есть автомобиль. Я могу вас подвезти. Или просто поехать за вами следом, если это более... удобно.

Джой понимала, что мать придет в ужас, узнав от Бей Лин о том, что мисс Джой уехала на машине с незнакомым мужчиной, но останься она на весь день под пятой матери, отражая ее нападки, это будет намного хуже.

Как же восхитительно было нестись по пустынным дорогам с этим незнакомым высоким веснушчатым мужчиной, который, не дожидаясь ее неловких слов, как другие офицеры, без умолку говорил сам. Говорил о своих лошадях в Ирландии — странно, что у него не было ирландского акцента, — о просторах охотничьих угодий своих родных мест, по сравнению с которыми невыносима нескончаемая скука замкнутого пространства корабля, когда на многие месяцы втиснут с одними и теми же людьми в один и тот же мирок.

Джой не слышала прежде, чтобы человек так говорил — не прибегая в речи к бесконечным обрывочным суждениям, как большинство офицеров, с которыми она общалась. В искренних речах Эдварда не было сумбурности. Он говорил как человек, долгое время лишенный общения, судорожно извергая целые предложения, словно утопающий, который ловит ртом воздух. Фразы у него перемежались взрывами громкого, утробного хохота. Время от времени он останавливался, поглядывая на нее словно в смущении от собственной несдержанности, и умолкал до следующей бурной тирады.

Джой поймала себя на том, что тоже смеется — поначалу робко. Этот незнакомый мужчина помог постепенно высвободиться ее собственному «я», и к тому времени, когда они приехали на конюшню, Джой вся светилась и смеялась, чего с ней раньше не бывало. Элис не узнала бы свою дочь. По сути дела, Джой сама себя не узнавала. Она украдкой бросала взгляды на мужчину рядом с собой, робко отводила глаза, когда он смотрел на нее, то есть в целом вела себя — ну да — как Стелла.

Мистер Фогхилл сказал, что разрешит Эдварду покататься верхом. Джой втайне надеялась на это, и, когда Эдвард стоял с ним во дворе, с почтением рассуждая о знаменитых гунтерах[1] и соглашаясь с превосходством ирландских рысаков над английскими, вдовец утратил всю свою чопорность и даже порекомендовал собственную лошадь, норовистого гнедого жеребца. Мистер Фогхилл потребовал, чтобы Эдвард проехал пару кругов по манежу, проверяя его посадку и руки. Очевидно, увиденное его удовлетворило, и они медленно выехали за ворота, откуда дорога вела в открытую местность.

На этом этапе Джой перестала понимать, чтó на нее нашло. Она все время улыбалась и кивала, хотя непривычный шум в ушах заглушал его слова. Ей трудно было на чем-нибудь сосредоточиться, поэтому она радовалась тому, что держит поводья, уставившись на длинную серую шею перед собой, которая опускалась и поднималась одновременно с цокотом

---

1 *Гунтер* — английская верховая лошадь, предназначенная для охоты с собаками.

копыт. Джой ощущала отстраненность от всего окружающего и в то же время обостренно воспринимала каждую деталь. Например, руки Эдварда. Или веснушки. Или две складки, пролегающие у рта, когда он улыбался. Она не заметила даже, что ее шею облепили москиты, забравшиеся под собранные на затылке волосы и впивавшиеся в бледную нежную кожу.

Но больше всего Джой нравилось, что Эдвард хороший наездник. Как высоко и непринужденно он держался в седле, как умело тянули его руки поводья, не травмируя лошадиную пасть. Одной рукой он время от времени гладил лошадь или прихлопывал зазевавшуюся муху. Джой бывала в конюшне с другим мужчиной, который поначалу ей нравился, застенчивым банкиром, другом ее отца. Но однажды она увидела, как он, не в силах скрыть свой страх, беспокойно заерзал на лошади, когда та пошла рысцой, и робкое увлечение Джой рассеялось, как дым на ветру. А Уильяма она даже и близко к себе не подпускала. Стоило раз увидеть иного мужчину верхом на лошади, и всякая симпатия к нему пропадала. Только сейчас Джой почувствовала мощную притягательность мужчины, умеющего хорошо ездить верхом.

— Были когда-нибудь в Шотландии? — спросил Эдвард.

— Что?

— Эти проклятые москиты. — Он хлопнул себя по шее. — Везде достанут!

Джой вспыхнула и опустила глаза. Они поехали дальше.

Небо постепенно темнело и нависало над ними, и Джой не понимала, от чего промокла ее одежда — от влажного воздуха или пота, и почему к коже прилипают травинки и семена. Эта атмосфера, казалось, заглушает все вокруг, даже звук лошадиных копыт, которые казалось, были обернуты фланелью. Они сами чувствовали, что завернуты в теплое влажное одеяло. Высоко над ними сарычи на фоне Львиной горы висели, как черные капли влаги, словно бы не в силах пошевелиться. Листья, задевающие ее ботинки, оставляли следы влаги, хотя дождя не было.

Если Эдвард и замечал, что мысли Джой беспорядочно перескакивают с одного на другое, или что она то и дело вспыхивает, не находя слов, или что лошадь, воспользовавшись ее рассеянностью, объедает кустарник, то ничего не говорил. Джой немного успокоилась, когда они пустили лошадей легким галопом по дороге вдоль рисового поля, а вскоре Эдвард подъехал к придорожной лачуге, чтобы купить ей четвертинку дыни. И только теперь Джой осознала, что смотрит на него без смущения. В один из таких моментов Джой поняла, что у нее развязалась лента и волосы упали на плечи влажными спутанными прядями. Но если Эдвард это и заметил, то не показал виду, а просто протянул руку с носовым платком и отвел с ее лица прядь волос. Это прикосновение подействовало на Джой, как удар тока, и она долго не могла прийти в себя.

— Знаете, Джой, я прекрасно провел время, — задумчиво произнес Эдвард, когда они отводили лошадей во двор. — Вы даже не представляете себе, что для меня значит верховая езда.

Джой понимала, что пришло время ей заговорить, но боялась сказать какую-нибудь несуразицу и, хуже того, выдать незнакомое, страстное желание, невесть откуда взявшееся. А если она ничего не скажет, что он тогда про нее подумает?

— К тому же немногие из знакомых девушек умеют ездить верхом. Дома девушки из моей деревни — как бы это сказать — чересчур упитанные. Деревенские девушки. Во всяком случае, езжу верхом я обычно не с такими. А в портах, куда мы приходим, девушки любят ходить на коктейли и блистать остроумием, а я не очень в этом силен. У меня была однажды девушка — вы немного на нее похожи, — но она... Ну, все это в прошлом. И я не встретил пока никого, с кем мне будет всегда хорошо.

Ах, как же Джой хотелось поцеловать его! И хотелось закричать. Но она лишь улыбнулась и кивнула, украдкой бросая на него взгляды из-под влажных прядей и в то же время ругая себя за свое неожиданное превращение в девушку того типа, который она всегда презирала. Джой не знала, чего хотеть от мужчины, — ей не приходило в голову, что она может что-то хотеть. А теперь ее тянуло к Эдварду, но не потому, что он какой-то особенный, а потому, что он сплошное отрицание: не заставляет ее смущаться, верхом на лошади не выглядит мешком с рисом и не смотрит на нее так, словно хочет видеть на ее месте кого-то другого. Джой переполняло какое-то чувство — более сильное, чем тошнота, но точно так же выбивающее из колеи.

— Спасибо вам. Как бы то ни было, я прекрасно провел время. — Эдвард почесал голову, не глядя на нее, и волосы у него встали дыбом. — Хотя я знаю, что вы не хотели, чтобы я пришел.

После этих слов Джой в ужасе воззрилась на него, но он смотрел в сторону. Она не знала, как уверить его, что он неправильно ее понял, что она не прогоняла его, а спасалась от тошноты. Но в то же время Джой не хотела вспоминать о том происшествии и не хотела, чтобы Эдвард запомнил ее такой. Ах, где же Стелла, когда она так нужна? Она знает, как разговаривать с мужчинами. Джой рассудила, что лучшим ответом будет краткое «нет», но они уже двигались к конюшне верхом на лошадях, устало кивающих опущенными головами.

Эдвард вызвался отвести лошадей в конюшню, и мистер Фогхилл предложил Джой освежиться в дамской комнате. Взглянув на себя в зеркало, она поняла, что мистер Фогхилл очень заботлив. У нее был вид пугала. Влажные вьющиеся волосы спутались. Джой попыталась расправить их пальцами, но они встали дыбом. Потное лицо испачкано дорожной пылью, на белой рубашке — зеленоватые следы от лошадиной слюны, там, где лошадь потерлась о нее, когда она спешилась. Джой принялась яростно тереть лицо влажным полотенцем, ругая себя за то, что не вспомнила о таких простых вещах, как расческа или запасная лента. Стелла ни за что не забыла бы. Однако Эдвард встретил ее широкой улыбкой, словно ее туалет был безупречен. Только тогда она заметила, что его брюки заляпаны пятнами от пота и красноватой грязи, а чистые лишь внизу, поскольку мистер Фогхилл одолжил ему сапоги.

— Экипаж подан, — сказал Эдвард с ухмылкой, глядя на себя самого. — Вам придется показывать дорогу. Я не имею ни малейшего представления, где мы сейчас.

На обратном пути Эдвард держался более спокойно, и Джой острее воспринимала собственное молчание. Она показывала дорогу, но, хотя и чувствовала себя в его обществе непринужденно, не знала, о чем с ним говорить. Не хотелось болтать о пустяках, но как сказать Эдварду, что за четыре часа он перевернул ее мир? Джой увидела его глазами другие земли, цветущие зеленые поля с охотничьими собаками, эксцентричных сельских жителей и мир без вечеринок с коктейлями. Его речь, лишенная фальши и заумностей, сильно отличалась от манерного языка экспатриантов Гонконга. Широкие веснушчатые руки говорили о доброте, любви к лошадям и о чем-то еще, что заставляло ее сердце сжиматься.

— Жаль, что не встретил вас раньше, — произнес он, и ветер отнес его слова в сторону.

— Что вы сказали? — Джой поднесла ладонь к уху.

— Я сказал, жаль, что не встретил вас раньше. — Он сбавил скорость, чтобы она услышала его. Мимо них, громко гудя, пронесся автомобиль, набитый морскими офицерами. — Я... я не знаю. Просто обидно, что я послезавтра отбываю.

— Что? — Джой похолодела. — Вы хотите сказать...

— Мы отплываем через два дня. У меня остается один день на берегу, а потом мы направляемся в корейские воды.

Джой была не в силах скрыть ужас. Это слишком жестоко. Встретить кого-то — встретить его, — и он должен так скоро уехать...

— Надолго? — спросила она тонким дрожащим голосом, совсем не похожим на ее голос.

Эдвард повернулся к Джой и, уловив что-то в ее лице, посмотрел вперед, собираясь остановить машину.

— Думаю, мы сюда не вернемся, — глядя на нее, сказал он. — Сделаем свое дело вместе с янки в корейских водах и отправимся в Нью-Йорк. Пробудем в море несколько месяцев.

Говоря это, он смотрел ей прямо в глаза, словно подводя ее к мысли о невозможности контактов для человека, который всегда в пути.

Джой почувствовала, что у нее сейчас расколется голова. И, как она заметила, задрожали руки. Как будто ей вручили ключ от тюремной камеры, но оказалось, ключ резиновый. К своему ужасу, она поняла, что сейчас расплачется.

— Не могу, — кусая губы, тихо произнесла она.
— Что?

Эдвард потянулся к ней, едва не коснувшись ее руки.

— Не могу вот так отпустить вас. Не могу отпустить.

На этот раз Джой говорила громко, глядя прямо ему в глаза. Говоря это, она сама не верила своим словам, совершенно непозволительным для девушки ее воспитания. Но слова эти сами выскакивали изо рта наподобие твердых теплых камушков, падая к его ногам как подношение.

Последовала долгая, напряженная пауза, когда она думала, что умрет. Потом Эдвард взял ее за руку. Ее ладонь была сухой и теплой.

— Я думал, что не нравлюсь вам, — сказал он.

— Мне никогда никто не нравился. Вернее сказать, раньше не нравился. Раньше мне ни с кем не было так хорошо. — Теперь Джой говорила быстро и невнятно, не пытаясь контролировать слова, но Эдвард не отодвинулся от нее. — Мне бывает так трудно разговаривать с людьми. Здесь нет никого, с кем мне хотелось бы общаться. За исключением Стеллы, моей подруги. А когда вы пришли сегодня утром, мне стало так стыдно за вчерашнее, что проще было отослать вас, чем пытаться быть с вами любезной. Но потом вы остались, и мы поехали на машине, и все прочее. Я не испытывала ничего подобного. Не было такого, чтобы меня не критиковали. Чтобы просто сидеть и человек тебя понимал.

— Я подумал, вы мучаетесь от похмелья, — со смехом произнес он.

Но она была так переполнена чувствами, что не смогла засмеяться в ответ.

— Я согласна со всем, о чем вы сегодня говорили. Все, о чем вы говорили, я испытала сама. Но конечно, не охоту, потому что я не бывала на охоте. Но все, что вы говорили о вечеринках, о людях и о том, что иногда лошади вызывают бо́льшую симпатию, чем люди, и что вы не против, если люди посчитают вас немного странным, — это ведь и про меня тоже. Про меня. Как будто я слушала собственные мысли. Поэтому я не могу... не могу вас отпустить. А если вы ужаснетесь моим словам и посчитаете меня самым бесцеремонным и навязчивым существом, то и пусть, потому что впервые за всю жизнь я была самой собой.

По пылающим щекам Джой сползли две тяжелые соленые слезинки, как дань переживаниям после произнесения самой долгой своей речи за взрослую жизнь. Она пыталась сдержать слезы, испытывая одновременно ужас и восторг от содеянного. Она унизилась перед этим незнакомым человеком, и ее мать, а возможно, и Стелла расценят ее поведение как недопустимое. Сказав ему, что ей все равно, она покривила душой. Если сейчас он отвернется от нее, произнесет какие-нибудь вежливые банальности о том, как чудесно он провел день и как она, должно быть, устала, она продержится до дома, а потом найдет способ... да, убить себя. Потому что ей невмоготу будет скользить по поверхности, когда она успела погрузиться в прохладную, умиротворяющую глубину. «Скажи хотя бы, что понимаешь, о чем я говорю, — взмолилась она про себя. — Мне будет этого довольно».

Наступило долгое, мучительное молчание. Мимо с ревом промчалась очередная машина.

— Пожалуй, нам лучше вернуться, — сказал Эдвард, кладя руку на руль, а другой включая передачу.

Джой замерла и очень медленно, плавно прислонилась к спинке сиденья. Она все поняла неправильно. Да, разумеется. С чего она взяла, что подобный всплеск чувств завоюет уважение мужчины, не говоря уже о его сердце?

— Простите, — прошептала она, опуская голову. — Простите меня.

Господи, какой же дурой она была!

— За что? — спросил Эдвард, отводя с ее лица влажную завесу волос. — Я хочу поговорить с вашим отцом.

Джой беспомощно на него посмотрела. Неужели он собирается сказать отцу, что она дурочка?

— Послушайте, — сказал он, дотронувшись до ее лица рукой, пахнувшей потом и лошадьми. — Знаю, вы подумаете, что это немного неожиданно. Но, Джой, если вы согласны, я хочу попросить у него вашей руки.

— Вы ведь не думаете, что мы согласимся? — произнесла ее мать, лицо которой выражало ужас и изумление. Неужели ее дочь сумела вызвать в мужчине столь сильное чувство? Плохое настроение Элис только усугублялось тем, что к их возвращению она не успела привести себя в порядок. — Мы даже не знаем его. — Она говорила так, словно Эдварда в комнате не было.

— Я сообщу вам все, что пожелаете узнать, миссис Леонард, — проговорил Эдвард, вытянув перед собой длинные ноги в испачканных брюках.

Джой оглядывала его, ошеломленная счастьем обладания. Остаток пути она провела в состоянии шока, чуть не истерически смеясь над безумием совершенного ими поступка. Она его не знает! Он не знает ее! И тем не менее, неловко держась за руки, они заговорщицки улыбались друг другу. И так вышло, что она по своей воле отдала свою жизнь в его руки. Она не ожидала найти кого-то. Даже не собиралась искать. Но он, казалось, знает, что делает, и знает лучше ее, что правильно, а что нет. И похоже, нисколько не обеспокоен тем, как предстанет со своим умопомешательством перед ее родителями.

Эдвард перевел дух и быстро заговорил:

— Мой отец — судья в отставке, они с матерью переехали в Ирландию, где разводят лошадей. У меня есть брат и сестра, оба старше меня и оба состоят в браке. Мне двадцать девять лет, служу на флоте уже почти восемь лет после окончания университета. Помимо морского жалованья, у меня есть доверительная собственность.

Легкое сморщивание материнского носа при упоминании Ирландии уравновесилось словами «доверительная собственность». Однако Джой пристально вглядывалась в лицо отца, в надежде заметить признаки одобрения.

— Это так неожиданно. Не понимаю, почему бы вам не подождать.

— Вы полагаете, что любите ее?

Отец, откинувшись в кресле, с джином и тоником в руке, внимательно посмотрел на Эдварда. Джой покраснела. Эти произнесенные вслух слова показались ей почти непристойными.

Эдвард посмотрел на нее долгим взглядом, потом взял за руку, заставив снова покраснеть. Ни один мужчина не прикасался к ней в присутствии родителей.

— Не знаю, может ли пока каждый из нас назвать это любовью, — медленно произнес он, обращаясь в основном к Джой, — но я не такой уж молодой и глупый. Я был знаком со многими девушками и точно знаю, что Джой — не такая, как все.

— Можете повторить это? — сказала мать.

— Могу сказать лишь, что, пожалуй, смогу сделать ее счастливой. Будь у меня больше времени, я бы сумел успокоить вас. Но дело в том, что мы совсем скоро отплываем.

Джой не приходило в голову усомниться в силе его чувства. Она лишь испытывала жгучую радость оттого, что это чувство не уступает ее собственному. Ошеломленная тем, что ее назвали исключительной в хорошем смысле, она не сразу почувствовала, что у него вспотела рука.

— Слишком поспешно, Грэм. Скажи им. Они совсем не знают друг друга.

Джой заметила, как возбужденно блестят глаза матери. «Она завидует, — подумала вдруг Джой. — Завидует, потому что разочарована собственной жизнью, и ей невыносима мысль, что кто-то собирается вырвать меня из моей».

Словно пытаясь что-то постичь, отец продолжал разглядывать Эдварда. Тот выдержал его взгляд.

— Да, в наше время все происходит быстро, — сказал Грэм, сделав знак Бей Лин принести еще напитков. — Ты же помнишь, как это было в войну, Элис.

Джой с трудом подавила дрожь восхищения. Сжав руку Эдварда, она ощутила легкое ответное пожатие.

Отец осушил стакан, делая вид, будто на минуту поглощен чем-то за окном.

— Итак, допустим, я скажу «да», молодой человек. Что вы намерены предпринять в ближайшие полутора суток?

— Мы хотим пожениться, — затаив дыхание, произнесла Джой.

Она подумала, что теперь может говорить, раз зашел разговор о сроках. Отец как будто не слышал ее. Он разговаривал с Эдвардом.

— Я прислушаюсь к вашим пожеланиям, сэр.

— В таком случае я вас благословляю. На помолвку.

Сердце Джой подпрыгнуло и замерло.

— Можете пожениться, когда получите следующий отпуск на берегу.

В комнате повисла напряженная тишина. Джой, стараясь не поддаться разочарованию, смутно различала за дверью шаркающие шаги Бей Лин, которая метнулась на кухню сообщить новость поварихе. Мать переводила взгляд с дочери на отца. Что подумают люди?

— Если у вас серьезные намерения в отношении друг друга, вам не трудно будет подождать. Можете купить кольца, сделать объявление, а поженитесь позже. — Отец тяжело опустил стакан на лакированный столик, словно сообщая решение суда.

Повернувшись, Джой посмотрела на Эдварда, а тот медленно и глубоко выдохнул.

«Пожалуйста, не соглашайся с ним, — умоляла она про себя. — Скажи, что хочешь жениться прямо сейчас. Возьми меня с собой на твой большой серый корабль».

Но Эдвард промолчал.

Пристально глядя на него, Джой испытала первое разочарование, первое смутное и горькое осознание того, что человек, на которого она возлагала большие надежды и которому доверилась, может оказаться не таким, как она полагала.

— Когда это произойдет? — спросила она, пытаясь унять дрожь в голосе. — Когда вы рассчитываете сойти на берег?

— Следующая стоянка будет в Нью-Йорке, — произнес Эдвард немного извиняющимся тоном, — но должно пройти около девяти месяцев. Может быть, даже год.

Джой, выпрямившись, бросила взгляд на мать. Та уже перевела дух и чуть улыбалась снисходительно, словно говоря: «Ах эти молодые люди. Им может казаться, что они влюблены, но посмотрим, что будет через полгода». Джой с тоской поняла, что Элис хочет доказать свою правоту. Она ищет подтверждения того, что настоящей любви не существует и каждый в конечном итоге приходит к жалкому браку, как у нее. Если родители и думают, что это охладит ее пыл, они ошибаются.

— Тогда увидимся через девять месяцев, — сказала Джой, глядя в голубые глаза новоявленного жениха с той уверенностью, которую в тот момент испытывала. — Только... пишите мне.

Открылась дверь.

— Боже, храни королеву! — промолвила Бей Лин, входя с подносом напитков.

Глава 1

Октябрь 1997 года

Сразу за рыбной таможней стеклоочистители в машине Кейт наконец замерли, а потом покорно соскользнули к капоту — в тот самый момент, когда сильный дождь перешел в ливень.

— Ах, черт побери! — воскликнула она, сворачивая в сторону и щелкая переключателем на приборной доске. — Ничего не видно. Милая, если я съеду на следующую площадку, ты сможешь высунуть руку и протереть ветровое стекло?

Сабина подтянула колени к груди и сердито посмотрела на мать:

— В этом нет никакого смысла. Можно с тем же успехом остановиться.

Кейт остановила машину, опустила боковое окно и попыталась протереть свою половину ветрового стекла концом бархатного шарфика.

— Нам нельзя останавливаться. Мы же опаздываем. Ты не можешь пропустить паром.

Мать была в целом мягким человеком, но, уловив эту стальную нотку в ее голосе, Сабина поняла, что только цунами может помешать ей сесть на паром.

И это не было чем-то неожиданным — за последние три недели она много раз слышала эту нотку. Столкнувшись с еще одним подтверждением собственной беспомощности перед матерью, Сабина обиженно выпятила нижнюю губу и в молчаливом негодовании отвернулась.

Кейт, тонко чувствуя переменчивые настроения дочери, отвела взгляд.

— Знаешь, если бы ты не настраивала себя на негативное отношение, то могла бы хорошо провести время.

— Как я могу хорошо провести время? Посылаешь меня в дом, где я была дважды за всю жизнь, погостить в городе на болоте у бабушки, которую ты так любишь, что не виделась с ней несколько лет, блин! Чтобы я стала кем-то вроде прислуги при дедушке, который скоро даст дуба. Здорово! Ну и каникулы. Всю жизнь мечтала.

— Ой, смотри! Снова заработали. Попробуем добраться до порта. — Кейт вывернула руль, и обшарпанный «фольксваген» выехал на мокрую дорогу, веером разбрызгивая по сторонам грязную воду. — Послушай, нам неизвестно, что твой дед настолько болен, очевидно, он просто ослаб. И я считаю, тебе полезно на время уехать из Лондона. Ты почти не встречалась с бабулей, и пока она совсем не состарилась, или ты не уехала в путешествие, или что-то еще, вам не помешает немного пообщаться.

Сабина, отвернувшись, смотрела в боковое окно.

— Бабуля. Ну прямо как в игре «Счастливые семьи».

— И я знаю, она будет очень благодарна за помощь.

Сабина так и не повернулась. Она отлично знала, почему ее отправляют в Ирландию, и мать тоже это знала, но если уж она такая лицемерка и не может этого признать, то пусть не ожидает, что Сабина будет с ней откровенна.

— Левый ряд, — не поворачиваясь, сказала она.

— Что?

— Левый ряд. Чтобы попасть на паромный терминал, надо ехать в левом ряду. О господи, мама, почему ты не носишь эти чертовы очки?

Кейт повернула в левый ряд, игнорируя протестующие сигналы за спиной, и, следуя ворчливым наставлениям Сабины, поехала к указателю «Пешие пассажиры». Найдя унылую парковку, она остановилась перед безликим серым зданием. Почему офисы иногда так удручающе выглядят, рассеянно подумала она. Когда машина и стеклоочистители остановились, из-за дождя здание начало быстро заволакиваться словно дымкой, и все вокруг превратилось в импрессионистский пейзаж.

Кейт, для которой без очков большинство предметов сливались в импрессионистскую дымку, смотрела на силуэт дочери, пожалев вдруг, что у них не будет теплого прощания, как это бывает у других матерей и дочерей. Ей хотелось сказать Сабине, насколько мучителен для нее уход Джеффа и как ей жаль, что дочь уже в третий раз наблюдает семейные разлады. Кейт хотела сказать Сабине, что посылает ее в Ирландию, чтобы оградить от горьких сцен, которые они с Джеффом и не пытались скрыть теперь, когда подходили к концу их шестилетние отношения. Еще ей хотелось сказать, что у Сабины есть и бабушка, а не только мать.

Но Сабина обычно не давала ей ничего сказать, ощетинившись колючками, как мрачный маленький дикобраз. Если Кейт говорила дочери, что любит ее, то ее называли персонажем из «Домика в прерии». Если же она пыталась обнять Сабину, то та уклонялась. «Как это получилось? — без конца спрашивала себя Кейт. — Я была так уверена, что наши отношения сложатся иначе, что у тебя будет свобода, которой я была лишена. Что мы станем друзьями. Как вышло, что ты начала меня презирать?»

Кейт научилась скрывать от дочери свои чувства. Сабина терпеть не могла, когда мать о чем-то просила, а если становилась излишне эмоциональной, это раздражало ее еще больше. Поэтому Кейт просто достала из сумки билет и щедрую, на ее взгляд, сумму денег и вручила дочери.

— Так вот, плавание займет около трех часов. Похоже, будет немного штормить, но, боюсь, у меня нет ничего от морской болезни. Прибудешь в Росслер примерно в полпятого, и бабушка встретит тебя около справочного бюро. Не хочешь, чтобы я написала записку?

— Думаю, я смогу запомнить «справочное бюро», — сухо произнесла Сабина.

— Что ж, если все-таки что-то пойдет не так, то на корешке билета найдешь телефонные номера. И позвони мне, когда приедешь, чтобы я знала.

Знала, что путь свободен, с горечью подумала Сабина. Мать действительно считает ее глупой. Действительно думает, будто Сабина не понимает, что происходит. За последние несколько недель столько раз ей хотелось накричать на мать: «Я знаю, что ты знаешь.

Знаю, почему вы с Джеффом расходитесь. Знаю про тебя и этого проклятого Джастина Стюартсона. И вот зачем ты отсылаешь меня прочь на несколько недель — чтобы мы с Джеффом не мешали твоим шашням».

Но почему-то, несмотря на весь ее гнев, до этого не доходило. Потому, наверное, что мать казалась такой печальной, такой поникшей и несчастной. Но все же напрасно Кейт рассчитывала, что Сабина уедет молча.

Они уже несколько минут сидели в машине. Временами дождь утихал, и тогда они видели перед собой очертания унылого терминала, но потом он вновь припускал, превращая картинку в размытую акварель.

— Так к моему возвращению Джефф уже уйдет?

Говоря это, Сабина вздернула подбородок, и ее слова прозвучали скорее вызывающе, чем вопросительно.

Кейт посмотрела на нее.

— Возможно, — медленно проговорила она. — Но ты по-прежнему сможешь видеться с ним, когда захочешь.

— Так же, как я в любое время могла видеться с Джимом.

— Тогда ты была совсем маленькая, дорогая. И все усложнилось, потому что у Джима появилась новая семья.

— Нет, все усложнилось, потому что у меня появлялся один чертов отчим за другим.

Кейт дотронулась до плеча дочери. Почему никто не скажет, что роды не такая уж большая мука?

— Пойду, пожалуй, — пробубнила Сабина, открывая дверь машины. — Не хочу опоздать на паром.

— Дай провожу тебя до терминала, — сказала Кейт, чувствуя, как на глаза наворачиваются слезы.

— Не беспокойся, — ответила Сабина, хлопнув дверью и оставив Кейт в одиночестве.

В море довольно сильно штормило. Дети с визгом проносились взад-вперед по ковровой дорожке на подносах из кафетерия, а их родители скользили из стороны в сторону по пластиковым скамьям, попивая напитки из банок и время от времени разражаясь приступами громкого смеха. Другие, пошатываясь, толпились в кафетерии в очереди за дорогими чипсами, игнорируя сохнущие под пищевой пленкой салаты, или играли на автоматах, с которых неслись резкие нестройные звуки. Судя по количеству семей и почти полному отсутствию нетрезвых, воскресные морские путешествия были популярны среди туристов.

Сабина села у окна, отгородившись от раздражающей публики стереоплеером. Это были люди, похожие на тех, что она видела на придорожных станциях техобслуживания или в супермаркетах. Люди, которых не особенно беспокоила их одежда и прически или их манера сидеть и разговаривать. Вот такой она увидит Ирландию, мрачно сказала она себе, слушая басовое звучание компакт-диска. Отсталая. Бескультурная. Совсем не крутое место.

В тысячный раз Сабина проклинала мать за эту ссылку, за то, что ее оторвали от друзей, от дома, от привычной жизни. Это будет настоящий кошмар. У нее нет ничего общего с этими людьми, бабка с дедом для нее в сущности незнакомцы. Она оставила

Дина Бакстера на растерзание Аманде Галлахер как раз в тот момент, когда думала, что у нее с ним что-то получится. Хуже всего, что у Сабины нет с собой даже мобильника и компьютера для связи. Пришлось признать, что компьютер великоват для перевозки. К тому же мать сказала, что не собирается оплачивать международные звонки с ее телефона, на котором и так долг. Типа «ты зря на это рассчитываешь». Зачем она так сказала? Скажи она матери, что рассчитывает на это, и та завела бы разговор о том, что следовало отдать ее в частную школу.

Итак, Сабину не просто отправили в ссылку, но и оставили без мобильника и электронки. Однако, мрачно вглядываясь в пенящееся Ирландское море, Сабина все же радовалась тому, что ей не придется испытать на себе нескончаемое напряжение от медленного и болезненного разматывания матерью и Джеффом опутавшей их домашней паутины.

Она раньше Джеффа догадывалась, что это должно произойти. Догадывалась с того вечера, когда, спускаясь из своей комнаты, услышала, как мать шепчет в телефон: «Знаю. Я тоже хочу тебя видеть. Но понимаешь, он сейчас просто невыносим. А я не хочу все усугублять».

Сабина замерла на ступенях, потом громко кашлянула. Мать с виноватым видом резко положила трубку, а когда дочь вошла в гостиную, чересчур оживленно произнесла: «Ах, это ты, милая! Я не слышала тебя наверху! Как раз думала, что приготовить на ужин».

Обычно мать не готовила ужин. Она была та еще стряпуха. Эту обязанность выполнял Джефф.

А потом она увидела *его*. Джастина Стюартсона. Фотограф из национальной газеты левого толка. Человек, самомнение которого не позволяло ему ездить на обшарпанной машине матери, и он пользовался подземкой. И еще он с важностью носил кожаный пиджак, модный лет пять назад, и брюки цвета хаки с замшевыми сапогами. Уж как он старался разговорить Сабину, отпуская замечания по поводу музыкантов андеграунда, которых она могла знать, пытаясь цинично и со знанием дела говорить о музыкальном бизнесе. Она тогда бросила на него, как ей казалось, испепеляющий взгляд. Сабина знала, зачем Джастин пытается завоевать ее доверие, но этот номер не пройдет. Мужчины за тридцать пять не могут быть крутыми, даже если думают, что понимают в музыке.

Бедный старый Джефф. Бедный старомодный Джефф. Он сидел дома по вечерам и, нахмурившись, занимался пациентами, которых никак не удавалось принудительно отправить в психушку. Стараясь не допустить, чтобы еще несколько психов окончили жизнь на улице, он обзванивал все психиатрические клиники Центрального Лондона. Чертовски трудное занятие. А мать с рассеянным видом входила и выходила, делая вид, что это ее волнует, вплоть до того дня, когда Сабина спустилась вниз и стало очевидно, что Джефф все знает, потому что он бросил на нее долгий вопрошающий взгляд, как бы говорящий: «Ты знала? И ты, Брут?» Джеффа, как психиатра, одурачить было трудно, и, встретив его взгляд, Сабина постаралась выразить сочувствие и осуждение жалкого поведения матери.

Никто из них не узнал, как горько она рыдала. Джефф немного раздражал, был чересчур серьезным, и Сабина никогда не думала о нем как об отце. Но он был добрый, хорошо готовил, и при нем мама была вменяемой. К тому же он жил в семье с ее детства. По сути дела, дольше любого другого. А вот при одной мысли о том, что мама с Джастином Стюартсоном занимаются *этим*, ее начинало тошнить.

В полпятого объявили, что до Росслера остается несколько минут хода. Сабина встала со своего места и пошла к высадке пеших пассажиров, стараясь не обращать внимания на небольшое волнение. До сих пор она лишь раз путешествовала одна, во время той злополучной поездки в Испанию к Джиму, предыдущему партнеру матери. Он хотел уверить Сабину, что она по-прежнему часть его семьи. Мать хотела уверить ее, что у нее по-прежнему есть, так сказать, отец. А стюардесса на борту «Бритиш эруэйз» старалась уверить ее, что она очень большая девочка, раз путешествует одна. Но с того самого момента, когда Джим встретил Сабину в аэропорту со своей новой беременной подружкой, которая шла за ним, настороженно поглядывая, Сабина знала, что ничего хорошего из этого не выйдет. Потом она еще только раз виделась с Джимом, который пытался привлечь ее к общению с младенцем. По выражению лица подружки можно было понять, что она совсем не хочет привлекать Сабину. Сабина не обижалась на нее. В конце концов, этот младенец не был кровным родственником, и ей не хотелось, чтобы в доме крутился какой-то ребенок предыдущего партнера.

Двери распахнулись, и Сабина оказалась на движущейся ленте, вокруг которой были толпы переговаривающихся людей. Она собралась снова надеть наушники, но побоялась пропустить какое-нибудь важное объявление. Меньше всего ей хотелось позвонить матери и сказать, что она потерялась.

Сабина огляделась по сторонам, пытаясь представить себе, как выглядит ее бабушка. Последняя ее фотография была снята больше десяти лет назад, когда Сабина прошлый раз гостила в ирландском доме. У нее сохранились лишь смутные воспоминания, но на снимке была красивая темноволосая женщина с высокими скулами, со сдержанной улыбкой смотрящая на Сабину, которая поглаживала маленького серого пони.

«А что, если я ее не узнаю? — с тревогой думала Сабина. — Обидится ли она?»

Открытки бабушки на дни рождения и Рождество всегда были короткими и формальными, без каких-либо намеков на чувство юмора. Из скупых слов матери можно было понять, что ошибиться очень легко.

Потом Сабина заметила какого-то мужчину, который стоял, прислонившись к стойке информации, и высоко держал кусок картона со словом «Сабина». Он был среднего роста, жилистый, с густыми, темными и коротко остриженными волосами. Вероятно, одного возраста с матерью. И еще Сабина заметила, что у него только одна рука. Другая заканчивалась пластиковой кистью с полусогнутыми пальцами, какие бывают у магазинных манекенов.

Сабина непроизвольно поднесла руку к волосам, поправляя их, потом подошла, стараясь изобразить беззаботность.

— А ты изменилась, бабушка.

Пока она подходила, он недоуменно смотрел на нее, размышляя, та ли это девушка. Потом улыбнулся и протянул ей здоровую руку:

— Сабина, я Том. Ты старше, чем я думал. Твоя бабушка сказала, что тебе... — Он покачал головой. — Понимаешь, она не приехала, потому что к Герцогу пригласили ветеринара. Я тебя отвезу.

— Герцогу? — переспросила Сабина.

У него мелодичный ирландский акцент, какой бывает только в телесериалах, мимоходом подумала она. У бабушки совсем не было акцента. Сабина старалась не смотреть на пластиковую руку, воскового цвета и какую-то неживую.

— Старый конь. Ее любимец. У него больная нога. И твоя бабушка не любит, чтобы за ним ухаживал кто-нибудь другой. Но она сказала, что вы увидитесь в доме.

Значит, бабушка, которую она не видела почти десять лет, вместо того чтобы встретить ее, предпочла остаться и ухаживать за какой-то паршивой лошадью. Сабина почувствовала, как у нее на глаза наворачиваются непрошеные слезы. Что ж, этого достаточно, чтобы понять отношение к ее визиту.

— Она души в нем не чает, — осторожно произнес Том, беря у Сабины сумку. — Я бы не стал придавать этому значение. Уверяю, она с нетерпением ждет твоего приезда.

— Что-то непохоже. — Сабина метнула взгляд на Тома, а не посчитает ли он ее обидчивой.

Она ненадолго приободрилась, когда они вышли на парковку. Не из-за машины — огромного обшарпанного «лендровера», хотя он был, конечно, круче маминого авто, — но из-за груза: двух громадных шоколадных лабрадоров, шелковистых и изгибистых, как тюлени. Бурно приветствуя людей, собаки радостно повизгивали.

— Белла и Берти. Мать и сын. Давай перелезай назад, глупая псина.

— Берти?

Сабина скривилась, не переставая поглаживать две чудные головы и уклоняясь от влажных носов, которые тыкались ей в лицо.

— Они все на «Б», сверху донизу. Как и гончие, только те все на «Х».

Сабине не хотелось спрашивать, о чем он говорит. Она села на переднее сиденье и пристегнула ремень. С некоторой тревогой она спрашивала себя, как Том собирается вести машину без одной руки.

Как оказалось, необычным образом. Пока они неслись по серым улицам Росслера, а потом выехали по главной улице к парку Кеннеди, Сабина пришла к выводу: дело не в том, что Том неуверенно держит рычаг переключения. Его рука неплотно держала рычаг, постукивая о пластмассовую головку, когда машина подпрыгивала на ухабах.

Сабина подумала, что эта дорога домой мало что обещает. На мокрых узких улочках портового городка не видно было магазинов, по которым ей захотелось бы пройтись. Как она успела заметить, они были забиты в основном старомодным нижним бельем для старух или автодеталями. Вдоль улиц шли живые изгороди, за ними стояли современные коттеджи, некоторые со спутниковыми тарелками, напоминающими плесень, растущую из кирпичей. Место это мало напоминало типичный пригород. Там был парк, названный в честь покойного президента, но Сабина считала, что в ней вряд ли проснется тяга к зеленым насаждениям.

— И чем же можно заняться в Уэксфорде? — спросила она Тома, и тот на миг повернулся к ней и рассмеялся.

— Нашей столичной девочке уже скучно, да? — дружелюбно спросил он, и она совсем не обиделась. — Не беспокойся. Когда будешь уезжать отсюда, спросишь себя, чем же можно заниматься в городе.

В это как-то не верилось.

Чтобы отвлечься, Сабина стала думать о руке Тома, лежавшей сейчас на ручном тормозе рядом с ней. Ей не доводилось раньше встречать человека с протезом конечности. Прикрепляет ли он ее каким-то клеем? Снимает ли на ночь? Кладет ли в стакан с водой, как соседка Маргарет свою вставную челюсть? А всякие практические дела — как он надевает брюки? Однажды Сабина сломала руку, и оказалось, что она не может одной рукой застегивать молнию на брюках. Приходилось просить маму помочь. Сабина поймала себя на том, что украдкой бросила взгляд на его ширинку — а нет ли там «липучки», — но потом быстро опустила глаза. Том может подумать, что она с ним заигрывает, и хотя он симпатичный, у нее нет намерения поиграть с «одноруким бандитом».

Том заговорил с ней только еще раз, спросив о матери.

Сабина с удивлением посмотрела на него:

— Откуда вы ее знаете? Вы, должно быть, живете здесь очень давно.

— Не совсем. Жил здесь в юности. А потом уехал работать в Англию через пару лет после нее.

— Она никогда о вас не упоминала.

Произнеся эти слова, Сабина поняла, как грубо они прозвучали, но Том, казалось, не обиделся. Она заметила, что он ответил не сразу, а чуть помедлив, словно взвешивая слова.

— Не знаю, насколько хорошо она меня помнит. Я работал на дворе, а она никогда особо не увлекалась лошадьми.

Сабина уставилась на него, обуреваемая желанием задать и другие вопросы. Как-то странно было представить мать в этих краях, в компании однорукого конюха. Для нее Кейт вписывалась только в городское окружение — в их дом в Хакни, с его ничем не покрытыми полами, комнатными растениями в подставках и артхаусными постерами, заявляющими об их либеральных ценностях среднего класса. Или ее можно было встретить в экзотических кафе на Кингсленд-роуд за увлеченными беседами со вспыльчивыми подругами, увешанными длинными серьгами, и она старалась отсрочить тот противный момент, когда ей придется вернуться к написанию статьи. Или она приходила домой в восторге от только что увиденного претенциозного фильма, тогда как реалист Джефф ругал его за отклонение от традиционных художественных приемов немецкой школы. Или что-то в этом роде.

При мысли о Джеффе у Сабины сжалось сердце, и она опять разволновалась. А напишет ли он ей, на миг подумала она. Понимая, что он расстается с матерью, Сабина испытывала неловкость. Она не знала, как теперь вести себя с ним. Возможно, Джефф скоро найдет новую подружку, как Джим, потом Джастин Стюартсон бросит маму, и та впадет в уныние, спрашивая, почему мужчины такие сволочи. Что ж, Сабина не станет ей сочувствовать. И ни за что не согласится поехать на каникулы с Джеффом, если тот обзаведется новой семьей. Это точно.

— Вот мы и приехали, — сказал Том.

Сабина не помнила, каков дом снаружи, только то, что он большой. Но с детства помнила его внутри: повсюду лестницы из темного дерева и бесконечные коридоры, запахи горящих дров и воска, и лисьи мордочки. Она помнила эти лисьи морды, развешенные в соответствии с датой кончины каждого зверя, выступающие из маленьких щитов и бессильно скалящие со стен свои зубы. Сабине тогда было шесть лет, и они приводили ее в ужас. По нескольку минут она сидела скорчившись на ступенях и ожидая, что проходящий мимо человек поможет ей скрыться от чудовища. Из дворовой жизни она помнила лишь грустного ослика, который непрерывно кричал, стоило уйти с его поля, и ей приходилось оставаться. Мама и Джим думали, что она в него влюблена, и говорили всем, какой ослик милый. Сабина не могла объяснить, что ослик шантажирует ее, и радовалась, когда кто-то заставлял ее вернуться в дом.

Теперь она заметила обветшалый фасад дома, высокие георгианские окна с облупившейся краской, растрескавшиеся и покосившиеся подоконники, зияющие, как беззубые рты. Когда-то это был, очевидно, великолепный дом — самый роскошный из тех, что она видела. Но теперь он, сильно постарев, стал похож на человека, который перестал заботиться о себе и лишь ждет предлога удалиться. «Мы с ним в чем-то похожи», — с сочувствием подумала Сабина.

— Надеюсь, ты привезла с собой шерстяные вещи, — почти не разжимая губ, сказал Том и поднял ее сумку на ступени. — Тут ужасно сыро.

Он позвонил, через несколько минут дверь открылась, и перед Сабиной предстала высокая женщина в брюках из твида и резиновых сапогах, которая счищала с кардигана клочки сена. Черты ее лица говорили сами за себя — она была стара, но отличалась стройной фигурой. Женщина протянула Сабине руку, и пальцы ее неожиданно оказались широкими и толстыми, как сардельки.

— Сабина, — с улыбкой произнесла она и, чуть помедлив, протянула другую руку, словно ожидая объятия. — Извини, что не встретила тебя на пристани. День выдался такой суматошный.

Сабина не знала, подойти к ней или нет.

— Привет, — буркнула она, не в силах вымолвить «бабушка». Потом смущенно затеребила волосы, не зная, куда девать руки. — Рада... рада видеть тебя.

Бабушка отвела руки, продолжая стоять с немного натянутой улыбкой.

— Да-да... Путешествие прошло хорошо? На этом пароме бывает ужасно. Сама с трудом выдерживаю.

— Было нормально. — Сабина услышала, как собственный голос переходит в шепот. Она чувствовала за спиной присутствие Тома, который прислушивался к этому нелепому разговору. — Немного штормило. Но ничего страшного. — (Наступила долгая пауза.) — Конь в порядке?

— Нет, не совсем. Бедняга! Но мы дали ему лекарство, чтобы ночью лучше спал. Привет, Белла, девочка моя, привет, привет. Да, знаю, Белла, ты очень хорошая девочка. Эй, Берти, не смей ходить наверх.

Старая женщина наклонилась и погладила блестящую шкуру собаки, потом повернулась и вошла в прихожую. Том жестом пригласил Сабину войти и, бросив сумку на ступени, отсалютовал и проворно спустился по лестнице.

У Сабины возникло детское желание попросить его остаться, и она замерла на месте. С возмущением она подумала, что бабушка не поблагодарила Тома за то, что встретил ее внучку. Даже не представила его. Ростки обиды, проклюнувшиеся в душе Сабины утром при отъезде из Лондона, постепенно набирали силу. Медленно войдя в прихожую, она закрыла за собой массивную дверь.

На нее сразу же обрушились запахи и звуки, пробудившие детские воспоминания. Мастика для пола. Старые ткани. Клацанье собачьих когтей по плиточному полу. Где-то за бабушкой, энергично вышагивающей по коридору, Сабина различала важное тиканье дедушкиных часов, такое же размеренное, как десять лет назад, во время ее последнего визита. Правда, теперь рост позволял ей видеть поверх столов — все эти фигурки бронзовых лошадей, стоящих или замерших в прыжке над бронзовыми изгородями. На стенах висели написанные маслом картины с изображением лошадей, с указанными именами — Моряк, Ведьмин Каприз, Большая Медведица, словно это были портреты полузабытых членов семьи. Они почему-то подействовали на Сабину успокаивающе. «Тогда ты не нервничала, — сказала она себе. — Подумай, это же твоя бабушка. И возможно, она беспокоится, как бы лучше устроить свою внучку».

Но казалось, бабушка хорошо умеет это скрывать.

— Мы поместим тебя в голубую комнату, — сказала она наверху, указывая на комнату в дальнем конце площадки. — Отопление не слишком хорошее, но у меня есть миссис Х., которая будет разжигать камин. И тебе придется пользоваться нижней ванной, потому что здесь нет горячей воды. Я не смогла дать тебе комнату получше, поскольку в ней живет твой дедушка. А на стенах в нижней комнате есть плесень.

Стараясь сдержать дрожь в холодной запущенности комнаты, Сабина огляделась по сторонам. Это был какой-то любопытный гибрид 1950-х и 1970-х годов. Голубые обои в стиле шинуазри в какой-то степени сочетались с бирюзовым грубошерстным ковром. Шторы, обшитые золотой парчой, были великоваты для этого окна. В углу стоял допотопный умывальник на чугунных ножках, а ближе к камину висело тонкое зеленоватое полотенце. Над каминной доской помещалась акварель, изображающая лошадь с тележкой, а на другой стене у кровати висел неумелый портрет молодой женщины, возможно матери Сабины. Девочка то и дело оглядывалась на дверь, сознавая молчаливое присутствие деда в одной из комнат неподалеку.

— В шкафу висит несколько вещей, но там найдется достаточно места для твоей одежды. Это все, что ты привезла?

Бабушка опустила глаза на ее сумку, а потом огляделась по сторонам, словно ожидая увидеть что-то еще.

Сабина не ответила.

— У вас есть компьютер?

— Что-что?

— У вас есть компьютер?

Спрашивая, она уже знала ответ. Можно было догадаться по виду этой комнаты.

— Компьютер? Нет, здесь нет компьютеров. А зачем тебе компьютер? — Голос бабушки был отрывистым, непонимающим.

— Для электронной почты. Чтобы держать связь с домом.

Бабушка, казалось, не услышала ее.

— Нет, — повторила она. — У нас тут нет никаких компьютеров. Теперь можешь распаковать вещи, а потом мы выпьем чая, после чего ты заглянешь к дедушке.

— Здесь есть телевизор?

Бабушка внимательно посмотрела на нее:

— Да, телевизор есть. Сейчас стоит в комнате у деда, потому что он любит смотреть поздние новости. Думаю, иногда сможешь брать его.

Они не успели еще войти в гостиную, а на Сабину уже навалилась депрессия. Даже появление миссис Х., низенькой, пухлой и вкусно пахнущей домашним хлебом и ячменными лепешками, не улучшило ее настроения, несмотря даже на дружеские расспросы о плавании по Ирландскому морю и здоровье матери. Избавления не было. Том оказался здесь самым молодым, а ему было столько же лет, сколько и ее матери. Не было телевизора и компьютера, и Сабина еще не выяснила, где телефон. И, пока ее нет дома, Аманда Галлахер похитит у нее Дина Бакстера. Все это сущий ад.

За чаем в гостиной бабушка казалась чем-то обеспокоенной. Она окидывала комнату невидящим взором, словно пытаясь решить какую-то проблему. Время от времени она неуклюже поднималась со стула, быстро шла к двери и выкрикивала какие-то приказания миссис Х. или кому-то другому, поэтому Сабина решила, что бабушка не привыкла к долгим чаепитиям и тяготится необходимостью сидеть здесь с внучкой. Она не спросила о матери Сабины. Ни разу.

— Тебе надо сходить к лошади? — чтобы дать им обеим предлог уйти, спросила наконец Сабина.

Бабушка с облегчением посмотрела на нее:

— Да-да, ты права. Надо посмотреть, как там мой мальчик. — Она встала, стряхивая с брюк крошки, и к ней немедленно подскочили собаки. Подойдя к двери, бабушка обернулась: — Хочешь увидеть конюшни?

Сабине страшно хотелось уйти, чтобы в одиночестве упиваться растущей тоской, но она понимала, что это невежливо.

— Ну ладно, — недовольно произнесла она.

Тоска по Дину Бакстеру может подождать еще полчаса.

Ослика давно не было. «Ах он бедняжка», — обронила бабушка. Но в остальном во дворе все осталось по-прежнему. Там определенно было веселее, чем в доме. По проходу между стойлами ходили согнувшись двое худощавых мужчин со швабрами и грохочущими ведрами. Они раскладывали сено по прямоугольным отсекам, из которых доносились звуки царапающих цементный пол копыт или глухие удары в деревянные перегородки. Из стоящего на перевернутом ведре плоского транзистора неслись какие-то мелодии.

Глядя на все это, Сабина смутно припомнила, как ее подняли к одной из дверец и она завизжала в упоительном ужасе, когда к ней из темноты приблизилась огромная вытянутая морда.

— Полагаю, сегодня ты устала и не захочешь ездить верхом, но я заказала тебе из Нью-Росса опрятного меринка. Будешь на нем ездить.

У Сабины отвисла челюсть. Ездить верхом?

— Я уже давно не езжу верхом, — запинаясь, произнесла она. — С самого детства. То есть... мама не говорила мне...

— Ладно, потом поищем в кладовке. Какой у тебя размер обуви? Четвертый? Пятый? Могут подойти старые сапоги твоей матери.

— Прошло уже пять лет. Я перестала ездить.

— Да, ездить в Лондоне — настоящая скукотища, так ведь? Однажды я была в конюшне в Гайд-парке. Чтобы добраться до травы, пришлось перейти шоссе.

Бабушка широкими шагами пересекла двор, чтобы отругать одного из помощников за то, как он сложил солому.

— Но мне не особенно хочется.

Бабушка не слышала ее. Взяв швабру у одного из мужчин и резко взмахивая ею, она стала показывать ему, как надо подметать.

— Послушай, я... Мне не так уж нравится верховая езда.

Тонкий, высокий голос Сабины прорезался сквозь шум, и все посмотрели на нее. Бабушка остановилась как вкопанная и медленно повернулась к Сабине:

— Что?

— Мне не нравится. Верховая езда. Я как-то переросла ее.

Работники переглянулись, и один глупо ухмыльнулся. Сказать такое в Уэксфорде было, вероятно, равнозначно признанию: «Я убиваю младенцев» или «Я ношу трусы наизнанку, чтобы сэкономить на стирке». Проклиная себя за это, Сабина почувствовала, что краснеет.

Бабушка с минуту безучастно смотрела на нее, потом повернулась в сторону конюшни.

— Не глупи, — пробормотала она. — Ужин ровно в восемь. С нами будет твой дед, так что не опаздывай.

Сабина в одиночестве без малого час прорыдала в своей сырой, отдаленной комнате. Она ругала проклятую мамашу, отправившую ее в это дурацкое место, проклинала чопорную, неприветливую бабку вместе с ее глупыми чертовыми лошадьми, проклинала Тома — ведь он заставил ее поверить в то, что все не так уж плохо. Она проклинала и Аманду Галлахер, которая — Сабина точно знала — будет встречаться с Дином Бакстером, пока она здесь страдает. Проклинала также ирландские паромы, которые продолжают ходить в гнусную погоду. Проклинала бирюзовый ковер за его отвратительный вид. Узнай кто-нибудь, что она живет в подобной комнате, ей придется эмигрировать. Навсегда. Потом Сабина села и стала ругать себя за то, что дошла до такого состояния — побагровевшее, пятнистое и сопливое лицо, — вместо того чтобы очаровывать окружающих большими печальными глазами и чистой кожей.

— Вся моя жизнь — адская мура! — запричитала она, потом поплакала еще немножко, потому что слова, сказанные вслух, звучали гораздо жалостней.

Когда Сабина медленно спустилась по лестнице, дед уже сидел за обеденным столом. Она сразу заметила его трость, зажатую между коленями и высовывающуюся из-под стола. Потом, обойдя угол гостиной, Сабина увидела его сутулую спину, неловко привалившуюся к спинке высокого стула. Стол был накрыт на троих, и между ними было свободное пространство сияющего красного дерева. Дед сидел при свете свечи, уставившись в никуда.

— А-а... — медленно произнес он, когда внучка появилась в поле его зрения. — Ты опоздала. Ужин в восемь. Восемь.

Костлявый палец указывал на стенные часы, которые сообщили Сабине, что она опоздала на семь минут. Сабина взглянула на деда, раздумывая, извиниться или нет.

— Ну, садись, садись, — сказал он, опустив руку на колени.

Сабина огляделась по сторонам и села напротив деда. Таких старых людей она еще не видела. Кожа, под которой угадывалась форма черепа, была испещрена морщинами. Над виском пульсировала маленькая жилка, выпячиваясь, как проникший под кожу червяк. Сабина почувствовала, что ей мучительно смотреть на деда.

— Значит... — его голос замер от усилия, — ты юная Сабина?

Ответа не потребовалось. Сабина просто кивнула.

— И сколько тебе лет? — Его вопросы произносились с нисходящей интонацией.

— Шестнадцать, — сказала она.

— Как?

— Мне шестнадцать. Шестнадцать, — повторила она.

Господи, он глух как пень.

— А-а... Шестнадцать. — Он помолчал. — Хорошо.

Из боковой двери появилась бабушка.

— Ты здесь. Принесу суп.

В этих словах «ты здесь» бабушка умудрилась дать Сабине понять, что та опоздала. «Что творится с этими людьми? — с тоской подумала Сабина. — Зачем им планировать все по минутам?»

— Собаки стащили твою тапку, — выкрикнула бабушка из соседней комнаты, но дед, похоже, не расслышал.

После некоторых колебаний Сабина решила не передавать это сообщение. Зачем ей отвечать за результат?

Суп был овощной. Настоящий, не консервированный, с кусочками картофеля и капусты. Сабина съела — хотя дома отказалась бы, — потому что проголодалась в этом холодном жилище. Признаться, суп был довольно вкусный.

Все сидели в молчании, и Сабина решила, что следует проявить дружелюбие, поэтому сказала:

— Суп вкусный.

Дед медленно поднял лицо, с шумом прихлебывая суп из ложки. Она заметила, что белки глаз у него молочно-белые.

— Что?

— Суп, — громче повторила она. — Он очень вкусный.

Минут через девять в холле пробили часы. Послышался судорожный вздох невидимой собаки.

Старик повернулся к жене:

— Она говорит про суп?

— Сабина говорит, он вкусный, — не поднимая глаз, громко подтвердила бабушка.

— Ох-ох! Что это? — спросил он. — Не пойму, что за вкус.

— Картошка.

Сабина поймала себя на том, что прислушивается к тиканью часов в холле. Казалось, тиканье становится громче.

— Картошка? Ты сказала, картошка?

— Верно.

Долгая пауза.

— А в нем нет сладкой кукурузы?

— Нет, дорогой. — Бабушка промокнула рот полотняной салфеткой. — Никакой кукурузы. Миссис Х. знает, что ты не любишь кукурузу.

Дед повернулся к своей тарелке, изучая содержимое.

— Я не люблю кукурузу, — медленно произнес он, обращаясь к Сабине. — Ужасная гадость.

Сабина боролась с истеричным желанием смеяться и плакать одновременно. У нее было ощущение, что она попала в какую-то ужасную второсортную телепрограмму, в которой остановилось время и никто не спасется.

«Надо ехать домой, — сказала она себе. — Мне не вытерпеть здесь и нескольких дней. Я увяну и умру. Они найдут мое окоченевшее тело в комнате с бирюзовым ковром и даже не смогут понять, отчего я умерла — от холода или скуки. Как мне не хватает любимых передач по телику».

— Ты ездишь на охоту?

Сабина подняла глаза на деда, который наконец доел суп.

— Нет, — тихо ответила она.
— Что?
— Нет, я не езжу на охоту.
— Она очень тихо говорит, — громко сказал он жене. — Пусть говорит погромче.

Бабушка, собрав пустые тарелки, дипломатично вышла из комнаты.

— Ты говоришь очень тихо, — заявил дед. — Говори громче. Это невежливо.

— Извини, — вызывающе громко произнесла Сабина.

Глупый старикашка.

— Так с кем ты охотишься?

Сабина огляделась вокруг, захотев вдруг, чтобы вернулась бабушка.

— Ни с кем! — почти выкрикнула она. — Я живу в Хакни, в Лондоне. Там нет охоты.

— Нет охоты?
— Нет!
— О-о-о! — Дед был сильно удивлен. — А где ты ездишь верхом?

О господи, это невозможно!

— Я не езжу. Там негде ездить.
— А где ты держишь лошадь?
— У нее нет лошади, дорогой, — сказала бабушка, входя с большим серебряным подносом, накрытым се-

ребряной крышкой, как это делали, по мнению Сабины, только дворецкие из комедий. — Они с Кэтрин живут в Лондоне.

— О-о-о... Да... Лондон?

«Ах, мама, приезжай и забери меня, — умоляла про себя Сабина. — Прости, что я плохо относилась к тебе, Джеффу и Джастину. Просто приезжай и забери меня. Обещаю, что не буду больше докучать тебе. Заводи себе сколько угодно неподходящих приятелей, и я ничего тебе не скажу. Буду заниматься и останусь на повышенном уровне. Я даже перестану таскать у тебя духи».

— Ну что, Сабина, любишь с кровью или прожаренный?

Бабушка подняла серебряную крышку, и в воздухе разнесся аромат бифштексов, уложенных горкой на блюде в окружении жареного картофеля и плавающих в густом темном соусе.

— Можешь съесть то и другое, дорогая. Я отрежу. Давай, не хочу, чтобы все остыло.

Сабина в ужасе уставилась на нее.

— Мама не сказала тебе, да? — тихо спросила она.

— Сказала — что?

— Что-что? — раздраженно переспросил дед. — О чем вы там? Говорите громче.

Сабина медленно покачала головой, жалея, что приходится видеть напряженное, сердитое выражение бабушкиного лица.

— Я вегетарианка.

Глава 2

Всё очень просто. И очевидно. Если гостья принимала ванну в нижней ванной комнате, то должна в течение пяти минут по окончании омовения уничтожить все улики своего пребывания: мокрые полотенца, шампунь, мочалку, даже зубную щетку и пасту. Или же гостья может ожидать, что менее чем через полчаса все это будет свалено на полу у двери ее спальни.

Если гостья хочет позавтракать, то ей надлежит к половине девятого быть внизу, в комнате для завтрака. Не в столовой, разумеется. И не в четверть десятого, когда уже полдня прошло и у миссис Х. есть чем заняться, вместо того чтобы ждать, пока все позавтракают, хотя сама она об этом не скажет. На завтрак подается каша и тост с медом или конфитюром, то и другое в серебряных вазочках. И никакого шоколада, никаких пирогов.

Гостья не жалуется на холод. Следует нормально одеваться, а не бродить по дому почти нагишом и сетовать на сквозняки. То есть надевать толстые свитера и брюки. А если у гостьи мало теплой одежды, то следует сказать об этом, потому что в большом комоде ее навалом. Только невоспитанный человек станет говорить, что эта одежда пахнет плесенью или что на вид она такая, словно ее когда-то носили албанские сироты. Гостье не разрешается ходить по дому в кроссовках, их надо держать чистыми в коробке. Следует найти в кладовке пару высоких резиновых сапог. А если гостья собирается устроить истерику по поводу пауков, то она должна сначала встряхивать вещи.

Есть еще правила, о которых нет нужды напоминать. Например, не пускать собак наверх. Или не оставлять сапоги в гостиной. Или не переключать телевизионные каналы с любимых новостных каналов деда. Не начинать есть до того, как всем принесут еду. Не пользоваться телефоном, предварительно не спросив разрешения. Не греться на кухонной плите. Не принимать ванну вечером и не наливать воду выше шести дюймов.

После недельного пребывания Сабина узнала уйму правил. Казалось, сам дом, как и бабка с дедом, отличается привередливостью и придирчивостью. У себя дома она росла почти без всяких правил. Мать находила удовольствие в том, что позволяла ей самой выстраивать свою жизнь, как бы по методу Монтессори. Поэтому, сталкиваясь с этими бесконечными малопонятными ограничениями, Сабина все больше возмущалась и расстраивалась.

Это продолжалось до тех пор, пока Том не научил Сабину самому важному правилу, которое вернуло в ее жизнь малую толику свободы: никогда не ходи по дому или двору медленнее, чем принято в Килкаррионе. При этой энергичной, целеустремленной поступи подбородок вздернут, глаза устремлены вдаль. Идя с правильной скоростью, удается отклонить любые вопросы типа: «Куда ты идешь?», или «Что ты делаешь?», или «Помоги мне вычистить конюшню, привести лошадей, отцепить трейлер, вымыть из шланга собачий сарай» и тому подобное.

— Дело не только в тебе, — объяснил Том. — Она не выносит, когда кто-нибудь бездельничает. Это ее нервирует. Вот почему все мы так делаем.

Поразмыслив, Сабина поняла, что это справедливо. Сабина не видела в доме никого, за исключением деда, кто ходил бы медленно.

Проблема заключалась не только в доме с его запутанными правилами. Сабине удалось лишь однажды поговорить по телефону с матерью, она чувствовала себя оторванной от друзей, от своего привычного мира. В этом окружении Сабина была чужаком, смущавшим ее пожилых родственников, как и они смущали ее. До сих пор она только один раз ездила с бабушкой в гипермаркет ближайшего городка, где, пожелай она, могла бы купить все, что угодно, начиная с плавленого сыра и кончая пластиковой садовой мебелью. Там было все это, а также почта и магазин конской упряжи. Но ни «Макдоналдса», ни кинотеатра, ни пассажа. И никаких журналов. И похоже, не было людей моложе тридцати лет. Поскольку Сабину с внешним миром связывали только «Дейли телеграф» и «Айриш таймс», она не знала даже, кто был первым в списках популярных дисков.

Бабушка, если и замечала депрессивное настроение внучки, вероятно, решила проигнорировать его, считая одной из издержек подросткового возраста. В начале каждого дня она «организовывала» Сабину, нагружая ее заданиями, например отнести бумаги на псарню или принести для миссис Х. овощи с огорода. И обращалась с ней бабка с той же суровой отстраненностью, как и со всеми окружающими. За исключением собак. И конечно же Герцога.

Эта их стычка была самой серьезной за все время и произошла через два дня после поездки в гипермаркет. Когда Герцога поставили обратно в стойло, Сабина забыла задвинуть нижнюю щеколду дверцы. Она с ужасом смотрела, как старый коняга с проворством молодого животного отодвигает верхнюю щеколду зубами и устремляется через двор в открытые поля.

Почти два часа бабушка и два помощника потратили на то, чтобы с помощью шести яблок и пойла из отрубей поймать его, сердито топчась по полю. Словно дразня, конь подбегал близко к ним, а потом увиливал в сторону, высоко задрав хвост, как знамя неповиновения. Когда, понуро опустив голову, он в сумерках притащился домой, то уже сильно хромал. Бабушка пришла в ярость, впервые накричала на Сабину, назвав глупой девчонкой, а потом, чуть не плача, обратила на «мальчика» все свое внимание, то поглаживая его по шее, то мягко журя по дороге в конюшню. «А как же я? — хотелось прокричать Сабине, к глазам которой подступали слезы. — Я твоя внучка, блин, а ты не сказала мне ни одного доброго слова!»

С этого момента Сабина начала обдумывать побег. И стала сторониться бабки, которая, не упоминая больше об инциденте, не скрывала своего неодобрения. Бабушка даже не попыталась обнять Сабину в знак примирения. В сущности, в последующие день-два она не нашлась что сказать внучке. Настроение ее улучшилось, только когда ветеринар объявил, что воспаление ноги Герцога проходит.

Итак, бо́льшую часть времени Сабина проводила с Томом и двумя парнями, Лайамом и Джон-Джоном, которые, как и миссис Х., оказались отдаленной родней. Лайам, в прошлом жокей, в силу своей испорченности не мог и слова сказать без неприличного намека, а Джон-Джон, его восемнадцатилетний протеже, почти всегда молчаливый, отличался обветренной кожей, говорившей о его страстном желании устроиться на ближайший ипподром. Том с его невозмутимостью, казалось, сочувствовал обидам Сабины и от случая к случаю беззлобно подтрунивал над ней. Она перестала замечать его руку, прикрытую до запястья свитером или курткой. С ним можно было поболтать.

— Ну, я подождала до пол-одиннадцатого, блин, когда старик вышел из ванной, но горячей воды совсем не осталось. Я так замерзла, что у меня ноги посинели. Правда. И зуб на зуб не попадал.

Повиснув на дверце стойла, Сабина пнула ногой ведро с водой. Том, который разгребал чистую солому, сложенную кипой у стены, остановился и поднял бровь, и Сабина спрыгнула на землю, непроизвольно бросив взгляд на Герцога.

— Здесь нет фена, и волосы у меня стали прилизанными. И у меня влажные простыни. Действительно влажные. Когда залезаешь в кровать, приходится отрывать верхнюю простыню от нижней. И они воняют плесенью.

— Откуда ты знаешь?

— Откуда знаю что?

— Что они пахнут плесенью. Вчера ты сказала мне, что весь дом пропах плесенью. Простыни могут пахнуть вполне приятно.

— Но плесень видна. Зеленые пятна.

Продолжая разгребать солому, Том загоготал:

— Возможно, это рисунок простыни. Спорю, у тебя такое же зрение, как у матери.

Отпустив дверцу, Сабина уставилась на него:

— Откуда ты знаешь, какое у моей мамы зрение?

Том прислонил грабли к стене. Потом наклонился и, отодвинув ведро от ног Сабины, плеснул воду через двор.

— Вы все слепые. Вся семья. Известное дело. Странно, что ты не носишь очки.

В этом был весь Том. Сабине казалось, она раскусила его: разговариваешь с ним по-дружески, а потом вдруг он вставит какое-нибудь словечко о матери или своем прошлом, и задумаешься, пытаясь подогнать это словечко к легко узнаваемому целому.

Вот что она узнала про Тома. Что-то рассказал он сам, что-то миссис Х., которая вещала, как по радио, но не в присутствии бабки: ему тридцать пять, несколько лет он провел в Англии, где работал на ипподроме, откуда вернулся в плачевном состоянии, получив увечье на скачках. Несмотря на его легкий характер, Сабина не отважилась расспросить Тома про ампутацию руки, однако миссис Х. говорила ей, что всегда считала, лошади его погубят: «Понимаешь, у него никакого страха. Никакого. И отец был таким же». Всей истории она не знала и не хотела расстраивать сестру — его бедную мать — расспросами, но это имело отношение к прыжкам на лошади через колья.

— Колья? — переспросила Сабина, представляя себе частокол.

Он напоролся на кол?

— Препятствия. Том был жокеем по прыжкам. Это чертовски опасно, гораздо опасней скачек по ровному месту. Это я тебе точно скажу.

«Здесь все крутится вокруг лошадей, — с раздражением подумала Сабина. — Все они до того полоумные, что глазом не моргнув теряют части собственного тела».

Ей до сих пор удавалось отговориться от верховой езды на серой лошади, сославшись на боль в спине. Но по нетерпеливому выражению лица бабушки, по тому, что она уже выудила пару старых сапог для верховой езды и шляпу и многозначительно положила все это у двери ее спальни, Сабина понимала, что жить ей осталось недолго.

Сабина не хотела ездить верхом. При одной мысли об этом ее начинало мутить. Несколько лет назад ей удалось уговорить мать прекратить занятия — после еженедельных поездок в конюшню, когда ей становилось дурно от волнения. У нее возникало болезненное, а подчас и верное предчувствие, что на текущей неделе ей придется ездить на одной из «вредных» лошадей, которые взбрыкивают, гоняются за другими лошадьми, заложив уши и оскалив зубы, и что лошадь понесет, а она не сможет удержаться в седле, тщетно цепляясь за поводья. Для Сабины это не было пробой сил, как для других девочек. Не было даже развлечением. И когда Сабина сказала, что не хочет больше этим заниматься, Кейт не стала особенно уговаривать дочь. Получалось, она заставила дочь заниматься этим, повинуясь расплывчатому представлению о семейной традиции.

— Я не хочу ездить верхом, — призналась она Тому, когда он отводил в конюшню с пастбища одну из лошадей.

— Тебе понравится. Этот малыш такой послушный.

— Мне плевать, какой он. — Сабина бросила взгляд на стоящего поодаль серого мерина. — Не хочу я ездить верхом. Думаешь, она меня заставит?

— Он классный. Пару раз сядешь на него, и все будет хорошо.

— Черт, ты совсем не принимаешь меня всерьез! — чуть не прокричала она, так что из соседнего стойла высунул голову Джон-Джон. — Я не хочу ездить на этой лошади. И ни на какой другой. Мне это не нравится.

Том спокойно снял с лошади повод и добродушно похлопал ее по крупу здоровой рукой. Потом, заперев за собой дверцу, подошел к Сабине:

— Боишься, да?

— Просто мне не нравится.

— Ничего такого нет в том, если робеешь. Мы тоже иногда боимся.

— Ты меня не слышишь? Господи, люди! Просто мне не нравится ездить верхом.

Том положил ей на плечо искусственную руку. Жесткая и негнущаяся, эта рука находилась в странном противоречии с чувством, которое пыталась выразить.

— Знаешь, она не успокоится, пока ты хотя бы раз не сядешь на лошадь. Я помогу тебе. Почему бы тебе не поехать со мной завтра утром? Я позабочусь о том, чтобы все было хорошо.

— Я правда не хочу. — Сабине хотелось разреветься. — О господи, не могу поверить, что застряла здесь! Что за проклятая жизнь у меня!

— Завтра утром. Только мы с тобой. Послушай, лучше тебе первый раз выехать со мной, чем с ней, так ведь?

Сабина подняла на него глаза.

— А то она слопает тебя на завтрак, — ухмыльнулся Том. — Эта женщина — самая бесстрашная наездница во всей Южной Ирландии. Пока Герцог не охромел, она охотилась с собаками.

— Я сломаю себе шею. И тогда вы все пожалеете.

— Я точно пожалею. Потому что не смогу нести тело одной рукой всю дорогу.

Но на следующее утро Сабина опять дала Тому отставку. На этот раз, правда, у нее был серьезный повод.

— Послушай, мне надо уехать на весь день, а миссис Х. будет очень занята, и поэтому тебе придется позаботиться о дедушке.

Бабушка облачилась в городскую одежду. Так, по крайней мере, подумала Сабина, потому что впервые увидела бабку в чем-то другом, помимо старых твидовых брюк и резиновых сапог. На ней была темно-синяя шерстяная юбка, темно-зеленый кардиган поверх свитера с круглым вырезом и неизменный зеленый стеганый жакет. На шею она повесила нитку жемчуга и зачесала волосы назад. Как обычно у старых людей, волосы у нее лежали волнами, а не стояли дыбом.

Сабину так и подмывало спросить бабушку, а не собирается ли она кутнуть. Но почему-то она догадывалась, что бабушке это не покажется смешным.

— Куда ты едешь? — без интереса спросила Сабина.

— В Эннискорти. Поговорить с инструктором по поводу продажи ему одного из наших первогодков.

Сабина вздохнула с плохо скрываемой скукой и тут же выкинула эти слова из головы.

— Значит, так, дедушка захочет пообедать в час, минута в минуту. Он спит в кресле наверху, и ты разбуди его за час до обеда, поскольку он, возможно, захочет привести себя в порядок. Миссис Х. приготовит обед и оставит его в маленькой кухне рядом со столовой. Ты пообедаешь вместе с дедом, и тебе придется накрыть на стол, потому что утром миссис Х. будет отвозить соседям падалицу. Не приставай к Тому в конюшне, у них там много работы. И не пускай собак наверх. Вчера Берти снова пробрался в дедушкину комнату и сгрыз его щетку для волос.

«Не вижу тут большого урона, — подумала Сабина. — У него осталось-то две волосины».

— Вернусь после обеда. Все поняла?

— Обед в час. Не опаздывать. Не докучать миссис Х. Не докучать Тому. Не пускать собак наверх.

Бабушка воззрилась на нее на удивление равнодушным взглядом, и Сабина не могла понять, заметила ли та ее бунтарский тон или просто пропустила все мимо ушей. Потом бабушка накинула на голову шарф, туго завязала под подбородком и, сказав что-то ласковое Белле, стоявшей у ее ног, проворно вышла за дверь.

Сабина постояла в коридоре, пока не замер отзвук хлопнувшей двери, потом огляделась по сторонам, размышляя, чем заняться. Казалось, она дни напролет думает, чем бы заняться. Все, что без усилий заполняло ее домашнюю жизнь — MTV, Интернет, разговоры по телефону с друзьями, прогулки вокруг поместья Кейра Харди, — было у нее отнято, и нечем стало заполнять освободившееся время. Сабина могла бы посвятить время обустройству своей комнаты, но вид бирюзового ковра вызывал у нее тошноту. И если ты не любишь лошадей, то какого черта здесь делать?

Ей не хотелось выходить во двор, поскольку она знала, что Том опять начнет уговаривать ее сесть на этого глупого пони. Телевизор она смотреть не могла, потому что днем показывали одну скукотищу. А последний раз, тайком включив его вечером, Сабина чуть не оглохла. «Это чтобы дедушка мог слушать новости, — прокричала миссис Х., поспешившая наверх узнать, откуда шум. — Не трогай ты лучше этот телик». Каждый вечер в девять часов, где бы в доме она ни находилась, Сабина слышала оглушительный рев музыкальной заставки новостей. Дед сидел, вглядываясь в экран, чтобы лучше слышать, а сидящие вокруг домочадцы читали газеты, вежливо притворяясь, что их это не оглушает.

Все же, думала Сабина, медленно поднимаясь по лестнице в компании Беллы, отсутствие бабушки дает некоторое ощущение свободы и спокойствия. Только сейчас она осознала, насколько нервирует ее присутствие старухи. Полдня свободы. Полдня скуки. Сабина не знала, что хуже.

Она целый час пролежала в постели с наушниками в ушах, читая какой-то бульварный роман 1970-х годов, который принесла ей миссис Х. Эта женщина, очевидно, решила, что знает потребности юных девушек: романы и побольше пирожных. Для теперешнего состояния души Сабины роман пришелся, пожалуй, кстати. В книге было мало чего от литературы, но много так называемой страсти. Женщины разделялись на потаскух, которые с плохо скрываемым вожделением совращали смущенных героев, занятых спасением мира, и девственниц, дышащих сдерживаемой страстью, когда те же самые герои умело соблазняли их. Только мужчины совершали нечто стоящее. Потаскух обычно убивали, а девственницы выходили замуж за героев. Но несмотря на всю страсть, настоящего секса было мало — Сабина успела сначала пролистать книгу. Возможно, дело было в том, что они в католической стране. Много придыханий и не так уж много реального.

— Как у тебя, Белла, — сказала Сабина, гладя собаку, лежащую у нее на кровати.

Думая о страсти, она вспомнила Дина Бакстера. Однажды она его почти поцеловала. И это, конечно, был не первый ее поцелуй. Она обнималась и целовалась с уймой парней, хотя и меньше, чем большинство знакомых девчонок. Сабина понимала, что Дин с ней заигрывает. Как-то они сидели в темноте на стене, окружавшей поместье, и он стал подшучивать над ней. Она толкнула его, он толкнул ее в ответ, но все это было лишь предлогом, чтобы прикоснуться друг к другу. Сабина знала, что они могут поцеловаться и это будет кайфово, потому что Дин ей уже давно нравится.

Он хотя и безалаберный, но не слишком нахальный и не станет выбалтывать все приятелям. К тому же он не считает ее чудачкой из-за того, что в доме у нее полно книг, а мама носит одежду с чужого плеча. Дин даже велел некоторым девчонкам заткнуться, когда они называли Сабину больной на голову и зубрилой за то, что она досрочно сдает экзамены и не курит. А потом его занесло куда-то в сторону, но, вместо того чтобы оттолкнуть Сабину, он однажды заманил ее в пожарный лифт якобы с какими-то намерениями, она запаниковала и заорала на него, чтобы отпустил. Дин засмеялся, и Сабина принялась сильно колотить его по голове. Он отпустил ее, отступил назад и, потирая покрасневшее ухо, спросил, что с ней такое. Не в силах ничего объяснить, Сабина просто рассмеялась и, хотя ей хотелось плакать, попыталась обратить все в шутку. Но Дин не засмеялся в ответ, и отношения между ними испортились. А неделю спустя она услышала, что он болтается повсюду с Амандой Галлахер. Проклятая Аманда, с ее длинными девчачьими волосами, одеждой с запахом кондиционера для белья и дешевыми духами. Возможно, к ее возвращению домой это уже будет Аманда Бакстер. Может быть, пора забыть Дина Бакстера. Так или иначе, у него на спине прыщавая кожа. Об этом сказала ей его сестра.

Сабина покачала головой, избавляясь от непрошеных мыслей, и переключилась на Тома. Ей всегда становилось легче, стоило подумать о ком-нибудь другом. Она решила, что Том — единственный мужчина здесь, в какой-то степени привлекательный. По сути дела, довольно красивый. Ей не доводилось встречаться с мужчиной старше себя, а вот подружка Али встречалась и говорила, что они понимают, что к чему. Но Сабине никак было не отделаться от мыслей о его руке. А вдруг они начнут целоваться или будут просто задыхаться от страсти, если учесть, что он ирландец, и разденутся, а она, увидев его культю, в испуге сбежит. Она слишком много о нем думает, чтобы огорчить его подобным образом.

Сабина не знала, нравится ли Тому. Он всегда, казалось, рад видеть ее и любит, когда она околачивается поблизости. К тому же она могла говорить с ним о чем угодно. Но трудно было вообразить, будто Том охвачен страстью или с вожделением пялится на нее. Все же он какой-то замкнутый, чересчур сдержанный. Может быть, просто нужно подождать. Наверное, романы у взрослых проходят по-другому.

Размышляя о романах у взрослых, Сабина вспомнила о матери и, стремясь отвлечься, сразу вскочила с кровати.

Около нее топталась Белла. Сабина открыла шкафы, вдыхая тяжелый запах залежавшихся вещей и вглядываясь в темные глубины. У бабки с дедом и старье даже не то: в спальнях других людей шкафы заполнены платьями для коктейлей, старыми настольными играми, коробками писем или неработающими электронными гаджетами. Здесь же у них заплесневелые белые скатерти с вышивкой и тому подобное, сломанный абажур и несколько книг типа «Руководства по искусству верховой езды для девочек» и «Ежегодника Банти за 1967 год».

Таинственный молчаливый дом словно подстегивал Сабину к обследованию других помещений. Дверь дедушкиной комнаты была закрыта, но между его комнатой и ванной была еще одна, в которой Сабина не бывала. Медленно повернув ручку, чтобы не шуметь, она открыла дверь и проскользнула внутрь.

Это была комната мужчины, кабинет, но лишенный следов недавней деятельности, в отличие от кабинета внизу, в котором стояли заваленные письмами столы, лежали гроссбухи и цветные каталоги с именами племенных жеребцов, которые для нее казались одинаковыми, хотя Том говорил, что по цене они различаются от десятков до тысяч гиней. В этом кабинете витал пыльный дух запущенности, полузадернутые шторы ниспадали неподвижными скульптурными складками. Пахло затхлой бумагой и старыми коврами. Когда она двигалась, в воздухе вспыхивали крошечные частички пыли. Сабина тихо притворила за собой дверь и прошла в центр комнаты. Белла с надеждой посмотрела на нее, а потом со стоном повалилась на ковер.

Здесь на стенах не было изображений лошадей, не считая обрамленного в рамку картона с зарисовкой охотника на коне, пожелтевшей картой Дальневосточного региона и нескольких черно-белых фотографий людей в одежде 1950-х. На встроенных полках у окна стояли коробки разного размера, наверху некоторых лежали свернутые рукописи, а посреди стола стояла большая модель серого линкора. На полке темного дерева справа разместились книги в твердых переплетах в основном на тему войн в Юго-Восточной Азии. На верхней полке стояли потрепанные книги в кожаных переплетах, со стершимся золотом на корешках.

Внимание Сабины привлекла противоположная стена комнаты, где она заметила на большой коробке два фотоальбома в кожаных переплетах. Судя по толстому слою пыли, их не трогали несколько лет.

Сабина присела на корточки и осторожно взяла один из альбомов. На обложке красовалась надпись: «1955–». Скрестив ноги, она положила его на колени и раскрыла. Между картонными страницами были проложены листки тонкой бумаги.

Фотографии были наклеены по одной на каждой странице, и первый снимок оказался бабушкин. Так, по крайней мере, Сабина подумала. Молодую женщину, сидящую у окна, сфотографировали в фотоателье. На ней был темный, немного строгий жакет с маленьким воротником, сочетающееся с ним платье и нитка жемчуга. Волосы темно-каштановые, а не седые, уложены волнами. Макияж тех времен — густо подведенные брови и сильно намазанные ресницы, темные, тщательно обведенные губы. Несмотря на то что бабушка позировала, вид у нее был немного смущенный, как будто ее застукали за каким-то предосудительным занятием. На следующей фотографии она была вместе с высоким молодым человеком. Они стоят у консоли с растением. Он сияет от счастья, она робко держит его под руку. В этот раз бабка не казалась такой смущенной, а более уверенной в себе и на удивление горделивой. Что-то такое было в ее осанке, в высокой стройной фигуре. Но все же вид у нее был какой-то извиняющийся, такой бывал у матери Сабины.

Сабина, увлекшись, пролистала весь альбом. В конце его, наряду со снимками бабушки и другой молодой, невероятно обаятельной женщины, были фотографии младенца в искусно сшитой крестильной рубашке, каких сейчас не увидишь: отделка «кроше» и крошечные пуговки, обтянутые шелком. Подписи не было, и Сабина стала пристально вглядываться в фотографию, пытаясь понять, кто этот улыбающийся спеленатый младенец — ее мать или дядя Кристофер. Нельзя было даже понять, мальчик это или девочка, — в этом возрасте детей одевали одинаково.

А вот в коробке оказались по-настоящему интересные вещи: наклеенная на картон фотография бабушки рука об руку с той обаятельной девушкой пониже ростом. Обе держат вымпелы с «Юнион Джеком» и заразительно смеются. В голове не укладывалось, что бабушка когда-то так смеялась. За их спиной виднелась группа гостей с вечеринки — мужчины почти все в белом и почти все красивые, как Ричард Гир из «Офицера и джентльмена». Поблизости стоял поднос с высокими бокалами, и Сабина подумала: а что, если бабушка напилась? Золотые буквы внизу фотографии гласили, что это мероприятие проведено в честь коронации ее величества королевы Елизаветы II в 1953-м. Это была сама история! Сабина замерла на месте, пытаясь осмыслить увиденное. Бабушка стала участницей истории.

И еще была другая фотография, поменьше. Среди фотографий лошадей и незнакомых улыбающихся людей, сидящих в длинных лодках, ей попался снимок девочки лет шести, определенно ее матери. У девочки были рыжеватые вьющиеся волосы, как у Кейт, и присущая ей манера стоять со сжатыми коленями. Она держалась за руки с маленьким мальчиком, наверное китайцем, и широко улыбалась из-под соломенной шляпы. Мальчик казался немного смущенным, словно боялся смотреть прямо в камеру и наклонился к девочке, ища поддержки.

Вот как росла моя мать, подумала Сабина, перебирая коричневатые отпечатки. В окружении маленьких китайцев и китаянок. Она знала, что детство Кейт провела за границей, но до этого момента, глядя на ее светлое платье из хлопка и шляпу, Сабина не представляла себе мать экзотическим существом. Она с любопытством продолжала перебирать фотографии, ища снимки с матерью.

Из мечтательности ее вывел звук хлопнувшей внизу двери и приглушенный голос, выкрикивающий ее имя. Сабина в панике бросилась к двери, Белла следом за ней, быстро открыла и притворила дверь. Потом глянула на часы. Было полпервого.

Немного помедлив, Сабина шепнула собаке, чтобы никому не говорила. «О господи, — простонала она, когда поняла, с кем разговаривает, — сейчас меня застукают». Потом медленно спустилась по лестнице, отряхивая с рук пыль.

Миссис X. уже была на кухне и надевала передник.

— А, вот и ты. Не успеваю, Сабина, — с улыбкой сказала она. — Задержалась у Энни. Дедушка говорил, что хочет на ланч?

— Э-э, почти ничего не сказал.

— Ну ладно, приготовлю ему яйцо-пашот на тосте. У него был хороший завтрак, и вряд ли он захочет что-то очень сытное. А что сделать тебе? То же самое?

— Ага, это будет здорово.

Сабина с ужасом поняла, что не разбудила деда за час до ланча, как ей было велено. Отогнав Беллу, которая хотела снова за ней увязаться, она стала подниматься наверх, думая, придется ли помогать деду одеваться. «Прошу Тебя, Господи, пусть мне не надо будет трогать его, — молила она перед его дверью. — Пожалуйста, пусть он не вспоминает об обтирании губкой, ночных горшках и прочих вещах для стариков. И прошу Тебя, Господи, пускай зубы у него будут уже на месте, чтобы я не упала в обморок».

— Э-э... привет! — позвала она через дверь.

Ответа не последовало.

— Привет! — вспомнив про его глухоту, громче произнесла она. — Дедушка!

О господи, он спит! Чтобы разбудить его, ей придется дотронуться до него. Стоя за дверью, Сабина собиралась с духом. Она не хочет дотрагиваться до этой пергаментной, просвечивающей кожи. Старики вызывали у нее странные чувства, даже когда она смотрела на них дома. Они казались ей чересчур уязвимыми, того и гляди рассыплются.

Сабина представила себе реакцию бабки, если не сделает этого.

Громко постучав, она немного подождала и вошла.

В дальнем конце комнаты стояла великолепная кровать: готическая, на четырех столбиках, с пологом из старинного кроваво-красного гобелена, заткнутого китайской золотой нитью и висящего между резными столбиками из сияющего потемневшего дерева. На кровати лежало шелковое стеганое покрывало, из-под которого выглядывали белоснежные полотняные простыни, как зубы между лоснящихся красных губ. Такие кровати можно увидеть в американских фильмах, когда хотят показать пышные английские дома. В ней был экзотический блеск Дальневосточного региона, императоров и опиумных притонов. Это ложе разительно отличалось от ее скрипучей кровати с металлическим каркасом.

Но в кровати старика не было.

Прошло несколько мгновений, и Сабина убедилась, что в комнате его тоже нет. Если только он не забрался в платяной шкаф, что было маловероятно. Но она все же проверила.

Наверное, он в ванной. Сабина заспешила по коридору. Дверь ванной была распахнута, и она сначала позвала его, но, не услышав ответа, вошла и увидела, что в ванной деда тоже нет.

У Сабины голова пошла кру́гом. Бабушка не говорила ей, что дед может выйти. Она сказала, что он спит. Так где же он, черт побери?! Сабина заглянула в пустую, гораздо более скромную комнату бабки, в нижнюю ванную, а потом, все больше паникуя, в каждую комнату в доме, начиная с комнаты для завтрака и кончая кладовкой. Деда нигде не было.

Было почти без четверти час.

Надо кому-нибудь об этом сказать. Сабина побежала на кухню и призналась миссис Х., что потеряла деда.

— В комнате его нет?

— Нет. Я посмотрела там в первую очередь.

— О господи! Где Берти?

Сабина уставилась на женщину, а потом на Беллу.

— Не видела его, — ответила она.

— Дед ушел с собакой. Ему нельзя выходить одному, и особенно с Берти, потому что пес молодой и выбивает у него из рук палку. — Выйдя из-за стола, миссис X. сняла передник. — Лучше пойдем поищем его, пока не вернулась миссис Баллантайн.

— Нет-нет, вы следите за домом, а я позову Тома на помощь. — Сабина, сжавшись от страха, побежала во двор, всматриваясь в двери стойл и выкрикивая имя Тома.

Тот с сэндвичем в зубах высунул голову из чулана с упряжью. За его спиной играло радио, и Сабина различила сидящие фигуры Лайама и Джон-Джона, которые читали газету.

— Где пожар?

— Это... это старик. Не могу его найти.

— В каком смысле не можешь найти?

— Он должен был спать в комнате. Миссис X. думает, он мог уйти с Берти, а Берти может сбить его с ног. Поможешь поискать его?

Вполголоса ругнувшись, Том стал осматриваться по сторонам.

— Не смейте трогать мой ланч, парни, — буркнул он и, схватив куртку, быстро вышел во двор.

— Мне очень, очень жаль. Просто не знаю, что делать. Он должен был спать в кровати.

— Ладно, — наморщив лоб, сказал Том. — Ты поищешь на дороге, а если его там нет, посмотри в верхних полях. Я проверю нижние поля, и сад, и амбары тоже. Ты хорошо посмотрела в доме? Может, он просто смотрит телик?

Сабина, напуганная озабоченностью Тома, почувствовала, как на глаза у нее наворачиваются слезы.

— Повсюду. И Берти пропал. Наверное, старик взял его с собой.

— Боже правый, и зачем старому дураку понадобилось выходить? Послушай, возьми с собой Беллу. И все время зови Берти. Если старик упал, собака может привести нас к нему. Встречаемся здесь через двадцать минут. И вот тебе охотничий рожок — если найдешь деда, хорошенько подуй.

Вручив Сабине рожок, Том перемахнул через забор и побежал к нижним полям, окруженным высокими живыми изгородями.

Сабина, за которой весело трусила Белла, выскочила за ворота и понеслась по тропинке, поминутно зовя Берти. Не зная толком, в какой момент повернуть назад, она бежала, пока не заболело в груди, — мимо большой фермы, маленькой церковки и ряда небольших коттеджей. Моросил дождь, на небе собирались синевато-серые облака, словно предвещая большое несчастье. В голове роились непрошеные картины — старик бесформенной грудой лежит у дороги, — и Сабина побежала по другой тропинке, а потом решила вернуться и проверить верхние поля.

— Ну где ты, чу́чело? — шептала она. — Где же ты?

Она подскочила, и сердце на миг замерло, когда к ней стал приближаться огромный зеленый брезент, наполовину застрявший в изгороди.

Белла остановилась в нескольких шагах впереди, и шерсть у нее на загривке встала дыбом. Потом она гавкнула. С сильно бьющимся сердцем и вытаращенными глазами Сабина стояла посредине тропинки, а затем, собравшись с духом, придвинулась и приподняла уголок брезента.

Если бы не напряженная ситуация, она рассмеялась бы. Под огромным брезентом стоял серый ослик, запряженный в тележку. Он на миг открыл глаза, взглянул на нее и покорно повернулся к изгороди, находя там защиту.

Сабина дала брезенту соскользнуть на землю и снова побежала, оглядываясь по сторонам. Ничего не видно. Никаких признаков деда. За шуршанием дождя не было слышно ни приветственного лая, ни недовольного ворчания старика, ни охотничьего рожка. Сабина, напуганная не на шутку, разрыдалась.

Он наверняка мертв. Все будут винить ее, думала Сабина, оступаясь на травянистом спуске с холма. Деда найдут, замерзшего и промокшего, возможно, со сломанными хрупкими костями, с остановившимся сердцем. В этом будет ее вина, потому что она слишком увлеклась рассматриванием пропыленных альбомов и на все ей было наплевать. Бабушка рассердится еще больше, чем в истории с Герцогом. Том перестанет с ней разговаривать. Мать откажется забрать ее домой из-за того, что Сабина фактически убила ее отца, и она застрянет здесь. Сельские жители станут смотреть на нее с осуждением, и она станет известной как девочка, убившая собственного деда.

Отправляясь на поиски, Сабина и не подумала надеть резиновые сапоги, и на болотистом пастбище ее ноги пропитались жидкой грязью. Эта коричневая жижа заляпала верх кроссовок, проникая внутрь холодной влагой. Неделю назад она пришла бы в ужас от вида новых «Рибокс», но в тот момент едва это замечала. Прикинув, что она бегает около получаса, Сабина громко разрыдалась, вытирая слезы тыльной стороной ладони.

В этот момент несчастная промокшая Белла повернула к дому.

— Хоть ты меня не бросай, — прокричала Сабина, но Белла проигнорировала ее, вероятно решив погреться под крышей у печки.

Сабина не знала, где еще искать. Надо спросить у Тома. Она тащилась вверх по холму за собакой, не представляя, что скажет миссис Х., и чувствуя себя виноватой.

Не успела Сабина дойти до дома, как Белла пропала. Отведя с лица мокрые волосы и вытерев нос, Сабина отодвинула щеколду задней двери и толкнула ее. За спиной у нее послышались шаги по гравию.

Это был Том с прилипшими к голове волосами, который неловко прижимал к груди искусственную руку с охотничьим рожком. Сабина уже собиралась извиниться, когда заметила, что он смотрит мимо нее.

— Ты опоздала, — донесся голос из коридора.

Подождав, пока глаза привыкнут к темноте, Сабина стала вглядываться в коридор с плиточным полом и едва различила сутулую спину, третью ногу в виде трости и двух шоколадных собак, которые радостно приветствовали друг друга.

— Ланч был в час. В час. Холодает. Не собираюсь больше об этом напоминать.

Сабина стояла в дверном проеме с разинутым ртом, охваченная противоречивыми чувствами.

— Он вернулся примерно пять минут назад, — пробормотал Том. — Мы пересеклись с ним.

— Ну, давай, давай. Нельзя оставаться в таком виде, — журил ее дед. — Тебе надо переобуться.

— Старый хрен, — плаксиво прошептала Сабина и почувствовала на плече здоровую руку Тома.

Миссис Х., высунувшись из кухонной двери, промямлила извинение, беспомощно пожимая плечами.

— Принести вам сухой свитер, мистер Баллантайн? — спросила она.

От нее раздраженно отмахнулись, и она исчезла в кухне.

Дед неуклюже пошел в сторону лестницы, свободной рукой стряхивая со шляпы капли воды. Мимо него, слегка задев, прошмыгнули собаки, и он, на миг потеряв равновесие, ухватился рукой за перила.

— Повторять больше не буду, — пробубнив что-то себе под нос, покачал головой дед. — Миссис Х., будьте так добры принести мне ланч. Похоже, моя внучка предпочитает есть в коридоре.

Сразу после чая Сабина пересчитала деньги, которые дала ей мать. А хватит ли ей на обратную дорогу до Англии? Матери это не понравится, но Сабина решила, что жить с ней и противным Джастином никак не хуже, чем оставаться здесь. Это невозможно. Даже когда она пытается поступать правильно, они воспринимают все так, словно внучка делает это им назло. Им на нее наплевать. Их волнуют только их проклятые лошади и дурацкие строгие правила. Сабина представила себе, что лежит на кухне с топором в голове, а они отчитывают ее за то, что принесла инструменты в дом.

Сабина разглядывала билет на паром, пытаясь отыскать номер бронирования, когда послышался тихий стук в дверь. Это была миссис Х.

— Не хочешь сегодня зайти в гости к моей Энни? Тебе полезно пообщаться с молодежью, да и бабушка твоя не против.

Добрая женщина, видимо, считала, что Сабине стоит отдохнуть от деда с бабкой. Сабина не возражала. Все лучше, чем проводить с родичами еще один вечер.

Энни была единственной дочерью миссис X. Она жила в большом доме на ферме, приспособленном под гостиницу, которую содержала вместе с мужем Патриком, человеком много старше себя, писателем. «Не читала ни одной его книги — это не по мне, — говорила миссис X., — но люди считают, книги очень хорошие. Для интеллектуалов, понимаешь ли». Навыки Энни в качестве хозяйки гостиницы вызывали сомнение. Если верить Тому, эта гостиница славилась тем, что гости никогда не задерживались на вторую ночь. То она забудет принести завтрак, то сменить белье, то вообще забудет, что у нее постояльцы. А некоторые оставались недовольны тем, что Энни рано утром разгуливает вокруг дома. Но ни Том, ни миссис X. не распространялись на эту тему.

— Энни не настолько уж тебя старше. Двадцать семь. А сколько все-таки тебе? Ах да, все же она старше тебя. Но ты похожа на нее. Просто не бери в голову, если она немного... ну... немного рассеянная.

Сабина, медленно вышагивая с миссис X. под потрепанным зонтом по темной мокрой дороге, была заинтригована, рисуя в воображении некую Мод Гонн[1] со спутанными рыжими волосами и развевающимися

---

[1] *Мод Гонн* (1866–1953) — английская общественная деятельница, феминистка.

юбками, которая взмахом аристократической кисти отметает прочь домашние хлопоты. Эксцентричные привычки Энни были известны далеко за пределами поместья Килкаррион. Женщина, забывающая подать постояльцам завтрак, едва ли захочет устроить официальный ужин. А муж-писатель вряд ли посвятит вечер разговорам об одних лошадях. Возможно, Сабине удастся расслабиться у них, блеснуть остроумием в приятной компании. Или даже посмотреть нормальную телепрограмму. У Энни может оказаться спутниковая антенна, как во многих ирландских домах. И, кроме того, миссис Х. сказала, что позже к ним заглянет Том. Он частенько к ним заглядывал — посмотреть, как дела у Энни.

Однако Энни, открывшая им дверь, оказалась не совсем той гламурной оригиналкой, которую нарисовала себе Сабина. Это была невысокая женщина в свитере не по размеру, с прямыми каштановыми волосами, полными губами и большими печальными глазами. Она протянула Сабине руку, но не для приветствия, а затем, чтобы осторожно затащить ее в дом. И еще Сабина с некоторым разочарованием заметила на женщине дешевые джинсы.

— Сабина. Как поживаешь? Хорошо, что заглянула. Привет, мама. Принесла бекон?

— Да. Положила в холодильник.

Прихожей в доме не имелось, они вошли прямо в гостиную, одна из стен которой была почти полностью занята старым каменным камином, где яростно полыхали крупные поленья. Перпендикулярно камину стояли два удлиненных дивана с неряшливой синей обивкой, между ними — кофейный столик с разложенными на нем огромными шаткими стопками журналов и книг. Внимательно оглядевшись по сторонам, Сабина заметила, что книги здесь повсюду. Они неровными кипами лежали под табуретами и столами, стояли на навесных полках вдоль стен, и полки прогибались под их тяжестью.

— Это все Патрика, — проговорила Энни из кухонной зоны, с другого конца гостиной. — Он здорово увлекается чтением.

— Энни, что ты приготовила на ужин? — Миссис Х. отвернулась от холодильника и огляделась по сторонам, словно рассчитывая увидеть кипящую на огне кастрюлю.

— Ой, мама, прости. — Энни, нахмурившись, потерла лоб. — Совсем из головы вылетело. Можем что-нибудь разогреть в микроволновке.

— Не можем, — обиженно заявила миссис Х. — Не допущу, чтобы Сабина вернулась к себе и сказала, что мы ее нормально не накормили.

— Не скажу я этого, — буркнула Сабина, которой действительно было все равно. — Не так уж я голодна.

— Такая худенькая девочка. Да посмотреть на вас обеих — на собаке мясника и то мяса больше. Энни, поговори с Сабиной, а я поджарю котлет, у меня есть немного в морозилке.

— Я... я не большая поклонница мяса, — осмелилась сказать Сабина.

— Да-да, конечно. Ну, тогда поешь овощей. И сделаю тебе сэндвич с сыром. Идет?

Энни заговорщицки улыбнулась Сабине и пригласила ее сесть. Она говорила немного, но вызывала к себе доверие, и вскоре Сабина поймала себя на том, что изливает ей душу, рассказывая о многих несчастьях и несправедливостях, которым подвергается в поместье Килкаррион. Она рассказала Энни о бесчисленных правилах и предписаниях, которые совершенно невозможно запомнить. Поведала о том, что общаться с бабкой и дедом ей до абсурдного трудно и что они безнадежно старомодны. И еще о том, какой чужой чувствует себя среди всех этих помешанных на лошадях людей и как ей не хватает друзей, телика, родного дома и своих вещей типа компакт-дисков и компьютера. Энни лишь слушала и понимающе кивала, поэтому Сабина догадалась, что та многое уже слышала от миссис Х. Это лишь разожгло ее обиды «жертвы». И как подумала Сабина, ее считали здесь жертвой и сочувствовали ей.

— Сабина, а почему твоя мама не приехала с тобой? Она работает?

Сабина на время умолкла, раздумывая, стоит ли говорить все. Это милые люди, но она мало их знает, хотя они лояльны в отношении ее матери.

— Да, — солгала Сабина. — Мама собиралась приехать, но она очень занята.

— Чем она сейчас занимается? — спросила миссис Х. — Я так давно ее не видела.

— Пишет. — Сабина помолчала. — Не книги, а статьи в газеты. О семьях.

— О старинных семьях? — Миссис Х. засунула в духовку противень с едой.

— Не совсем. Семейная жизнь в целом. Проблемы и всякая всячина.

— А-а, это весьма полезно, — заметила миссис Х.

— Наверное, ты по ней скучаешь, — предположила Энни.

— Что-что?

— По маме. Скучаешь по ней? Она ведь далеко от тебя.

— Немного. — Сабина запнулась, потом бодро произнесла: — Мы не очень-то близки.

— Но она твоя мама. Вам надо быть ближе. — И неожиданно, неизвестно почему, глаза Энни наполнились слезами.

Сабина в ужасе уставилась на нее, пытаясь понять, что она сказала не так. Миссис Х., сердито взглянув на дочь, позвала:

— Сабина, я нашла в морозилке рыбу. Хочешь, приготовлю ее с масляной подливкой? Поможешь разморозить ее в микроволновке? Энни, милая, разыщи Патрика и скажи ему, что мы будем ужинать минут через двадцать.

Сабина медленно поднялась и, стараясь не таращиться на Энни, пошла на кухню.

После этого в течение получаса Энни вела себя очень тихо. За ужином она почти не разговаривала, как и ее муж, поэтому поддерживать разговор приходилось миссис Х. и Сабине. Патрик не соответствовал тому типу худого, изможденного писателя, который Сабина себе нарисовала. Напротив, это был крупный мужчина, грудь колесом, с немного грубыми чертами лица и глубокими морщинами на лбу и в уголках рта. Вежливый и внимательный, он обладал той спокойной рассудительностью, которая заставляла Сабину лепетать что-то невразумительное, чувствовать, что говорит банальности.

— Ужин нормальный, Патрик? Пришлось готовить на скорую руку.

— Отличный, мама, — ответил тот. — Прекрасная ягнятина.

Сабина, которая поймала себя на том, что пялится на Энни, с удивлением смотрела на эту пару. Он такой большой и грубоватый с виду, а она хрупкая, почти нематериальная. Казалось, легкий порыв ветра может унести ее прочь. И тем не менее муж явно обожал ее. Говорил он мало, но Сабина заметила, как Патрик дважды дотронулся до руки Энни, а один раз любовно погладил по спине.

— На уик-энд приезжает кто-нибудь? — спросила миссис Х., накалывая на вилку одну из своих котлет и перекладывая на тарелку Патрика.

Тот взглянул на Энни, потом снова на тещу:

— По-моему, никто не бронировал. Я подумал, мы с Энни могли бы поехать в Голуэй — так, для смены обстановки.

— Голуэй! — воскликнула миссис Х. — Лох-Инах — вот красивое место. Когда ты была маленькой, Энни, мы с твоим отцом проводили там отпуск. Почему-то погода всегда была ужасной, но тебе нравилось. Мы купили тебе высокие блестящие резиновые сапоги, и ты целыми днями бегала по воде.

Энни так и не подняла взгляда.

Ненадолго погрузившись в счастливое прошлое, миссис Х. продолжала:

— Однажды вечером ты даже не захотела снять сапоги на ночь, так они тебе нравились. Утром вся твоя постель оказалась в песке, и мне пришлось вытряхивать простыни в окно. Ах, господи! Тебе было всего три.

Энни бросила на мать сердитый взгляд, и та замолчала на полуслове. В течение следующих нескольких минут было слышно лишь потрескивание дров, шипение пламени да отдаленный стук дождя по подоконнику. Сабина, присматриваясь, вновь взглянула на Энни, недоумевая, что такого сказала миссис X. Но та только опустила глаза и отодвинула наполовину пустую тарелку на середину стола. Удивительно, но миссис X. не обратила на это никакого внимания. Она просто подождала, когда все закончат есть, и принялась собирать тарелки. Кейт в подобной ситуации попыталась бы всем своим видом что-нибудь доказать Сабине. А вот миссис X. не выказала никакой обиды, казалось, ее занимает исключительно посуда.

— Не обязательно ехать в Голуэй, — ласково произнес Патрик на ухо жене. — Можем поехать в Дублин. Прорыв в город. Там намечается большая тусовка.

Последовала пауза.

— Может быть, в другой раз? — Энни похлопала мужа по руке, встала и, ничего не сказав, вышла из комнаты.

Миссис X. отодвинула стул и пошла в сторону кухни.

— А теперь, Сабина, хочешь пудинга? У нас есть яблочный пирог, могу разогреть его в микроволновке. Или шоколадное мороженое. Спорю, от мороженого ты не откажешься, правда?

Она не дала Сабине времени понять, что происходит. Патрик, нежно чмокнув тещу в щеку, тоже вышел из комнаты, собираясь вскоре вернуться. Именно в этот момент вошел Том, подгоняемый в спину порывом ветра. Его штормовка блестела от дождя. Сабина едва не выбежалаему навстречу, ей становилось здесь немного не по себе.

— Я опоздал на ужин? В одном из стойл начала протекать крыша, и мне пришлось закрывать ее брезентом. На улице просто мерзко, — сообщил он.

— Садись, дорогой, садись. Повесь куртку на тот стул. Твой ужин в духовке. Отбивные из ягнятины подойдут?

Обстановка в комнате немедленно разрядилась, и Сабина откинулась на стуле. Том всегда умел ослабить напряжение. Она улыбнулась ему, он улыбнулся в ответ.

— Тебе удалось посмотреть что-нибудь хорошее по телику, Сабина?

Та взглянула на миссис Х.:

— Я пришла сюда не из-за телика. Мне хотелось пообщаться — со всеми.

— Что ты хотела посмотреть, милая? Честно говоря, за хлопотами с ужином я и не подумала об этом. А давайте посмотрим за пудингом? Может быть, покажут фильм.

Они сели за стол и стали переключать каналы, а Том с волчьим аппетитом принялся за еду. Опустив голову, он без устали работал ножом и вилкой, отправляя в рот все новые порции еды. Наверное, так едят отпрыски в больших семьях, стараясь не пропустить добавки. Миссис Х. кивала, улыбаясь с молчаливым удовлетворением. Она не скрывала любви к племяннику, глядя на него по-матерински. Сабина, наблюдая за этим в теплой комнате, слушая отдаленный шум ветра и дождя, с болью подумала, что в доме бабки не чувствует себя защищенной, как здесь. Она даже не знает толком этих людей, а возвращаться в Килкаррион совсем не хочется.

В комнату с улыбкой вошла Энни. За ее спиной стоял немного встревоженный Патрик.

— Приветик, Том, — сказала Энни, взъерошивая волосы Тома. — Как поживает мой любимый кузен? Ты похож на утопшую крысу.

— Давай попробуй высунуться на улицу, — сказал Том, хватая ее за руку. — Это называется погода.

Не переставая улыбаться, Энни уселась за стол. Патрик сел рядом, не сводя глаз с жены. К пудингу он не притронулся.

— Где пропадал всю неделю? — спросила Энни у Тома. — Совсем тебя не видно.

— Да был тут поблизости, — ответил он. — Хлопотное время. Готовлю лошадей к открытию сезона. Все нормально, Патрик?

— Опять твои лошади. Хоть бы с девушкой познакомился. Что случилось с той девушкой из ресторана? Она была вроде ничего.

Том не поднял головы от тарелки.

— Не мой тип.

— А какой твой тип?

— Не она.

Миссис Х., которая вытирала кухонные столы, рассмеялась:

— Тебе следовало бы это знать, Энни. У Тома может быть жена и шестеро детей, а ближайшие родственники ничего об этом не узнают. Ты видела когда-нибудь такого парня, а, Сабина?

Сабина почувствовала, что краснеет. К счастью, никто этого не заметил.

— Твоя беда в том, что ты слишком разборчивый, — пробурчала Энни, гоняя по вазочке растаявшее мороженое.

— Возможно.

Миссис X. поглядывала на дочь, не спрашивая ее о причине краткого отсутствия. Потом занялась мытьем посуды, отклонив несмелое предложение Сабины помочь.

— Сиди. Ты гостья.

— Ах, не говорите так, мама. А то она почувствует себя одним из постояльцев.

— Я думал, они у вас просто живут, — покачал головой Том. — Ты ведь не хочешь сказать, что вы заставляете их платить?

— Ты не гостья, — повторила Энни, проигнорировав Тома и положив ладонь на плечо Сабины. — Ты одна из Баллантайнов, то есть практически семья. И тебя здесь с радостью примут в любое время. Мне тоже нужна компания. — Она улыбнулась с искренней теплотой.

Миссис X. с готовностью кивнула.

— Хочешь чашку чая, Патрик? Если ты работаешь, могу принести тебе наверх.

— Спасибо, мама. Мне достаточно будет вина. Том, у тебя есть выпивка?

Сабина хотела принести бутылку вина, но миссис X. уже успела передать Тому стакан апельсинового сока, который тот жадно осушил.

— Я выпью еще. — Энни огляделась по сторонам. — Куда подевался мой стакан?

— Я его вымыла, — ответила миссис X.

— Ну, тогда передай мне другой. Я не допила еще тот.

— Как продвигается книга? — спросил Том.

— По правде сказать, дело застопорилось, — покачал головой Патрик.

— Не понимаю, как ты выдерживаешь, сидя там день за днем один-оденешенек, — сказала миссис Х. — Я бы с ума сошла от скуки. Не с кем поговорить, в голове только эти персонажи. Удивительно, как ты еще не свихнулся... Ну ладно, я закончила. Через минуту ухожу. Твой отец сегодня в клубе, и я хочу вернуться до его прихода.

— Идешь на свидание с кавалером, мама? — Патрик поднялся и подал ей пальто. — Не беспокойся. Мы ни слова никому не скажем.

— Ей нравится встречать его дома, — сказал Том, недоверчиво покачивая головой.

— Если мне нравится встречать мужа дома, так это касается только нас, — слегка зардевшись, произнесла она.

— И соседей, — добавил Патрик, ухмыльнувшись Тому. — Бедняги.

— Ты проказник, Патрик Коннолли, — улыбнулась миссис Х., заметно покраснев. — Кто-нибудь проводит Сабину до дома? Не хочу, чтобы она одна шла по темной дороге.

— Всего-то сотня ярдов. Я сама, честно, — ответила Сабина, сердясь на то, что ее считают слишком юной.

— Не беспокойся, — откликнулся Том. — Выставим ее сразу после закрытия.

— Спасибо за ужин, мама, — поблагодарила Энни, проводив мать до двери.

С ее лица не сходила теперь ласковая улыбка, хотя глаза были по-прежнему серьезными. Патрик, нежно поцеловав жену, медленно пошел наверх. Она мимоходом потрепала его по щеке, как ребенка.

Закрыв дверь за матерью, Энни остановилась посредине комнаты, словно не зная, куда себя деть. Потом направилась к дивану и, опустившись на него, поджала колени к подбородку.

— Правда, Сабина, почему бы нам не включить фильм или что-то еще? — произнесла она с выражением крайней усталости на лице. — А вы болтайте. Надеюсь, вы не против, если я просто посижу здесь. Разговаривать я просто не в силах.

— Звонила твоя подруга Мелисса и спрашивала, придешь ли ты к ней в гости пятнадцатого. Я сказала ей, что не знаю, успеешь ли ты вернуться.

— О-о-о...

— А Геббельса стошнило в твоей комнате, поэтому я отдала твой ковер в чистку, и они говорят, проблем не будет.

— А что с котом?

— Все нормально. Просто дело в том, что у меня закончилась кошачья еда, и он слопал банку тунца.

— Нельзя кормить его тунцом.

— Знаю, милая, но угловой магазин был закрыт, а я не могла оставить его голодным. Он справляется, когда ест не так быстро.

Накануне Сабина позвонила матери, чтобы попросить денег на обратную дорогу. Она собиралась сказать, что любит ее, просит прощения за свою грубость и что ей хочется домой, поскольку знала: мать поймет, что она ни минуты не может больше тут оставаться.

Они уже разговаривали минут семь, и мать недоумевала, зачем Сабина попросила ее срочно позвонить. А Сабина не могла найти нужных слов. Она хотела вернуться, действительно хотела, но после предыдущего вечера в доме Энни все это перестало быть таким срочным. И Сабина чувствовала, что по-прежнему в душе злится из-за Джеффа и Джастина. Как же трудно сохранять спокойствие при общении с матерью. Кейт воспринимала все чересчур эмоционально и говорила много лишнего, поэтому Сабина начинала жалеть о своих словах и сердилась, будто в чем-то проговорилась. Матери до всего было дело.

— Так... Что у тебя не так? Бабушка уже посадила тебя на лошадь?

— Нет. А я и не собираюсь ездить верхом.

— Чем же ты там занимаешься?

Сабина подумала о коробке с фотографиями, которую она обнаружила в то утро, когда бабушка уехала в магазин. Там были фотографии маленькой девочки, ее мамы, с китайчонком. Подумала она также и о доме Энни, о том, как накануне вечером Энни вдруг заснула рядом с ней, совершенно не заботясь об окружающих. Подумала Сабина и про Тома, который, чуть смутившись, спросил у нее, чем сейчас занимается ее мать.

— Ничем, — ответила она.

Глава 3

Кот Геббельс сидел на стойке ворот, как каменный часовой. Шерсть у него стояла дыбом, что указывало на низкую температуру воздуха. На той стороне дороги чинил автомобиль мистер Огони в шерстяной шапке. Он решительно бросался под капот, как цирковой дрессировщик, засовывающий голову в пасть льва, потом вылезал оттуда, торжественно вытирая руки тряпкой и словно собираясь с духом повторить трюк. Между мусорными бачками, стоящими у края тротуара и забытыми во время утреннего вывоза мусора, кружили два пакета из-под чипсов.

Вы когда-нибудь спрашивали себя о том, говорите ли вы с вашим ребенком на одном языке? Что ж, согласно новым исследованиям, проведенным в Швейцарии, возможно, что и нет.

В одном таком исследовании социальные психологи из Женевского университета пишут вот о чем: дети часто слышат прямо противоположное тому, что говорят им родители.

Медленно подошла Агнесса в легком голубом пальто и заговорила с мистером Огони. Тот печально пожал плечами, указывая на двигатель. Пока они говорили, холодный воздух перед их лицами принял форму маленьких грибовидных облачков.

> Родители редко ставят себя на место детей, — говорил профессор Фридрих Ансбульгер, руководивший обследованием двух тысяч семей. — Если бы они сделали это, то поняли бы, почему дети часто совершенно их не слушаются. Дело не в неповиновении — просто у детей своя логика.

Кейт вздохнула и заставила себя посмотреть в компьютер. На три абзаца у нее ушел почти час. При такой скорости ее почасовая оплата приблизится к заработку полулегальных работниц где-нибудь на фабрике в Бангладеш.

Для женщины с ее воображением не сложно было понять причины, по которым она в последнее время не могла работать. Для начала, в доме слишком тихо. Несмотря на то что Сабина обычно редко показывалась дома, Кейт стала замечать эту гнетущую тишину, когда входная дверь не хлопала, не слышно было гулких ударов мяча по ступеням, не закрывалась дверь ванной и не доносился приглушенный ритм какой-нибудь группы. А также не звучало время от времени слова «привет».

Да еще и центральное отопление, поломка которого заставила ее кутаться в тряпье, как бомжиху, хотя сантехник, качая головой, клятвенно обещал принести нужные детали. Это было три дня назад.

И этот глупый кусок статьи, который упрямо отказывался писаться. В удачный день Кейт могла до ланча выдать две статьи по восемьсот слов каждая. Сегодня был не такой день: партнеры не перезванивали, слова неуклюже спотыкались на странице. Жалость к самой себе начисто подавляла мотивацию Кейт.

Впервые за взрослую жизнь она на целую неделю была предоставлена самой себе. С ней постоянно была Сабина, а когда дочь уезжала в школьные поездки или встречалась с друзьями, был Джефф, а до него Джим. Кейт всегда знала, что в конце дня будет кто-то, с кем можно съесть пасту, выпить вина и обсудить события дня. Джеффа больше с ней нет, Джастин в командировке и неизвестно, когда вернется, а Сабина в Ирландии и почти не звонит. И она сама в этом виновата.

Кейт в который раз пыталась не думать о том, что Джефф быстро решил бы проблему с центральным отоплением. У него практическая жилка. Он позвал бы надежных мастеров, с которыми знаком уже много лет и которых поощрял иногда щедрой выпивкой. Как-то давно он попросил Кейт приготовить электрику «напиток», и она заварила ему чашку травяного чая, вызвав у мужчин ухмылку. Тогда она отругала себя за наивность. Сейчас же, сидя в промерзшем доме, Кейт вспоминала об этом с умилением. Но попросить Джеффа о помощи не могла. А Джастин, как он заметил с сожалением, не занимается домашними делами.

Фактически за три месяца ее нового романа выявилось многое, чего Джастин не делает. Он не звонит вечером предупредить, что задержится. «Послушай, милая, это не всегда возможно. Мой мобильник всегда садится, а если мы работаем допоздна или находимся в каких-то сомнительных местах, мне некогда искать телефонную будку». Он не живет с ней вместе. «Мне нравится то, как у нас все сложилось. Не хочу это портить. А я обязательно испорчу». И он не строит планов на будущее. «Ты самая потрясающая женщина из тех, что я встречал. Я очень хочу быть с тобой. Долго-долго». Кейт, уставившись невидящим взором на монитор компьютера, заставила себя сосредоточиться на том, что Джастин делает, ругая себя за выдумывание проблем. Он любит ее, так ведь? Он постоянно об этом говорит.

Агнесса по-прежнему храбро толкала перед собой ходунки к перекрестку. Пушистая белая голова качалась на тонкой шее, как одуванчик под дуновением ветра. Она шла в кафе «Луис», куда с завидной регулярностью приходила каждый день без четверти час, чтобы съесть яйцо, чипсы, выпить чая и посмеяться в одиночестве над таблоидами. После этого Агнесса, в зависимости от дня недели, направлялась в зал лото, благотворительный центр или библиотеку, возвращаясь домой лишь после закрытия учреждения. Только после нескольких лет проживания рядом с Агнессой Кейт обнаружила, что на удивление компанейский стиль жизни ее соседки объясняется невозможностью нормально отапливать свою квартирку. «Давай, — сказала она себе, задумавшейся о бедной старушке, — заканчивай этот кусок, или тебе придется выйти».

Может быть, это и хорошо, что она сейчас одна, — вечером за своими вещами придет Джефф, и после той ужасной первой встречи она не вынесла бы, если бы они с Джастином опять встретились. Джеффа и то будет трудно видеть.

Кейт сидела, уставившись на текст перед собой и размышляя над двумя одинаково непривлекательными вариантами продолжения дня. Потом она вставила контактные линзы, надела на себя дополнительный слой одежды и, полная предчувствий, отправилась в местный клуб.

— Не могли бы вы пододвинуть те столы у двери? Боюсь, на всех не хватит места.

Посредине продуваемого сквозняками клубного зала стояла в стеганой куртке Мэгги Чэун, командуя перестановкой мебели, как подвыпивший полицейский командует уличным движением. Сосредоточенно наморщив брови и стараясь всех разместить, она энергично жестикулировала, затем, быстро передумав, посылала Кейт или других слушателей в противоположный конец зала с грузом пластиковых столов и стульев.

За ее спиной кружком сидели пожилые китаянки, которые громко тараторили, очевидно на кантонском диалекте, занятые какой-то игрой вроде домино. В другой части комнаты, рядом со стариками, прихлебывающими жасминовый чай из пластиковых чашек, расположились две молчаливые и несчастные с виду молодые женщины с младенцами на руках, игнорируя друг друга и совсем еще молодого человека, который сидел между ними.

— Стульев все равно не хватит, как ни расставляй их, — быстро сделав в уме расчет, сказал менеджер Иан.

— Помощники могут есть стоя, — парировала Мэгги.

— Все равно будет тесно. Лучше, наверное, организовать две смены. — Потупленный взор и бледность Иана говорили о трудностях жизни общественного деятеля.

— Лучше уж втиснуть всех, чем проводить два собрания, — заметила Мэгги. — Нам будет теплее.

— Жаль, что так получилось с отоплением, — в пятый раз сказал Иан. — Урезали бюджет. Надо экономить средства для пожилых людей и новых мамочек, которые приходят по вторникам и пятницам.

Кейт, разогревшись от движений, протащила через комнату два стола и под руководством Мэгги поставила их рядом с кухней. Вопреки уверенности других женщин, она не понимала, как все одновременно смогут съесть ланч. Но Мэгги упорствовала: эта группа призвана создавать связи между старыми и молодыми, между новичками и старожилами, и нет смысла расширять группу, если на самом деле собираешься разделить их.

— Кроме того, — бодро проговорила она, — это наша культура. Мы привыкли питаться вместе.

Кейт не стала возражать, что эта культура Мэгги — понятие весьма растяжимое и включает в себя походы в «Макдоналдс» с сыновьями, нерегулярные ужины с мужем-врачом, работающим по прерывистому графику в местной больнице, и преданная любовь к сериалу «Улица коронации». Спорить с Мэгги было бесполезно: будучи опытным политиком, она просто пропускала мимо ушей все, что расходилось с ее взглядами на мир, твердо заявляя о своем мнении и не допуская, чтобы оно подвергалось сомнению.

— Вот! Все готово! — воскликнула она несколько минут спустя. — А столы могут оставаться на тех же местах. Я сказала вам, что уговорила одного из учителей школы Браунлей приходить к нам и проводить уроки чтения и письма? Если я увижу еще одну анкету для предоставления жилья, то просто умру.

— А если у меня ничего не получится с анкетой мистера Йипа, полагаю, он постарается сделать так, чтобы умер я, — сказал Иан.

Это была попытка сострить, и Мэгги с Кейт натянуто улыбнулись.

— Не хотите же вы сказать, что ее снова вернули.

— В четвертый раз. Все бы ничего, но мне же приходится ее заполнять. Если после одиннадцати лет работы в совете я не могу ее заполнить, то как можно ожидать этого от кого-то другого?

Кейт стала волонтером в группе «Далстон и Хакни», программе помощи и поддержки, почти за год то того, как ушел Джефф. Однажды вечером, оторвавшись от чтения «Американского журнала прикладной психиатрии», он стал жаловаться на шокирующе высокий процент психических расстройств у иммигрантов, вызванный их изоляцией, отчужденностью и расизмом в районах их обитания. Говорил он также о работе Мэгги, которая пытается бороться с этим. Кейт была удивлена активным участием Мэгги. Несмотря на долгую дружбу, они с Мэгги обычно говорили только о своих мужчинах и детях. Но потом, когда Мэгги с Хэмишем пришли на ужин, Джефф вновь заговорил об этом, и Кейт выяснила, что сдержанность Мэгги объяснялась лишь недостатком интереса со стороны Кейт. Мэгги тут же добилась от Кейт невнятного обещания прийти и помочь.

— Не знаю, чем смогу помочь, — сказала тогда она, сомневаясь, стоит ли этим заниматься.

Но когда Мэгги узнала, что детство Кейт прошло в Гонконге, устраниться не удалось.

— Бог мой, женщина, ты знакома с китайской культурой! — воскликнула она. — Ты практически китаянка! — Мэгги проигнорировала возражения Кейт, говорившей, что с восьми лет ее культура относилась к пансиону в Шропшире и сельской жизни в Южной Ирландии. — Ну и что? — ответила она. — Я никогда не жила восточнее Тейдон-Буа.

Даже по прошествии всех этих месяцев толку от Кейт было мало. В отличие от других волонтеров она не говорила по-китайски, не умела готовить и не могла разобраться в кафкианских требованиях, предъявляемых к формам социального страхования. Кейт могла предложить лишь помощь на уроках чтения и свое физическое присутствие. Но Мэгги ничего не имела против. Кейт даже получала здесь некоторое удовольствие, глядя, как местный повар-волонтер готовит на маленькой кухне центра китайские кушанья, наблюдая за оживленным общением пожилых людей. Ей нравилось, как Мэгги быстро переключается с английского на китайский или собирает вокруг себя этих разных людей, объединяя их исключительно силой своей личности. Кроме того, работа в группе смягчала чувство вины из-за расставания с Джеффом, словно Кейт раз в неделю покупала себе искупление грехов. Чаще всего это помогало.

— Я думала, ты сегодня не придешь, — услышала она вдруг у своего плеча голос Мэгги.

Маленький рост Мэгги предполагал, что с другой точки ее увидеть трудно. Не помогали и туфли на шпильках.

— Я и не собиралась, — призналась Кейт. — Нет настроения.

— Если чувствуешь себя несчастной, всегда лучше выбираться из дома. Прочь от газовой плиты. Ах нет, у тебя ведь электрическая, верно? Поговорим за ланчем.

— Не знаю, останусь ли на ланч.

Мэгги не слушала ее.

— Посмотри на них! Им надо бы разговаривать друг с другом! — воскликнула она, указывая на одну из тихих молодых матерей. — Две молодые женщины, два младенца. Нелепо, что они сидят здесь в полном молчании. Надо их разговорить. Видишь вот эту? Следует заставить ее отнести ребенка на прививку. Она здесь уже почти полгода, но глупышка не хочет идти в центр здоровья.

Мэгги сказала, что муж бросил эту девушку через четыре недели после того, как привез в Англию, говоря, что едет на заработки. Больше она о нем ничего не слышала. У нее есть разрешение на пребывание в стране, но нет работы, она снимает студию на двоих, и у нее нет денег на дорогу домой.

— Ей просто надо поговорить с людьми. Немного раскрыться. Иди поговори с ней, а я посмотрю, как там у нас с ланчем, — сказала Мэгги и упорхнула.

Работа в центре обычно помогала Кейт забыть о своих проблемах, но в то утро она никак не решалась выйти на улицу. Непривычная тишина дома наводила уныние, и у нее не возникало желания к общению. Как-то Сабина рассказала ей, что они делят девочек в классе на «радиаторы» и «пылесосы». «Радиаторы» — популярные девчонки, проявляющие ко всему интерес и энтузиазм, притягивающие к себе людей, а «пылесосы»... высасывают воздух и добрую волю. Кейт подумала, что сегодня она определенно относится ко второму типу.

«Пылесос», который должен стать «радиатором». Шаркая ногами, как школьница, Кейт медленно подошла к девушке, которая сидела ссутулившись в дешевом анораке, пластиковых туфлях, распространяя вокруг себя запах бедности. Кейт не знала, как можно помочь человеку в столь безысходной ситуации. К тому же девушка не говорила по-английски. Но Мэгги считала, что покровительственно-евангелистический подход учителя воскресной школы помогает ладить с людьми. Если есть желание, то способ найдется.

Глубоко вздохнув, Кейт остановилась рядом с девушкой и улыбнулась:

— Привет! Я Кейт.

Девушка, волосы которой были завязаны в конский хвост, а голубоватые тени под глазами указывали на постоянное недосыпание, безучастно посмотрела на нее, а потом оглядела комнату в поисках Мэгги или одного из китайских помощников.

— Кейт, — повторила Кейт, указывая на себя и понимая, что говорит чересчур громко, как слабоумный колонист, повышающий голос в разговоре с туземцами.

Девушка смотрела на нее, широко раскрыв глаза, потом покачала головой и слабо взмахнула рукой.

Кейт перевела дух. Что, черт возьми, ей делать? Она не обладала даром быстро успокаивать людей. Она и сама-то часто чувствовала себя не в своей тарелке.

— Я Кейт. Я здесь помогаю, — беспомощно произнесла она. Потом добавила: — Как тебя зовут?

Наступившую тишину нарушил взрыв смеха в противоположном конце комнаты и быстрый стук костяшек домино по столу. Пожилые игроки завершили игру. Мэгги подошла к ним, восклицая и поздравляя на китайском. Она наклонилась к столу, и гладкие черные волосы упали ей на лицо.

Кейт снова повернулась к девушке, пытаясь подбодрить ее улыбкой.

— Мальчик или девочка? — спросила она, указывая на спящего младенца, чье личико виднелось из-за вороха пожертвованной одежды. — Мальчик? — Она махнула в сторону сидящего поблизости мужчины, который недоверчиво взглянул на нее. — Или девочка? — Кейт указала на себя. О господи, это звучит по-идиотски! Вымученно улыбаясь, она пододвинулась ближе и сказала: — У вас красивый ребенок.

Так и было. Все спящие дети красивы.

Девушка посмотрела на младенца, потом снова на Кейт, прижимая ребенка к себе чуть крепче.

«Пора прекращать это, — подумала Кейт. — Просто провожу ее к столу с едой, и путь Мэгги с ней разговаривает. От меня никакого толку». Она с тоской вспомнила о своем пустом доме. Потом вдруг у нее в мозгу вспыхнули два слова из детства, шепотом произнесенные няней.

— Хоу лэн, — сказала она, указывая на спящее дитя. Потом громче: — Хоу лэн.

Девушка посмотрела на ребенка, потом снова подняла глаза. Словно не смея поверить в сказанное, она слегка нахмурилась.

— Ваш ребенок. Хоу лэн.

Два ласковых тихих слова: «очень красивый». Международный язык лести.

Кейт почувствовала прилив теплоты. В конце концов, она это может. Она пыталась припомнить, правильная ли у нее интонация.

— Хоу лэн. Очень красивый, — повторила она, благожелательно улыбаясь.

Потом у нее за спиной возникла Мэгги.

— Что ты делаешь с бедной девочкой? — спросила она. — Она не говорит на кантонском диалекте. Она с материка, глупая женщина. И говорит на мандаринском диалекте. Она ни слова не поняла из того, что ты говорила.

Высокий худой Хэмиш, выпускник частной школы, совсем не подходил Мэгги. Люди повторяли это на протяжении восемнадцати лет их брака. Дело было не только в росте Мэгги, ее земной чувственности в противовес его утонченности или ее шумной китайской непосредственности и ребячьих эмоциях в противовес североевропейской безмятежности Хэмиша. Дело в том, что ее для него было не в меру много. Много для едва ли не любого человека, о котором думала Кейт. Слишком шумная, слишком прямолинейная, слишком уверенная в себе. Кейт была совершенно уверена, что Мэгги ни на йоту не изменилась с юношеских лет. За это Хэмиш ее обожал.

В противоположность Мэгги Кейт менялась при общении с разными мужчинами. Происходящие в ней перемены определялись тем, насколько сильно она увлекалась конкретным мужчиной. С Джимом она наслаждалась той непринужденностью и любовью, с которыми он обращался как с ней, так и с дочерью. Впервые после рождения Сабины Кейт почувствовала себя не только мамочкой. Джим вернул ей что-то из юности, как ей тогда казалось, ободрял ее, избавлял от лишних тревог. Обучал Кейт по части секса. Но потом, когда их отношения начали разлаживаться и она стала подозрительной, Кейт возненавидела личность, которую он слепил из нее. Возненавидела этого несчастного параноика — саму себя, — добивающегося правды, отчаянно пытающегося улучшить внешность, чтобы отвлечь его внимание от невидимой соперницы. А когда Джим ушел, к грусти примешалось чувство облегчения оттого, что ей не надо больше быть тем человеком.

Когда появился Джефф, Кейт уже была более умудренной жизнью любовницей. Она не отдавала ему всю себя, оставляя что-то и себе. А вот он отдавал ей все — всего себя. С Джеффом она повзрослела. Он расширил ее кругозор, разговаривал с ней о политике и обществе, заставил более критично относиться к несправедливостям окружающего мира. Если спокойная жизнь перевешивает страсть, это хорошо, говорила она себе. Наверное, лучше быть с человеком, который дает стабильность. Джефф научил ее применять интеллект, и Кейт поумнела. И он так мило обращался с Сабиной, никогда не пытаясь давить на нее или разыгрывать папочку, а просто относился к ней с неизменной любовью и мудростью.

Но потом через шесть лет возник Джастин, который заставил Кейт понять, что много лет оставался нереализованным целый пласт ее жизни, и вот теперь он вырвался на поверхность. По натуре она была сексуальна, и Джастин открыл в ней эту сексуальность, которая вырвалась наружу, как гейзер, и которую невозможно было укротить. Ни один мужчина не доводил ее до такого состояния, когда Кейт в девять часов утра ходила пошатываясь, как пьяная. Ни один не окружал ее настоящей аурой сексуальности, соблазнительным покровом из феромонов, когда она замечала, как поворачиваются ей вслед головы и мужчины присвистывают от восхищения. И она это заслужила, правда? — спрашивала она себя, в отчаянии пытаясь найти разумное объяснение боли, которую должна была причинить другому человеку. Кейт был дан еще один шанс. Почему в тридцать пять она должна отказаться от романтической любви?

— Это что — заговор малоежек? Пока ты здесь мечтаешь, я съела почти весь ченг фун. — Мэгги, прислонившись к мойке, энергично замахала перед носом Кейт палочками для еды. — То, что ты не знаешь разницы между кантонским и мандаринским диалектами, не значит, что тебе не разрешается принимать пищу.

— Извини, — ответила Кейт, тыкая палочками в затвердевшую еду.

Ей казалось, она голодна, но ее столь изменчивый в последнее время аппетит опять пропал.

— Что такое? По-прежнему любовное томление? Неужели ты все еще на той стадии, когда нет аппетита? Сколько уже прошло — три месяца?

— Не знаю, на какой я сейчас стадии, — горестно ответила Кейт. — Нет, знаю: на стадии вины.

Мэгги изогнула тщательно выщипанную бровь. Рассказав Мэгги, что собирается бросить Джеффа ради Джастина, Кейт ожидала, что подруга, давно знакомая с Джеффом, автоматически примет его сторону. Но этого не случилось: возможно, Мэгги теперь научилась уживаться с двумя конфликтующими точками зрения.

— Стадия вины? О-о, не раскисай, ради всего святого. Ты ведь счастлива, правда? Джастин тоже счастлив? Джефф, честно говоря, вряд ли склонен к самоубийству. Не тот тип, да и стоит учесть его психиатрическую подготовку. Возможно, прямо сейчас он проводит для себя сеанс психотерапии. — Мэгги загоготала, и у нее изо рта выскочил кусок лапши.

— Дело не в Джеффе. Дело в Сабине, — сказала Кейт. — Я порчу ей жизнь.

Мэгги извлекла из миски последнюю завернутую в бумагу креветку, испустила долгий вздох, потом сунула миску в переполненную мойку.

— Понимаю. Все эти ужасы подросткового возраста, да? Эта девушка-ребенок доставляет много хлопот?

— Не так и много. Она почти со мной не разговаривает. Но у нее все написано на лице. Она считает, я разрушила ее жизнь. И ненавидит меня за то, что я послала ее к бабушке.

— Ну, за это ее винить нельзя, если все, что ты мне рассказала, правда. Но разрушить ее жизнь — не будь столь мелодраматичной, — ухмыльнулась Мэгги. — Послушай, она совсем не тянет на бедную сиротку.

Кейт во все глаза смотрела на подругу, ища поддержки.

Мэгги подняла руку и принялась загибать пухлые пальцы:

— Первое. Она одета и накормлена? Да. И даже чертовски хорошо, если хочешь знать, — все это фирменное барахло. Второе. Ты привела в ее жизнь кого-то злого? Нет. Все твои мужики — ну, оба твоих мужчины, которые жили с вами, — обожали ее, а эта маленькая леди не очень-то их жаловала. Третье. Был ли Джефф ее настоящим отцом? Нет, о чем она говорила ему при любом удобном случае. Четвертое. Уйдет ли она из дому через несколько лет, даже не бросив прощального взгляда? Конечно нет.

— Похоже, мне стало намного лучше.

— Это правда, дорогая. Я лишь хочу сказать, что ты чересчур беспокоишься. Сабина — вполне уравновешенный тинейджер, выращенный в хороших условиях. Я говорю это в позитивном смысле. Она умная, она бунтарка и не даст себе лапшу на уши вешать. Тебе незачем беспокоиться.

— Но она со мной больше не разговаривает. Просто перестала разговаривать.

— Господи, ей же шестнадцать! Я не разговаривала с родителями года четыре.

— Но что, если это из-за меня? Что, если она меня ненавидит?

— Подожди, пока ей не понадобится машина. Или взнос на первую квартиру. Любовь вернется, поверь мне. Любовь вернется.

Кейт смотрела в окно на серые фасады зданий по Кингсленд-роуд: магазины автомобильных стереосистем и аппаратуры, местные кафе, неряшливые рекламные щиты и страховые офисы. Что заставило ее думать, что дочери будет лучше среди пустынных зеленых полей Килкарриона? Разве ей самой было там хорошо?

Кейт принялась возить толстую розовую креветку по краю тарелки.

— Тебе когда-нибудь бывает скучно с Хэмишем? — Кейт не понимала, откуда взялся этот вопрос, но раз уж он возник, ей потребовался ответ.

Мэгги, державшая чашку около рта, медленно опустила ее и задумалась над ответом.

— Скучно? Не знаю, бывает ли мне когда-нибудь скучно. Иногда мне хочется его задушить. Это подойдет?

— Но что заставляет вас быть вместе? Ведь невозможно быть все время счастливой. Так ведь? — Последние слова прозвучали немного жалобно, и Кейт постаралась обратить их в шутку.

— Конечно, мы счастливы не все время. Ни одна пара не бывает счастлива постоянно, а если кто-нибудь скажет, что счастлив всегда, так это вранье. Ты ведь знаешь. — Мэгги нахмурилась. — В чем дело, Кейт? По правде сказать, иногда ты рассуждаешь на тему отношений, как пятнадцатилетняя девчонка.

— Это потому, что я чувствую себя пятнадцатилетней девчонкой. Но что заставляет вас быть вместе? Что заставляет поддерживать отношения в тот момент, когда на самом деле хочется исчезнуть?

«В тот момент, — подумала она, — когда я обычно исчезаю».

— Что заставляет нас быть вместе? Помимо стоимости услуг хорошего адвоката и того факта, что за последние пять лет наш дом едва поднялся в цене? О-о, и этих злобных троллей, выдающих себя за наших детей? Хочешь знать правду, Кейт? Честно говоря, не знаю. Нет, знаю. Хотя по временам он полный придурок, помешан на деньгах, часто напивается и не так уж хорош в постели, за исключением особых случаев, я не представляю себя ни с кем другим, кроме Хэмиша. Понимаешь?

— У меня никогда не было романа, в котором я не представляла бы себя с кем-то другим, — грустно призналась Кейт.

— Фантазии насчет Роберта Митчема в расчет не принимаются.

— Да, конечно. О господи! Роберт Митчем?

— Да, — ухмыльнулась Мэгги. — Это моя тайна. Знаешь, он кажется чертовски сексуальным.

— Но я не говорю о сексуальных фантазиях. Я всегда думаю о том, чтобы переключиться на кого-нибудь другого. Часто увлекаюсь, короче.

— А все-таки тебе пятнадцать. Я это знала.

— Но что же со мной не так? Почему мои романы такие бестолковые? — Кейт не собиралась произносить это вслух.

Мэгги принялась собирать пустые тарелки, сваленные на подносах вокруг кухни.

— Не хочется говорить это, радость моя, учитывая твои нынешние трудности и все такое, но, может быть, ты просто еще не встретила своего мужчину.

Джастин позвонил без четверти семь, незадолго до появления Джеффа. Кейт была благодарна за этот звонок, благодарна за то, что звук его голоса наполнил ее теплотой и желанием, уверил, что она приняла правильное решение. Разговор с Мэгги растревожил Кейт, хотя она занималась самокопанием по собственной воле. Джастин своим неожиданным звонком все расставил по местам.

— Я думал о тебе, — сказал он, — и просто захотел услышать твой голос.

— О, я так рада, — чуть задыхаясь, ответила она. — Я очень по тебе скучаю.

— Господи, как бы я хотел, чтобы ты была здесь! Все время думаю о тебе. — Его голос звучал так, словно он был за миллион миль.

— Как твои дела?..

— Где ты?..

Они заговорили одновременно, потом замолчали, не желая прерывать друг друга.

— Ты первый, — сказала Кейт, ругая про себя телефонную связь.

— Послушай, я не могу долго говорить. Хотел сказать, что, вероятно, вернусь к выходным. Нам нужно встретиться с еще одним человеком, а потом я надеюсь улететь утренним рейсом.

— Хочешь, я встречу тебя в аэропорту? Позвони, когда узнаешь номер рейса.

— Да нет, не беспокойся. Я не большой любитель всех этих встреч и проводов.

Кейт прикусила язык. Она уже представила себе, как они обнимаются в центре зала Хитроу — он в пропыленной форме цвета хаки — и как при виде ее следы усталости разглаживаются на его лице. «Ради всего святого, — ругала она себя. — Мэгги права. Тебе действительно пятнадцать».

— Я приготовлю что-нибудь вкусное. К твоему приезду.

— В этом нет необходимости.

— Мне хочется. Я скучаю.

— Я только хочу сказать, что, скорее всего, буду измотанный и грязный. И наверное, сначала поеду домой и отосплюсь часиков двенадцать. Увижусь с тобой вымытый и отдохнувший. Пойдем в какое-нибудь занятное место.

Стараясь скрыть разочарование, Кейт сказала, что с нетерпением будет этого ждать. Но ей хотелось увидеть его сразу, как только самолет приземлится, — потного, усталого, какого угодно, хотелось задушить его в объятиях, напустить ему ванну горячей воды, принести бокал вина и слушать его рассказы о безрассудной храбрости, потом накормить домашней едой и смотреть, как он, довольный, дремлет на ее диване. Но Джастин был не из тех, кто дремлет на диване. Она подозревала, что он из породы сверхактивных людей. Ему трудно было усидеть на месте: он то и дело вскакивал, барабанил пальцами по коленям, ерошил рыжеватые волосы и вышагивал по комнате. Кейт считала, что это помогает ему в работе. Даже во сне Джастин вздрагивал и бормотал, словно постоянно кого-то выслеживал.

Кейт в смятении поднялась в свою комнату и остановилась перед высоким зеркалом на дверце эдвардианского шкафа. «Что он во мне нашел? — подумала она, почувствовав вдруг свою уязвимость. — Он мог выбрать любую, а выбрал меня — тридцатипятилетнюю женщину со складками на животе и уже появляющимися морщинками в углах глаз. Признаться, у меня прекрасные рыжие волосы, но, по мнению дочери, чересчур длинные». Женщина, упустившая свои возможности в юности, она никогда не придавала значения моде, не зная, как применить ее к себе. Сабина говорила ей, что шмотки 1950-х, 1960-х годов из магазина секонд-хенд в Сток-Ньюингтоне — это настоящий анекдот, но Кейт нравилась эта одежда. Ей нравились хорошие ткани и то качество, которое она не могла себе позволить в современном гардеробе. Нравилось отличаться от всех этих тридцатипятилетних мам, которых она видела в «Сейнсбери». Но теперь, мучимая сомнениями, Кейт подумала, что выглядит странно и нелепо. «Он меня не разлюбит?» — думала она, вглядываясь в свое отражение. Джастин был с ней одного возраста, но его стиль жизни был таким переменчивым, напрочь лишенным ответственности, как это бывает у молодых людей. Захочет ли он в конечном итоге быть с человеком, способным разделить эту свободу?

Кейт закрыла дверцу шкафа, пытаясь отделаться от лезших в голову мыслей. Нельзя быть одной, иначе начинаешь без конца пережевывать одно и то же. Мэгги сказала, что ее счастье слишком сильно зависит от любовных переживаний. И от этого она становится более уязвимой. Приходилось сознаться, что Мэгги права. И Мэгги сказала это, не зная и половины всего: о том, что Кейт потратила целое состояние на новое постельное белье, поскольку Джастин однажды заметил, что лучше всего спит на белом египетском хлопке; о том, что раза два она отказалась от хороших комиссионных, поскольку не знала, когда он вернется, и не хотела работать, когда он приедет; о том, что в отсутствие Джастина не старалась выглядеть хорошо, нося пижаму и используя для чтения очки в черной пластмассовой оправе.

Да, одной совсем плохо. Нужен квартирант. Или собака. Или что-то еще. Что угодно, что помогло бы остановить эти депрессивные мысли. «Давай, — ругала она себя. — Скоро придет Джефф. Возьми себя в руки».

Обрадовавшись этому предлогу, Кейт причесалась, подкрасила губы, а потом, не думая, подушилась «Мицуоко» от «Герлен». И тут же с ужасом уставилась на флакон: эти духи дарил ей Джефф. На каждый День святого Валентина. Его любимые духи. Джефф может решить, что она передумала, что хочет заполучить его назад. Кейт уставилась на свое отражение и после секундного колебания взяла салфетку и стерла помаду. Застегнув верхнюю пуговицу шелковой кремовой блузки конца 1950-х, она вынула контактные линзы и надела непривлекательные рабочие очки. Потом потерла шею носовым платком, пытаясь удалить запах. Она уже и так причинила ему боль, и ей совсем не хотелось невольно разжечь его страсть. И вот в дар ему предлагалась унылая, немолодая, поблекшая Кейт, снедаемая постоянной тревогой.

Джефф пришел с опозданием, что удивило ее. Обычно он отличался точностью. Это был один из его «пунктиков». Кейт почти обрадовалась, когда наконец раздался звонок. Перед тем она сидела в гостиной, словно впервые рассматривая опустевшие книжные полки и стены. Что почувствует Сабина, обнаружив отсутствие многих знакомых вещей? Была ли она привязана к каким-нибудь из них? Замечала ли их когда-нибудь? Разве можно узнать, что творится в голове этого загадочного существа?

Когда Джефф проходил мимо нее по коридору, Кейт заметила, что он выглядит немного лучше, чем в последний раз. Но может быть, в этом не было ничего удивительного — прошло уже несколько недель.

Он стоял в гостиной — высокий, сутуловатый мужчина лет пятидесяти, не зная, как себя вести. Почему-то обрадовавшись его приходу, Кейт неловко улыбнулась и жестом пригласила его сесть.

— Хочешь выпить? Твои вещи наверху, но я знаю, ты был за рулем, и, наверное, стоит немного передохнуть.

Джефф потеребил черные с проседью волосы и неуверенно сел:

— На самом деле я приехал из Ислингтона и туда же вернусь.

Кейт была уверена: он говорил, что снимает квартиру в Бромли, рядом с психиатрической клиникой, но промолчала. Любые расспросы могли прозвучать некорректно. Теперь это ее не касается.

— Чай? Кофе? Красное вино? У меня открыта бутылка.

— Вино подойдет. Спасибо.

Кейт пошла за бутылкой на кухню, удивляясь тому, как быстро любовник превратился в официального гостя. Она протянула ему бокал и, почувствовав, как Джефф пробежал глазами по ее лицу, покраснела от непрошеного чувства.

— Ну что, как поживаешь? — спросил он.

Кейт немного удивилась, потому что сама собиралась спросить его об этом.

— Все... нормально, — ответила она. — Хорошо поживаю.

— Сабина по-прежнему у твоей мамы?

— Да. Ей там не нравится, но на этой неделе она не звонила. Думаю, это хороший знак.

— Отсутствие новостей — хорошая новость.

— Что-то в этом роде.

— Передай от меня привет, когда будешь говорить с ней.

— Конечно передам, — кивнула она.

Они надолго замолчали. Кейт заметила, что верхняя пуговица ее блузки расстегнулась, и подумала, что если застегнет ее, то это будет выглядеть нарочито. Вместо этого она плотней запахнулась в толстый кардиган.

— У тебя не работает отопление? — спросил Джефф, как будто внезапно почувствовав холод.

— У меня возникли проблемы с бойлером. Завтра придет сантехник, — солгала Кейт.

— Толк-то от него будет? Неужели тебе нужно, чтобы разные молодчики все здесь испортили?

— Да нет, он хороший мастер. С сертификатом и все такое.

— Ладно. Ты могла бы просто сказать мне. Я... — Он смущенно замолчал. — Ну, так или иначе... Я рад, что ты все уладила.

Кейт уставилась на свой бокал с вином, чувствуя себя жалкой. Лучше бы Джефф не был таким приветливым. Ей было легче, когда он кричал на нее. Когда она рассказала ему про свой новый роман, он обозвал ее шлюхой. Как ни странно, Кейт тогда не обиделась, поскольку в душе таковой себя и считала, но также и потому, что это было единственное сказанное им бранное слово, которое оправдывало ее злость на него.

— По сути дела, — начал Джефф, — мне надо с тобой поговорить.

У Кейт душа ушла в пятки. Джефф смотрел на нее добрым взглядом. «Пожалуйста, не влюбляйся в меня больше, — молча умоляла она его. — Я не вынесу ответственности».

— Может быть, сначала принести твои вещи? — отрывисто произнесла она. — А после поговорим.

— Нет. — (Кейт молча воззрилась на него.) — Послушай, хочу поговорить с тобой прямо сейчас.

«Мы тратим целую жизнь на то, чтобы заставить мужчин говорить, — подумала она, — а когда добиваемся этого, хотим поскорей убежать».

В этот момент в комнату бесшумно вошел Геббельс, черная шерсть которого блестела от дождевых капель. Проигнорировав Кейт, он подошел к Джеффу, безразлично понюхал штанину брюк и легко вскочил на диван за его спиной. «Только не ты», — горестно подумала Кейт.

— Мне так неудобно... — произнес Джефф.

— Нет-нет, это мне должно быть неудобно. Джефф, мне жаль, что так получилось. Правда. Ты такой замечательный человек, и я все отдала бы, чтобы этого не произошло. Мне очень, очень жаль. Но я пошла вперед. Пошла вперед, понимаешь?

И Кейт улыбнулась. Ее улыбка заключала в себе всю любовь и благодарность, которую она испытывала к Джеффу много лет, а также сознание того, что воскрешать больше нечего.

— Все это очень мило, — сказал он, глядя на свои ботинки. Она заметила, что ботинки у него новые, на толстой подошве и дорогие с виду. Совсем не похоже на Джеффа. — Я рад, что ты это сказала. Потому что мне было неловко приходить сюда сегодня.

— Не стоит так думать, — с жаром произнесла Кейт, но, пожалуй, не совсем искренне. — Сабина будет всегда рада тебя видеть. И я всегда... — Она подыскивала нужное слово. — Всегда буду хорошо к тебе относиться. Больно думать, что мы перестанем видеться.

— Ты действительно так думаешь?

Он наклонился к ней, положив руки на колени.

— Да, — ответила она. — Джефф, ты занимал в моей жизни огромное место.

— Но ты пошла вперед.

Кейт почувствовала, что глаза ее наполняются слезами.

— Да.

— Я рад, — произнес он, справившись наконец с напряжением. — Поскольку то, что я хочу сказать тебе... Ну, я немного волновался, потому что не знал, как обстоят у тебя дела.

Кейт с непонимающим видом уставилась на него.

— Послушай, мне стало немного легче. Потому что я тоже пошел вперед. Я познакомился... с женщиной.

Кейт оторопела.

Джефф слегка покачал головой, словно сам не веря своим словам.

— Я познакомился с женщиной. И это довольно серьезно. Тогда я осознал, что ты была права. Ты была вправе сделать то, что сделала. Конечно, в то время я сильно страдал. Ты даже не представляешь. Удивительно то, как быстро все произошло. Потому что, когда ты рассказала мне... Сколько прошло? Шесть недель?

Кейт в оцепенении кивнула.

— Но этот человек — эта женщина — убедил меня, что твое решение невероятно смелое. Потому что мы просто плыли по течению. Мы не проявляли в полной мере своих способностей и не делали друг друга счастливыми. А сейчас у меня это есть. И если у тебя это тоже есть, что ж — господи, сам не верю, что говорю это! — просто я чувствую, что все изменилось к лучшему. Лишь бы у Сабины все было хорошо.

У Кейт слегка зазвенело в ушах. Пытаясь отделаться от этого, она нахмурилась.

— С тобой все в порядке? — протянув к ней руку, спросил Джефф.

— В порядке, — тихо произнесла она. — Просто немного удивлена.

Ботинки, подумала она. Эта женщина заставила его купить ботинки. Он отсутствовал три недели, и эта женщина сумела заставить его купить приличную обувь.

— Кто она? — спросила Кейт, подняв голову. — Я ее знаю?

У Джеффа был немного смущенный вид.

— Об этом я и хотел поговорить. — Он помолчал. — Это Сорайя.

Кейт оцепенела:

— Сорайя? Не та Сорайя с твоей работы?

— Угу, та самая.

— Сорайя, которая приходила сюда на ужин пять или шесть раз?

— Да.

Сорайя, азиатская королева психиатрии. Сорайя, сорокалетняя богиня с наивным взглядом, неравнодушная к фирменным ярлыкам и дорогой обуви. Сорайя, наследница огромного, безупречно обставленного георгианского особняка в Ислингтоне, имеющая доход от ренты, без детей. Сорайя, ведьма. Похитительница мужей. Стерва! Стерва! Стерва!

— Она не теряла времени даром! — Кейт не удалось скрыть в голосе нотку горечи.

Пожав плечами, Джефф кисло улыбнулся:

— Сорайя подробно выспрашивала меня, насколько все определенно. Знаешь, она очень щепетильна в этом отношении. А потом сказала, что, если бы она не ухватилась за меня, это сделал бы кто-нибудь другой. Сорайя считает, что приличные взрослые мужчины почти перевелись.

Он даже немного покраснел, повторяя ее комплимент, но не смог скрыть свою гордость.

Кейт не верила своим ушам. Джефф, прибранный к рукам самой подходящей одинокой женщиной из тех, что они знали. Джефф, неожиданно ставший сверкающим призом для женщин среднего класса. Как это случилось? Неужели она была столь близорукой, что не заметила в нем каких-то важных качеств?

— Я рассказал тебе только потому, что ты говорила, как счастлива с Джастином. Я ни за что не причинил бы тебе боль, ты же знаешь.

— Ах, не беспокойся за нас! У нас все хорошо. Я в восторге.

Кейт понимала, что это звучит по-детски, но не смогла удержаться.

Они несколько минут помолчали. Кейт торопливо пила вино. В конце концов она первой нарушила молчание:

— Это действительно серьезно?

— Да, серьезно.

— После трех недель знакомства?

— Нет смысла напоминать мне о возрасте. — Джефф попытался обратить все в шутку.

— А жить вместе? — скептически спросила она.

Как мог он начать новую жизнь, когда она пока не смогла примириться с потерей старой?

— Ну, я снял квартиру в Бромли на три месяца. Но бо́льшую часть времени провожу в Ислингтоне.

— Как хорошо для тебя.

— Ты же знаешь, я не придаю этой чепухе значения.

Кейт уставилась на его ботинки. «До сей поры, — подумала она. — Сорайя приоденет тебя и превратит в одного из этих модников в пиджаках от Николь Фари и полотняных сорочках, так что и глазом моргнуть не успеешь».

Джефф гладил кота. Оба выглядели довольными.

— У вас с ней раньше... что-то было?

Закравшееся в ее душу подозрение вдруг разрослось, превратившись в ядовитую Медузу.

— Что?

— Что ж, все это кажется ужасно удобным, правда? Через три недели после того, как съехал отсюда, ты практически переехал к одной из наших хороших подруг. Признаюсь, быстро сработано.

Джефф хранил абсолютно серьезное выражение лица.

— Кейт, уверяю тебя, ничего не случилось, пока ты не рассказала мне про своего... про Джастина. Я всегда считал Сорайю привлекательной женщиной, но не более чем приятельницей. И никогда не думал о ней по-другому, если ты понимаешь, о чем я.

Он говорил правду. Джефф совсем не умел лгать. Тогда почему ей так горько?

— Сорайя говорит, я ей всегда нравился, но она не стала бы приближаться ко мне, будь я с другой женщиной. Не сделай она первого шага, и я, наверное, уполз бы в свою ужасную квартиру и годами зализывал раны. Ты знаешь, каким я был. И знаешь, какой я всегда. Я не гожусь для измены.

«А я гожусь, — подумала Кейт, — хотя ты по своей доброте этого не скажешь».

Кейт, чувствуя себя брошенной безо всяких объяснений, чуть не завыла. Ей захотелось безудержно кричать и рыдать, как будто ее обманули, рыдать, пока не заболит грудь. И во всем виновата только она.

Может быть, в исступлении подумала она, попробовать соблазнить его. Накинуться на Джеффа, сорвать одежду и заняться с ним любовью с животной страстью, заставить его трепетать, поколебав его самодовольство и уверенность в новой любви. Она хотела заставить его сомневаться. Ей хотелось уничтожить Сорайю и ее загадочную азиатскую улыбку. Она в состоянии это сделать, Кейт это знала. В конце концов, она знает его лучше любой другой.

Потом она заметила, что Джефф пристально смотрит на нее с озабоченностью и тревогой. Такой взгляд он обычно приберегал для своих пациентов. Это было даже хуже измены. Она потрогала очки, с неудовольствием вспомнив, что не сделала макияжа.

— Ты в порядке?

— В порядке? Господи, да у меня все отлично! Просто поражена этой замечательной новостью. Я так рада за тебя. — Она встала, и шелковая блузка распахнулась у горла. — Жизнь прекрасна, да?

Джефф, догадавшись, что их встреча внезапно заканчивается, тоже поднялся, поставив свой недопитый бокал на столик.

— Ты действительно ничего не имеешь против? Можешь мне не верить, но мне важно, чтобы ты не возражала.

У Кейт сверкнули глаза.

— Возражать? Почему я должна возражать? — Пригладив волосы, она рассеянно оглядела комнату. — Джастин удивится, когда я расскажу ему, как все получилось. Очень удивится. И порадуется. Да, мы оба очень рады. А теперь давай принесем твои вещи, — энергично сказала она с широкой застывшей улыбкой и пошла к двери.

Глава 4

Вот так. Дави пятками, сиди прямо. Вот-вот, понимаешь? У тебя хорошо получается.

— Я чувствую себя мешком с картошкой.

— Да нет же, у тебя здорово получается. Немного приподними руки. Над его шеей.

— Это единственное, что не дает мне свалиться.

Сабина, нахмурившись, спрятала лицо в шарф, а Том усмехнулся, обдавая ее теплым дыханием. Она призналась себе, что ей почти нравится, но она не собиралась этого показывать. Маленькая серая лошадка послушно шла под ней, прядая ушами в ответ на разговоры Тома и изогнув шею, как игрушечный конь-качалка. Она не пыталась сбросить Сабину, укусить или лягнуть ее, врезаться в живую изгородь или убежать, чего втайне опасалась девочка. Лошадь даже не смотрела на нее со злостью, присущей лошадям из школы верховой езды, а напротив, казалось, получала удовольствие от прозрачного зимнего утра, приняв ездока как необходимую плату.

— Я говорил тебе, что твоя бабушка хорошо разбирается в лошадях, — произнес Том с высоты более крупного гнедого коня. Поводья он держал в правой руке, как в вестерне, а левая рука висела вдоль туловища. — Она не посадила бы тебя на слишком резвое животное. А эта лошадь абсолютно безопасна. Я сам слышал, как она говорила об этом по телефону.

Сабина почувствовала, что сейчас должна выразить благодарность или восхищение, но не могла. Последние несколько дней бабушка почти не замечала ее, а если и замечала, то лишь затем, чтобы пожурить за что-то. Например, за то, что не отмыла сапоги от грязи. Или позволила Берти спать днем в своей постели. Она даже накричала на миссис Х. за то, что та подала деду не то масло, и сама отнесла поднос вниз, а потом все ругала ее, словно бедная старая миссис Х. пыталась отравить его или что-то в этом роде. Сабине хотелось накричать на бабку в ответ, но миссис Х. положила руку ей на плечо и сказала, что это не важно.

— Она в большом напряжении. Надо пожалеть ее, — сказала она.

— Почему все позволяют им делать все это безнаказанно? — спросила Сабина Тома, который спешился и открывал деревянные ворота.

— Кому? Что делать безнаказанно?

— Им. Деду и бабке. Почему вы все продолжаете работать на них, когда они так ужасно со всеми обращаются? Не думаю, что они много вам платят, бабка все время твердит об экономии. — Сабина произнесла эти слова со злостью.

Том распахнул ворота и похлопал лошадь по боку, после чего та неуклюже закружилась вокруг него. Сабина въехала в ворота под звук чавкающих по грязи копыт.

— Она хорошая.

— Нет, не хорошая. Они никогда не благодарят вас за то, что вы делаете. А вчера она грубо обошлась с миссис Х. И все же никто из вас и слова ей поперек не скажет.

— В этом нет смысла. Она никого не хочет обидеть.

— Это ее не оправдывает.

— Я и не говорю, что оправдывает. Но все люди разные, и она такая. Какое же холодное утро!

Том сунул ногу в стремя и, приподнявшись, перекинул через лошадь вторую ногу. Сапоги его были облеплены грязью.

— Но это унизительно. Она обращается с вами как со слугами. Словно вы живете в девятнадцатом столетии.

Том потрепал гнедого по мускулистой шее.

— Что ж, наверное, можно сказать, что мы ее слуги.

— Это нелепо. Вы штат служащих.

Том снова заулыбался. Его улыбающийся рот был виден над шарфом, плотно обмотанным вокруг шеи.

— Ну и в чем разница?

— Разница есть.

— Давай дальше.

Сабина уставилась на уши своей лошади. Правое прядало взад-вперед. Том иногда ужасно раздражал.

— В том, как она это делает. Они оба. Разница в том, как они с вами обращаются — на равных или... безо всякого уважения.

Сабина украдкой взглянула на Тома, думая, что зашла слишком далеко, и испугавшись, что обидела его.

Но он только дернул плечами и сорвал с наклонившейся ветки мокрый лист.

— Я смотрю на это по-другому. Они хорошие люди, но немного старомодные. Вспомни, они росли со слугами. Они выросли в колониях. Им нравится все делать по-своему, и они быстро расстраиваются, если так не получается. Ну вот, — Том остановил лошадь и обернулся к Сабине, — если бы они плохо обращались с кем-то одним, то думаю, мы все уволились бы. Здесь нет балбесов, Сабина, что бы ты ни думала. Но мы их понимаем. И их побуждения. Ты, может быть, этого не видишь, но они нас тоже уважают.

Сабина с ним по-прежнему не соглашалась, но что-то в поведении Тома отбило у нее охоту продолжать разговор.

— Что бы ты ни думала о ней сейчас, миссис X. права. Твоей бабушке приходится нелегко. Тебе следует немного перед ней открыться, Сабина. Поговори с ней. Это тебя может удивить.

Сабина пожала плечами, словно ее это не касалось. Но напряжение, в котором находилась бабушка, как она знала, объяснялось болезнью деда. Он уже пять дней не выходил из своей комнаты, и его часто посещал молодой серьезный врач.

Сабине не хотелось спрашивать, что случилось. Как-то миссис X. попросила ее отнести наверх его поднос с ланчем. Он спал, и она, оцепенев, застыла в дверях, с ужасом глядя, как на блестящем восточном покрывале покоится очень худая голова и дед хрипло и натужно дышит, разбрызгивая слюну. Сабина не могла бы сказать, что дед выглядит плохо. Он был слишком стар, чтобы вообще как-то выглядеть, — ну да, очень стар.

— Он скоро умрет? — спросила она Тома.

Повернувшись в седле, он глянул на нее, потом отвел глаза, словно что-то обдумывая.

— Мы все умрем, Сабина.

— Это не ответ.

— Дело в том, что у меня нет ответа. Пошли, погода совсем испортилась. Надо поставить лошадей в конюшню.

Это началось с той ночи с гончими. Примерно неделю назад Сабина проснулась рано утром от приглушенных звуков, напоминающих волчий вой. Этот вой казался не скорбным, а каким-то кровожадным, пробуждая первобытный страх. Испугавшись, она медленно вылезла из постели и босиком подошла к окну, ожидая в своем полусонном состоянии увидеть полную луну. Вместо этого она смогла различить внизу, в голубоватом сумраке, худую фигуру бабушки в плотно запахнутом халате, которая бежала через двор. Она кричала кому-то, чтобы вернулся. Это был не гневный, возбужденный крик человека, преследующего преступника, но отрывистый, почти умоляющий.

— Вернись, дорогой, — говорила она. — Вернись, пожалуйста.

Бабушка куда-то пропала, и Сабина подняла руку к окну, не зная, что делать. Она рада была бы помочь, но стеснялась вмешиваться в частную жизнь.

Прошло несколько мгновений, и вой прекратился. Она услышала шаги, потом снова бабушкин голос, на этот раз тихий и укоряющий — так она обычно разговаривала с Герцогом. Сабина отодвинула штору и увидела, как бабушка медленно ведет деда к задней двери. Он наклонился вперед и шел прихрамывая. Ветер облепил вокруг него пижаму, из-под которой как будто выпирали кости.

— Я просто проверял гончих. Знаю, что работник плохо их кормит. Просто проверял гончих, — повторял он.

Сабина не обсуждала с бабушкой этот инцидент, она даже сомневалась, что ей вообще надо об этом знать, но с того момента дед не выходил из своей комнаты. А иногда ночью, проснувшись, она слышала отрывистые шаги бабушки по коридору, когда та проверяла, в постели ли ее муж и не отправился ли на очередное ночное задание.

В Сабине проснулось любопытство, и она спросила у бабушки разрешения пойти посмотреть гончих. Она хотела, чтобы ее отвел Том, но бабушка, окинув ее одним из тех недоверчивых взглядов — неужели внучке действительно интересно? — сказала, что сходит с ней чуть позже.

— Они черные с рыжими подпалинами, — бросила она, когда быстро проходила с Сабиной через двор. — Это особая порода гончих. В этом регионе мы разводим их уже на протяжении нескольких поколений. — За последнюю неделю бабушка не произнесла более длинной фразы. — Баллантайны всегда слыли мастерами по выращиванию фоксхаундов. Это лидер охоты. Свора возникла в конце прошлого столетия. Твой дед посвятил поддержанию этой породы лучшую часть своей жизни. Лет десять назад он перестал ездить верхом, а до того времени был мастером. У нас замечательная свора. Слышала бы ты, как они подавали голос на последней охоте. — Бабушка на миг замолчала и улыбнулась, смакуя воспоминания.

Сабина, сдерживаясь, чтобы не захихикать при последних словах бабки, не сказала ей, что у нее свои скрытые мотивы. Она была убеждена, что бедные собаки содержатся в суровых условиях — ни одно довольное животное не издавало бы таких звуков, как они. А мысль о том, что они живут в бетонных сараях, вдали от теплых каминов и уютных подстилок, чуть не вызвала у нее слезы. Сабина толком не знала, что сделает, увидев собак. Пребывая в плохом настроении, она решала выпустить их на волю или связаться с местным обществом защиты животных. Но от этого у всех работников, включая Тома, возникнут неприятности. В хорошие же дни Сабина и не вспоминала про собак.

Гончих держали в пяти минутах ходьбы от дома, во дворике, окруженном бетонными загонами, перед некоторыми были высокие металлические ворота, перед другими — толстая проволока. Похоже на тюрьму, тоскливо подумала Сабина, пытаясь поспеть за бабушкой. Пахло дезинфекцией, собачьими экскрементами и еще чем-то противным. Как она может так бережно ухаживать за лабрадорами и оставлять этих собак на холоде?

— Как дела у Горацио, Найл?

— Немного лучше, миссис Баллантайн, — ответил мужчина средних лет, появившийся с их приближением из загона. На нем был длинный кожаный фартук, как у кузнеца. Лицо его казалось каким-то сплющенным. — Повязку с лапы можно будет скоро снять, рана заживает хорошо.

— Мы посмотрим?

Это был не вопрос. Бабушка решительно подошла к угловому загону и стала вглядываться в полумрак. Стоя у нее за спиной, Сабина смогла различить только лежащую на соломе собаку, которая поджала под себя перевязанную лапу.

— Что с ней случилось? — спросила Сабина у мужчины.

При его приближении собака навострила уши, словно чего-то ожидая, потом поникла, когда он повернулся к Сабине.

— На нее наскочила лошадь. Один из гостей в конном центре не сдержал лошадь, и этот бедняга попал под копыто. — Он неодобрительно покачал головой. — Знаете что, миссис Баллантайн, им не рассказывают даже об основных правилах перед выездкой. Просто берут с них деньги и выталкивают за ворота. Часто даже не спрашивают, умеют ли люди ездить верхом.

— Ты совершенно прав, Найл, — кивнула бабушка, не сводя глаз с собаки. — Совершенно прав.

— С тех пор как они открыли гостиницу, стало гораздо хуже. Раньше, по крайней мере, были в основном местные. Теперь это все отпускники, бизнесмены и тому подобное, всё, что их интересует, — это охота на день. И ничего-то им не скажешь. Старый Макрей из конюшни говорил мне, что сердце кровью обливается, когда видишь, в каком состоянии возвращают некоторых лошадей.

Бабушка пристально на него посмотрела:

— Хромых, да?

— Если бы только хромых. Их гоняют по четыре-шесть часов, и лошади просто задыхаются. У одной на днях кровь пошла носом. А та маленькая гнедая кобыла, которую выкупили в Типперэри? Помните? У нее было все здесь изранено, — мужчина показал на свой бок, — потому что какой-то глупой бабе взбрело в голову нацепить шпоры, а надела она их неправильно.

Сабина увидела, как бабушка сочувственно поморщилась. Раньше она не замечала у нее подобного выражения.

— Пожалуй, надо переговорить с Митчеллом Килхауном, — твердо произнесла бабушка. — Скажу ему, чтобы он лучше ухаживал за животными, а иначе мы не будем выпускать их на охоту.

— Вы поговорите с хозяином?

— Непременно, — ответила она.

— Это было бы здорово, миссис Баллантайн. Сердце кровью обливается, как увидишь, что хорошие животные страдают ни за что. — Мужчина посмотрел на гончую, которая с неуместным рвением вылизывала здоровую лапу. — Беднягу могли бы пристрелить.

Сабина, до этого рассеянно смотревшая на собаку, подняла сердитый взгляд на мужчину:

— Пристрелить?

Найл скосил глаза на бабушку, потом перевел взгляд на Сабину:

— Да, мисс. Для него это было бы самое лучшее.

— Пристрелить? Как это возможно?

Найл слегка нахмурился:

— Понимаете, гончая на трех ногах никому не нужна. Она останется не у дел. Ее даже могут загрызть другие собаки. В этом нет никакой доброты, вот что.

— Вам действительно придется пристрелить ее? — Сабина уставилась на бабушку.

— Найл прав, Сабина. Раненая гончая не будет жить.

— Да, не будет жить, если вы ее пристрелите. — Разозлившись, Сабина почувствовала, что сейчас расплачется. — Как вы можете быть такими жестокими? Вам понравилось бы, пристрели я Берти, если бы он не смог выполнять свою работу? Неужели вы не чувствуете никакой ответственности?

Бабушка глубоко вздохнула. Обменявшись взглядом с Найлом, она подтолкнула Сабину к дому.

— Это не домашние любимцы, дорогая. Они не такие, как Берти и Белла. Это гончие, специально выращенные...

Ее слова потонули в скрежещущем реве «лендровера», свернувшего во двор. За ним ехал потрепанный светло-голубой трейлер. Грохот при его приближении был встречен какофонией звуков из двух будок. Потом гончие вылезли из загонов, с возбужденным лаем и воем бросаясь на проволочное заграждение и взбираясь на спину друг другу, чтобы подобраться ближе к выходу.

Среди всего этого шума распахнулась водительская дверь «лендровера», и оттуда легко спрыгнул Лайам.

— Извини, что задержался, Найл. Некому было погрузить эту хреновину. Ах, простите, миссис Баллантайн, не видел, что вы здесь.

— Пойдем, Сабина, — сказала бабушка, твердо направляя внучку к воротам. — Вернемся в дом.

Но Сабина заупрямилась:

— Что случится с собакой, у которой больная лапа? С Горацио? Его пристрелят?

Бабушка мельком посмотрела в сторону трейлера, когда Майкл начал опускать его борт, и стала легонько подталкивать Сабину к дому.

— Нет, не пристрелят. Как сказал Найл, ветеринар считает, что пес поправляется.

— Но почему вы не обращаетесь с ними как с остальными собаками?

Найл взялся за другой край борта, и они с Майклом опустили его на землю, под конец бросив с лязгом, отчего собаки залаяли с удвоенной яростью. Сабина отметила про себя, что у них несколько устрашающий вид.

— Сабина, пойдем. Нам действительно пора.

Бабушка тянула ее за собой. Сабина стояла на месте, глядя на нее с изумлением. Зачем эта поспешность? Что там такого, чего бабушка не позволяет ей видеть?

Ответом на ее вопрос была окостеневшая коричневая нога, которая высунулась из трейлера под неестественным углом, словно указывая вверх, на печные трубы. На конце ее было черное копыто, все еще сохранявшее блеск от какой-то декоративной мази. Сабина смотрела, как Найл небрежно набросил на ногу веревку и потянул, а Майкл, легко взбежав по пандусу, пытался, кряхтя, спустить эту штуковину.

— Что они делают? — прошептала Сабина. От потрясения она с трудом могла говорить.

— Она мертвая, Сабина. — Усталый тон бабушки предполагал, что это ожидалось. — Она ничего не чувствует.

Сабина повернулась к бабке с мокрыми от слез глазами. За ее спиной собаки исступленно бросались на железные прутья.

— Что они делают?!

Бабушка Сабины смотрела на труп гнедой лошади, который постепенно соскальзывал по пандусу.

— Лошадь скормят собакам.

— Скормят собакам?..

— Гончим надо что-то есть, дорогая.

Сабина вытаращила глаза. Она уставилась на мертвую лошадь, потом на истекающих слюной гончих. Она видела только оскаленные зубы, десны и слюну.

— Они разорвут лошадь на куски. — Голос Сабины прервался, и она закрыла ладонями лицо. — Не могу поверить, что вы просто позволите им разорвать ее на куски. О господи...

Мужчины помедлили, а когда Сабина выскочила из ворот и побежала к дому, возобновили свое занятие.

Полчаса спустя миссис Х. приготовила чашку чая, но к тому времени, как Джой Баллантайн вспомнила про нее, на поверхности напитка образовалась тонкая коричневая пленка.

Надо было предполагать, что не стоит вести Сабину к загонам с гончими. И в лучшие времена это было грязное дело, а девочка привыкла жить под колпаком большого города. Городские жители с трудом воспринимают грубые правила жизни и смерти. У Джой и без того хватало дел, а теперь еще и Эдварду стало намного хуже.

Она бессознательно подняла голову, как гончая, пытаясь уловить малейший звук с верхнего этажа. Миссис Х. уехала за покупками, и дом был окутан тишиной, нарушаемой лишь лязгом водопровода да всхрапом двух собак, лежащих у ее ног.

Джой вздохнула. Она долго и напряженно раздумывала, что делать с этой девочкой, как оживить и смягчить это настороженное личико. Но внучка, казалось, ничего не хотела, а просто запиралась в своей комнате или пропадала в разных углах дома. Чувствовалось, что она недовольна пребыванием в Килкаррионе. Ей всегда было не по себе — в ее комнате, за ужином или когда кто-нибудь случайно до нее дотрагивался.

Была ли Кейт такой же? Наверное. Джой, прихлебывая в пустой кухне теплый чай, пыталась что-то припомнить, как человек, ищущий в книге нужную страницу. Юношеская хандра Кейт, злость на родителей, не способных понять ее увлечения, ее решимость не ездить верхом. Поэтому гнедая лошадь, которую они месяцами подыскивали для нее, стояла необъезженной на нижнем поле, как постоянное напоминание о лежащей между ними пропасти. Она сильно отличалась от старшего брата Кристофера, который каждые выходные уезжал из Дублина на скачки. С трудом верилось, что они из одной семьи. Да, Кейт была такая же.

Сначала Джой думала, что из этого может что-то получиться. Ей хотелось полюбить Сабину. Хотелось сделать ее пребывание здесь интересным: свежий воздух, активный образ жизни, хорошая еда должны были вернуть румянец этим бледным щекам. Джой подыскала ей хорошую лошадку, которая могла бы стать ее товарищем. Больше всего Джой хотелось почувствовать, что у нее есть внучка, и не отмахиваться от мысли о ней, как это случилось после их крупной ссоры с Кейт. И вот недавно Кейт вдруг позвонила и попросила разрешения для Сабины погостить у бабушки. Молчание Джой было воспринято как нежелание, и Кейт сразу же раздраженно отказалась от просьбы. Однако молчание Джой просто выражало изумление и радость — в прошедшие десять лет она не надеялась, что у нее будет случай принимать у себя внучку.

Теперь обе они чувствовали себя комфортно, только когда Сабина пропадала в доме у Энни. И девочка делала это все чаще. Сабине, похоже, бабушка совсем не нравилась. И Джой приходилось признать, что в обществе внучки она чувствует себя неуютно.

«Может быть, мы просто слишком стары для нее, — думала Джой, замечая скрип в коленях, когда наклонялась погладить мягкую голову Беллы. — Мы слишком старые и скучные, а она привыкла к городской жизни, которую мы совсем не понимаем. Компьютер, вот что ей нужно. Компьютер и телевизор. Глупо думать, что она приспособится к нам. Глупо сердиться на нее только потому, что она не понимает моего отношения к Герцогу. Она еще не знает, что такое ответственность. И мне нужно жалеть ее, а не раздражаться, — думала Джой. — Какую ужасную, бестолковую жизнь она вела до сих пор. Она не виновата, что она такая. Виновата Кейт».

— Пора, ребята, — выпрямившись, сказала она. — Пойдем на поиски Сабины.

Под суровым внешним видом Джой скрывалась определенная душевная отзывчивость. По-своему упрямая, она все же могла уступить, когда бывала не права. Она была уверена, что есть способы сделать жизнь девочки более счастливой. Дать ей несколько фунтов и попросить Энни сходить с ней в кино. Энни тоже полезно выйти в свет. Надо узнать, сможет ли Том поучить Сабину водить «лендровер» по нижним полям. Ей это понравится. Постараться найти с ней общий язык.

Джой велела собакам оставаться на месте и поднялась наверх. Когда чуть раньше она приходила с чистой водой для Эдварда, то услышала доносящиеся из голубой комнаты рыдания. Опасаясь, что ее вмешательство будет отвергнуто, она бесшумно спустилась вниз. Сейчас Джой припомнила это с некоторым стыдом.

«Ради всего святого, женщина, — укоряла она себя, — Сабина еще совсем ребенок. Это ты должна проявить доброту и подойти к ней».

Джой стояла за дверью, прислушиваясь, потом дважды тихо постучала. Ответа не последовало.

Она вновь постучала, потом медленно открыла дверь. Кровать оказалась пуста, хотя покрывало было примято. Оглядевшись, она вышла, не желая вторгаться в личное пространство Сабины. Возможно, внучка у Энни. Джой поневоле огорчилась при мысли, что девочке проще общаться с малознакомыми людьми, чем с близкими родственниками.

«Ее вины в этом нет, — сказала она себе. — Мы просто не очень старались понять ее».

Джой тихо прикрыла за собой дверь, как будто Сабина была где-то поблизости, и сделала несколько шагов по коридору, когда взгляд ее упал на дверь кабинета. Она была распахнута.

В эту комнату Джой заходила редко. Эдвард перестал пользоваться кабинетом несколько лет назад, а миссис X. получила инструкции не убирать в ней, поэтому легко было догадаться, что кто-то здесь похозяйничал. На полу стояли две коробки, а к свернутому ковру был прислонен открытый альбом с фотографиями.

Джой уставилась на разбросанные по полу фотографии. На одной смеются они со Стеллой. В день коронации. Там была джонка, на которой по воскресеньям они плавали на пляж. Эдвард в белой морской форме. И маленькая Кейт со своим другом, маленьким китайчонком.

Увидев разбросанные по ковру собственные воспоминания, словно они ничего не значили, Джой пришла в ярость. Как она посмела?! Как посмела без спроса ворошить ее личные вещи? Джой вдруг подумала о внучке как о незваной гостье, которая тайком разнюхивает что-то из ее прошлого. Эти фотоснимки личные. Это ее жизнь, ее воспоминания, напоминание о прошедших годах. И так беспечно разбросать все это по полу...

Всхлипнув от обиды, Джой наклонилась и принялась кидать фотоснимки в коробку, потом плотно закрыла крышку. После чего вышла из комнаты и быстро спустилась по лестнице, распугав собак.

Сабина уже третий раз смотрела «Завтрак у Тиффани». Она помнила этот отрывок, в котором у одной женщины на вечеринке загорелась шляпа и никто не заметил. Она помнила также и другой отрывок, когда Одри Хэпберн заснула на кровати Джорджа Пеппарда — он не пытался с ней что-то сделать, не так, как было бы в реальной жизни. А отрывок, где она заставила его искать собственную книгу в библиотеке, Сабина могла повторить наизусть. Но это не имело значения, потому что ее гораздо больше интересовала Энни.

Для женщины, которая только и делала, что целыми днями смотрела фильмы — Энни подписалась на все каналы кабельного телевидения, а также диски из видеомагазинов в радиусе двадцати пяти миль, — она фактически редко смотрела весь фильм. Пока Сабина была у нее, в течение первого часа «Завтрака у Тиффани», Энни пролистала два журнала, отметила предметы одежды в толстом каталоге, раза два подходила к окну и часто с отсутствующим видом глядела мимо экрана. Дошло до того, что Сабине стало интересней смотреть на Энни, а не на экран.

Правда, Энни никогда не умела долго на чем-то концентрироваться. При разговорах, когда они заговорщицки склонялись над чашками с чаем, она быстро теряла нить разговора, и Сабине приходилось напоминать ей. Или лицо Энни вдруг застывало, и время от времени она исчезала наверху на пять-десять минут. Часто она могла заснуть прямо на месте, словно утомившись настоящим. Поначалу Сабину это раздражало, и она начинала думать, что делает что-то не так, но потом поняла: Энни точно так же ведет себя со всеми — с Патриком, матерью, даже с Томом, — и решила, что такова ее манера поведения. Как сказал Том, у каждого своя манера, поэтому не стоит обижаться, а лучше принимать все как есть.

— Так чем ты занималась утром, Сабина? — Энни сидела с поджатыми ногами на большом синем диване, отвернувшись от телеэкрана. На ней был необъятный свитер, в котором она тонула. Вероятно, свитер Патрика. — Каталась верхом?

Сабина кивнула. Оказалось, что она бессознательно скопировала позу Энни, сидя на диване напротив. Одна нога у нее затекла.

— С тобой был Том?

— Да. — Выпрямив ногу, Сабина стала разглядывать свою ступню в носке. — Ты когда-нибудь видела гончих?

— Видела ли я гончих? Конечно. В сезон охоты их можно часто увидеть на этой дороге.

— Я имела в виду, где они живут.

Энни вопросительно на нее посмотрела:

— Загоны? Конечно. Жуткое место, правда? Ты, наверное, испугалась.

Сабина снова кивнула. Она не хотела рассказывать Энни историю целиком. В доме у Энни надо было делать вид, что жизнь у нее нормальная, с телевизором и сплетнями, без всяких полоумных стариков, глупых правил и дохлых лошадей. Заметив выражение на лице Сабины, Энни спустила ноги на пол.

— Ему не следовало брать тебя туда. Для человека непривычного это не очень симпатичное место.

— Это был не Том. Все дохлые лошади попадают туда?

— Не только лошади. Коровы, овцы и прочее. Это все надо куда-то отправлять. Я бы не стала расстраиваться из-за этого. А теперь я хочу поставить чайник. Выпьешь чая?

Но конечно, еще минут пятнадцать ушло на то, чтобы пригласить к чаю Патрика. К тому времени как Энни вернулась в комнату, Одри Хэпберн успела договориться с Джорджем Пеппардом и нашла свою потерявшуюся кошку. Сабина решила, что, пожалуй, зашла слишком далеко у собачьих загонов. Животные околевают, сказала Энни. А собак надо чем-то кормить. Сабину, конечно, покоробило это зрелище. В особенности как вегетарианку.

В Лондоне мама считалась с ее взглядами на употребление в пищу мяса, стараясь, чтобы в холодильнике всегда был сыр, паста с соусом и тофу. А Джефф часто готовил для всех вегетарианскую еду. Ему так проще, говорил он. И вероятно, для всех было лучше не злоупотреблять животным жиром. Потому что довольно трудно придерживаться своих убеждений, когда окружающие воспринимают их как фокусы подростка. Здесь люди все время забывали, что она не ест мяса, и подавали его к столу. Или вели себя так, словно это какая-то странная причуда, которую она скоро изживет. Но при этом дома не было ни жизни, ни смерти, не считая того, что показывали по телевидению. Здесь же это было повсюду: маленькие зверьки, за которыми Берти охотился во дворе, эта ужасная «скотобойня» в собачьих загонах, грубое, морщинистое лицо деда, у которого уже не хватало энергии даже на выражение каких-то эмоций.

— Дедушка умрет? — спросила Сабина.

Энни остановилась, потом неловко взялась обеими руками за край свитера.

— Ему нездоровится, — сказала она.

— Почему никто не может ответить прямо? Я знаю, он болен, но не могу спросить у бабушки. Просто хочу знать, умирает он или нет.

Энни разлила чай по полосатым кружкам. Немного помолчав, она повернулась к Сабине:

— Какая разница?

— Никакой разницы. Просто хочу, чтобы люди были со мной честными.

— Честными? Фу! Зачем тебе вся эта честность? (Сабина со смущением уловила в тоне Энни нотку агрессивности.) — Если нет никакой разницы, тогда это не имеет значения. Просто надо ценить его, пока он с нами. Даже любить.

При этих словах Сабина широко открыла глаза. Мысль о том, что этого капризного старика надо любить, показалась ей немного нелепой.

— Он... он не тот человек, которого хочется любить, — осмелев, медленно произнесла она.

— Почему? Потому что он старый? И неуживчивый? Или потому, что тебе неприятно его общество?

Сабине стало не по себе от этого тона. Энни была одной из немногих, кто понимал ее, а теперь она реагировала так, словно Сабина сказала что-то не то.

— Я не хотела тебя обидеть, — надувшись, сказала Сабина.

Энни поставила перед собой кружку с чаем. Сабина снова посмотрела на нее, и они встретились взглядами. У Энни были добрые глаза.

— Ты не обидела меня, Сабина. Просто я считаю, что важно любить людей, пока они с нами. Все время, пока они с нами. — Ее глаза наполнились слезами, и она отвела взгляд.

Сабина расстроилась, подумав, что снова заставила Энни плакать. Почему она не в состоянии постигнуть этих людей? Почему ей все время кажется, что она неправильно истолковывает некий важный сигнал, как это бывало дома, когда она оказывалась среди гостей, не понимая их высказываний и шуток?

— Я ведь пытаюсь быть со всеми приветливой, — тихо произнесла она, желая вернуть расположение Энни.

Та шмыгнула носом, а потом утерлась краем рукава.

— Не сомневаюсь, Сабина. Просто ты еще плохо их знаешь.

— Они не из тех людей, перед которыми хочется раскрыть свои чувства. Они не очень умеют... ну... сочувствовать.

Энни рассмеялась и положила свою ладонь на руку Сабины. Ладонь была прохладной, мягкой и сухой, а вот у Сабины — горячей от волнения.

— Пожалуй, ты права. Заставить эту парочку проявить чувства... наверное, тебе больше повезет, если попросишь Герцога.

Обе дружно рассмеялись, а потом умолкли. Сабине стало легче.

— Серьезно, Сабина, я не шучу. То, что им нелегко проявлять чувства, не значит, что они ничего не чувствуют.

Их разговор прервал резкий стук в дверь. Бросив на Сабину быстрый вопрошающий взгляд — миссис Х. и Том входили без стука, — Энни встала и пошла к двери.

Сабина увидела стоящую в дверях Джой, высокую и прямую, с шарфом на голове. Лицо казалось напряженным, руки были неловко прижаты к бокам.

— Извини за беспокойство, Энни. Я хотела поговорить с Сабиной.

— Конечно, миссис Баллантайн. — Энни отступила назад, открыв дверь шире. — Входите, пожалуйста.

— Нет, я не стану входить, большое спасибо. Сабина, пойдем со мной домой.

Сабина уставилась на бабушку, заметив, что та с трудом сдерживает гнев. Она быстро прикинула в уме свои возможные проступки: нет, флаконы с шампунем в ее комнате, сапоги вымыты, дверь спальни закрыта, чтобы Берти не мог войти. Но все же что-то в лице Джой отбило у нее всякую охоту покидать уютный и безопасный дом Энни. Глядя на Джой, Сабина пыталась унять растущее чувство тревоги.

— Я просто пью чай, — сказала она. — Приду немного позже.

Джой слегка вздрогнула. В ее глазах появилось жесткое выражение.

— Сабина, — сказала она, — я бы хотела, чтобы ты пошла прямо сейчас.

Сердце у Сабины глухо колотилось.

— Нет, — повторила она. — Я пью чай.

Энни переводила взгляд с бабушки на внучку и обратно.

— Сабина... — предостерегающе произнесла она.

— Думаю, ничего срочного там нет, — вызывающе сказала Сабина.

Она понимала, что находится не на своей территории, но что-то в ней восставало против того, чтобы ее под конвоем отвели в тот жалкий дом и отругали за какой-то пустячный проступок. С нее довольно.

— Приду, когда буду готова, — добавила она.

Джой вот-вот готова была взорваться. Она прошагала мимо Энни в комнату, внося с собой дуновение прохладного воздуха.

— Как ты смеешь?! — выдохнула она. — Как ты посмела рыться в моих личных вещах? Как ты посмела переворошить мои фотографии, не спросив даже разрешения? Эти мои личные фотографии, понимаешь? Они не предназначены для твоих глаз.

Сабина вдруг вспомнила о фотографиях, и лицо ее порозовело. Она даже не подумала убрать их на место. Это казалось ненужным, потому что никто не заходил в ту комнату. Но реакция бабушки на любую провинность была несоизмеримой. Сабина никогда прежде не видела, чтобы она выходила из себя. Бабушка заговорила надтреснутым голосом, и казалось, даже волосы у нее на голове встали дыбом. Тирада на повышенных тонах все продолжалась, и Сабина поймала себя на том, что кричит в ответ.

— Это всего лишь фотографии! — завопила она, перекрывая голос бабушки. — Я всего-то и сделала, что просмотрела коробку чертовых фотографий! В твоем ящике с нижним бельем я ведь не рылась, правда?

— Они не твои, и ты не должна была их смотреть! Не имела права! — На последнем слове голос Джой поднялся и зазвучал почти по-юношески.

— Права? Права?! — Сабина встала, с ужасным грохотом отодвинув стул назад. — У меня здесь ни одного проклятого права! Без твоего разрешения я ничего не могу сделать. Мне нельзя ходить по дому, нельзя разговаривать с работниками, нельзя даже принять эту дурацкую ванну, не подумав о том, что кто-то может войти и засунуть в ванну линейку, чтобы проверить, не слишком ли много воды я извожу.

— Это были мои личные вещи! — прокричала Джой. — Тебе понравилось бы, если бы я стала рыться в твоих вещах?

— Знаешь что? Можешь пойти и посмотреть. Потому что у меня нет никаких личных вещей. Мне не разрешается держать в ванной зубную щетку. Не разрешается смотреть мои любимые программы. Я не могу даже воспользоваться телефоном, чтобы позвонить домой! — Тут у Сабины задрожал голос, и она прижала к глазам кулаки, не желая, чтобы пожилая женщина увидела ее слезы.

— Сабина, можешь делать что хочешь, но не надо рыскать по дому, отказываясь участвовать в общих делах.

— Каких делах? Охоте? Скармливании дохлых лошадей собакам? Извини, гончим. Помогать куче людей, занятых приготовлением вареных яиц для деда? — Сабина смутно понимала, что в дверном проеме стоит Патрик.

— Ты в моем доме гостья, — сказала Джой, немного задыхаясь, — и раз уж ты гостья, меньшее, на что я могу рассчитывать, — чтобы ты не рылась в вещах, которые не имеют к тебе отношения.

— Это всего лишь дурацкие фотки! Несколько вонючих фоток! Не считая тех, на которых есть моя мама, они даже не симпатичные! — Сабина расплакалась. — Господи, не могу поверить, что ты из-за них подняла такой шум. Мне стало скучно, понимаешь? Мне стало скучно, все надоело, и я захотела увидеть, какой была моя мама в юности. Знай я, что ты так из-за этого раскипятишься, я и близко не подошла бы к твоим дурацким фоткам. Ненавижу тебя! Ненавижу тебя и хочу домой! — Ее плач перешел в глубокие прерывистые рыдания. Сабина упала на стол и спрятала лицо в скрещенных руках.

Энни, беспомощно стоявшая рядом, закрыла входную дверь и вновь подошла к столу, положив руку на плечо Сабины.

— Послушайте, — проговорила она, — миссис Баллантайн, я уверена, Сабина не хотела сделать ничего дурного.

Патрик молча прошел на середину комнаты.

— У вас тут все в порядке? — спросил он.

— Иди наверх, Патрик. Все в порядке.

— У нас постояльцы. Они спрашивают, что происходит.

— Знаю, милый. Иди наверх, — откликнулась Энни. — Шума больше не будет.

Джой слегка покачала головой, словно вспомнив о присутствии другой женщины. При виде Патрика она смутилась от собственной несдержанности.

— Простите меня, Энни, Патрик, — наконец сказала она. — Я обычно не выхожу из себя.

Патрик настороженно взглянул на Джой и Сабину.

— Правда. Мне очень жаль.

— Я наверху, если понадоблюсь, — сказал он жене и ушел.

На время воцарилось молчание, прерываемое лишь всхлипыванием и сморканием Сабины. Джой приложила ладони к щекам, потом неловко направилась к двери:

— Энни, мне очень жаль. Прими мои извинения. Я... я... Да. Пожалуй, пойду к себе. Сабина, увидимся позже.

Девочка так и не подняла головы.

— Мне жаль, — повторила Джой, открывая дверь.

— Все в порядке, миссис Баллантайн, — сказала Энни. — Нет проблем. Пусть Сабина допьет чай, а потом придет к вам.

Джой сидела на краю мужниной кровати. Он лежал, прислонившись к груде белых подушек и устремив взгляд на камин, который перед ее уходом разожгла миссис Х. За окном было темно, и свет исходил только от лампы у кровати да пламени камина, отблески которого плясали на столбиках красного дерева и латунных ручках комода, стоящего у окна.

— Ах, Эдвард, я сделала ужасную вещь, — сказала она.

Слезящиеся глаза Эдварда обратились к жене.

— Сабина совершенно вывела меня из себя. В присутствии Энни и Патрика. Не знаю, что на меня нашло.

Вытирая глаза одной рукой, в другой она сжимала носовой платок. Совсем не в характере Джой было плакать. Она бы даже не вспомнила, когда плакала в последний раз. Но перед глазами у нее стояла тонкая девичья фигурка, разразившаяся детскими слезами. Еще больше ее мучила собственная вспыльчивость.

— Понимаешь, она пробралась в кабинет.

Джой глубоко вздохнула и взяла Эдварда за руку. Рука была костлявая и сухая. Она вспомнила, какой широкой, сильной и загорелой была эта рука прежде.

— Она рылась в старых снимках из Гонконга. Увидев их снова, я... О Эдвард, я совершенно вышла из себя.

Муж не сводил глаз с ее лица. Джой показалось, она почувствовала слабое ответное пожатие.

— Она всего лишь ребенок, правда? И многого не понимает. Почему бы ей не посмотреть фотографии? Господи, она почти ничего не знает о своей семье! Ах, Эдвард, я просто старая дура. Как бы мне хотелось взять свои слова назад.

Джой принялась в задумчивости сворачивать носовой платок. Она знала, что нужно сделать, но не совсем представляла как. Обычно она не спрашивала совета Эдварда, но сегодня день выдался для него довольно хорошим, и никого другого рядом не было.

— Ты всегда лучше меня ладил с людьми. Что мне сделать, чтобы загладить свою вину?

Глядя на мужа, Джой наклонилась к нему, чтобы расслышать его слова.

Муж отвел от нее взгляд, словно погрузившись в раздумье. Немного погодя он повернул к ней лицо. Джой склонилась над ним. Она знала, что ему трудно говорить.

Он заговорил хриплым, дребезжащим голосом:

— У нас сегодня на ужин сосиски?

Глава 5

Единственное преимущество жить в доме, где все подчинено правилам, заключалось в том, что там проще было затеряться. Сабина рассчитала, что появится в Килкаррионе в четверть девятого, когда бабушка будет ужинать в столовой. Даже когда дед ужинал у себя наверху, Джой ела в столовой за накрытым по всем правилам столом, словно поддерживая некую важную традицию. И Сабина продумала обратный путь, в который не входила столовая. Войдя через заднюю дверь, она тихо пройдет по коридору и поднимется по черной лестнице, а оттуда выйдет на главную площадку, и бабушка даже не узнает о ее появлении.

Потому что она не собирается снова разговаривать с бабкой. В следующий раз она увидится с ней, чтобы попрощаться. Дождется, когда бабушка ляжет спать, потом тихо спустится в гостиную и позвонит матери, чтобы сказать, что едет домой. У бабушки в комнате нет телефона, и она ничего не узнает. А уж дед и подавно ничего не услышит. Если только собаки не разволнуются и не начнут лаять, она все спланирует, соберет свои вещи, и бабка не сможет ей помешать.

Пока Сабина оставалась у Энни и обдумывала свой план, напряжение не отпускало ее, но она ничего не имела против. Она была даже рада этому. Гнев от несправедливых упреков давал ей решимость действовать. Да, ей будет не хватать Тома, и Энни, и миссис Х. Досадно, что ей начинало здесь нравиться. Но она ни за что не останется больше с этой женщиной. Ни за что! После того как ушла бабка, Сабина, все еще продолжая всхлипывать, попросила у Энни разрешения переночевать у них в свободной комнате, в которой не жили постояльцы. Но Энни опять повела себя странно, сказав, что никто не пользуется этой комнатой, и Сабина решила не настаивать. В тот момент ей так нужны были друзья.

Сабина вытащила из-под кровати чемодан и принялась кидать в него одежду. Так будет лучше, решила она. Им с бабушкой никак не поладить. Теперь она понимала, почему ее мать никогда не ездила в Ирландию — только представить себе, что она тут росла! Сабина вдруг заскучала по Кейт, но утешила себя тем, что завтра вечером будет уже дома в Хакни. Это было главное. А с Джастином она разберется позже.

Подойдя к комоду, она выдвинула ящики и побросала одежду в чемодан, не заботясь о том, помнется она или нет. Надоело делать все как положено. Отныне она просто будет делать все по-своему.

Но, укладывая вещи, Сабина поняла, что не следует чересчур много думать о Джастине. Или Джеффе. Или о том хорошем, что есть в Килкаррионе: как она утром ездила верхом с Томом и как он положил ей руку на плечо, говоря, что еще сделает из нее наездницу. Или как он наклонялся к ней, когда они расседлывали лошадей во дворе, и бросал на Лайама сердитые взгляды, когда тот пытался отпускать свои похабные шуточки. Или о миссис Х. и ее вкусной стряпне, которой не могла побаловать ее мать. Или о Берти, который теперь ходил за ней по пятам и, похоже, обожал ее — не то что Геббельс, которого взяли в дом котенком. Или даже об Энни, несмотря на всю ее странность. Потому что если бы она чересчур много думала обо всем этом, то разревелась бы.

Услышав негромкий стук в дверь, Сабина вздрогнула, а потом замерла. Поймана с поличным, подумала она. Но потом поняла: что бы ни сделала бабушка, вся ситуация заставляла ее почувствовать именно это. Сабина не шевелилась и молчала, но дверь в конце концов медленно открылась, тихо прошуршав по голубому ковру.

Перед ней стояла бабушка с небольшим деревянным подносом, на котором была тарелка с томатным супом и хлеб с маслом. Сабина напряженно смотрела на нее, ожидая очередной атаки.

Однако Джой лишь взглянула на поднос.

— Я подумала, ты, наверное, голодная, — проговорила она и, как будто ожидая возражений, медленно подошла к туалетному столику. Даже если она и заметила наполовину собранный чемодан, то ничего не сказала. Осторожно поставив поднос на свободное место, бабушка повернулась лицом к внучке. — К сожалению, суп консервированный. Но думаю, он неплохой.

Сабина, неподвижно стоявшая у кровати, осторожно кивнула.

Повисло тягостное молчание. Сабина ждала, когда Джой уйдет. Но та, казалось, не торопилась.

Вместо этого бабушка неловко сложила руки и заставила себя широко улыбнуться. Потом она засунула руки глубоко в карманы стеганого жилета.

— Том говорит, ты сегодня хорошо ездила верхом. Он сказал, очень аккуратно. — (Сабина пристально посмотрела на нее.) — Да, Том сказал, вы прекрасно поладили с серым меринком. Это отличная новость. Еще он сказал, у тебя мягкая рука. И хорошая посадка.

Мысль о том, что Том рассматривал ее сзади, на миг отвлекла Сабину от тщательного наблюдения за бабушкой. Наверное, такова терминология верховой езды. Или же он смотрел на нее по другой причине?

— Как бы то ни было, он считает, что вы скоро будете прыгать. Этот серый конь прекрасно прыгает. Я видела его в поле. Храбр как лев. Отважная душа.

Сабина догадалась, что бабушке не по себе. Теперь она вертела в руках старый носовой платок, и ей, похоже, было неловко встречаться с Сабиной глазами.

— Знаешь, он сможет взять Уэксфордскую насыпь. Без проблем.

Сабине вдруг стало жаль старую женщину. Подняв голову, она заговорила:

— А что это такое?

— Уэксфордская насыпь? О, это серьезная вещь. Совсем не простой прыжок. — Обрадовавшись вопросу Сабины, Джой говорила теперь слишком быстро. — Это большая земляная насыпь, высотой пятьдесят футов, с широкими канавами с каждой стороны. Перепрыгнув через одну канаву, лошадь галопом взбирается наверх, и умные на миг задерживаются там, словно стоят на цыпочках. — В этом месте бабушка опустила руки ладонями вниз и подвигала ими вверх-вниз, как человек, пытающийся сохранить равновесие. — Потом она перескакивает через вторую канаву. Но не все лошади могут это сделать. Нужна отвага и толика мудрости. А некоторые всегда выбирают легкий путь.

— Через ворота.

— Да, — серьезно глядя на Сабину, сказала бабушка. — Некоторые всегда идут через ворота.

Обе немного помолчали. Потом Джой медленно направилась к двери. Когда она обернулась, то показалась Сабине очень старой и грустной.

— Я тут подумала, а не разобрать ли мне тот кабинет. И может быть, ты захочешь мне помочь. Пожалуй, я смогу рассказать тебе о том, как и где росла твоя мать. Если тебе интересно.

Надолго воцарилось молчание, и Сабина уставилась на свои руки, словно не зная, куда их девать.

— Знаешь, я была бы тебе очень признательна, — сказала бабушка.

Сабина перевела взгляд с нее на чемодан на полу, из которого, как голубые языки, свисали носки.

— Хорошо, — ответила она.

Глава 6

*Пароход «Дестини», Индийский океан,
1954 год*

Миссис Липском, лицо которой было скрыто под большими полями голубой шляпы, рассказывала им о том, как рожала. В который раз. Акушерка дала ей выпить бренди, и ее стошнило, потому что она не была пьяницей.

— По крайней мере, не в то время, — сухо засмеялась она.

Глупая акушерка наклонилась, чтобы вытереть туфли. К несчастью, в этот момент Джорджина Липском резко выпрямилась и, с ревом схватившись за то, что попалось под руки, извергла из себя ребенка. От этого мощного финального толчка окровавленная Розалинда пролетела полкомнаты, где ее, как мяч регби, поймала бдительная медсестра, стоящая на изготовку.

— Я вырвала у той акушерки приличный клок волос, — с некоторой гордостью произнесла миссис Липском. — Мне сказали, что я не отпускала ее волосы чуть ли не час. Так и торчали из моей пятерни. Акушерка просто рассвирепела.

Джой и Стелла, сидевшие в шезлонгах рядом с ней, обменялись еле заметными гримасами. Истории

Джорджины Липском могли служить источником развлечения, но стоило ей выпить пару порций джина с тоником, и они становились устрашающими.

— Все закончилось хорошо? — вежливо спросила Джой.

— Розалинда? О, с ней все было в порядке. Правда, дорогая?

Розалинда Липском сидела на краю бассейна, опустив в прохладную голубую воду пухлые детские ноги. Пока ее мать говорила, она подняла голову и ненадолго задержала взгляд на трех женщинах, после чего продолжила рассматривать свои бледные ноги. По ее лицу трудно было что-то понять, но Джой подумала, что она тоже много раз слышала эту историю.

— Не понимаю, почему она не плавает. Так жарко. Рози, милая, почему бы тебе не поплавать? Ты можешь ужасно обгореть.

Розалинда посмотрела на мать, лежавшую в шезлонге, а потом молча вынула ноги из воды и прошлепала от бассейна в раздевалку.

Джорджина Липском подняла бровь.

— Скоро, девочки, вы это узнаете. Ах! Эта боль! Я говорила Джонни, каково это. И не собиралась снова пройти через это. — Она выпустила тонкую струйку дыма. — Разумеется, через год я родила Артура.

В отличие от сестры Артур сидел отдельно в мелкой части бассейна, пуская по воде деревянную лодочку. Несмотря на жару, он был в бассейне единственным, что объяснялось состоявшимся накануне концертом варьете, вполне успешным, судя по количеству людей, страдающих от похмелья.

Бывший военный корабль, пароход «Дестини» находился в море почти четыре недели, и его измученные пассажиры — жены морских офицеров, плывущие к мужьям, и офицеры, направляющиеся к новым местам службы, — жаждали отвлечься от нескончаемого путешествия и безжалостной жары. На качающемся на волнах корабле проходили дни, отмеченные только приемами пищи, обрывками сплетен да постепенным, но явным изменением климата, по мере того как они удалялись от Бомбея и подходили к Египту. Джой часто думала о том, как выдерживают моряки в тесноте нижних кают, не имеющих даже окон. Ей хотелось спросить кого-нибудь из мусульман из машинного отделения, каково это — находиться в грохочущих промасленных недрах корабля, но ей дали понять, что ее интерес к делам такого рода неуместен. Пресытившись бесконечными прогулками по палубе («Пошли, Джой! — восклицала Стелла каждое утро, растормошив подругу от сна. — Десять кругов по палубе для укрепления бедер!»), карточной игрой или в штормовую погоду бренди и имбирным пивом как средствами от морской болезни, они со Стеллой вместе с небольшой группой других пассажиров хватались за возможность заняться чем-то новым.

Выпивки было много. Больше, чем обычно. Начал один из гостей за капитанским столом, грубовато исполнив «My Blue Heaven», а затем, после невразумительных протестов, попутчики Джой стали едва ли не драться друг с другом за возможность спеть, рассказать анекдот или поведать некое откровение. Стелла, вдохновленная тремя порциями джина с тоником, встала и спела «Singing In the Rain», компенсируя отсутствие мелодичности обаянием, которое покорило буквально всех. За ней следом выступил Петер, дородный загорелый голландец, по-голландски прокричавший что-то насчет бриллиантов. Затем он безуспешно пытался усадить Стеллу за фортепьяно, хватая ее за тонкие кисти и прижимая их к клавишам. Сидящие за столом вместе с Джой искренне восхищались изысканной скромностью, с какой Стелла отказывалась играть, так что Джой не пришлось говорить, что подруга умеет играть лишь «Chopsticks».

Вечер испортился после того, как стюарды принесли бутылку довольно-таки забористого коньяка. Стало еще хуже, когда Петер согласился на спор одним глотком выпить оставшуюся треть бутылки. И наконец дело довершили мистер Фервезер с женой, когда, поднявшись, они взялись за руки и попытались исполнить дуэт из «Искателей жемчуга». Однако мучительная его кульминация вызвала у Джорджины Липском приступ смеха, и она пролила спиртное на розовато-лиловый атласный лиф своего платья, а один из офицеров, Луис Бакстер, принялся швырять хлебные шарики, поэтому капитану пришлось вмешаться и добродушно призвать всех к порядку. В конце концов порядок был наведен, но миссис Фервезер, красная от обиды, до конца вечера ни с кем не разговаривала, даже когда ее заставили встать между двумя стюардами в беспорядочную линию танца конга[1], вьющуюся по всей верхней палубе. Именно в этот момент Джой заметила, что Стелла снова пропала.

---

[1] *Танец конга* — популярный кубинский танец, исполняется по принципу «повторяй за лидером».

— Знаешь, у меня целый день ушел на то, чтобы я смогла смотреть прямо, — сказала Джорджина, водружая на нос темные очки. — Не понимаю, как вам, девчонкам, удается выглядеть крепкими и бодрыми. Полагаю, на рассвете дети вас не будят.

— Фу, как же я разбита! — Стелла пригладила взъерошенные волосы.

Неудивительно, подумала Джой, вспомнив, как рано утром Стелла приползла в каюту.

Теперь, пока они лежали в солярии в новых купальниках, состоящих из двух частей, Джой старалась не думать слишком много о частых отлучках Стеллы. Она не сомневалась, что подруга любит Дика, лихого пилота, за которого вышла замуж вскоре после свадьбы Джой. «Мне хотя бы не придется пересекать полмира, чтобы встретиться с ним», — резко отвечала Стелла на ее осторожные расспросы. Однако неумеренный флирт Стеллы с другими офицерами и в особенности ее дружба с Петером лишали Джой чувства равновесия, как это случалось в штормовую погоду.

Джой занимала каюту вместе с Джорджиной Липском и ее детьми. Однажды вечером, когда дети уснули, она неблагоразумно поделилась своей тревогой с соседкой. Джорджина подняла одну бровь и назвала Джой наивной.

— Это происходит на каждом корабле, дорогая, — сказала она, закуривая сигарету. — Некоторым девушкам трудно бывает хранить верность, когда вокруг столько очаровательных офицеров. Я бы сказала, виновата здесь скука. Чем еще заняться на борту?

Эти слова Джорджины и то, как небрежно она выпустила вместе с дымом последнюю фразу, заставили

Джой подумать: а может, она и вправду наивна? Она не замечала, чтобы Джорджина, мужем которой был флотский инженер, имела каких-то особых друзей, но ведь с того момента, как она просила Джой и Стеллу выйти из каюты, чтобы почитать детям перед сном, и до ее появления за ужином проходило добрых два часа. Между тем Джой точно знала, что купал детей перед сном и читал им приветливый стюард из Гоа, который сам ей об этом сказал. Возможно, Джорджина тоже время от времени увлекалась очаровательными офицерами. И возможно, Джой была единственной женщиной, которая не увлекалась. Она подумала о Луисе Бакстере, который накануне, сев рядом с ней, оказывал ей знаки внимания. Но внимание Луиса, хотя и приятное, оставило Джой равнодушной — никто на борту не мог сравниться с Эдвардом.

Как это часто с ней бывало, Джой принялась вспоминать то, что было полгода назад, когда она в последний раз виделась с мужем. А виделась она с ним в течение двух суток. Они поженились в Гонконге, во время его двухсуточной увольнительной, в присутствии лишь ближайших родственников — к огорчению ее матери. Свадебный завтрак состоял из «коронационного» цыпленка и шабли, специально привезенного одним из коллег отца, знающего толк в винах.

На Джой было простое облегающее белое платье из атласа, выкроенное по косой. «В этом ты будешь казаться не такой долговязой», — заявила ее мать. Что касается Эдварда, то он двое суток носил на лице улыбку. Стелла затмила подругу, появившись в темно-синем платье с глубоким вырезом и украшенной перьями шляпе, заставив собравшихся дам, не разжимая накрашенных ртов, огрызаться друг на друга. Тетушка Марселла, специально прибывшая из Австралии, наступила на шлейф ее платья, потом свалилась, жалуясь на влажность. Отец слишком много пил, плакал и дал французскому шеф-повару в отеле «Пенинсула» такие щедрые чаевые, что мать лишилась дара речи на последний час приема. Но Джой было все равно. Она почти не отдавала себе отчета в происходящем. Лишь держалась за широкую веснушчатую руку Эдварда, как за спасательный плот, не в силах поверить, что после почти года молчаливых сомнений — в то время как мать высказывала их вслух — Эдвард вернулся, чтобы жениться на ней.

Джой понимала: дело не в том, что Элис не желает ей счастья. Не такой уж злой она была. Просто мать считала, что любой близкий контакт непременно принесет несчастье. «В первую брачную ночь, — серьезно начала она однажды вечером, когда они тщательно упаковывали приданое Джой в оберточную бумагу, — ты должна постараться... сделать вид, что ничего не имеешь против. Притвориться, что тебе это нравится. — Словно борясь с собственными воспоминаниями, Элис опустила глаза на шелковое белье, отделанное кружевами. — Им не по душе, если ты показываешь свое неудовольствие». На этом напутствия Элис к замужней жизни дочери иссякли.

Джой смущенно сидела рядом с ней, понимая, что мать попыталась дать ей какой-то важный материнский совет. У нее и в мыслях не было критиковать мать за это, напротив, она испытывала благодарность. Но как ни старалась, была не в состоянии соотнести материнский опыт со своим, когда у нее был Эдвард.

Если отец, обычно нетрезвый, пытался обнять мать, она заметно вздрагивала и хлопала его по ищущим рукам. Сама Джой, проснувшись, всегда мечтала о том, чтобы Эдвард прикоснулся к ней.

Так что, когда наступила первая брачная ночь, Джой и не думала пугаться. Она уже давно жаждала преодолеть невидимую грань между посвященными женщинами и непосвященными, как она сама. Распаленная его долгим отсутствием, когда ей оставалось заполнять пустоту лишь смутными, беспокойными снами, она прильнула к нему с жадностью, почти не уступающей его страсти.

Разумеется, это было не идеально. Да она в точности и не знала, что значит идеально. Джой просто наслаждалась его близостью, погрузившись в удовольствие от прикосновения мужской кожи, под которой играли мышцы, от ее запаха и рисунка. Все это было желанным избавлением от принаряженной и припудренной женственности, до сих пор царившей в ее жизни. Джой нравилась энергия их соединенных тел и то, что страсть Эдварда к ней не приводит ее в замешательство. На следующий день, радостная и нисколько не смущенная своим новым состоянием, она встретила вопрошающий взгляд матери широкой, уверенной улыбкой. Но Элис, вместо того чтобы порадоваться за дочь, поморщилась и поторопилась уйти под предлогом, что ей нужно на кухню.

Почти каждый штрих той ночи запечатлелся в памяти Джой, и она предавалась воспоминаниям в бесконечные влажные ночи, которые проводила в одиночестве, снова оказавшись в своей детской постели. Было даже и к лучшему, что она должна была увидеться с Эдвардом через пять месяцев и четырнадцать дней, прибыв в Тилбери после шестинедельного путешествия на пароходе «Дестини».

Стелла тоже собиралась встретиться с Диком, и ее родители, как и родители Джой, радовались, что девушки будут путешествовать вместе, хотя перед тем на них обрушился поток советов. Элис была убеждена, что морские транспортные корабли — рассадник аморальности. Дело в том, что кузен Бей Лин во время войны служил коком на военном корабле, и служанка рассказывала о веренице скучающих жен морских офицеров, которые ходили взад-вперед по трапам, ведущим к каютам мужчин. Джой не знала, чем больше шокирована ее мать — внебрачными связями или тем, что эти связи были с мужчинами не офицерского звания. Мать Стеллы с ее вечными «нервами» была больше обеспокоена недавней катастрофой с кораблем «Эмпайр уиндраш», затонувшим в шторм у берегов Мальты. Но Стелла и Джой, впервые вырвавшись из-под опеки родителей, были полны решимости пуститься в приключение.

Правда, после нескольких недель на борту оказалось, что представление Стеллы об этом несколько отличается от представления Джой.

— Верно. Пойду немного прогуляюсь, — сказала Стелла, опуская с лежака гладкие загорелые ноги и кивая Джорджине Липском.

Та подняла голову. Невозможно было понять, о чем она думает, поскольку глаза были закрыты очками.

— Далеко? — спросила Джорджина.

Стелла неопределенно махнула рукой в сторону носа корабля.

— Просто хочу размять ноги, — небрежно произнесла она. — Посмотрю, чем занимается публика. Похоже, многие остались сегодня в каютах.

Джой пристально посмотрела на Стелу и поняла, что та отказывается встречаться с ней взглядом.

— Желаю приятно провести время. — Джорджина улыбнулась, обнажив ровные белые зубы.

Стелла поднялась и, завернувшись в купальный халат, решительно направилась к бару. Джой, неожиданно огорчившись, поборола в себе искушение последовать за ней.

На время воцарилось молчание, и Джорджина взяла у официанта очередную порцию спиртного.

— Твоя подружка хочет привлечь к себе внимание. — Она загадочно улыбнулась из-под темных очков. — Нет способа быстрее добиться известности, чем заводить шашни на воде.

Джой лежала на своей койке, вытянув ноги и ловя дуновение ветерка между окном и приоткрытой дверью. В эти последние несколько дней путешествия она много времени проводила именно так, не желая быть весь день в компании других жен и их капризных скучающих детей или других офицеров, которые собирались в барах, вспоминая о минувших сражениях. Когда они отправлялись в путешествие, Джой с волнением предвкушала первое настоящее приключение в своей жизни. Но на протяжении долгого пути из Бомбея в Суэц, когда температура воздуха повышалась, дни как будто замедлились и время остановилось, а мир сузился до бара, палубы и столовой. Постепенно все пассажиры стали чувствовать себя на борту некой постоянной принадлежностью, даже не особенно стремясь сойти на берег в портах. Со временем все трудней становилось вообразить себе другую жизнь, и как следствие, многие и не пытались, отдавшись неспешному ритму жизни на борту. В конце концов пассажирам стало казаться, что их прежние занятия — теннис на палубе, вечерние прогулки, плавание — требуют чересчур больших усилий, и даже разговоры происходили теперь редко. Теперь они все чаще и чаще засыпали после обеда или смотрели фильмы вечером, и только некоторые вяло подпевали актерам. По вечерам они смотрели туманным взором на переливчатые закаты, успев привыкнуть к их неземной красоте. Только люди вроде Джорджины Липском, вынужденные подчиняться потребностям детей, были вовлечены в какую-то деятельность.

Стелла то хандрила, то становилась беспокойной, и временами Джой даже радовалась, когда подруга исчезала. Все это устраивало Джой, которая поняла, что недостатки корабельной жизни очень напоминают то, что осталось в Гонконге. Поэтому она со спокойной совестью потворствовала своей антиобщественной природе. Ей нравилось оставаться в каюте одной и рассматривать то, что она почитала сокровищами Эдварда: его письма, уже успевшие измяться, свадебную фотографию в рамке и маленькую китайскую картинку — голубая лошадь на рисовой бумаге, — которую купил ей Эдвард в первый день их семейной жизни, когда они гуляли по Гонконгу.

В то утро он разбудил ее рано, и Джой широко раскрыла глаза, в полудреме не совсем понимая, как оказалась в одной постели с этим мужчиной. Вспомнив, она потянулась к нему, томно обхватив руками его веснушчатую шею и щурясь от яркого света. Эдвард притянул ее ближе к себе, тихо что-то бормоча. Но она не слышала ничего, кроме шуршания простынь.

Позже, когда открытая кожа Джой высохла от пота, Эдвард приподнялся на локте и чмокнул ее в нос.

— Давай вставать, — прошептал он. — Хочу, чтобы наше первое утро мы провели вдвоем, пока все еще спят. Давай убежим.

Немного обидевшись на то, что Эдвард не хочет остаться в постели новобрачных, Джой обвилась вокруг него теплыми ногами. Но, желая угодить ему, почти сразу встала, надела шелковое платье и короткий жакет — наряд, сшитый матерью. Они заказали себе в номер чай и быстро выпили его, смущенно глядя друг на друга через стол, а потом, жмурясь от света, вышли на шумные улицы столицы. Вид, звуки и далеко не благоухающие ароматы Коулуна ранним утром ошеломили их. Джой рассматривала все с удивленным непониманием новорожденного, поражаясь тому, как сильно изменился мир за сутки.

— Мы сядем на паром «Стар», — сказал Эдвард, схватив ее за руку и потянув за собой к терминалу. — Хочу показать тебе Кэт-стрит.

Джой не бывала на рынке на Кэт-стрит. Предложи она отправиться туда матери, та побледнела бы, говоря, что это прибежище преступников и проституток — правда, мать назвала бы их падшими женщинами — и что туда не ходят люди их класса. Это место располагалось в западной части острова, которую Элис именовала чересчур китайской. Но когда они сидели на деревянных лавках парома, пребывая в блаженстве своего нового состояния и не замечая гомона голосов вокруг, Эдвард рассказал Джой, что со времени революции 1949 года в Китае в эту область хлынуло имущество семей и здесь можно найти ценные старинные вещи.

— Хочу кое-что тебе купить, — сказал он, проводя пальцем по ее ладони, — чтобы у тебя была вещь, которая напоминала бы тебе обо мне, пока мы в разлуке. Что-то особенное для нас обоих.

Он тогда назвал ее миссис Баллантайн, и Джой зарделась от удовольствия. Каждый раз, как Эдвард напоминал ей о статусе жены, Джой думала об интимных подробностях предшествующей ночи.

Они приехали сразу после семи, но жизнь на рынке на Кэт-стрит уже кипела вовсю. Торговцы, сидящие со скрещенными ногами перед скатертями, на которых разложены старинные часы, искусно вырезанные из нефрита изделия. Расположившиеся на скамейках старики, а рядом с ними — клетки со щебечущими птичками. Отделанные позолотой дорожные кофры. Мебель, украшенная эмалью. И над всем этим — сладковатый аромат пасты из репы, которую предлагали разносчики, зазывая покупателей пронзительными голосами и болтая так быстро, что даже Джой, неплохо владевшая кантонским диалектом, почти ничего не понимала.

Все это напоминало Дикий Запад. Но Джой, глядя на энтузиазм Эдварда, подавляла в себе желание прижаться к нему. Он не хотел, чтобы жена цеплялась за него, — он говорил ей об этом накануне. Ему нравилась сила Джой, независимость, то, что она не суетится и не дрожит, как жены других офицеров. Лежа в темноте и обнимая ее, Эдвард тихим голосом рассказал, что знал лишь одну другую женщину, похожую на нее. Он тоже любил ее. Но во время войны ее убило бомбой в Плимуте, куда она приехала к сестре. Джой почувствовала, как при слове «любил» у нее сжалось сердце, хотя она понимала, что эта женщина не может быть для нее угрозой. И с этим чувством пришло пугающее понимание того, что теперь ее счастье в плену у него и она стала заложницей его бездумных слов, почти полностью завися от его доброты.

— Посмотри, — сказал Эдвард, указывая на лавку, у которой толпилось много народа, — вот эта. Что скажешь?

Джой проследила за движением его пальца и увидела небольшую картинку в рамке из бамбука, прислоненную к разукрашенному металлическому горшку. На ней свободными мазками туши на белой бумаге была изображена голубая лошадь, вырывающаяся на волю, но при этом окруженная темными линиями, словно какой-то преградой.

— Тебе нравится? — спросил он. У него, как у ребенка, сияли глаза.

Джой посмотрела на картину. Ей не понравилось. Или, по крайней мере, она не обратила бы на эту лошадь внимания. Но выражение лица Эдварда заставило ее взглянуть на картинку его глазами.

— Нравится, — сказала она. Муж хочет купить это для нее, своей жены. — Очень нравится.

— Сколько? — Эдвард подался к торговцу, который изучал их, примечая хорошую одежду, белую морскую форму.

Теребя длинные свисающие усы, он, словно не понимая, пожал плечами.

Джой взглянула на Эдварда.

— Гейдо цин а? — спросила она.

Торговец взглянул на нее, потом снова пожал плечами. Зная, что он понял ее, Джой повторила вопрос.

Мужчина вынул изо рта глиняную трубку, словно обдумывая что-то. Потом назвал цифру. Непомерную цифру.

Джой недоверчиво посмотрела на него, попросив снизить цену. Но мужчина покачал головой.

Пытаясь сдержать ярость, она повернулась к Эдварду.

— Он с ума сошел, — тихо произнесла она. — Просит цену в десять раз большую, и только потому, что ты в форме. Пойдем отсюда.

Эдвард посмотрел на Джой, потом на торговца.

— Нет, — сказал он. — Скажи, сколько он просит. Сегодня для меня не важно, сколько это стоит. Ты моя жена. Хочу купить тебе подарок. Этот подарок.

Джой сжала его руку.

— Это чудесно, — прошептала она, — но я не могу принять его. За эту цену.

— Почему?

Джой смотрела на мужа, не зная, как выразить то, что хотелось. «Это все испортит, — сказала она себе, — потому что, глядя на эту картинку, я буду думать не о твоей любви ко мне, а о том, что тебя надул этот мошенник. А мне не хочется так о тебе думать».

— Послушай, — прошептала она в ухо Эдварду. Его запах отвлекал ее, заставив вдруг пожелать, чтобы они были не на рынке, а у себя в номере. — Давай сделаем вид, что уходим. Он испугается, что потеряет клиентов. Тогда, быть может, предложит что-то более разумное.

Но торговец стоял и смотрел им вслед, и Эдвард разволновался. Они обходили лавку за лавкой, и он сказал, что ему ничего больше не нравится. Картина — само совершенство, и он хочет купить ее.

— Войдем в храм, — предложила Джой, указывая на украшенный позолотой и яркими красками храм Ман Мо, стоявший на углу Голливуд-роуд. Из дверей храма доносился аромат благовоний.

Но Эдвард рассеянно сказал Джой, чтобы она пошла одна. Переминаясь с ноги на ногу, он сказал, что хочет немного прогуляться.

Джой огорченно отвернулась, думая, что разочаровала его. Утро получилось не таким, как она себе представляла.

Оказавшись в полумраке храма, она немного пожалела, что пришла сюда. На нее, чужестранку, посягнувшую на их святыню, молчаливо обернулись китайцы, зажигавшие свечи в задней части храма. Джой пробормотала приветствие на кантонском диалекте, и это несколько успокоило их — по крайней мере, они отвернулись от нее. Джой подняла глаза к потолку, с которого свешивались бесчисленные тлеющие спирали благовоний, размышляя, когда можно будет выйти. Удастся ли ей скоро уговорить Эдварда сесть на борт парома «Стар», чтобы как можно лучше провести их часы перед расставанием.

И тут перед ней появился сияющий Эдвард.

— Я купил ее, — сказал он.

— Купил — что? — спросила Джой, уже понимая, о чем он.

— Купил. По хорошей цене. — Эдвард обеими руками держал маленькую картину, словно делая свое подношение. — Когда ты ушла, продавец сбросил цену. Наверное, не хотел потерять лицо перед дамой. Я знаю, вся эта чушь про потерю лица здесь очень важна.

Джой смотрела на гордое, улыбающееся лицо мужа и лошадку на рисовой бумаге.

— Ну разве ты не умница? — немного помолчав, сказала она и поцеловала его. — Картина мне очень нравится.

Эдвард был так доволен, пока они шли обратно, что не было никакого смысла говорить ему о том, что она так и не назвала ему ту цену.

Джой, ерзая ногами по полу, посмотрела на голубую лошадь. Потом на свадебную фотографию. После чего подумала, а не угоститься ли одним из писем Эдварда. Теперь ей приходилось себя сдерживать, потому что письма буквально распадались на части, но иногда без них было трудно представить мужа. Джой хорошо помнила смех Эдварда, широкие ладони, ноги в белых брюках, но ей все труднее становилось представить его в целом. За несколько недель до начала морского путешествия она запаниковала, потому что никак не могла припомнить внешность мужа. «Неделя и четыре дня, — говорила она себе, научившись быстро считать в уме. — И я снова увижу его».

— Ты нервничаешь? — спросила ее Стелла за неделю до этого, когда они обсуждали свои наряды на день встречи с мужьями. — А я точно буду. Иногда я сомневаюсь, что узнаю его.

Это было меньше чем через три месяца после расставания Стеллы с Диком. Джой не виделась с Эдвардом гораздо дольше.

А вот Джой не волновалась. Она просто хотела его увидеть, ощутить крепкие объятия, увидеть, как он сияет, глядя на нее сверху вниз. Во время посещения парикмахерской она сказала об этом другим женам, те обменялись многозначительными взглядами, а Стелла в ответ фыркнула, что показалось Джой обидным, хотя она и понимала, почему подруга так сделала. Как и ее мать, они предполагали, что она по-прежнему такая же наивная и простодушная и что ей много предстоит узнать о мужчинах и о жизни замужней женщины. Только миссис Фервезер понимающе улыбнулась и кивнула, хотя ее муж никогда не служил на флоте. С тех пор Джой ничего не говорила про Эдварда на людях, она оставила его для себя, словно храня какой-то драгоценный секрет.

«Одно письмо, — сказала она себе, разворачивая самое последнее, как человек, разворачивающий свежую шоколадную конфету. — Одно письмо в день, пока не увидимся. А потом я запакую их и спрячу, чтобы прочитать, когда состарюсь, и буду вспоминать, каково это — быть в разлуке с любимым мужчиной».

При приближении к Суэцкому каналу атмосфера неуловимо изменилась. Слухи о возможном конфликте вывели пассажиров из полусонного состояния. За ужином слышались слова «Суэц» и «правительство», и мужчины, собираясь группами, имели невероятно серьезный вид, так что Джой, не имеющая представления о важности происходящего, встревожилась, но была рада присутствию офицеров. По словам помощника капитана, британцы по-прежнему занимали африканский берег канала.

— Пока мы идем по каналу, я не рекомендовал бы вам подходить к бортам, — мрачно советовал он. — Этим арабам доверять нельзя. У нас есть донесения о том, что они с оружием скачут взад-вперед вдоль берега. И для них не впервой использовать иностранные корабли в качестве мишени для тренировки в стрельбе.

При этих словах все женщины охнули и театрально схватились за шеи, а мужчины глубокомысленно закивали, что-то бормоча про Асуанскую плотину. Джой не стала охать, ее это, напротив, взволновало. И, вопреки предостережению, когда «Дестини» шел по каналу, она была не в состоянии усидеть в каюте и много времени проводила в одиночестве на палубе, вежливо улыбаясь в ответ на предостережения проходящих офицеров и втайне надеясь увидеть какого-нибудь бандита в тюрбане верхом на верблюде. Джой знала, что офицеры считают ее диковатой, что о ней судачит индусская команда, но ей было все равно. Когда еще представится случай поучаствовать в настоящем приключении?

Суэцкий канал оказался не раздираемым войной забетонированным проходом, который она себе представляла, а серебристой полоской воды, окаймленной дюнами, по которой в почти полной тишине величаво двигалась процессия кораблей, словно нанизанных на одну нить. Трудно было поверить, что можно чего-то опасаться в этой молчаливой упорядоченной процессии. Единственный раз Джой испугалась, когда однажды вечером капитан приказал потушить все огни и пассажиры, на время умолкнув, сидели в темной столовой. Но даже и тогда она, как ни странно, испытала чувство благодарности за то, что происходит нечто большее, чем игра в бридж или теннис на палубе.

Когда корабль направлялся в Египет, первый помощник капитана сообщил им о костюмированной вечеринке, которая состоится накануне захода в Саутгемптон и будет подобающим завершением путешествия. Капитан хотел, чтобы у них хватило времени на подготовку костюмов. Джой про себя подумала, что, наверное, он хочет отвлечь их от путешествия по Египту, но ничего не сказала, поскольку все пришли в волнение и начали готовить костюмы.

— Хочу быть Кармен Мирандой[1], но боюсь, фруктов мне не достанут, — сказала Стелла по дороге из столовой.

В тот вечер Петера за ужином не было, отчего Стелла пребывала в скверном настроении, поэтому Джой не стала озвучивать свою мысль: наряд Кармен Миранды чересчур откровенен для замужней женщины и не останется незамеченным.

— Или, может быть, изобразить Мэрилин Монро из фильма «Как выйти замуж за миллионера»? Отделать бы по-новому мое розовое платье. — Стелла по-

---

[1] *Кармен Миранда* (1909–1955) — бразильская и американская певица и актриса.

смотрела на свое отражение в окне. — Как думаешь, стоит мне немного осветлить волосы? Я уже давно об этом подумываю.

— А что на это скажет Дик? — спросила Джой и сразу же поняла, что напрасно это сделала.

— О, Дик примет меня такой, какая я есть, — небрежно произнесла Стелла. — В конце концов, ему повезло, что он на мне женился.

Это ей сказал Петер, смущенно подумала Джой. Прежняя Стелла никогда бы такого не сказала. А теперь трудно даже предугадать, что эта новая Стелла собирается сказать и что можно без опаски сказать ей. Многие годы Джой поверяла подруге самые заветные тайны, а теперь получалось, что откровенничать со Стеллой — то же самое, что ходить по зыбучим пескам. Ступать надо очень осторожно, но даже и тогда не знаешь, где споткнешься и утонешь.

— Ну, если ты считаешь, Дику это понравится... Не сомневаюсь, ты будешь смотреться потрясающе. Но разве тебе не хочется выглядеть так же, как во время расставания, чтобы ему было комфортно?

— Ах, Дик, Дик, Дик! — сердито произнесла Стелла. — Говорю тебе, Дик обрадуется, когда меня увидит, если даже я буду похожа на азиатку. Ну хватит занудствовать! В конце концов, это всего лишь маскарадный костюм.

Обидевшись, Джой не произнесла ни слова по пути в каюту. После чего, как можно было ожидать, Стелла заявила, что не намерена слушать храп этих детей и собирается прогуляться по палубам. В одиночестве.

Наутро ее настроение улучшилось, и в течение следующих дней она стала похожа на прежнюю Стеллу, увлекшись поиском нужных тканей для костюма. Когда они вошли в Порт-Саид, на борт была допущена пара торговцев с безделушками и бусами в огромных деревянных коробах. Даже женщины вроде миссис Фервезер, которые обычно считали общение с египтянами ниже своего достоинства, суетились и ругались из-за отделки и перьев, как сказала Джорджина Липском, совершенно неподобающим образом.

Джой старалась отвлечься на мысли о костюме и маскараде, но, когда они вошли в более спокойные воды Средиземного моря, она была в состоянии думать лишь о том, что через несколько дней увидит Эдварда. Иногда она воображала себе, что уже физически чувствует его приближение. Без сомнения, Стелла в ответ на это тоже фыркнула бы.

В ночь маскарада они должны были пересечь последний протяженный отрезок пути и войти в Ла-Манш. Бискайский залив, как предупреждали старые морские волки, знаменит своими неспокойными водами, и поэтому девушкам следует крепко держать бокалы.

— А если не можете держаться за бокалы, держитесь за меня, — чересчур громко произнес Петер, и стоящие рядом с ним женщины осторожно отошли в сторону с застывшими на лицах улыбками.

Однако на всех подействовало ожидание вечеринки и скорое прибытие домой, так что в последний вечер, несмотря на холодные брызги с Атлантики, на палубах слышались несдержанные вопли, а из каюты в каюту сновали пассажиры в экзотических костюмах.

Мистер и миссис Фервезер оделись в костюмы индийского раджи и его супруги. Эти подлинные наряды они приобрели во время краткой и довольно суровой командировки в Дели и возили с собой в морские путешествия на случай подобных мероприятий. Миссис Фервезер протерла лицо и руки холодным чаем, чтобы получить нужный оттенок кожи, как у индианки. Стелла отказалась от Мэрилин, узнав, что́ сделает с ее волосами корабельное отбеливающее средство, и преобразилась в Риту Хейворт из «Саломеи». Стелла щеголяла в наряде, в котором не хватало по крайней мере двух покрывал из семи. Она с досадой обнаружила, что Джорджина Липском если и не затмила ее, то сравнялась с ней. Эта женщина уговорила одного из офицеров одолжить ей свою белую форму и выглядела просто шикарно с темными волосами, выбивающимися из-под фуражки. Джой, не испытывая большого вдохновения, оставила все на потом, и Стелла соорудила ей корону из фольги, приказав изображать королеву.

— Можем отделать мое фиолетовое платье ватой, как будто это горностай. И она почти не пользуется косметикой, так что тебе это подойдет, — сказала Стелла.

Несмотря на прошлогоднюю страсть, Елизавета Стеллу больше не интересовала. Ненадолго очаровавшись принцессой Маргарет — «у нее гораздо больше вкуса в одежде», — Стелла переключилась на Голливуд.

В роли королевы Елизаветы Джой чувствовала себя довольно глупо. То ли ее смущала бесцеремонность выбора, то ли детскость наряда. Когда же они наконец пришли в обеденный зал и Джой увидела некоторые другие костюмы, настроение ее улучшилось.

Петер оделся египетским торговцем, голый торс его был обмазан чем-то вроде сапожной ваксы, отчего мышцы блестели при приглушенном освещении. Светлые волосы были прикрыты черной шерстяной шапочкой, связанной крючком пожилой миссис Тенант. Он нес корзину с бусами и деревянными резными фигурками. Уже достаточно возбужденный, он то и дело бросался к одной из женщин, и та, театрально визжа, со смехом отмахивалась от него. Но Петер никогда не бросался к Джой.

— Я не стала пятнистой? — спросила миссис Фервезер у Джой, сидевшей за столом. — Думаю, из-за брызг у меня появились пятна.

Джой осмотрела ее закрашенное чаем лицо.

— Мне кажется, все хорошо, — ответила она, — но, если хотите, могу подправить. Можно попросить официанта принести холодного чая.

Миссис Фервезер вынула из сумки пудреницу и стала поправлять жемчужины на головном уборе.

— О, не стоит их беспокоить. Они сегодня ужасно заняты. Мне сказали, ужин будет какой-то особенный.

— Привет, Джой! Или надо говорить «ваше величество»? — Это был Луис, который низко склонился перед ней, потом поцеловал руку, отчего Джой покраснела. — Должен сказать, у вас вид настоящей королевы, не так ли, миссис Фервезер?

На нем была неряшливая твидовая юбка, на голове шарф, губы накрашены довольно яркой помадой.

— Да, определенно, — ответила миссис Фервезер. — У нее прямо царственный вид.

— Ах, пожалуйста, не надо! — со смехом сказала Джой. Луис сел рядом с ней. — Я могу возгордиться. Можно узнать, кого вы изображаете?

— Вы не знаете? — Луис был озадачен. — Не могу поверить, что не знаете.

Джой взглянула на миссис Фервезер, потом снова на него.

— Извините, — пробормотала она.

— Я дружинница «Земледельческой армии», — сказал он, поднимая вилы. — Посмотрите! Спорю, вы не поверите, что я это достал!

— Теперь вижу! — рассмеялась миссис Фервезер. — Видишь, Филипп? Мистер Бакстер изображает дружинницу. Смотри, у него есть даже мешок картошки.

— Кто такая дружинница? — неуверенно спросила Джой.

— Где вы были? В Тимбукту?

Джой огляделась по сторонам — есть ли еще такие невежды? Но Стелла визжала на Петера, Джорджина Липском разговаривала с первым помощником капитана, и единственный свидетель — балетный танцовщик с подозрительно волосатыми ногами — не слушал.

— Когда в последний раз вы были в Англии? — спросил Луис.

— О господи! Наверное, в детстве, — ответила Джой. — Когда Гонконг захватили, нас всех отправили в Австралию.

— Только подумай, Филипп: Джой не знает, что такое дружинница. — Миссис Фервезер толкнула в бок мужа, который из-под тюрбана нежно смотрел на свой джин с тоником.

— Забавно, — тихо отозвался он.

— Вы действительно никогда их не видели?

Джой почувствовала себя неловко. Она замечала, что в подобных сборищах всегда есть нечто такое, отчего ощущаешь себя невежественной или глупой. Вот почему она любила Эдварда: в его присутствии она никогда не чувствовала себя так.

— Не вижу причин, по которым Джой непременно надо это знать, — отрывисто произнес Луис. — Уверен, есть много такого в Гонконге, чего я никогда не пойму. Вам заказать что-нибудь, Джой? Миссис Фервезер?

Джой улыбнулась ему в знак благодарности за поддержку.

Пока они ели основное блюдо, на море поднялось волнение, и официантам приходилось хвататься за мебель, чтобы не уронить тарелки. Вино в бокале Джой едва не пролилось.

— Так бывает всегда, — сказал сидящий рядом с ней Луис. Помада у него стерлась, и теперь Джой не могла смотреть на него без смеха. — В первый раз я свалился с койки во время сна.

Джой ничего не имела против. Каждая огромная волна приближала ее к Тилбери. Но некоторые дамы неодобрительно вскрикивали, словно кто-то был виноват в этом метеорологическом просчете. Их пронзительные, как у чаек, голоса перекрывали музыку, которую по распоряжению капитана следовало играть, хотя музыкантам трудно было устоять на месте, и музыка звучала теперь нестройно. В этот момент Стелла, нетвердой походкой направившись в туалет, едва не упала, и Петер бросился, чтобы подхватить ее, отбросив свой стул назад. Джой увидела выражение лица Стеллы, когда она его благодарила, и ей вдруг стало очень неловко.

Луис, наблюдая за Джой, наполнил ее бокал.

— Если выпьете достаточно, вам будет казаться, что это вы качаетесь, а не корабль, — сказал он, случайно коснувшись ее руки.

Джой, не сводившая глаз со Стеллы, которая продолжала держаться за Петера, даже не заметила этого.

И вот она напилась. До нынешнего вечера Джой вела себя сдержанно, но теперь, подобно остальным, заразилась ощущением того, что скоро все закончится, поддавшись безрассудству жизни в изоляции и мыслям о предстоящей более благоразумной и размеренной жизни. Тосты становились все более громкими и нелепыми — за покойного короля, за старую страну, за Елизавету (при этом Джой поймала себя на том, что встает и царственно кивает), за Одинокого ковбоя и Тонто, за пудинг, за усовершенствование производства сливок, бисквита и алкоголя и за «Дестини», который, покачиваясь, продолжал путь по волнам.

Джой поймала себя на том, что хихикает и не очень возражает против того, что Луис обнял ее, и она уже перестала замечать, кто и когда ушел из-за стола. Когда на возвышение поднялся капитан и объявил, что собирается вручить приз за лучший костюм, Джой, так же как и остальные гости, встретила его слова громкими грубыми выкриками.

— Тише! Тише! Дамы и господа! — пытался урезонить их первый помощник, стуча кончиком ножа по бокалу с бренди. — Успокойтесь, пожалуйста!

— Знаете, Джой, я нахожу вас просто изумительной.

Джой отвела взгляд от возвышения и уставилась на Луиса, чьи карие глаза неожиданно стали похожи на жалобные глаза щенка.

— Я хотел вам сказать об этом с самого Бомбея.

Он накрыл ладонью ее руку, и Джой быстро отдернула свою, боясь, как бы кто не увидел.

— Ну, успокойтесь же, дамы и господа! Давайте, давайте.

Капитан вытянул перед собой руки ладонями вниз, а потом, когда корабль накренился на правый борт, резко вскинул одну вверх. Пассажиры завопили и засвистели.

— Ужасно долгая разлука с любимым человеком, Джой. Я это понимаю. У меня дома тоже есть девушка. Но от этого не перестаешь мечтать о ком-то другом, так ведь?

Джой пристально смотрела на Луиса, огорчившись, что он так все усложняет. Он ей нравился. В других обстоятельствах — может быть. Но не сейчас... Джой покачала головой, пытаясь вложить в этот неприметный жест толику сожаления, чтобы не задеть его чувства.

— Давайте не будем об этом, Луис.

Луис надолго задержал на ней взгляд, потом опустил глаза.

— Простите, — прошептал он. — Наверное, выпил лишнего.

— Ш-ш-ш! — зашипела на них миссис Фервезер. — Замолчите же вы наконец! Он пытается что-то сказать.

— Что ж, я знаю, этого момента все вы долго ждали и все вы приложили громадные усилия... но это не совсем правда. — Когда раздался смех, капитан умолк. — Нет-нет. Это просто шутка. Я долго размышлял над вашими костюмами. Над некоторыми — невероятно долго. — При этих словах он многозначительно посмотрел на прозрачные покрывала Стеллы. Джой, хотя и была поглощена другим, с облегчением увидела, что подруга сидит за столом. Петер уже некоторое время отсутствовал. — Однако мы с коллегами приняли решение присудить наш приз, — он поднял бутылку шампанского, — мужчине, который доказал, что способен на откровенную дерзость.

Собравшиеся пассажиры молча ждали.

— Дамы и господа, Петер Брандт. Или, скорее, наш египетский торговец.

Столовая разразилась аплодисментами, в воздух полетели салфетки и недоеденные булочки. Джой, вместе с остальными собравшимися, стала оглядываться по сторонам, пытаясь отыскать Петера среди множества плохо узнаваемых голов. Поскольку черной шерстяной шапочки не было видно, хлопки постепенно прекратились и пассажиры, крутя головами, принялись вполголоса переговариваться.

Джой подняла взгляд на капитана, на время умолкнувшего, а потом на Стеллу, пребывавшую в таком же замешательстве.

— Может быть, он где-то торгует, — пошутил капитан. — Попрошу кока поискать его в кладовках. —

Озираясь по сторонам, он, очевидно, не знал, что делать дальше.

Его прервал шепот, раздавшийся с другого конца столовой. Подобно легкому ветерку, он прошелестел по столам, и Джой, следуя за его направлением, наконец увидела его причину. Все глаза остановились на Джорджине Липском, которая нетвердой походкой вошла в дальнюю дверь. Волосы ее выбились из-под фуражки и свисали свободными прядями на плечи. Споткнувшись, она попыталась сохранить равновесие и ухватилась за спинку свободного стула.

Пытаясь уразуметь смысл увиденного, Джой уставилась на нее, потом перевела взгляд на Стеллу, сильно побледневшую. Ибо безупречно-белый костюм Джорджины был здорово измазан. От эполет до середины бедер морская форма носила явные следы пятен от сапожной ваксы. Джорджина, очевидно пребывая в неведении, уставилась на повернутые к ней лица, а затем, подняв голову, решила всех проигнорировать. Подойдя к их столу, она тяжело опустилась на стул и закурила сигарету. Наступило краткое напряженное молчание.

А потом раздался вопль.

— Ах ты, потаскуха! — закричала Стелла и бросилась на нее через стол, хватая за волосы, эполеты, за все, что попадалось под руку. Но тут Луис и первый помощник капитана бросились оттаскивать ее. Джой, оцепенев, встала, не узнавая в этой банши с диким взором свою подругу. — Чертова потаскуха! — вопила Стелла.

Грим танцовщицы размазался под глазами. Луис схватил Стеллу за руку, принудив отпустить волосы

Джорджины, однако мужчины немного выждали и только потом отпустили Стеллу.

— Тише, дорогая, — сказала миссис Фервезер, гладя ее по волосам. Мужчины усадили Стеллу. — Ну же. Успокойся. Веселья на один вечер и так хватает.

Вся столовая притихла. Капитан дал знак оркестру играть, но музыканты заиграли только после долгой напряженной паузы. Сидящие рядом с Джой гости смущенно посмеивались или издавали неодобрительные возгласы, но вскоре переключили внимание на своих соседей.

Джорджина со сбитыми на сторону волосами поднесла руку к лицу, проверяя, нет ли крови. Ничего не найдя, она стала искать на скатерти сигарету, которую выбили у нее из руки. Сигарета одиноко плавала в бокале миссис Фервезер. Джорджина спокойно достала другую из серебряного портсигара. Потом, подняв голову, она взглянула на Стеллу.

— Глупая девочка, — произнесла она, глубоко затянувшись дымом. — Неужели ты думаешь, что была единственной?

Джой сидела на палубе со стороны правого борта, обняв рыдающую Стеллу и размышляя над тем, когда можно будет сказать ей, что они промокли и замерзли — зуб на зуб не попадает.

Стелла рыдала уже двадцать минут, не обращая внимания на холодную водяную пыль и качающуюся палубу и прижавшись к промокшей Джой.

— Не могу поверить, что он мне лгал, — задыхаясь, сказала она. — Все, что он мне говорил...

Джой предпочитала не обсуждать это. Или то, к чему все может привести.

— Она такая ужасная. Старая! — Стелла смотрела на Джой распухшими от слез глазами. Голос ее звучал презрительно. — У нее грубое лицо, и она слишком сильно мажется. У нее есть даже растяжки.

Джой догадывалась, что дело, скорее, не в том, что Петер обманул ее. Стеллу, пожалуй, шокировала его неразборчивость в выборе партнерши.

— Ах, Джой... Что мне делать?

Джой вспомнила о том, как Петер Брандт вернулся за обеденный стол. Поначалу он смеялся и отпускал непристойные шуточки, в своем подпитии не замечая, что стол приветствовал его мертвым молчанием. Потом его смех стал принужденным, и, чтобы развеселить соседей, он рассказал еще один смешной анекдот. Подошел капитан и шмякнул на стол перед ним бутылку шампанского, лаконично объявив:

— Вы победитель.

Только тогда до Петера дошло, что дела обстоят совсем не так, как полчаса тому назад, когда он исчез.

— Возможно, вам следует подновить сапожную ваксу, старина, — уставившись на побледневшую грудь Петера, заметил Луис.

После чего столь же многозначительно воззрился на заляпанный костюм Джорджины.

Петер с беспокойством оглядел попутчиков, потом, извинившись, сказал, что ему надо размяться. Джорджина со скучающим видом сосала неизменную сигарету, умудряясь смотреть в пространство и не встречаясь ни с кем взглядом. В конце концов, очевидно досадуя на недостаток мужского внимания, она ушла из-за стола вслед за ним.

Стелла к тому времени уже ушла в туалет в сопровождении миссис Фервезер, которая тщетно вытирала ей лицо кружевным носовым платком, уговаривая перестать плакать.

— В макияже ты была такая хорошенькая, — тараторила она. — Ты же не хочешь показать этой женщине, что расстроилась. — Вошла Джой, и миссис Фервезер с облегчением и чрезмерным энтузиазмом препоручила ей Стеллу. — Вы подруги, — сказала она. — Ты знаешь, как ее приободрить. Поговори с ней. — И дама исчезла в облаке духов, бус и прозрачной ткани.

— Что же мне делать? — спрашивала Стелла полчаса спустя, вперив взгляд в черное бурное море. — Все кончено. Может быть, мне надо просто...

Джой проследила за взглядом Стеллы, который уперся в борт, и сильнее сжала руку подруги.

— Не смей так говорить! — в панике воскликнула она. — Не смей даже об этом думать, Стелла Ханнифорд!

Стелла повернула к ней лицо, на котором не было фальши или притворства.

— Но что же мне делать, Джой? Я все погубила, правда?

— Ничего ты не погубила. — Джой взяла в свои руки холодные руки подруги. — Просто сблизилась с глупым-преглупым мужчиной, с которым послезавтра расстанешься навсегда.

— Но это ужасно, Джой. Какая-то часть меня хочет с ним увидеться. — Стелла взглянула на нее, широко раскрыв печальные голубые глаза. Отпустив руку Джой, она отвела от лица волосы. — Он был просто чудесный. Гораздо лучше Дика. И это самое плохое... Как я смогу вернуться к Дику и притворяться, что все хорошо, если испытала нечто гораздо большее?

Джой стало не по себе. С одной стороны, ей хотелось заткнуть уши и сказать Стелле: «Перестань! Ничего не хочу знать!» Но с другой — Джой понимала, что она единственная наперсница Стеллы, подруги, которая всегда все немного драматизировала, а сейчас смотрела на волны остановившимся взглядом, и это выводило Джой из себя.

— Тебе придется забыть его, — твердо сказала она. Бесполезно. — Надо постараться, чтобы получилось с Диком.

— А что, если мне вообще не следовало выходить замуж за Дика? Да, я была в него влюблена, уверяю тебя, но что я тогда знала? Перед встречей с ним я целовалась только с двумя парнями. Откуда мне было знать, что мне понравится кто-то другой?

— Но Дик — хороший человек, — сказала Джой, думая о красивом, приветливом пилоте. — Вы были так счастливы вместе. И сможете снова.

— Но мне не хочется. Не хочется по принуждению улыбаться ему, целовать его, позволять прижиматься ко мне. Я хотела быть с Петером! А теперь всю оставшуюся жизнь мне придется быть с человеком, которого я больше не люблю.

Джой снова обняла подругу и стала смотреть в темное небо. Звезд почти не было видно из-за низких облаков.

— Все будет хорошо, — пробормотала она в холодное ухо Стеллы. — Обещаю. Утром все покажется не таким уж плохим.

— Откуда ты знаешь? — спросила Стелла, снова поднимая голову.

— Потому что так устроено. Я всегда лучше себя чувствую при свете дня.

— Нет, не то. Откуда ты знаешь, что сделала правильный выбор?

Не желая кривить душой, Джой на минуту задумалась. На миг она подумала о Луисе.

— Может быть, и не знаю, — наконец ответила она. — Просто надо надеяться.

— Но ты знаешь. Знаешь.

Джой на миг умолкла.

— Да, — сказала она.

— Откуда?

— Просто мне неуютно со всеми остальными. Быть с ним... все равно что быть с тобой... только еще добавляется любовь. — Она взглянула на Стеллу, которая внимательно ее рассматривала. — У меня такое ощущение, будто он мужская версия меня самой. Лучшая половина. Когда я рядом с ним, мне хочется быть достойной его версии меня самой. Не хочу его разочаровывать. — Джой представила себе, как Эдвард улыбается ей и в уголках его глаз появляются морщинки, показываются белые зубы. — Мне было безразлично, что обо мне подумают, пока не появился он, а теперь я не могу поверить, что он выбрал меня. Просыпаюсь каждое утро и благодарю за это Бога. Каждый вечер, ложась спать, я молюсь, чтобы время шло быстрее и я снова была с ним. Я все время думаю о том, что он сейчас делает, с кем разговаривает. Не от ревности или чего-то такого. Просто хочу быть к нему ближе, и, если могу представить себе, что он делает, это помогает.

Сейчас Эдвард спит, подумала Джой. Или читает. Возможно, одну из книг о рысаках с описанием родословных лошадей.

— Он больше того, о чем я просила. Больше того, на что надеялась, — мечтательно произнесла Джой. — Не могу даже вообразить себя с кем-нибудь другим. — Она на время умолкла. Джой поняла, что почти забыла о присутствии Стеллы.

А Стелла поднялась с лавки около спасательных шлюпок. Она перестала плакать и плотней натянула на плечи шаль.

Джой тоже встала и отвела от лица мокрые волосы.

— Ну да, тебе повезло, — проговорила Стелла, не глядя Джой в глаза. — Тебе легко быть счастливой.

От тона подруги Джой слегка нахмурилась.

Стелла подошла к двери и, обернувшись, бросила ей прощальные слова, подхваченные ночным бризом:

— Да, тебе намного легче. В конце концов, никто другой не хотел быть с тобой.

Глава 7

Сабина сидела на полу в центре потертого персидского ковра, не отрывая взгляда от фотографии Стеллы в темно-синем платье. Приглушенные тени комнаты на время отступили, и на их месте появились качающиеся, залитые дождем палубы, сверкающий атлас и блестки семи или около того промокших полупрозрачных накидок.

— Она вернулась к Дику?

Сабина вглядывалась в яркие глаза и проницательную улыбку, безуспешно пытаясь представить себе эту девушку одинокой и покинутой на мокром корабле. У нее был такой самоуверенный вид.

Джой, перебиравшая коробку со старыми документами, заглянула Сабине через плечо:

— Стелла? Да, но ненадолго.

Ожидая объяснений, Сабина повернулась к бабушке. Джой поставила коробку на колени, на миг задумавшись.

— Он действительно обожал ее, но, видимо, Стеллу так потрясло чувство к Петеру Брандту, что через некоторое время она решила поискать счастья с кем-то еще, благо детей у них не было.

— А что случилось потом?

Джой потерла руки, стараясь стряхнуть пыль. Она радовалась, что они с Сабиной вновь беседуют, но ее немного утомляло желание девочки все разузнать. Джой глубоко вдохнула, собираясь с духом, как делала Стелла много лет назад, когда хотела сообщить плохую новость.

— У нее было много мужчин, но ни с кем она надолго не уживалась.

— Весело! — бодро произнесла Сабина.

Ей нравилось само звучание имени Стелла.

— Можно и так сказать. В молодости Стелла определенно повеселилась. Но с возрастом немного погрустнела. Пристрастилась к выпивке. — Джой подняла руку и почесала глаз. — Ее последний муж умер от болезни печени, и после этого она наконец поняла, что осталась одна. Понимаешь, тогда ей было шестьдесят два. В таком возрасте плохо быть одной.

Сабина попыталась представить себе эту чарующую, пылкую женщину не просто брошенной, но и превратившейся в старую, одинокую пьяницу.

— Она умерла?

— Да. Несколько лет назад. Кажется, это было в тысяча девятьсот девяносто втором. Мы с ней поддерживали связь, но потом она переехала в небольшую квартирку на испанском побережье, и после этого мы больше не виделись. Я узнала о смерти Стеллы от ее племянницы, приславшей мне довольно милое письмо. — У Джой был рассеянный вид. — Верно. Пора отделаться от этих старых розеток. Они, кажется, заплесневели. Как жаль!

Сабина положила фотоснимки обратно в коробку, пытаясь представить свою мать на месте Стеллы Ханнифорд. Мать не такая яркая, как Стелла, но в нынешней своей форме вполне может поменять кучу мужиков и закончить жизнь в одиночестве в какой-нибудь испанской квартирке. Сабина вдруг представила, как приехала навестить ее, а Кейт лежит на обшарпанном диване, сжимает в руке бутылку «Риохи» и вспоминает в подпитии о брошенных мужчинах. «Ах, Джефф, — скажет она, встряхивая нечесаными рыжими волосами и улыбаясь неровно накрашенными губами. — Это был хороший год. Джефф... Или это был Джордж? Я всегда их путаю».

Сабина отогнала от себя этот образ, не понимая, хочется ей смеяться или плакать, потом украдкой взглянула на бабушку, которая высыпáла в черный пластиковый мешок содержимое коробки со старыми розетками. Сабина попыталась связать прямую фигуру в зеленом вельвете с идеальной картиной молодой любви, с недавних пор занимавшей ее воображение. За последние несколько дней внучка научилась по-новому смотреть на бабку и деда. Эти своенравные, высокомерные старики однажды испытали любовную историю, которая могла бы соперничать с любой историей, показанной по телику. Дед был когда-то красивым. Бабушка... Ну, она тоже была красивой. Но по-настоящему потрясло Сабину это долгое ожидание, эта частая разлука. Столько офицеров вокруг, а она хранила верность.

— В наше время никто не объявляет о помолвке после одного дня знакомства, — размышляя вслух, сказала Сабина. — В особенности если потом пришлось бы ждать целый год.

Джой, которая обвязывала бечевкой верх мешка, остановилась и посмотрела на внучку:

— Да, пожалуй, мало кто.

— Ты бы снова так поступила? То есть если можно было бы сейчас?

Джой положила мешок на пол и в раздумье остановилась на середине комнаты.

— С твоим дедом?

— Не знаю. Ладно, да. С дедом.

Джой посмотрела в окно, где дождь барабанил по черепице. Над окном коричневое полукруглое пятно отмечало то место, где черепица отвалилась и вода могла беспрепятственно попадать в дом.

— Да, — сказала она. — Конечно. — Однако тон у нее был не очень уверенный.

— Ты когда-нибудь нервничала? Я имею в виду, перед встречей с ним? После всего того времени, проведенного на корабле?

— Я говорила тебе, дорогая. Просто я радовалась встрече с ним.

Сабину это не удовлетворило.

— Но ты должна была что-то чувствовать. В последние минуты перед встречей. Когда ждала, пока корабль не причалит, и всматривалась в берег, пытаясь увидеть его. Должно быть, тебе было не по себе. Мне точно было бы не по себе.

— Это было давно, Сабина. Столько встреч и расставаний! Не могу точно припомнить. А теперь надо отнести этот мусор вниз, чтобы не пропустить мусороуборочную машину. — Джой решительно отряхнула пыль с юбки и направилась к двери. — Пойдем, отложи это в сторону, пора обедать. Дедушка, наверное, проголодался.

Сабина встала и потянулась. Она заметила резкость бабушки, но ее это не смутило. На протяжении последних двух недель, когда они проводили вместе по несколько часов ежедневно, рассматривая старые фотографии и безделушки, чопорная манера Джой смягчилась, в особенности когда она стала рассказывать внучке истории о первых счастливых днях с Эдвардом. Воспоминания эти постепенно начали придавать свободу ее фразам, превращая их в длинные, свободно текущие истории и привнося в них красочность. Сабина пришла в восторг оттого, что ей дали заглянуть в частную жизнь со всеми ее хорошими и дурными сторонами.

И сексом. Странно было слышать, что бабушка говорит о сексе. Правда, она никогда не произносила слова «секс», но не утаила от Сабины, что именно приносило большие неприятности Стелле Ханнифорд и Джорджине Липском. Сабина поверить не могла, что в 1950-е так много этим занимались. Трудно было представить, что сейчас ее мать занимается тем же самым. Сабина подумала о матери и в который раз удивилась, почему у нее не было большой романтической любви, как у бабки с дедом. Настоящей любви, с тоской подумала она, способной противостоять ударам судьбы и воспарить, как любовь Ромео и Джульетты, над мирской суетой. Той любви, о которой пишут в книгах, о которой слагают песни и которая возвышает тебя, как птицу, и в то же время делает выносливым и стойким, как монолит.

Стоя у двери, Джой повернулась к ней:

— Пойдем, Сабина. Поторопись. Миссис Х. готовит пикшу, и если мы с опозданием принесем ее наверх, я не смогу уговорить твоего деда поесть.

Когда отношения с бабушкой стали более теплыми, а Сабина привыкла к сырости и стала получать удовольствие от верховой езды, хотя и не признавалась себе в этом, ее тоска по дому если не пропала совсем, то заметно поутихла. И без телевизора она теперь прекрасно обходилась. И даже почти совсем не думала о Дине Бакстере. В воскресенье исполнялась тридцать вторая годовщина свадьбы миссис Х. и ее мужа, и хотя дата не была круглой — не «золотая» и не «бриллиантовая», — миссис Х. сказала, что считает это поводом для празднования и приглашает Сабину, вместе с кучей своих родственников.

Сабина обрадовалась приглашению, и не потому, что это давало повод провести вечер не дома, но потому, что она теперь становилась частью своей большой семьи, а также частью семьи Тома и Энни. Она сама была единственным ребенком периодически одинокой родительницы, а тут практически влилась в первую полную семью — семью, кажущуюся бесконечной и расползающейся во все стороны, где каждый знал о делах другого и люди уверенно входили в дома родичей, понимая, что смогут приноровиться друг к другу. Но что Сабине нравилось больше всего, так это шум: бесконечные разговоры друг с другом, взрывы хохота, взаимные остроты. В доме Сабины всегда было тихо. Она знала, что это вынужденная тишина, позволяющая матери работать, но приглушенные звуки создавали впечатление, что ты завернут в толстое одеяло. А когда она, мать и Джефф усаживались за стол, они не смеялись и не шутили. Джефф задавал ей вежливые вопросы по поводу прошедшего дня, обращаясь к ней немного застенчиво, как ребенок к взрослому, а мать рассеянно смотрела в пространство, мечтая бог знает о чем. Вероятно, о Джастине, обиженно подумала Сабина. Почему-то она снова начала злиться на Джастина.

Сабина впервые оказалась в гостях у миссис Х. — в доме с верандой на краю деревни. Приземистый домик стоял в центре прямоугольного, вымощенного камнем дворика, в окружении ухоженных клумб. Сбоку, как слуховая трубка, вопросительно выступала спутниковая антенна. На окнах висели бледные шторы с цветочным рисунком, на каждом окне стояли ящики с пылающими красными и розовыми цикламенами.

Дом щеголял облицовкой из искусственного камня и был полностью построен мужем миссис Х., Майклом, которого все звали Маком. В сущности, сам дом назывался Маккеллен. Как полагала Сабина, это слово приоткрывало настоящее имя миссис Х.

— Заметь, этот дом здорово отличается от дома твоих стариков, — сказал Том, который предложил проводить сюда Сабину.

— По крайней мере, он не кажется таким заплесневелым, — заметила она, и Том рассмеялся.

Войдя внутрь, Сабина поняла, почему Том прав. Открыв дверь, она сразу попала в уютное тепло центрального отопления, под ногами лежал большой пружинистый ковер светлых тонов. На стенах висели семейные портреты и фотографии в рамках, а также пара вышитых стихотворений, но больше всего здесь было безделушек: стеклянные слоники, смеющиеся клоуны, миловидные пастушки со стадами овец. Все это сияло в ярком свете безукоризненной чистотой. Сабина разглядывала полчища крошечных фигурок, на миг ошарашенная их огромным количеством.

— Входи, Сабина! Закрой дверь, Том, а то впустишь сырой воздух. Ой-ой, ну и холодно сегодня!

Миссис Х. с сияющим видом подошла к Сабине и взяла у нее куртку. Только она совершенно не походила на будничную миссис Х. Та миссис Х. была обычно в нейлоновом халате, с зачесанными назад волосами и розовым лицом без макияжа. На этой миссис Х. был розовато-лиловый свитер и две золотые цепочки вокруг шеи, одна с крестиком. Пышные волнистые волосы, помолодевшее, с тонкими чертами лицо с легким макияжем. Сабина на время смутилась и, к своему стыду, поняла, что никогда не задумывалась о том, что миссис Х. может иметь другую жизнь, помимо большого дома, помимо стряпни и уборки. Даже будучи у Энни, она занималась повседневными хозяйственными делами.

— Вы... вы хорошо выглядите, — смущенно произнесла Сабина.

— Правда? Какая ты милая! — отозвалась миссис Х., провожая ее по коридору. — Энни купила мне этот свитер пару лет назад, и знаешь, я почти его не надевала. Берегла для особого случая. Она меня, конечно, ругает, но свитер слишком хорош на каждый день.

— Энни придет?

— Энни уже здесь, милая. Пойдем, я провожу тебя. Том, не забудь оставить ботинки у двери. Сегодня я достаточно повозилась с пылесосом.

Идя за миссис Х., Сабина вспомнила про вчерашнее, когда она, проезжая верхом мимо садика Энни, заглянула поверх стены в надежде, что увидит ее и помашет рукой. Энни часто приглашала ее заехать, чтобы посмотреть на Сабину верхом, и девочка втайне гордилась своим новым умением. Она уже начала самостоятельно тренироваться в прыжках через невысокие изгороди, постепенно преодолевая страх и воодушевившись кажущейся непогрешимостью своей лошадки.

Сабина осторожно остановила лошадь и, заглянув в окно кухни, увидела не Энни, а сидящего за столом Патрика, мужа Энни, который опустил голову на руки и ссутулился, словно от непомерного груза. Энни, наполовину спрятанная бликами на стекле, сидела за столом напротив него, уставившись в пространство.

Сабина ждала, что они заметят ее, но ни один не пошевелился, и она поехала дальше, чтобы они не решили, будто она шпионит. Сабина подумала, а не сказать ли об этом миссис Х., но не знала, как начать разговор. К тому же они уже вошли в гостиную.

Родственники миссис Х. сидели на удобных новых диванах, общаясь небольшими группами и прихлебывая напитки. С одной стороны стоял большой раздвижной стол с тарелками и столовыми приборами, украшенный вазами с цветами. Вокруг стола были очень плотно расставлены стулья. В центре на полу, застеленном ковром светлых тонов, два мальчика играли в электронный гоночный трек, с шумом запуская машинки, которые врезались в мебель. В гостиной было еще теплее, чем в коридоре, и Сабине стало жарко в толстом пуловере. Она настолько привыкла жить в холодном доме, что надевала на себя не менее четырех слоев одежды, и даже не помнила, насколько прилично выглядят три нижних.

Сабина никого не знала, кроме Патрика и Энни, которых до этого видела только в их собственном доме. Патрик в знак приветствия поднял свой стакан. Он толкнул в бок Энни, глядящую куда-то вдаль, и та вздрогнула, а потом широко улыбнулась Сабине и сделала ей знак сесть рядом с ней. Сабина нерешительно подошла к ним, легонько подталкиваемая миссис Х., которой, чтобы перекричать гомон голосов и музыку, приходилось говорить очень громко.

— Послушайте все, это Сабина. Сабина, я даже не стану пытаться обойти с тобой комнату, потому что ты все равно не запомнишь всех имен. Я начну подавать еду через пять минут, а вы пока посидите. Том, не забудь налить что-нибудь Сабине.

На Энни был один из ее необъятных свитеров. Сабина, которая уже начала теребить себя за воротник, недоумевала, почему Энни, в отличие от нее, чувствует себя вполне комфортно.

— Как дела, Сабина? — спросил Патрик. — Я слышал, ты делаешь успехи в верховой езд.

Сабина кивнула, заметив, что Патрик выглядит ужасно. Под глазами у него были темные круги, а на подбородке по крайней мере двухдневная щетина. Несмотря на облик крупного грубого мужчины, которому больше подошла бы работа на ферме, нежели писательство, Патрик всегда выглядел безупречно и был чисто выбрит. От него обычно приятно пахло.

— Поедешь на охоту с гончими на следующей неделе? Увидишь окрестности Уэксфорда.

— Конечно поедет, — сказал Том, который уселся на пол рядом с детьми. — Я сам вывезу ее. Сначала заставлю сделать несколько серьезных прыжков — посмотрю, сможет ли она пройти дистанцию, — а потом мы замечательно проведем день.

Сабина не знала, надо ли возражать против участия в охоте на лис или упиваться мыслью, что Том собирается поехать с ней. Она не хочет убивать лис, правда не хочет. Она все же вегетарианка. При виде сбитого на дороге животного Сабина обычно рыдала. Но провести весь день с Томом...

— Твоя мама с тобой? — спросила женщина средних лет с короткими волосами цвета баклажана, мощными плечами и большой грудью. Сабина безучастно на нее посмотрела.

— Сабина, это тетя Мэй, — сказал Том. — Она сестра матери Энни и моей матери. А это Стивен, ее муж. Они знакомы с твоей мамой с того времени, как она жила здесь.

— Вы можете рассесться за столом? Мак, принеси, пожалуйста, сервировочные ложки.

— Прекрасная девочка твоя мама, — сказала женщина, кладя пухлую руку на плечо Сабины. — Она, бывало, плясала вместе с моей Сарой, и они хорошо вместе смотрелись. Она приехала с тобой?

— Нет. Ей пришлось остаться дома и работать.

— Ах, как жаль. Очень жаль. Мне бы хотелось с ней повидаться. Разумеется, мы встречались, когда я была в ваших краях... Когда это было, Стивен? Два года назад? Но мне трудно много путешествовать — с моими ногами и прочим... — (Сабина кивнула, не совсем понимая, чего от нее ждут.) — Артрит. Эта болезнь никого не щадит. Мне сказали, врачи мало что могут сделать. Так что скоро я не смогу ходить и окажусь в инвалидной коляске. Но ты передашь маме привет, ладно?

— Сабина, не стесняйся и накладывай себе еду. Эта компания дикарей ждать не будет, так что давай смелее.

— Скажи ей, если будет в наших краях, пусть обязательно заглянет к нам. Как я тебе сказала, вероятно, я не смогу часто выходить из дому, но мы всегда с радостью ее встретим.

— С ногами стало хуже, Мэй? Ты не говорила.

Послышался едва различимый смешок.

— Тетя Эллен? Можно еще сока?

— Картофель, Сабина. От вежливости гостей сыт не будешь, — предупредил Том. — Бери закуску, пока есть, а не то скоро ничего не останется.

Во время этих разговоров Энни не сводила взгляда со штор напротив. Вероятно, ее мысли были далеко от шума переполненной гостями комнаты. Патрик, который в обычном состоянии часто поглаживал жену по спине или держал за руку, сейчас, отвернувшись от нее, с какой-то мрачной решимостью пил пиво из банки.

О господи! — подумала Сабина, глядя на них. Что-то у них разладилось. В конце концов, она была экспертом по части определения признаков.

— Возьми еще овощей, Сабина. Твоей порцией и муху не накормишь.

— Оставь ее в покое, Мак. Она сама возьмет то, что захочет. Правда, Сабина?

Подобно тому, как язык поневоле ощупывает больной зуб, так и Сабина вновь и вновь обращала внимание на натянутые отношения между Энни и Патриком. Она заметила, что Патрик два или три раза пытался заговорить с женой, но даже если она и отвечала, то едва смотрела на него. Ее взгляд все время был устремлен на какую-то невидимую точку мимо него. Сабина заметила, что Энни пьет больше обычного и мать тайком поставила перед ней стакан воды. А Том, бывший, очевидно, в неведении о происходящем, сговорившись с Патриком, пытался развеселить Энни и втянуть ее в разговор.

Жаль, что Сабину все больше это волновало, поскольку она рассчитывала повеселиться на этой вечеринке. Помимо двух огромных индюшек, на стол подали много вкусных овощей и семгу, как раз для нее. Гости так много разговаривали, что не важно было, участвует она в разговоре или просто сидит и слушает. Родственники Тома все время подкалывали по поводу его одиночества, говоря, что он закончит жизнь отшельником, живя в шалаше в лесной чаще.

— Как-то, проходя через лес, я увидел хибару, крытую жестью, — сказал Стивен. — Это будет твоя первая ипотека — да, Томми?

— Не-а. Это дом его подружки, — возразил один из мальчишек по имени Джеймс. — Она там ловит на ужин летучих мышей.

Между тем мистер и миссис Х. то и дело трогали друг друга за руки, выразительно переглядываясь. Будь это ее родители, Сабина смутилась бы. По временам мистер Х. говорил что-то на ухо миссис Х., та краснела и восклицала: «О Мак!» — а когда гости замечали это, то набрасывались на них со словами, чтобы «немножко потерпели», говоря: «Не можете, что ли, подождать, пока уложим детей спать?»

Несмотря на все это, Энни, иногда рассеянно улыбаясь, по живости не отличалась от фигурок миссис Х. Правда, не была в той же степени жизнерадостной. Сабина наблюдала за ней с дурным предчувствием. Почему Энни так трудно веселиться?

Начав лакомиться пудингом — огромным сооружением из шоколада и толченого печенья и мороженого, — Сабина почувствовала слабую ноющую боль внизу живота, которая сразу отвлекла ее от созерцания стола и заставила в страхе сжать ноги.

О господи, не здесь! Не сейчас. Ритм ее жизни в Ирландии так сильно отличался от домашнего, что она даже не учла эту возможность. Но теперь, отсчитывая назад недели, сразу поняла, что если не помнит она, то помнит тело.

Дождавшись окончания какого-то бурного спора, она встала из-за стола.

— Как пройти в туалет? — прошептала она миссис Х., которая только успела отдышаться после очередного приступа смеха, вызванного шуткой одного из пожилых родственников.

— Заверни за угол, первая дверь направо, — положив руку ей на плечо, сказала миссис Х. — Если этот занят, посмотри около кухни.

Сабина заперлась в ванной и в смятении увидела красноречивый знак, которого боялась. Она приехала сюда совершенно неподготовленной. Теперь нельзя сидеть на стульях со светлой обивкой, не предприняв необходимых мер.

Отмотав кусок туалетной бумаги, Сабина использовала его в качестве временной защиты. А потом, осторожно открывая дверцы шкафов и понимая, что нехорошо рыться в хозяйских шкафах, все же принялась это делать.

Пена для ванны, отбеливатель, крем для зубных протезов, соль для ванны, мыло и туалетная бумага. Пара ржавых пинцетов, вата, сеточка для волос, старые лекарства и флакон шампуня. Тампонов не было. Гигиенических полотенец тоже. Сабина со вздохом оглядела ванную комнату — не пропустила ли она чего.

Заглянув под тряпичную куклу, под которой скрывались рулоны туалетной бумаги, и в сушильный шкаф с полотенцами, Сабина должна была признать, что миссис X. старовата для того, что она ищет. Единственной подходящей по возрасту женщиной была Энни. Но как выманить ее из-за стола, не привлекая к себе внимания? Они с такой охотой подтрунивали друг над другом, а если узнают, что ей нужно, то станут шутить. Сабина знала, что просто умрет от этого.

«Может, я подожду еще несколько минут, — размышляла она, сидя на крышке унитаза, — и они покончат с пудингом и сядут на диваны. Тогда мне проще будет перемолвиться словом с Энни».

Сабина немного посидела, вдыхая запах синтетической сосны, потом, услышав тихий стук в дверь, с виноватым видом вскочила. Задержав дыхание, она подумала, что это один из мужчин, напившийся пива, но потом услышала голос миссис Х.

— Сабина? Ты в порядке, детка?

— Все хорошо, — ответила Сабина, пытаясь говорить естественным голосом, но получилось, что он ушел на октаву вверх и задрожал.

— Точно? Тебя так долго нет.

Сабина слегка поколебалась, встала, подошла к двери и открыла ее. Миссис Х. стояла у двери, наклонившись вперед, как будто только что прислушивалась у замочной скважины.

— С тобой все в порядке, дорогая? — выпрямившись, спросила она.

Сабина покусала губу:

— Типа того.

— В чем проблема? Можешь сказать мне.

— Мне нужно попросить у Энни... одну вещь.

— Какую?

Сабина отвела взгляд, никак не решаясь признаться в своем затруднении.

— Ну же, милая, не стесняйся.

— Я не стесняюсь. Правда.

— В чем дело?

— Можете позвать Энни?

Миссис Х. слегка нахмурилась, но продолжала улыбаться:

— Зачем она тебе нужна?

— Я должна кое-что у нее попросить.

— Что попросить?

Неужели так трудно догадаться? Сабина вдруг рассердилась на миссис Х., которой было невдомек про ее затруднение.

— Хочу попросить у нее прокладку, или тампон, или что-то в этом роде, — преодолевая смущение, сказала она.

Улыбка пропала с лица миссис Х., и она обернулась в сторону гостиной, откуда доносился шум.

— Вы можете позвать ее?

— Думаю, этого не стоит делать, милая.

Теперь у миссис Х. был сосредоточенный вид, со щек сошел румянец.

— Знаешь что, побудь здесь, а я постучусь к соседке. У Кэрри найдется для тебя то, что нужно.

Сабина с тревогой дожидалась ее возвращения в ванной, размышляя над тем, почему ей не разрешили попросить тампон у Энни. Неужели они с Патриком такие бедные? Или у них есть какие-нибудь странные религиозные запреты? Когда они были моложе, одна девочка из школы рассказывала Сабине, что католические девушки не пользуются тампонами, поскольку считается, что они лишают их девственности. Но Энни давно замужем, поэтому вряд ли имела бы что-то против.

Вскоре миссис Х. вернулась с небольшим бумажным пакетом и оставила Сабину одну. Когда Сабина вошла в гостиную, все по-прежнему сидели за столом, правда, две женщины помогали миссис Х. убирать тарелки. За столом царило всеобщее веселье, но Сабине было немного не по себе.

— Хочешь еще пудинга, Сабина? Я пока оставила твою тарелку.

Сабина покачала головой, украдкой посмотрев на Энни, которая рассеянно сворачивала и разворачивала бумажную салфетку.

— Ну, кто пойдет со мной в паб? — В конце стола стоял Мак, глядя на Патрика.

— Немного погодя я к вам присоединюсь, — сказал Том.

— Никакого от тебя толку, пьешь чертов апельсиновый сок! Кто выпьет со мной пива? Стивен, давай. Молодец. Патрик?

— Я останусь с Энни, — ответил тот.

Эта перспектива его не привлекала.

— Энни пойдет с тобой, правда, девочка? Пора тебе прогуляться в «Черную курицу». Ты сто лет там не была.

Энни бросила взгляд на мать:

— Спасибо, папа, но у меня нет настроения.

— Пойдем, девочка. Твой мужчина хочет выпить, но без тебя не пойдет, так побалуй его немного.

— Нет, иди сам. Я останусь и помогу маме прибраться.

— Не беспокойся. Посудой займется машина. Иди, Энни. Иди и немного повеселись.

Сидящие за столом одобрительно загудели.

— Ну пойдем же. Уверен, ты задолжала мне несколько пинт за все те видео, которые я тебе приносил. — Том встал и предложил ей руку.

— Мне правда не хочется. Спасибо.

— Ну давай. Не капризничай, когда муж приглашает тебя выпить.

— Оставьте меня все в покое! — Лицо Энни потемнело. — Я не хочу идти в этот дурацкий паб! Хочу домой!

В гостиной стало тихо. Энни повернулась и выбежала, миссис Х. устремилась вслед за ней.

Сабина, шокированная несдержанным ответом Энни, смотрела на лица вокруг себя. Том, встретившись с ней глазами, сделал попытку ободряюще ухмыльнуться, как бы говоря: «Женщины! Что еще они придумают?»

Все это не казалось убедительным.

— За ней присмотрит Эллен, — пробормотал Мак. — Давайте, парни. Пошли.

— Да, идите, — сказала тетя Мэй, с трудом поднявшись и беря стопку тарелок. — Иди, Патрик, тебе полезно немного расслабиться.

— Побудешь здесь, Сабина, ладно?

Наклонив голову, Том вопросительно поднял бровь. Сабине хотелось ответить «нет». Но очевидно было, что никто не собирается приглашать ее в паб, так что она согласно кивнула.

— Хорошо, — ответила она.

Мужчины в молчании стали выходить, а миссис Х. как раз вернулась. Она обменялась с Маком и Патриком несколькими словами, потом, широко улыбаясь, быстро вошла в комнату:

— Энни пошла домой полежать. Немного разболелась голова. Она сказала, что придет позже.

Сабина, оглядевшись по сторонам, заметила, что никто не поверил словам миссис Х. Но никто не стал расспрашивать ее, все убирали со стола, затеяв разговор о совершенно незнакомых Сабине людях.

— Иди сюда, присядь, Эллен, — сказала тетя Мэй. — Составь компанию Сабине и присмотри за мальчишками. А мы займемся кухней. Давай, это же годовщина твоей свадьбы. А ты ни на минуту не присела.

Миссис Х. запротестовала, но тетя Мэй подняла увешанную украшениями руку:

— Я не стану слушать тебя, Эллен. Говорю тебе: присмотри за мальчиками. Моим ногам полезно немного размяться.

Миссис Х., по-прежнему сжимая в руках кухонное полотенце, села на диван рядом с Сабиной. Мальчики включили телевизор и безмолвно уставились на экран. Миссис Х. завела с ними разговор, но они, конечно, не стали слушать. Сабина смотрела на нее, не решаясь спросить. Ее задевало ощущение того, будто ее не подпускают к какому-то важному секрету. Это напомнило Сабине о недавнем инциденте дома, когда все девочки из ее класса разбились на группки и те, которых она считала подругами, ополчились на нее, не рассказав о вечеринке, а когда она спросила об этом, смотрели на нее с тупым выражением. Не то чтобы Сабине так уж хотелось пойти — она не очень-то любила вечеринки, — просто ужасало то, что она может оказаться в изоляции.

— Энни — алкоголичка? — спросила она у миссис Х.

В конце концов они все ей рассказали. Потом настал черед Дженнифер Лэнг быть изгоем.

Миссис Х. обернулась к ней. У нее был по-настоящему ошеломленный вид.

— Энни? Алкоголичка? Разумеется, нет. Почему ты так говоришь?

Сабина покраснела:

— Я не говорю, что она похожа на алкоголичку или что-то такое... Просто вы все нервничаете, когда она в компании, и никто ничего не говорит, когда она немного странно себя ведет. Вот я... и подумала — это оттого, что она много пьет.

Миссис Х. принялась нервно поглаживать себя по волосам. Этой привычки Сабина прежде не замечала.

— Нет, Сабина. Она не алкоголичка.

Наступила долгая пауза, во время которой мальчики ссорились из-за пульта.

Сабина, прислушиваясь к отдаленному звону посуды на кухне, одновременно испытывала смущение за свои слова и обиду оттого, что никто не объяснил ей странное поведение Энни. В последнее время Энни стала еще более странной. Похоже, она позабыла, что такое уборка. В ее гостиной, где никогда не было особого порядка, теперь царил настоящий хаос. Она стала чаще засыпать, а проснувшись, иногда не слышала, что ей говорили. Сабина вдруг подумала, что это все от наркотиков. Она припомнила, как видела в новостях сюжет о наркомании в сельских регионах. Может быть, Энни наркоманка.

Миссис Х. упорно смотрела на свои руки. Потом встала и позвала с собой Сабину:

— Пойдем. Давай немного поболтаем.

Спальня миссис Х. отличалась такой же безупречной чистотой, как и весь дом, и была, пожалуй, даже теплее. Передняя стенка кровати была обита малиновой тканью. На кровати лежало огромное лоскутное одеяло с вышивкой. Розовые тона лоскутного одеяла сочетались с велюровыми шторами и отделкой подушек, лежащих на креслах. На бордюре под потолком были нарисованы размытые изображения виноградных гроздьев, перевитых стеблями и листьями. Они с матерью посмеялись бы над подобной комнатой, так как знали, что стремиться, чтобы все сочеталось друг с другом, — это признак дурного вкуса, но все же Сабина не была совершенно уверена в своих взглядах. В тот момент уют и тепло дома миссис Х. показались ей более привлекательными, чем то, что предлагала ее семья. В дальнем углу комнаты стоял шкаф с зеркальными панелями. Миссис Х. открыла дверцу и медленно выдвинула ящик.

Потом она сделала знак Сабине сесть и сама тяжело опустилась рядом с ней, вручив ей содержимое: фотографию маленькой девочки в серебряной рамке. Улыбающаяся девочка сидела на синем трехколесном велосипеде.

— Это Найам, — сказала она. Сабина разглядывала широкую улыбку и светлые волосы. — Дочь Энни. Была ее дочерью. Она умерла два с половиной года назад. Ее сбила машина, когда Найам выбежала из ворот. С тех пор Энни не может прийти в себя.

Сабина с сильно бьющимся сердцем смотрела на девчушку. На глазах у нее закипели слезы.

— Ей исполнилось три. Только что отметили день рождения. Трудно пришлось Энни и Патрику, а другого ребенка завести не удалось. Они пытались, но не получилось. Для Энни это чрезмерное бремя. Вот почему я не хотела попросить у нее... Понимаешь? Лишнее напоминание, каждый месяц.

Миссис Х. говорила бесстрастным, размеренным тоном, за которым угадывались сильные переживания. Сабина чувствовала, как ее переполняет желание громко заплакать.

— Мы надеемся, что в конце концов она преодолеет это, — тихо продолжала миссис Х. — Эти несколько лет были ужасными. Кому-то требуется больше времени, кому-то меньше.

— Мне очень жаль, — прошептала Сабина.

Алкоголичка... Какой тупой, наверное, считает ее миссис Х.

— Ты не должна была об этом узнать, — похлопав ее по руке, сказала миссис Х. — Мы не говорим о Найам, потому что от этого только хуже. Энни не хочет, чтобы ее фотографии были на виду, и я храню эту в ящике. Хотя мне жаль. — Она провела пальцем по лицу девочки. — Мне бы хотелось, чтобы некоторые были здесь. Для памяти, понимаешь?

Сабина кивнула, все еще находясь под впечатлением о том, что узнала. Слышно было, как внизу смех тети Мэй и других гостей перекрывает звук телевизора.

— Это ее комната? В доме Энни?

— Рядом с Энни и Патриком? Да, была ее. Энни не любит, когда туда кто-нибудь входит. — Она вздохнула. — Я все время говорю ей, что пора там прибраться, но она и слушать не хочет. А заставить ее я не могу.

Сабина на минуту задумалась.

— Она... была у врача?

— О да, ей предлагали психологическую консультацию. И священник пытался помочь. Но они с Патриком решили, что справятся самостоятельно. Теперь, я думаю, Патрик сожалеет об этом, но уже поздно. Энни никого не хочет видеть. Даже врача. Ты, наверное, заметила, что она не любит выходить из дому.

Она замолчала, вспомнив о недавнем внезапном уходе Энни. Сабина рассматривала фотографию девочки. На ней были красные резиновые сапожки и футболка с пингвином. Сабина подумала, что никогда прежде не видела так близко фотографию умершего ребенка. Вглядываясь в ее глаза, она вообразила себе, что видит в них предчувствие смерти.

— Вы скучаете по ней?

Миссис Х. осторожно убрала фотографию в ящик. Задвинув его, она продолжала смотреть на шкаф, и Сабина не видела ее лица.

— Я скучаю по ним обеим, Сабина. По обеим.

Несмотря на всю привязанность к миссис Х. и ее родным, Сабина обрадовалась, что проведет два дня с бабкой и дедом. Ей нужно было время, чтобы осмыслить рассказанное миссис Х. и прдставить в своем сознании Энни не странной и трудной, а несчастной молодой матерью. Она не знала, что сказать ей, и еще не поняла, чем это может обернуться для их дружбы. До этого они ощущали себя почти на равных: то, что Энни была замужем, уравновешивалось ее непрактичностью, а юный возраст Сабины уравновешивался ее превосходным пониманием происходящего — по крайней мере, на ее уровне. Теперь же все изменилось, и Сабина не знала, как себя вести. Миссис Х., чувствуя ее сдержанность, не навязывала свое общество, но в то же время неизменно приглашала Сабину на ужин, говоря, что всем будет приятно ее видеть. Она отличалась добротой, как и вся ее семья.

Но даже бабушка теперь проявляла к ней доброту. Накануне вечером угощала ее овощным пирогом, а сегодня кеджери — необычным сочетанием риса, яиц, рыбы и кишмиша. Вкус этого блюда превосходил вкус отдельных ингредиентов.

— Это на самом деле охотничий завтрак, — сказала она, когда Сабина вытаращилась на тарелку, — но может служить также легким ужином.

Сабина решила, что бабушка в хорошем настроении, потому что дед ожил, как выразился врач. Это означало, что он смог спуститься вниз, разгоняя собак палкой, и, чуть-чуть поев, сидел теперь в одном из кресел в гостиной у камина.

Сабина помогла Джой убрать со стола, после чего направилась к себе в комнату, но бабушка окликнула ее.

— Мне надо выйти проверить лошадей, — сказала она, надевая стеганое пальто и повязывая на шею старый шерстяной шарф. — Хочу сделать Герцогу припарку и могу немного задержаться. Ты не против составить дедушке компанию?

Сабина с упавшим сердцем постаралась не показать виду, что она очень даже против. Выражение «составить деду компанию» было лишено смысла. За ужином он почти не разговаривал, сказал только «бедные овцы», очевидно, это относилось к осмотру пастбища соседей, куда его возили несколько часов назад. К тому же дед едва замечал присутствие Сабины. Он явно не заметил Берти и умудрился дважды на него наступить, садясь за стол, а потом вставая, чем вызвал собачий визг. Мысль о том, что ей придется целый час до вечерних новостей вести с ним вежливую беседу, вызывала у Сабины желание сбежать.

— Конечно, — сказала она и медленно направилась в столовую.

Глаза у деда были закрыты. Сабина взяла из стопки на кофейном столике номер «Сельской жизни» и молча подошла к креслу напротив. Она предпочла бы улечься на диване, но в комнате было так сыро и холодно, что находиться можно было только у камина.

Несколько минут Сабина листала журнал, пытаясь угадать, какой поп-звезде принадлежит каждый из экзотических домов на Мальдивах, потом ухмыльнулась при виде дебютанток-блондинок с пустыми глазами. Там не было ничего примечательного, за исключением церквей Восточной Англии или поставщиков экологически чистого мяса для заинтересованных. Поэтому вскоре Сабина поймала себя на том, что разглядывает деда.

Ни у кого больше она не видела на лице столько морщин. Они не пролегали сверху вниз, как у Джеффа, когда он тревожился за пациентов. И это не были еле заметные тонкие морщинки, как у матери. Нет, дедовские морщины пересекались друг с другом, образуя почти неизменный рисунок, как сетка на старых картах. В отдельных местах кожа стала такой тонкой, что видны были голубые вены, наполовину скрытые коричневыми пигментными пятнами. На голове, как одинокие путники в пустыне, торчали редкие седые волосы.

Трудно представить, что когда-нибудь сам так же состаришься. Сабина взглянула на свои руки, на гладкую юношескую кожу, сквозь которую проступали едва заметные розовато-лиловые линии. Руки дедушки были настолько костлявыми, что напоминали когти, утолщенные желтоватые ногти огрубели.

Он открыл глаза, и Сабина вздрогнула. Она понимала: в упор рассматривать человека невежливо, и подумала, что он напомнит ей об этом. Дед смотрел на нее из-под нависших бровей, потом повел глазами налево и направо и понял, что в комнате они одни. В тишине потрескивали поленья, от которых к решетке разлетались искорки.

Открыв рот, он заговорил.

— Боюсь, я уже ни на что не гожусь, — медленно произнес он, тщательно выговаривая каждое слово.

Сабина уставилась на него. Лицо деда вдруг оживилось, словно он изо всех сил пытался донести до нее какое-то послание.

— Я стараюсь... просто быть. — Потом медленно прикрыл рот, словно утомившись от слов, но не сводя с внучки взгляда.

Сабина, встретившись с ним глазами, почувствовала в себе проблеск понимания. И сочувствия, осознав, что он словно извинялся перед ней. Она чуть заметно кивнула, выразив свое понимание. И повернулась к камину.

— Хорошо, — произнес он.

И закрыл глаза.

Глава 8

В утро охоты Килкаррион вспомнил о своем предназначении. Казалось, дом проснулся от глубокого сна и заскрежетал шестеренками давно не работавшей машины. Проснувшись, Сабина нашла на кровати приготовленную одежду. Миссис Х. принесла ей чашку горячего чая вместе с ощущением бешеной активности, происходившей внизу. Собаки, почуяв это, лаяли и скреблись в прихожей, как своего рода сигнал тревоги то и дело звонил телефон, оповещая об изменениях в приготовлениях. Даже бойлер, отдаленное громыхание которого часто будило Сабину среди ночи, лязгал и сотрясался громче обычного.

Миссис Х. суетилась вокруг — разжигала камин, расправляла ее вещи и рассказывала, кто сегодня едет на охоту. Бабушка то и дело заглядывала в комнату, уговаривая Сабину поторопиться, и делала это скорее взволнованно, чем сердито. Сабина слышала, как внизу во дворе она отрывисто раздает приказания парням, и медленно, непослушными пальцами застегивала одежду.

При всей своей безнравственности и жестокости охота на лис считалась весьма увлекательным и аристократическим спортом. Сабина поняла это по одежде, которую ей одолжила Джой: темно-синий пиджак с шелковой подкладкой и кремовые бриджи для верховой езды делали ее похожей на персонажа исторической драмы (увидев ее, бабушка впервые за все время искренне и широко улыбнулась). А также по тому, как тщательно, до темно-коричневого блеска, вычищены лошади и как расчесаны их гривы. И как суетилась бабушка, стараясь получше завязать на шее Сабины широкий галстук, закалывая свою золотую булавку на нем и проверяя, достаточно ли хорошо начищены ее сапоги... Но когда два часа спустя они прибыли на место встречи охотников, Сабине стало ясно, что они оказались не в том месте.

Они были отнюдь не под крышей старинной усадьбы в окружении розовых сюртуков — бабушка говорила ей, что их никогда не называют красными, — и не поднимали прощальный бокал шампанского. Они встретились под проливным дождем на перекрестке дорог, непонятно где. Пока лошадиные копыта топтали деревянный настил, Сабине было видно лишь пестрое скопление грязных пони с детьми в пластиковых плащах поверх толстовок, виднелись неуклюжие лошади и фермеры в твидовых пальто. Она увидела также несколько неряшливого вида лошадей и спешившихся всадников в сопровождении людей в плащах и с зонтиками. Их мокрые волосы развевались от ветра, а шерстяные шляпы были натянуты глубоко на лоб. Присутствовала даже пара молодых людей в куртках защитного цвета на квадроциклах. Повсюду была слякоть, которую месили копыта нетерпеливых лошадей, сапоги всадников и грязные лапы гончих, с лаем и визгом сновавших там и сям. Только три человека оказались в розовых сюртуках, и Том указал на одного из них как на главного. У того было лицо в сетке кровеносных сосудов и рябой нос картошкой.

Все это не походило на картинки — будь то салфетки на столах в доме бабки и деда с изображением своры тощих породистых гончих и мужчин в розовых сюртуках или написанные маслом картины, которые она видела на стенах. Это не походило также на сюжеты телевизионных новостей, в которых противники охоты с дредами на голове, объявив классовую войну немногочисленным членам королевской семьи, поборникам охоты, скандировали что-то и свистели. Это напоминало конный пикет, но с добавлением собак и квадроциклов. И жуткой грязи.

У Сабины возникло ощущение, что ее обманули. Хотя у нее и были сомнения по поводу участия в охоте, она все же убедила себя в том, что следует познакомиться с этим поближе. Но самое главное, она втайне предвкушала, что Том посмотрит на нее по-новому — она не просто девчонка, разгуливающая по дому в нескольких свитерах и резиновых сапогах, а ослепительная наездница в темно-синем пиджаке и начищенных кожаных сапожках, в эффектном окружении. Хотя эта ослепительная наездница на нервной почве часто бегала в туалет.

— Вот, возьми, — сказал Том, запихивая ей в руку пару батончиков «Марс». — Пригодятся позже.

Он нахлобучил на голову шляпу, пытаясь сдержать кружащуюся Пташку, молодую породистую лошадь, возбужденную своим вторым выходом на охоту. Хвост лошади взметнулся от ветра, и она раздула ноздри, отпрыгивая в стороны и поднимая вихрь из листвы.

— Чертов Лайам взбудоражил их, — сказал он в ответ на встревоженный вопрос Джой. — Подумал, что будет смешно подуть в охотничий рог перед тем, как мы их сгруппируем. Теперь эта красотка не понимает, пришли мы или уже уходим.

Сабину поразило действие охотничьего рога на лошадей Килкарриона. Несколько недель назад Том однажды подул в рог, пытаясь убедить Сабину, что лошадям нравится охота. Герцог рванулся к двери стойла и высунул громадную голову, поглядывая по сторонам, после чего, довольный, облегчился.

— Почему ты думаешь, что это не от страха? — спросила тогда Сабина. — Может быть, я тоже обкакалась бы, испугавшись шума.

— Можно определить, когда эти парни пугаются, — ответил Том. — Они прижимают уши к голове и начинают лягаться. У них показываются белки глаз. По-прежнему не веришь мне? Ладно. Если я открою эту дверцу, Герцог выйдет и встанет около фургона для перевозки лошадей.

Чтобы доказать свою правоту, он так и сделал, и конь вышел.

Сабина едва не рассмеялась при виде старого коня, который решительно вышел из стойла и стал терпеливо ждать у пандуса. Потом Том дал коню мятную конфету и медленно отвел в стойло, и Сабине пришлось признать, что если она и не любит охоту, то в этом дворе с четвероногими она в меньшинстве.

Том подсадил на серую лошадку Сабину, которая совсем разволновалась. Чувствуя ее напряжение, обычно спокойная лошадь начала нетерпеливо бить копытами, прядая ушами, как рычагами переключения передач.

— Что бы ты ни делала, не обгоняй Главного. — Поправляя ремешки стремени, Джой в который раз повторяла Сабине наставления по поводу охоты. — Не давай лошади идти наперерез гончим и не мешай прыжкам. Если кто-то едет за тобой, придержи лошадь и дай проехать. Не скачи галопом посреди поля. И не слишком утомляй этого маленького конягу, — сказала она, погладив влажной рукой лошадиный нос. — Пусть побегает, пока не устанет, а потом мы встретим вас с фургоном. Не хочу, чтобы, увлекшись, ты гоняла его до темноты.

Сабина, у которой живот подводило от страха, подумала, что она, пожалуй, могла увлечься меньше всех присутствующих. Все прочие улыбались, обменивались приветствиями и восхищались лошадьми. Неужели она одна боится до смерти?

— Не беспокойтесь, миссис Баллантайн, — сказал Том, перекидывая ногу через седло. — Я позабочусь о ней.

— Не позволяй ей уезжать слишком далеко в поле, Том, — с тревогой произнесла Джой. — Сейчас очень скользко, и за Главным соберется большая бесчинствующая толпа.

Сабина проследила за ее взглядом и увидела группу молодых людей, которые со смехом щекотали чужих лошадей хлыстами, заставляя их пугаться и взбрыкивать.

— Идиоты, — с улыбкой произнес Том. — Не беспокойтесь, миссис Баллантайн. Мы придержим коней.

А потом вдруг громко прозвучал рог, и все тронулись в путь — сотня или около того подкованных копыт застучала по мокрой дороге.

— Веселее! — с улыбкой сказал Том. — Это будет здорово.

Сабина не стала делиться с ним своими мыслями: что она, скорее всего, погибнет под копытами одного из этих безумных животных, не сможет перепрыгнуть на лошади даже бордюр, не говоря уже о барьерах, а еще ее сильно мутит и, может, сейчас вырвет.

— Не хочу видеть, как убивают какое-то существо, — сказала Сабина, наклонив голову. — Не хочу даже быть поблизости. А если это кровавое дело произойдет у меня на глазах, то убью их всех, Главный он или нет.

— Не слышу тебя, — отозвался Том, указывая хлыстом вперед. — Будь рядом. Направляемся к следующему полю.

С этого момента все происходило как в тумане. Едва лошади почувствовали под собой пружинистый влажный дерн, как понеслись вверх по изрытому болотистому холму, а Сабина, оказавшись в самой середине, почувствовала, что приступ страха уступает место растущему возбуждению, когда мимо нее начали проноситься веселые, заляпанные грязью лица. Поднявшись на вершину, Сабина тоже заулыбалась и, когда Том подъехал к ней, забыла стереть улыбку с лица.

— Ты в порядке? — усмехнувшись, спросил он.

— Нормально, — тяжело дыша, ответила она.

— Вот сегодня эти щеки не такие бледные, — заметил он, и они снова поскакали.

В первой части охоты все неслись сломя голову. В окружении разношерстных лошадей и всадников Сабина отдала себя на волю серой лошадке, по временам даже закрывая глаза и вцепившись в ее гриву, когда они приближались к перелазам и изгородям и плавно перелетали через них. У нее просто не было времени на то, чтобы бояться, и вскоре, заметив множество детей на пони и бесстрашных деревенских мальчишек на пегих лошадях, она подивилась их храбрости.

Сабина не имела представления, куда едет и что будет делать дальше. Глаза щипало, во рту чувствовался привкус грязи, летевшей из-под копыт лошадей впереди, но сердце у нее стучало от радости, и она подстегивала лошадь, устремляясь вперед. Том пытался быть рядом, но они часто оказывались порознь — либо потому, что кто-то из них перепрыгивал на следующее поле, либо охота разделялась и приходилось останавливаться и созывать охотников звуками рога.

Сабина обнаружила, что во время охоты приходится часто стоять без дела, когда уже привык скакать галопом. Похоже, это делалось для того, чтобы люди могли поболтать, обменяться замечаниями по поводу лошадиных статей или посплетничать о том, кто с кем удалился, не обращая внимания на дождевые потоки, стекавшие по их пиджакам и заставлявшие лошадей прижимать хвосты к крупам. Хотя Сабина знала только Тома, она не чувствовала себя в стороне от происходящего. Пухлая женщина средних лет сказала, что она классно ездит, заметив при этом, что знакома с ее матерью. Худой горбоносый мужчина сказал, что знает ее лошадь, а один чумазый ребенок попросил у нее кусочек «Марса». Сабина отдала ему весь батончик. Но потом, пока они стояли на месте, к Тому время от времени подъезжала какая-то молодая девушка с длинными вьющимися светлыми волосами, тараторила и смеялась, а затем изящным движением стерла с его носа грязь, попросив сделать то же для нее. Она с ним флиртовала, это было очевидно. Просто готова была его проглотить. Но когда Сабина сказала об этом Тому, тот изобразил непонимание, как будто ничего не заметил.

Сабину раздражало также, что он и сейчас пытается нянчиться с ней. Дважды Том соскакивал с лошади, говоря, что хочет проверить подпругу, и, отодвинув ее ногу и седло, подтягивал ремни. Но при этом он не заигрывал с ней, не старался нарочно дотронуться до ее бедра, а когда Сабина попробовала стереть грязь с его белого охотничьего галстука, рассмеялся и уклонился от нее.

— Позаботься лучше о себе, — сказал он, постучав себя по голове. — Тут может случиться что-то похуже грязи на одежде.

Они были в поле уже почти три часа, когда Сабина сообразила, что еще не видела ни одной лисы. Она устыдилась, что позабыла о цели этого дня — погоне и убийстве, но гончих рядом с ней уже не было, и ее лошадь вместе с тремя или четырьмя другими почему-то свернула в сторону от основной охоты. Они ехали спокойно — давая лошадям передышку, как выразился краснолицый фермер, ехавший впереди.

Сабина потеряла Тома в лесу, когда он спешился, чтобы помочь лошади, нога которой застряла в колючей проволоке. Вокруг животного стояли четверо мужчин, один из них достал из кармана кусачки, а Том держал голову раненой лошади, пока ее освобождали.

— Поезжай! — крикнул он Сабине. — Мы можем тут задержаться. Я догоню тебя.

Том перестал о ней беспокоиться, и, как оказалось, чутье его подвело. Десять минут спустя серый конь споткнулся о штабель лесоматериалов, и Сабина перелетела через его голову.

— Не ушиблась? — спросил молодой человек, немедленно подбежав к ней, а кто-то еще поймал лошадь.

— Все в порядке, — ответила Сабина, поднимаясь из хлюпающей грязи. — Только немного грязно.

Явное преуменьшение, подумала она: одна штанина ее кремовых бриджей стала коричневой, как у шута, а красивый синий пиджак был заляпан грязью.

— Вытри лицо. — Парень достал из кармана довольно грязный носовой платок и протянул ей. — Под глазом много грязи.

Сабина поднесла платок не к тому глазу, и он сначала поправил ее, а потом, взяв у нее платок, сам вытер ей лицо. В этот момент она разглядела его: карие глаза, бледная кожа, широкая улыбка. Молодой.

— Так, значит, ты не отсюда, — сказал он, помогая ей сесть на серую лошадь, которую осмотрели и признали невредимой. — Не тот акцент. Из Лондона, да?

— Угу! — Это прозвучало невыразительно. — Гощу у бабки с дедом.

— Где?

— Килкаррион. В деревне Баллималнаф.

— Я ее знаю. А кто твои родственники?

— Баллантайны.

Он взялся за ее сапог, предлагая помочь перекинуть ногу.

— Я знаком с ними. Старая пара. Англичане. Не знал, что у них есть родственники.

Сабина с улыбкой посмотрела на него сверху вниз:

— А-а... А тебе до всего есть дело, да?

Парень улыбнулся в ответ. Он действительно был хорош собой.

— Послушай, девочка из Лондона, здесь всем до всего есть дело.

После этого он не отставал от нее, все время болтая, и сейчас, когда они небольшой группой ехали по мокрым тропинкам, он тоже тараторил. Парень жил в деревне примерно в четырех милях от Килкарриона, надеялся поступить в Даремский университет в Англии, как и его брат, а пока в свободное время ошивался на ферме родителей. Он назвался Робертом, но все звали его Бобби. Сабина никогда не встречала такого разговорчивого парня.

— Ты, наверное, часто бываешь в обществе, Сабина?

— Где — в Лондоне?

— Нет, здесь. Уверен, красивая девушка вроде тебя не имеет недостатка в предложениях в Лондоне.

Сабина прищурила глаза. Бобби умел говорить любезности, которые могли сойти за подтрунивание. Сабина это понимала.

— Не очень часто, — ответила она.

— Паб или типа того? — Он придержал лошадь, чтобы они шли вровень.

— Типа того, — неопределенно ответила она.

Сабина ни разу не была здесь в пабе. Бабушка с дедом, конечно же, не ходили по пабам, а Том никогда не выказывал намерения пригласить ее.

— Хочешь, сходим куда-нибудь?

Сабина покраснела. Он приглашает ее на свидание! Она уставилась на свои руки, ругая себя за то, что смущается. Господи, иногда она совсем не крутая.

— Если хочешь, — пробубнила она.

— Ну, ты ведь не обязана. Я не стану выкручивать тебе руки или типа того. — Он по-прежнему ухмылялся.

Сабина улыбнулась в ответ. Дома она сможет обдумать свое отношение к нему. А как, черт возьми, рассказать бабушке о возможном свидании?

— Тогда ладно.

— Хорошо. А теперь держись крепче, поскачем к остальным короткой дорогой.

Не успев подумать о Бобби Макэндрю, Сабина уже неслась галопом через поле вслед за его гнедой лошадью. Темнело, и, пока они ехали к дальнему краю, Сабина поняла, что у нее все болит и она не чувствует пальцев ног. Девочка не сводила глаз с заляпанных грязью конских крупов впереди. Ей вдруг очень захотелось в горячую ванну, и она надеялась, что они не слишком далеко от дома. Сабина понятия не имела, где встретится с Томом, а если не сможет найти его, не знала, где искать бабушку. Утром она плохо слушала наставления.

Сабина так была занята поисками обратной дороги, что не сразу услышала Бобби, который что-то ей кричал. Пытаясь услышать его за свистом ветра, она покачала головой, и Бобби пришлось придержать коня и прокричать снова:

— Впереди Уэксфордская насыпь! Крутое местечко! Пришпорь его хорошенько и держись руками за гриву.

Сабина, вытаращив глаза, посмотрела в направлении его руки. Впереди она различила двух лошадей, которые прыжками взбирались по очень крутому откосу. У нее замерло сердце.

— Я так не смогу! — прокричала она.

— Придется! — проорал Бобби. — Единственный другой путь с этого поля — вернуться по той же дороге.

И Бобби натянул поводья, готовясь к прыжку.

Сабина рассудила, что долгий обратный путь в одиночестве предпочтительней сломанной шеи, и придержала коня. Но серому это не понравилось. Полный решимости остаться с товарищами, он наклонил голову вперед и ринулся к откосу, не обращая внимания на сдерживающие поводья и уговоры. Сабине некогда было раздумывать — либо она рухнет сейчас на мокрый дерн, либо доверится этому животному и постарается удержаться на нем. Маячивший перед ней откос казался просто огромным, канава перед ним темнела, как могила. Она увидела, как лошадь Бобби приготовилась к прыжку, рванулась вперед и прыгнула, немного запнулась наверху и, подгоняемая его криком, исчезла из виду.

Отпустив поводья, Сабина засунула ноги глубже в стремена и зажмурилась. «Сейчас я умру, — подумала она. — Я люблю тебя, мамочка». И вдруг конь рванулся вперед, а она дернулась назад, покачнувшись в седле. На миг открыв глаза, она увидела, что они уже наверху. Конь наклонил шею, ища устойчивого положения для ног, а затем, когда Сабина зажмурилась и пронзительно закричала, они прыгнули вниз, пролетев невероятное расстояние, и ее бросило вперед при приземлении, стремена соскочили с ног, и она судорожно схватилась за шею лошади.

— Сюда! Сюда! — прокричал Бобби, смеясь и пихая поводья ей в руки. — У тебя получилось! Отлично!

Сабина выпрямилась в седле, захлебываясь от смеха и похлопывая лошадку по шее, не в силах поверить в то, что они сейчас совершили.

— Хороший мальчик, хороший мальчик, — радостно пропела она. — Умный, умный мальчик.

Воодушевившись, она хотела кричать и петь и снова перепрыгнуть через эту чертову штуку. Повернув к Бобби сияющее лицо, Сабина широко улыбнулась:

— Одна я бы этого не сделала. Здорово, что ты остался наверху!

Очень несправедливым казалось, что человек, только что взявший на лошади самый большой на свете откос, должен долго смывать грязь с лошадиных ног, отмывать и чистить сапоги, когда у человека болит все тело и ноют кости и он так замерз, что пальцы не слушаются. Тем не менее Джой выразилась вполне определенно:

— Лошадь на первом месте. Она хорошо тебе сегодня послужила, поэтому ее надо как следует почистить.

К тому времени, когда Сабина отмыла наконец грязь, приподнятое настроение у нее полностью улетучилось, она замерзла и оцепенела. Пожалуй, ей самой не помешало бы почиститься и отведать горячей запарки из отрубей, которая пахла довольно аппетитно. Как назло, в тот самый момент по лестнице сошла Джой и, извинившись, сказала, что возникли проблемы с горячей водой и ванну принять сейчас нельзя.

— Ты шутишь! — чуть не заплакала Сабина.

Мысль о том, что придется просто снять с себя влажную одежду и надеть другую, тоже холодную, привела ее в полное уныние.

— Нет, не шучу. — Джой помолчала. — Но Энни говорит, сегодня у них нет гостей и тебя приглашают принять ванну у них. — Она улыбнулась Сабине. — Ты ведь не думаешь, что после целого дня охоты я оставлю тебя без горячей ванны? Это, пожалуй, самое приятное за весь день.

Сабина улыбнулась в ответ, молча удивляясь странному чувству юмора бабушки, потом побежала наверх за полотенцем и шампунем. Ванна в доме у Энни! Горячая вода без ограничения! Мыло без глубоких серых трещин в нем! Не надо будет, замерзая, бежать из ванной в спальню! Сабина заспешила через дорогу с новой энергией от предвкушения тепла и уюта.

Однако, едва войдя в дом Энни, она почувствовала что-то неладное. Поначалу Сабину подмывало рассказать Энни о прошедшем дне, о том, что Бобби назначил ей свидание, и заранее поблагодарить за приглашение воспользоваться ванной. Но когда она увидела их обоих, сидящих в разных углах гостиной и не глядящих друг на друга, слова замерли у нее на устах.

— Я... я... привет, — остановившись в дверях, пробормотала Сабина.

Царила непривычная тишина, даже телевизор был выключен. Тишина была какая-то тревожная — отягощенная высказанными словами.

— Сабина... — чуть выпрямившись, произнес Патрик.

Энни, в огромном свитере, воротник которого был натянут до подбородка, посмотрела на нее как на пустое место. Сабина, переминаясь с ноги на ногу, собиралась уже ретироваться.

— Я... можно мне принять ванну?

Патрик кивнул, но Энни в недоумении медленно подняла голову:

— Ванну?

— Я думала, бабушка...

— Ты только что разговаривала с миссис Баллантайн по телефону и сказала, что Сабина может принять ванну. Я сам слышал. — Патрик говорил несколько раздраженно, словно продолжая обмен репликами.

— Конечно, можешь принять ванну, — пожала плечами Энни. — В любое время.

Сабина с тревогой посмотрела на нее:

— Сейчас? Бабушка сказала, что можно прийти сейчас.

Последовала короткая пауза. Патрик не выдержал первым:

— Конечно, Сабина. Мы тебя ждали. Поднимайся наверх и, если что-нибудь понадобится, зови. Можешь не торопиться.

Сабина медленно прошла через гостиную к лестнице.

— Я принесла свои полотенца, — тихо произнесла она, словно это могло поднять настроение Энни.

Ответил ей опять Патрик:

— Хорошо, Сабина. Отдыхай.

Сабина пробыла в ванне довольно долго, но не ради удовольствия. Она поймала себя на том, что тихо лежит в остывающей воде, прислушиваясь к звукам ссоры — длинным паузам, отрывистым голосам, раздраженному хмыканью — тому, что присуще ссорам взрослых людей. Они явно ссорились, но конфликт казался односторонним, как будто Энни отказывалась в нем участвовать, оставив все на усмотрение Патрика. Энни была ее подругой, и Сабина мысленно встала на ее защиту. Как он может ругаться с женщиной, потерявшей дочь? Как он может спорить с человеком, не примирившимся пока со своим горем? И все же, внимательно присмотревшись к Патрику, можно было предположить, что он страдает больше.

Сабине не хотелось спускаться вниз. Не хотелось пересекать эту зону конфликта, улыбаясь и поддерживая вежливый разговор, а потом лечь к себе в постель, чувствуя себя несчастной. «Если мне понадобилась бы зона конфликта, надо было остаться дома», — подумала она, мрачно улыбнувшись собственному остроумию. Но дело было в другом. Она не хотела, чтобы Энни с Патриком расстались. Патрик явно любит жену, а та сильно любила их дочь, и им следует поддерживать друг друга, чтобы пережить это, а не расставаться. Иногда все представлялось Сабине таким простым, что ее удивляло, почему взрослые все понимают неправильно.

Эти взрослые, похоже, безо всякой причины многое усложняют. Ее мать все и вся подвергает сомнению, даже когда дела идут хорошо. Не в состоянии принять происходящее таким, как оно есть. И Сабина в точности знала, что произойдет, когда Джастин переедет к ним, если уже не переехал. Сабина в конечном итоге поссорится с ним, а Кейт, много месяцев подряд пытавшаяся сделать из них большую счастливую семью, будет рыдать за кухонным столом над тем, что испортила всем жизнь. Неужели, думала Сабина, они будут счастливы каждый по себе? Правда, она хотела, чтобы мать высказала свое мнение по этому вопросу, на самом деле хотела... Сабина в точности знала, как ответит на это. Ей нравилось воображать себе споры с матерью, иногда даже она сама удивлялась, что оказывалась права: «А-а... Так теперь я могу высказать свое мнение? Почему же тогда мне не дали высказаться, когда уходил Джефф? И когда уходил Джим? А?» И мама будет подавленно говорить, что ей надо бы быть такой, как ее бабушка.

Лежа в остывающей воде, Сабина размышляла о несправедливости взрослых и своей беспомощности. Наконец, окончательно замерзнув, она вылезла из ванны и насухо вытерлась.

Когда Сабина возвращалась через гостиную, там уже никого не было. Она не знала, радоваться ей или нет. Она бросилась бегом по мокрой дороге в сторону Килкарриона, но что-то заставило ее оглянуться. За окном силуэтом вырисовывалась фигура Энни, которая смотрела на сад. Она не видела Сабину. Казалось, она не видит ничего вокруг. Обе руки Энни прижимала к толстому свитеру в том месте, где был живот.

— Сегодня для тебя приготовили особенный ужин, Сабина.

Бабушка поставила на середину сверкающего чистотой стола дымящуюся кастрюлю и с несвойственной для нее театральностью подняла крышку.

— Миссис Х. приготовила это специально для тебя. Запеканка из овощей с травами и сыром. Хорошая согревающая еда после дня охоты.

Сабина вдохнула аппетитный аромат, чувствуя, как живот подводит от голода. Бо́льшую часть дня она сожалела о том, что отдала тому мальчику свой «Марс», и только жуткий холод отвлекал ее от урчания в животе.

— Я, пожалуй, тоже поем за компанию.

— Выглядит аппетитно, — сказала Сабина, решая, не будет ли невежливо сразу положить себе еды.

— Я подумала, что после дня в поле тебе захочется жаркого или запеканки. — Джой рылась в ящике в поисках салфеток. — Обычно я бывала такой голодной... и даже если брала с собой сэндвичи, они часто выпадали из кармана, и их затаптывала лошадь.

«Поторопись, пожалуйста», — мысленно молила Сабина. Согласно правилам, она не могла начать есть, пока за еду не примется Джой. От вкусного запаха в ее животе громко заурчало, так что Берти с любопытством повернул голову.

— Ну куда же я дела кольца для салфеток? Они ведь были в ящике. Может быть, миссис Х. оставила их на кухне.

— Можно мне... Можно мне... — У Сабины кружилась голова от густого аромата соуса.

— Я, пожалуй, пойду и взгляну. Подождешь меня минутку?

— На самом деле я...

Тут за дверью послышался глухой звук удара. Обе собаки сорвались со своего места под столом и подбежали к двери, скуля, чтобы их выпустили.

Джой, оторвавшись от своего занятия, быстро подошла к двери и открыла ее.

— Эдвард! Что ты делаешь?

Она отступила назад, и Сабина смотрела, как старик, шаркая ногами, тяжело дыша и опираясь на две палки, входит в комнату, как некое доисторическое четвероногое животное.

— Что, по-твоему, я делаю? — не поднимая головы от пола, проворчал он. — Иду ужинать.

Джой бросила на Сабину беспокойный взгляд, и Сабина отвела глаза из уважения к ее чувствам. Ибо бабушку взволновало не внезапное появление Эдварда в столовой, а его неподобающая одежда. Толстая хлопчатобумажная пижама с красным орнаментом «пейсли» и шлепанцы, над которыми виднелись фиолетовые распухшие лодыжки. Поверх пижамной куртки на нем был белый мундир с оранжевым воротником и эполетами, источающий слабый запах нафталина. Морская форма, догадалась Сабина. Вокруг шеи, как у какого-то франта, был повязан кашемировый шарф Джой, розовато-лиловый, с голубыми цветами.

Сабина посмотрела на свою пустую тарелку, а старик подошел к столу и осторожно опустился в кресло. Потом со вздохом положил трости, наклонился вперед и уставился на стол перед собой.

— У меня нет тарелки, — объявил он.

Джой стояла у двери, нахмурив брови.

— Я не ожидала тебя на ужин. Ты сказал, что не голоден.

— Что ж... Я хочу есть.

Последовала пауза, словно они разговаривали по международной телефонной линии. Джой, бесцельно теребя брюки, подождала еще немного. Потом пошла на кухню, раздраженно отгоняя собак.

— Сейчас принесу тебе приборы.

Довольный дед откинулся в кресле и огляделся по сторонам. Заметив Сабину, он тяжело опустил руку на стол.

— А-а... Вот ты где.

Сабина неопределенно улыбнулась.

— Насколько я знаю, ты была на охоте, — хрипло вздохнул он. Это было сказано с удовлетворением.

Сабина еще не успела ответить, как вошла Джой со столовыми приборами и положила их перед мужем.

— Да. Она замечательно провела этот день.

Эдвард медленно поднял глаза на жену и раздраженно произнес:

— Я хочу поговорить с внучкой. Ты бы лучше не вмешивалась.

Джой подняла бровь, но проигнорировала замечание. Вернувшись на свое место, она принялась раскладывать овощную запеканку.

— Ну... — произнес дед, глядя на Сабину, как ей показалось, с каким-то озорством. — День удался?

Сабина втайне порадовалась тому, как отчитали бабку. Смакуя первую ложку рагу, она совсем не хотела, чтобы ее прерывали.

— Да, — ответила она, энергично закивав, чтобы он не попросил ее повторить.

— Хорошо, хорошо... — Улыбнувшись, дед откинулся назад. — На какой лошади ты ездила? На Герцоге?

— Нет, Эдвард. Герцог хромает. Ты же знаешь, он хромой.

— Что?

— Герцог. Хромой.

Джой налила Сабине немного красного вина и пододвинула к ней бокал.

— Ох! Хромой, правда? — Дед помолчал и посмотрел себе в тарелку. — О господи... Что это?

— Овощная запеканка, — громко проговорила Джой. — Любимое кушанье Сабины.

— Какое там мясо? — Он потыкал в тарелку вилкой. — У меня нет никакого мяса.

— Там нет мяса. Это овощное блюдо.

Дед с подозрением посмотрел на нее:

— Но где же мясо?

— Я не положила тебе мяса, — с некоторым раздражением ответила Джой. — Ничего не осталось.

Она мельком взглянула на Сабину, как бы признаваясь в собственной лжи и разрешая внучке сделать то же самое.

Эдвард по-прежнему смотрел в свою тарелку:

— Ох, ох... Там есть сладкая кукуруза?

— Да, — ответила Джой, ковыряясь в своей тарелке. — Тебе надо выбрать ее.

— Я не люблю сладкую кукурузу.

— Сегодня Сабина запрыгнула на Уэксфордскую насыпь, — решительно произнесла Джой. — Том сказал.

— Ты запрыгнула на откос? Отлично! — Уголки дедушкиных губ поднялись, и он улыбнулся. Сабина поймала себя на том, что улыбается в ответ. Когда она думала об этом, ее переполняла гордость. — Эти откосы такие коварные.

— Это сделала моя лошадь, правда, — скромно произнесла Сабина. — Я только держалась за нее.

— Иногда самое лучшее — предоставить все лошади, — вытирая рот, сказала Джой. — Тебе, во всяком случае, досталась умная лошадка.

Глядя на сидящих за столом деда и бабку, Сабина вдруг почувствовала себя частью большой семьи. Приятно было заслужить их одобрение. Похоже, она никогда не испытывала подобной гордости. Летом она сдавала экзамены на аттестат об общем среднем образовании, но все это проходило на фоне перипетий с Джеффом и Джастином. Хотя в глубине души Сабина была довольна, но она как будто состояла вместе с матерью в заговоре и от этого злилась на нее. С дедом и бабкой почему-то все было намного проще. «Я не против побыть здесь еще, — подумала она. — Мне даже может понравиться».

— Так... сколько раз ты выгоняла?

Сабина подняла глаза на деда, а потом перевела взгляд на пустой стул бабушки. Девочка понятия не имела, о чем он говорит.

— Что-что? — робко спросила она, прислушиваясь, не идет ли бабушка.

— Я говорю, сколько раз ты выгоняла? — нетерпеливо повторил дед.

Почему-то Сабине не хотелось признаваться, что она не понимает, о чем дед говорит. Ей так понравилось их молчаливое одобрение и очень не хотелось нарушить его. Дед будет разочарован, словно она какая-то обманщица. Лицо бабушки будет выражать невозмутимость с примесью досады — так она до недавнего времени разговаривала с внучкой. Сабина вновь превратится в городского аутсайдера.

— Шесть.

— Что?

— Шесть.

Это число казалось подходящим.

— Шесть раз?

Дед вытаращил глаза.

Вошла бабушка с хлебной доской.

— Слышала, Джой? Сабина сегодня охотилась. Выгоняли шесть раз.

Джой бросила на Сабину проницательный взгляд. Та, поняв, что сказала глупость, постаралась объяснить что-то глазами.

— Это удивительно! — сказал он, покачав головой над тарелкой. — Последний раз, когда я слышал, чтобы на охоте выгоняли шесть раз, было... кажется, в шестьдесят седьмом. Да, Джой? В ту зиму у нас гостили Петигрю. Тогда было пять или шесть раз, верно?

— Не помню, — лаконично ответила Джой.

— Наверное, я что-то не так поняла, — огорченно произнесла Сабина.

— Шесть раз, — повторил дед, снова качая головой. — Ну-ну... Все же сезон шестьдесят седьмого был очень удачным. В том году и лошади были хорошие. Джой, помнишь жеребенка, которого мы купили в Типперэри? Как его звали?

— Мастер Ридли.

— Мастер Ридли. Тот самый. И мы столько денег извели на эту лошадь, что не осталось на гостиницу. Пришлось ночевать в трейлере. Правда, дорогая?

— Правда.

— Да. Ночевали в трейлере. Так холодно. Там было полно дыр.

— Да, действительно.

— Но было здорово. Да... — Дед медленно улыбнулся своим мыслям, и Сабина заметила, что у Джой тоже смягчилось выражение лица.

— Да, — сказала она. — Было здорово.

Воспользовавшись моментом, Сабина положила себе добавки.

— Шесть раз... Знаешь, нет ничего похожего на голоса гончих. — Дед поднял голову, словно прислушиваясь к чему-то. — Ничего похожего. — Потом он глянул прямо на Сабину, словно увидев ее в первый раз. — Ты совсем не похожа на мать, да?

И рухнул головой в тарелку.

В первый момент Сабина в страхе взглянула на него, думая, что это какая-то шутка. Потом Джой с криком вскочила с места и, подбежав к нему, приподняла голову мужа и прислонила к своему плечу.

— Позвони врачу! — прокричала она Сабине.

Выйдя из оцепенения, Сабина отодвинула стул и выскочила из комнаты. Пока она листала телефонную книгу и дрожащими пальцами набирала номер, перед ней маячило ужасное видение деда. Она знала, это видение будет еще долго преследовать ее. Полузакрытые глаза, полуоткрытый рот. Ползущие по морщинистому лицу струйки соуса томатного цвета. Они стекали с цветастого шарфа на безупречно-белые плечи и грудь наподобие бледной, разбавленной крови.

Кейт села на диван рядом с Джастином, раздумывая, стоит ли прижаться к нему или, может быть, запустить пальцы ему в волосы. Или взять за руку. Или даже положить ладонь ему на бедро расслабленным, но все же собственническим жестом. Тайком заглядывая ему в лицо, она пыталась определить, что будет наиболее уместным. Два месяца назад эти проблемы ее не волновали, но тогда она чувствовала себя с ним совершенно раскованно, уверенная, что каждое ее прикосновение найдет отклик.

Сегодняшний Джастин не разделял постоянного желания прежнего Джастина трогать, обнимать или гладить ее. Теперь по вечерам его не очень-то волновало, сядет ли она рядом с ним. А Кейт, горя желанием преодолеть эту дистанцию между ними, пытаясь получить теплоту, которая больше не возникала без ее усилий, чувствовала себя ужасно неловко.

— Хочешь еще вина? — касаясь его ногой, спросила она.

— Угу, замечательно, — не отрывая глаз от экрана, ответил он.

— Я люблю «Флери». Это особое угощение себе самой.

Джастин хмыкнул, уставившись на экран, потом глянул на Кейт, когда она наполняла его бокал.

— Отлично.

— А я даже не знаю, какое твое любимое вино.

Кейт хотела, чтобы они снова говорили друг с другом, по-настоящему были заняты друг другом, делились секретами, изливали друг другу душу — вот я какая, возьми меня! Когда они с Джастином начали встречаться, ее поразила мысль о себе самой как о человеке с новыми возможностями. Он, казалось, видел в ней большой потенциал, заставлял ее поверить в то, что вместе они превосходят самих себя. Теперь, приехав к Кейт, Джастин сидел перед телевизором с пультом в руке, потом спросил, что у них на ужин.

— Это называется «утихомириться», — ответил он однажды вечером, когда она подняла эту тему. — Это говорит о том, что мне с тобой комфортно. Нельзя ожидать, что сильная страсть будет длиться вечно.

«Тогда зачем я ради тебя бросила Джеффа? — хотелось ей прокричать в ответ. — С ним, по крайней мере, мне не приходилось готовить и всегда мыть посуду. По крайней мере, Джефф разговаривал со мной вечерами. И время от времени хотел заниматься со мной любовью».

— Так какое твое любимое вино?

— Что-что?

— Твое любимое вино. Какое оно? — В голосе Кейт появились новые стальные нотки.

— Вино? Хм... Никогда об этом не думал. — Помолчав, Джастин постарался припомнить, понимая, что от него ждут ответа. — Хороши некоторые из чилийских.

Получалось, что, как только исчез призрак Джеффа вместе с угрозой разоблачения, вожделение Джастина стало угасать. Кейт чувствовала себя обиженной, стараясь прогнать подозрение, что ей приходится теперь играть другую роль, заменяя собой мать, устраивая домашний уют и надежное пристанище человеку, истинная страсть которого, видная через фотообъектив, блуждает где-то далеко.

— Хорошо же он устроился, — заметила на прошлой неделе Мэгги, увидев в прихожей сумки Джастина с фотооборудованием.

— В каком смысле?

— Красивый дом, место, где можно получить еду и секс. Удобное место для хранения фотооборудования. И никакой ответственности. Никаких обязательств. Никаких счетов.

Надув губы, она стремительно прошла на кухню, где Кейт заваривала чай.

— Зачем ему оплачивать счета, если он здесь не живет?

Кейт раздражал тон Мэгги. Но она тоже замечала, что сумок с оборудованием становится все больше, и подумала, что Сабина может возмутиться против их присутствия.

— В этом нет никакого смысла. Просто я решила, что рано или поздно он захочет здесь жить.

— Послушай, Мэгги, не все похожи на вас с Хэмишем. Джастин — свободная личность. И, что более существенно, я только что пережила очень тяжелый разрыв. Ты знаешь, насколько тяжелый. И мне совсем не хочется, чтобы кто-то маячил здесь, вмешиваясь в мою жизнь. Хочу пока пожить для себя. — Кейт почти убедила себя в этом.

— О-о, а я не предполагала, что ты порвала с Джеффом, чтобы пожить для себя. Извини, дорогая. Я думала, ты сказала, что хочешь быть с Джастином. Какая я стала забывчивая! Наверное, это признаки Альцгеймера. — Мэгги, лукаво посмотрев на Кейт, закрыла тему разговора.

Разумеется, она права. Но Кейт не собиралась признавать свою ошибку. Потому что это означало бы, что все эти муки, вся суета, разлад уже и без того шатких отношений с дочерью были напрасными. И это означало бы, что, несмотря на свои тридцать пять и богатый опыт взаимоотношений с мужчинами, позволявший ей думать, что она знает, что делает, Кейт снова ошиблась. Снова.

Она со смущением подумала о Сабине, с которой в последний раз говорила по телефону больше недели назад. Дочь была относительно дружелюбна, не ругала ее за промахи, не стала даже цепляться к ней, когда Кейт обмолвилась о Джастине. Но Сабина решительно сменила тему разговора, когда Кейт стала деликатно говорить о ее возвращении домой. Больше самого отказа Кейт обеспокоила манера дочери. Раньше Сабина никогда не тревожилась по поводу чувств матери — напротив, она изо всех сил старалась досадить ей. Эта новая взрослая Сабина не просто деликатно говорила ей, что не одобряет ее жизнь, а, очевидно, собиралась построить собственную отдельно от нее.

Кейт проглотила комок в горле. «Надо хорошенько постараться, — думала она, глядя на вытянутые перед собой ноги Джастина в кожаных штанах. — Дам

Сабине больше свободы, потом напомню ей о том, за что она любит Лондон. Не стану приставать к ней, а просто буду сидеть тихо и ждать ее возвращения. И не стану искать особого смысла в поведении Джастина. Он хороший человек и любит меня, просто мы слишком быстро перешли на семейную жизнь. Надо немного встряхнуться».

Кейт глубоко вздохнула и слегка взбила волосы.

— Ну что, — сказала она, кладя ладонь ему на бедро, — тебе понравился ужин?

Кейт приготовила его любимые стейки из тунца. По сути дела, она становилась хорошей стряпухой.

— Было здорово. Я уже говорил.

Медленно перемещая руку вверх по бедру, она прошептала ему в ухо:

— А как ты относишься к десерту?..

О господи, это похоже на цитату из дешевой порнушки. Но надо идти дальше. Застенчивость ее погубит.

— Отлично! — ответил Джастин, поворачиваясь к ней от телевизора. — Что у нас есть?

Она постаралась удержать на лице обольстительную улыбку.

— Ну, я имела в виду не совсем обычный десерт... — (Он немного смутился.) — Это может быть восхитительно... я так думаю...

«Неужели ты действительно настолько тупой?» — хотелось крикнуть ей. Но вместо этого, следуя выбранной тактике, Кейт обозначила рукой то, что подразумевала.

Последовала долгая пауза.

Джастин взглянул на нее, потом на ее руку, потом снова ей в лицо. Улыбнувшись, он поднял брови:

— Это... это действительно хорошая мысль. Но, честно говоря, Кейт, мне и вправду захотелось сладкого. Есть в доме шоколад или мороженое?

Рука Кейт замерла. Она уставилась на Джастина.

— Ты ведь сама внушила мне эту мысль, — словно оправдываясь, сказал он. — Пока ты не начала говорить о десерте, я не хотел ничего сладкого. А теперь действительно хочу.

Несколько мгновений Кейт боролась с желанием заглянуть в морозильник. Потом ей захотелось ударить Джастина. И наконец она подумала, что лучше ей выйти из комнаты и разобраться в своих эмоциях. Но, к счастью для Джастина, прозвучал резкий телефонный звонок.

Он потянулся к трубке, но, заметив что-то в выражении ее лица, вновь откинулся на диванные подушки.

— Алло? — ответила она, чувствуя, что Джастин пристально смотрит на нее, словно пораженный ее реакцией.

— Кейт?

— Слушаю.

— Говорит твоя мама.

«Сабина, — с ужасом подумала Кейт. — С ней что-то случилось».

— Что случилось?

Без веской причины мать не позвонила бы. В последний раз она звонила несколько лет назад.

— Я подумала, что надо тебе сообщить. Твой отец... Ему стало плохо. Вечером он потерял сознание. Его...

его отвезли в больницу. — Джой замолчала, словно ожидая отклика. Отклика не последовало, и она глубоко вздохнула. — Я уже говорила, что просто решила сообщить тебе. — И мать повесила трубку.

Кейт села на стул и положила трубку, испытывая потрясение и в то же время облегчение оттого, что с Сабиной все в порядке. Она была так этому рада, что не сразу осознала важность слов Джой.

— Мой отец, — в конце концов сказала она в ответ на немой вопрос Джастина. — Думаю, он умирает. Иначе мать не позвонила бы. — Кейт говорила на удивление твердым голосом.

— Тебе надо ехать. — Джастин положил руку ей на плечо. — Бедняжка. Хочешь, я закажу тебе билет на самолет?

Примерно через час после его ухода Кейт обзвонила авиакомпании, чтобы с равной долей досады и облегчения выяснить, что различные фестивали искусства, медицинские конференции и собственная убитая машина, вероятней всего, отодвинут как минимум на два дня ее прилет в Уотерфорд. Несмотря на выражение сочувствия, Джастин ни разу не предложил поехать с ней.

Глава 9

Кристофер Баллантайн и его жена Джулия были так похожи друг на друга, что, по словам миссис Х., если бы они поженились тридцать лет назад, это вызвало бы в деревне массу пересудов. Его волнистые темные волосы того же оттенка, что и волосы жены, казались плохо надетым париком. У обоих были одинаковые носы с горбинкой, одинаковое худощавое телосложение, похожие принципиальные взгляды на большинство тем, в особенности на гигиену и политику. Оба разговаривали одинаково громко и несдержанно, словно каждая фраза выкачивалась из них кузнечными мехами.

И оба, как обиженно заметила Сабина, обращались с ней со снисходительной отстраненностью, как, наверное, с любым гостем. Правда, в этом случае она почувствовала в этом умышленную попытку дать ей понять, что, несмотря на кровные узы, Сабина не является истинной частью семьи. И виновата в этом была, разумеется, Кейт.

Кристофер прошествовал в дом с таким видом, словно стал его владельцем с того самого момента, как его отец потерял сознание, и сказал Джой — непонятно зачем, — что теперь ей будет хорошо. Они с Джулией приехали на бал охотников в Килкенни, что, по бестактному замечанию Кристофера, было для них настоящим везением, но немедленно примчались к родителям и перенесли свои вещи в хорошую гостевую комнату рядом с бабушкиной. До этого момента Сабине не приходило в голову спросить, почему ей не дали хорошую гостевую комнату с нормальным ковром и большим комодом со шпоном из ореха. Она спросила об этом у миссис X., и та сказала, что Кристоферу нравится иметь собственную комнату, когда он гостит здесь. И что они с Джулией действительно приезжают часто. Другими словами, не так, как я и моя мама, подумала Сабина. **Но вслух ничего не сказала.**

Если Джой и заметила обиду Сабины, то промолчала. Но поскольку Эдварда в доме не было, бабушка казалась очень растерянной. Решено было оставить его в Уэксфордской больнице на обследование. Сабина не хотела спрашивать, что с ним случилось, но было очевидно: это что-то серьезное, и не только потому, что бабушка была в напряжении и почти не разговаривала, но и потому, что, пока ее не было в комнате, Кристофер искал на задней части мебели и под коврами написанные от руки стикеры — а нет ли каких-либо изменений в частях наследства, которые еще несколько месяцев назад мать начала распределять между двумя детьми и которые они получат после смерти Эдварда.

— Весьма разумная мысль, мама, — сказал он ей. — На продолжительный период избавляет от путаницы.

Но Сабина услышала, как он тихо говорит Джулии, что не согласен с тем, что часы деда в прихожей или картина в позолоченной раме в столовой помечены стикерами «Кэтрин».

— С каких это пор она проявляет интерес к этому дому? — сказал он, и Сабина незаметно удалилась, решив следить за стикерами, чтобы Кристофер не начал их переклеивать.

А тем временем Джулия настойчиво предлагала свою помощь по дому. И помогала она так решительно, что выражение лица миссис Х. становилось все более застывшим, как заливное. Джулия уже «организовала» кухонные дела, помогая готовить еду для всех членов семьи, заглядывала в холодильник, предлагая выбросить старые продукты, и настаивала на том, чтобы покупать магазинный хлеб взамен плотного домашнего хлеба, который каждый день пекла миссис Х. Едва она вышла из комнаты, как Сабина обозвала ее при миссис Х. настырной старой коровой, на что миссис Х. ответила: «Она хотела как лучше» — и повторила несколько раз, как мантру, что скоро они вернутся в Дублин.

Учитывая, что они ее единственные дядя и тетя, Сабине, пожалуй, следовало удивиться, почему они до этого встречались лишь несколько раз. Первый раз это было на их свадьбе в Парсонс-Грин, когда Сабина была совсем маленькой. Она помнила только, что должна была изображать цветок, но мама сшила ей не совсем такое платье, как у других девочек, и Сабина весь день молча страдала из-за рукавов-фонариков, чувствуя неодобрение окружающих ее белокурых принцесс. Последний раз они виделись несколько лет назад, перед переездом дяди и тети из Лондона в Дублин, когда те устроили маленькую вечеринку и в знак примирения пригласили Сабину и ее мать с Джеффом. На вечеринке было полно людей из Сити и юристов, и вскоре Сабина скрылась в спальне с кошками Джулии, где смотрела телевизор, мечтая поскорее уехать домой и стараясь не обращать внимания на подростка, который почти все время передачи «Дети с железной дороги» тискал в углу тринадцатилетнюю подружку. Вероятно, ее услышало какое-то божество, и спустя час с небольшим после приезда Джефф с матерью вызволили ее оттуда. Джефф всю дорогу домой разглагольствовал о капиталистах, а Кейт не слишком уверенно возражала, что они все-таки ее родственники.

Через два дня укутанного в одеяло слабого деда, как будто припаянного к инвалидному креслу, привезли домой, и Сабина, не желая находиться поблизости от Кристофера и Джулии, без лишних слов взяла на себя часть обязанностей по уходу за Эдвардом. Из уважения к чувствам Джой ее сын и невестка старались предоставить больного лишь ее заботам. Сабина сказала миссис Х., что это всего лишь предлог, чтобы поехать кататься верхом. Похоже, Джой нравилось, когда Сабина сидела рядом с дедом или читала ему страничку писем из «Лошадей и гончих». Казалось, он не замечал ее бо́льшую часть времени, но Сабина видела раздражение на его лице, когда проворная молодая сиделка, которую нанял Кристофер, помогала ему подняться или объявляла, что пора идти в комнату для маленьких мальчиков. А время от времени, когда

Сабина тараторила про своего се́рого коня или пересказывала слова Тома, она замечала в глазах деда проблески заинтересованности.

Между тем с возвращением мужа Джой стала проявлять еще бо́льшую активность. Прибавилось работы во дворе, и в доме царил беспорядок. Если Лайам с Джон-Джоном не уберут эту грязь, то бедные лошади в ней потонут. Джой ничего не говорила о том, что сказали врачи, и не объясняла, почему Эдвард почти перестал есть или зачем у его кровати появился устрашающий комплект пикающего медицинского оборудования, словно приведенного в боевую готовность перед грядущей катастрофой. Время от времени заглядывая в дверь, словно для того, чтобы посмотреть, жив ли он, бабушка лишь говорила Сабине, что та делает важную работу, после чего опять шла в конюшню к своей старой больной лошади.

— Все хорошо, — сказала Сабина после ухода сиделки, садясь в кресло у постели деда и радуясь возможности избежать круговорота активности внизу, — можешь отдохнуть. Мы снова от них избавились.

Она натянула одеяло на его впалую грудь, замечая, что его изможденность больше не вызывает у нее отвращения. Сабина просто радовалась, что дед жив, спокоен и не залит томатным соусом.

— Ты только не думай, что мне скучно или что-то такое, — близко наклонившись к его уху, сказала она. Сабина приготовилась почитать ему из старой книги Киплинга, которую нашла в библиотеке, о лошадях, играющих в поло в Индии. Она знала, что дед ее слышит, даже если сиделка поднимала брови, как будто она делает что-то глупое. — На днях хотела тебе сказать об этом, — тихо проговорила Сабина, — иногда мне тоже нравится просто сидеть и знать, что я есть.

На восемнадцатилетие Кейт Баллантайн получила три больших подарка. Первый — от родителей — великолепное седло из темно-коричневой свиной кожи. Она приняла его с досадой, потому что просила денег на новый бюстгальтер и брюки. Второй подарок, тоже от родителей, был приглашением на сеанс у местного портретиста и таким образом отмечал ее взросление. Этот подарок тоже не вызвал у нее особой благодарности, поскольку был выбран тот самый художник, который недавно завершил большой портрет маслом нового мерина матери, Ланселота. Третий подарок... что ж, он стал косвенным следствием второго. И появился гораздо позже.

Шестнадцать с половиной лет спустя Кейт вспоминала о них, сидя на заднем сиденье такси и вдыхая резкий запах освежителя воздуха. Такси ехало из аэропорта Уотерфорд в Килкаррион. Она покинула родительский дом вскоре после празднования восемнадцатилетия и с тех пор побывала там всего три раза — один раз, чтобы показать новорожденную Сабину, дважды с Джимом, полагая, что воссоединение с семьей смягчит их отношение к ней, и вот — теперь, почти через десять лет. «Почему здесь все время идет дождь? — рассеянно думала Кейт, вытирая запотевшее окно. — Не могу припомнить случая, чтобы дождя не было».

Два дня ушло на то, чтобы достать билет до Уотерфорда, и Кейт понимала, что ее поздний приезд будет обращен против нее, хотя мать постаралась позвонить ей и сообщить, что состояние отца стабилизировалось. Ей все время вполголоса будут повторять, что она не удосужилась приехать сразу же, хотя отец был на пороге смерти. Вероятно, чересчур занята шашнями с новым любовником. Кейт вздохнула, размышляя об иронии последнего разговора с Джастином. Казалось, он был меньше шокирован тем, что она решительно порвала с ним, чем ее требованием вывезти его вещи из дома до ее отъезда в Ирландию.

Кейт не вполне понимала, зачем сюда приехала. Кроме отчаянного желания увидеться с дочерью, у нее не было искренней эмоциональной привязанности к этому дому. Отец не разговаривал с ней по душам с ее восемнадцатилетия, брат и его жена будут отпускать замечания по поводу их более весомых прав на родительский дом, а мать уже давно предпочитает общаться с собаками и лошадьми, а не с людьми. «Я приехала потому, что умирает отец», — сказала она себе, вдумываясь в эти слова и проверяя, могут ли они после всех этих лет вызвать в ней ощущение важного события, грядущей потери. Но перспектива снова оказаться в этом доме вызывала у нее в основном содрогание. Подбадривало лишь желание увидеться с дочерью.

«Останусь здесь на пару дней, — говорила она себе, когда такси притормозило на краю Баллималнафа. — Я взрослый человек. Могу уехать, когда захочу. Два дня я смогу выдержать. И может быть, удастся уговорить Сабину поехать домой».

— Издалека приехали? — Очевидно, шофер решил заранее позаботиться о чаевых.

— Из Лондона.

В зеркале заднего вида она заметила, что он смотрит на нее маленькими глазками под кустистыми бровями.

— Лондон. У меня семья в Уиллесдене. — Он подмигнул. — Все в порядке, красавица, не стану спрашивать, знакомы ли вы с ними.

Кейт слабо улыбнулась, глядя из окна на знакомые ориентиры: дом миссис Х., церковь Святого Петра, поле площадью сорок акров, которое родители продали фермеру, впервые оказавшись на мели.

— Так вы здесь бывали раньше? Не такое место, куда ездит много туристов. Обычно я везу их на север. Или на запад. Не поверите, сколько народу сейчас ездит на запад.

Кейт помедлила, глядя на каменную стену, окружавшую усадьбу Килкаррион.

— Неужели?
— Значит, приехали в гости к друзьям.
— Что-то в этом роде.

«Просто думай, что приехала забрать Сабину, — сказала она себе. — Тогда это все будет терпимо».

Правда, на пороге ее встретила не Сабина. Это была Джулия, облаченная в бриджи, огромную пушистую телогрейку алого цвета и подходящие носки. Обрушив на Кейт шквал поцелуев и восклицаний, она многозначительно сказала, что понятия не имеет, где сейчас Сабина.

— Бо́льшую часть времени она либо болтается во дворе, либо секретничает с Эдвардом. — В словах Джулии всегда чувствовалось осуждение действий других людей.

Кейт, стараясь скрыть досаду на фамильярное упоминание Джулией ее отца, решила, что неправильно все поняла. Сабина не стала бы околачиваться у лошадей и, уж конечно, не стала бы секретничать с ее отцом.

— Но чем я занимаюсь?! — воскликнула Джулия, беря одну из сумок Кейт. — Входи же! Куда подевались мои манеры?

«Раздавлены твоим стяжательским инстинктом», — с горечью подумала Кейт. Но сразу же одернула себя. За последние шестнадцать лет она ни разу не попыталась сделать этот дом своим. Кейт поправила на носу очки — контактные линзы она, разумеется, забыла, — стараясь рассмотреть дом, который более ей не принадлежал.

— Мы поселим тебя в Итальянской комнате, — щебетала Джулия, провожая Кейт наверх. — Надеюсь, крыша там не протекает.

Казалось, за десять лет, прошедшие с ее последнего приезда, дом состарился по собачьей возрастной шкале, подумала Кейт, оглядываясь по сторонам. Дом всегда был холодным и сырым, но она не припоминала этих коричневых водяных разводов на стенах, похожих на раскрашенные сепией карты далеких континентов, не помнила она также, чтобы все выглядело таким ветхим и изношенным — персидские ковры, протертые до основания, растрескавшаяся мебель, давно нуждающаяся в ремонте. Кейт не помнила и этого запаха — к вездесущей слабой вони от собак и лошадей теперь примешивался запах плесени и запустения. И этот холод — не сухой холод ее дома, когда не работал бойлер, а сырой, всепроникающий и длительный холод, продирающий до костей с первых минут приезда. Кейт новыми глазами посмотрела на спину толстой телогрейки Джулии. Эта вещь была теплее любого из предметов ее гардероба.

— Нам удалось немного нагреть эту комнату, — сказала Джулия, распахивая дверь. — Не поверишь, до чего здесь было холодно. Я сказала Кристоферу, неудивительно, что Эдвард заболел.

— Я думала, у него был удар, — сдержанно произнесла Кейт.

— Да, удар, но он старый и ужасно слабый. А старикам нужен комфорт, верно? Я сказала Кристоферу, что надо взять его с собой в Дублин, где есть нормальное центральное отопление. У нас уже приготовлена комната. Но твоя мать не стала даже слушать. Она хочет, чтобы он был здесь.

Тон ее последних слов не оставил у Кейт сомнений по поводу отношения Джулии к подобным действиям. Она, видимо, считала, что, оставив мужа в Килкаррионе, Джой обрекает его на преждевременную смерть. Но в душе Кейт согласилась с матерью — отец скорее предпочел бы жить в холодном сыром доме, чем дать Джулии удушить себя в пастельных интерьерах ее дома с центральным отоплением.

— Между нами, Кейт, не могу дождаться, когда вернусь к себе домой, — сказала Джулия, выдвигая один из ящиков и проверяя, пустой ли он. У нее была склонность к подобным лживо доверительным словам, ничего не значащим, но предполагающим искренность говорящего. — Я действительно считаю это место депрессивным, пусть даже Кристофер его любит. Я попросила соседку присмотреть за нашими кошками, и сейчас им, наверное, не очень сладко, бедняжкам. Они терпеть не могут, когда мы уезжаем.

— Ах да. Твои кошки, — вежливо произнесла Кейт, вспомнив о пристрастии Джулии к двум наглого вида тварям. — Это те же самые?

Джулия дотронулась до руки Кейт:

— Знаешь, Кейт, очень мило, что ты спрашиваешь, но нет. Арман по-прежнему с нами, а вот Мамзель, к несчастью, умерла прошлой весной. — (Кейт с некоторым страхом заметила, что глаза Джулии наполнились слезами.) — Но ей было с нами хорошо... — рассеянно проговорила она. — И знаешь, для компании Арману мы взяли очаровательную кошечку. Мы назвали ее Пубель[1], — радостно засмеялась Джулия, к которой вдруг вернулось хорошее настроение, — потому что она все время лазает в мусорное ведро на кухне, глупышка такая.

Кейт выдавила из себя улыбку, мечтая поскорее вырваться из рук Джулии, благоухающей фрезией, и отыскать дочь.

— Наверное, тебе не терпится распаковать вещи. Не буду тебе мешать, — сказала Джулия. — Не забудь — чай ровно в полпятого. Мы уговорили Джой устраивать его в комнате для завтрака, потому что ее проще нагреть. Увидимся внизу. — Помахав на прощание рукой, она ушла.

Кейт тяжело опустилась на кровать, оглядывая комнату, которую не видела десять лет. Это была не ее комната. Как сказала ей Джулия, ее комнату занимает Сабина, а она с Кристофером поселилась в его комнате. Другую сухую гостевую комнату, очевидно, занимает ее мать. Это не удивило Кейт. Она подозревала,

---

[1] Мусорный ящик *(фр.)*.

что родители часто занимали разные комнаты, даже когда она жила дома. Отец храпит, неубедительно объясняла мать. Сейчас ей трудно было связать вещи в этой комнате со своим детством или юностью — казалось, дом состарился раньше любого его обитателя, изгладив со временем любые знакомые знаки и приметы, так что Кейт стало казаться, будто дом этот не имеет к ней никакого отношения.

«Почему меня должно это волновать? — с раздражением думала она. — Я не живу здесь со времени рождения Сабины. Моя жизнь — это Лондон».

Но тем не менее Кейт ловила себя на том, что рассматривает картины на стенах, заглядывает в шкафы, словно предчувствуя дрожь узнавания, даже тоску по прежней, менее запутанной жизни.

Спускаясь по лестнице, Кейт впервые увидела Сабину. Повернувшись к ней спиной, дочь присела на корточки рядом с собаками и стаскивала с ног сапоги для верховой езды, с любовью называя Беллу и Берти, которые тыкались ей в лицо носами, тупыми, тупыми животными. Берти, вне себя от возбуждения, свалил Сабину на ковер, и она со смехом, лежа на спине, отталкивала пса и пыталась вытереть обслюнявленное лицо.

Кейт не узнавала свою дочь и молча смотрела на нее, испытывая радость при виде столь открытого проявления любви и одновременно приглушенную боль оттого, что у себя дома ей не удавалось вызвать у Сабины подобные эмоции.

Почувствовав ее присутствие, Сабина повернулась и, увидев мать на лестнице, рывком поднялась.

— Сабина! — горячо произнесла Кейт и протянула к ней руки.

Она сама не ожидала того эмоционального всплеска, какой вызовет у нее присутствие дочери. С ее отъезда прошло уже несколько недель.

Сабина стояла, нерешительно глядя на мать.

— О-о... э-э, привет, мама, — произнесла она и, сделав маленький шаг вперед, позволила себя обнять.

Потом, почувствовав, что это надолго, осторожно отступила назад.

— Посмотрите на нее! — воскликнула Кейт. — Ты выглядишь... выглядишь великолепно.

Кейт хотелось сказать: «Глядя на тебя, можно подумать, ты здесь вполне освоилась». Но в этой фразе содержался опасный подтекст, и поэтому слова замерли у нее на устах.

— Я дерьмово выгляжу, — возразила Сабина, разглядывая заляпанные грязью джинсы и большой, не по размеру, свитер с прилипшими соломинками. Наклонив голову, она запустила тонкую руку в волосы, сразу превратившись в прежнюю Сабину — застенчивую, самокритичную и не терпящую никаких комплиментов. — У тебя очки, — с упреком заметила она.

— Знаю. Из-за всей этой суеты я забыла про линзы.

Сабина разглядывала лицо матери.

— Тебе нужна новая оправа, — сказала она и снова повернулась к собакам.

Последовала короткая пауза, и Сабина наклонилась за сапогами.

— Значит, — начала Кейт, понимая, что говорит чересчур высоким и напряженным голосом, — ты ездила верхом?

Кивнув, Сабина поставила сапоги за дверь.

— Никогда бы не поверила, что бабушка заставит тебя ездить верхом. Тебе нравится? Она дала тебе лошадь?

— Угу, одолжила одну.

— Отлично... отлично. Приятно вернуться к прежним увлечениям, да? А чем еще ты занималась?

— Да особо ничем. — Сабина с раздражением посмотрела на мать.

— Как, только верховой ездой?

Дверь комнаты для завтрака была открыта. Кейт с облегчением увидела, что пока там никого нет.

— Нет, помогаю. Занимаюсь домашними делами.

Сабина загнала собак в комнату и привычным движением положила ногу на масляный обогреватель.

— И ты... счастлива? У тебя все в порядке? Ты почти не звонишь в последнее время. Я волновалась за тебя.

— У меня все хорошо.

Наступила долгая пауза, в течение которой Сабина отрешенно смотрела в окно на темнеющее небо.

— Обычно мы здесь не пьем чай, — наконец сказала она. — Обычно мы пьем чай в гостиной. Но Джу-ли-я, — произнесла она, насмешливо растягивая это слово, — Джулия считает, что дровами нельзя хорошо обогреть комнату. Так что теперь мы переместились сюда.

Кейт неуверенно села в одно из кресел, стараясь не показать, как ее задевает равнодушие Сабины. «Обычно мы... Обычно мы...» — дочь сказала это так, словно всю жизнь прожила в этом доме. Словно ощущала себя здесь хозяйкой.

— Ну так что, — радостно начала Кейт, — хочешь спросить про Геббельса?

Сабина, поменяв местами ноги, взглянула на мать:

— С ним все хорошо, так ведь?

— Да, хорошо. Просто я подумала, тебе интересно будет узнать, что он вытворяет.

— Он всего-навсего кот, — отмахнулась Сабина. — О чем тут рассказывать?

«Боже правый, — подумала Кейт. — Они тут учат подростков, как ставить людей на место, и Сабина, похоже, хорошо усвоила урок».

— Разве ты не хочешь спросить меня про наш дом? Про мою работу?

Сабина нахмурилась, пытаясь понять, каких слов ожидает от нее мать. Та, казалось, жаждет получить отклик от дочери, увидеть, как она радостно приветствует мать, засыпая ее вопросами о доме, прыгая, словно в каком-то телешоу о воссоединении семьи. Возможно, неделю-другую назад Сабина так и сделала бы, но теперь этот дом вызывал у нее иные чувства, и столь неожиданное появление матери... просто вывело ее из душевного равновесия. С приездом матери потребность в ней улетучилась. Это как с парнями: всю неделю думаешь о них, с нетерпением ожидая встречи, а когда встречаешься, приходишь в замешательство, не зная, надо ли тебе это. Как будто в воображении они лучше, чем в реальной жизни.

Сабина украдкой разглядывала мать, которая с каким-то потерянным видом озиралась по сторонам. Последние два месяца Сабина думала только о хорошем — Кейт с готовностью поддерживала ее и была с ней откровенна. А теперь, глядя на мать, она испытывала нечто другое. Раздражение? Ощущение, что посягают на ее свободу? Глядя на Кейт, Сабина вспоминала всю эту суету вокруг Джастина/Джеффа. Слова матери напомнили ей о том, что Кейт не в состоянии просто расслабиться и оставить ее в покое, не требовать большего, чем Сабина могла дать. «Почему ты не можешь просто успокоиться? — хотелось ей сказать матери. — Почему не скажешь просто „привет"? Почему ты всегда принуждаешь меня к чему-то и мне в конце концов приходится отталкивать тебя?» Но она, сдерживая свои чувства, продолжала стоять, грея замерзшие ноги на обогревателе.

— А-а, Кэтрин, — проговорил Кристофер, размашистым шагом входя в комнату. — Джулия сказала, что ты приехала. — Положив руку сестре на плечо, он небрежно чмокнул ее в щеку. — Как доехала? Добиралась на пароме?

— Нет, самолетом. Не смогла купить билет на более ранний рейс, — ответила Кейт, чувствуя, что пытается оправдаться.

— Да-да, слышал. Но похоже, старику немного лучше.

— Нет, не лучше, — пробубнила Сабина. — Я бываю у него почти каждый день, и ему не становится лучше.

— Так сколько ты здесь пробудешь?

Не обращая внимания на Сабину, он плюхнулся в отцовское кресло и осмотрелся по сторонам, словно ожидая Джулию или миссис Х. с чайным подносом. Кейт не знала, что ответить. Хотелось сказать: «Пока он не умрет. Полагаю, мы все здесь ради этого».

— Пока не знаю, — ответила она.

— Вероятно, завтра нам придется уехать, — объявил Кристофер. — На работе нервничают, что меня нет, и, честно говоря, теперь, когда старику лучше, в нашем присутствии нет той необходимости, как несколько дней назад.

«Пока меня здесь не было», — подумала Кейт.

— Постараюсь заглядывать сюда на выходных, — продолжал он, — чтобы присматривать за ними. И убедиться, что у него в комнате тепло и все такое.

— У него все время топится камин, — вмешалась Сабина.

Кристофер как будто не замечал ее.

— Да-да, но этот старый дом ужасно сырой. Это старику не на пользу. А где же Джулия? А мама? Я думал, чай подадут ровно в полпятого.

И, словно в ответ, в дверях появилась Джой. Ее всегда непослушные волосы выбивались из-под заколок. На рукавах темно-синего свитера были заплатки, а из-под поношенных вельветовых брюк виднелись разные носки.

— Кэтрин, привет. Как поживаешь?

Шагнув вперед, она нерешительно поцеловала дочь в щеку. Кейт, у которой слегка кружилась голова от знакомых запахов лаванды и лошадей, с некоторым изумлением заметила, как сильно постарела мать со времени их последней встречи. Ее кожа, прежде обветренная и свежая на вид, теперь казалась иссушенной солнцем и холодом, стала бледной и грубой и покрылась глубокими морщинами. Когда-то темные с проседью волосы стали сплошь седыми. Но особенно возраст Джой выдавали ее глаза. Когда-то суровые и цепкие, они ввалились, а взгляд стал рассеянным. Сама она словно уменьшилась, стала более хрупкой. И уже не заставляла Кейт трепетать.

— Хорошо доехала? Извини, я не знала, что ты здесь. Я была во дворе.

— Нормально, — ответила Кейт. — Джулия проводила меня в комнату.

— И ты повидала Сабину. Это хорошо. Хорошо... Сабина, дедушка собирался пить чай?

— Нет, он спит. — Сабина сидела на полу в окружении собак. — Могу через полчаса спросить его снова.

— Да, хорошо. А где же миссис Х. с чайным подносом? — И Джой вышла из комнаты.

Кейт поглядела на то место, где стояла мать. «И это все? — подумала она. — Мы не виделись десять лет, отец умирает — и это все?»

— Она немного... не в себе с тех пор, как заболел папа, — сказал Кристофер.

— Определенно не в себе, — согласилась Джулия, которая только что пришла. — Как будто от всего этого сама заболела.

— Она в порядке, — возразила Сабина. — Просто немного рассеянная.

— Скорее забывчивая, — покачала головой Джулия. — Мне пришлось дважды говорить ей, что мы вернемся в субботу.

— Полагаю, нужно найти человека, который будет за ними присматривать. За ними обоими. — Кристофер встал и выглянул в коридор, словно проверяя, не подслушивает ли кто. — Боюсь, сами они не справятся.

— А как трудно что-то для них делать, — заметила Джулия. — Они такие упрямые.

— За ними присматривает миссис Х. И есть еще эта сиделка. Им страшно не нравится, что она здесь. Никого другого они не захотят.

Кейт пристально посмотрела на дочь, удивляясь, что та защищает образ жизни бабки и деда. Кристофер переводил взгляд с Сабины на Кейт, словно обвиняя сестру в этой неожиданной дерзости. Но Кейт сейчас не отважилась бы даже на то, чтобы вступить в разговор.

Сабина заговорила громче:

— Им не нравятся чужие люди. Миссис Х. делает все и говорит, если понадобится, сделает больше. Не понимаю, почему вы просто не оставите их в покое.

— Что ж, Сабина, это замечательная мысль, но ты только познакомилась с бабушкой и дедом. А мы с Джулией помогаем им уже много лет. Полагаю, мы лучше знаем, что нужно и чего не нужно моим родителям.

— Нет, не знаете, — сердито возразила Сабина. — Вы даже их ни о чем не спрашивали. Просто приехали и взяли все в свои руки. Вы не спрашивали бабушку, нужна ли им сиделка. Просто пригласили эту. А дедушка ее терпеть не может. Когда она входит в комнату, он начинает стонать.

— Твой дедушка очень болен, Сабина, — мягко проговорила Джулия. — Ему нужен профессиональный уход.

— Ему не надо, чтобы кто-то ругал его за то, что он неправильно пользуется туалетом. Не надо, чтобы кто-то заставлял его, как ребенка, есть овощи и говорил о нем, как будто его здесь нет.

У Кристофера лопнуло терпение.

— Сабина, ты абсолютно ничего не смыслишь в том, что нужно и чего не нужно моим родителям. Вы с Кэтрин много лет практически не имели к этому дому никакого отношения, и не думайте, что можете ворваться сюда и диктовать, как вести этот дом. — У него сильно порозовело лицо. — Сейчас для нас наступило очень трудное время, и я буду признателен, если вы не станете лезть в дела, которые вас не касаются.

— Я уйду, — громко сказала Сабина, — когда они попросят меня уйти. А не тогда, когда вы попросите. Мы все знаем, что вас интересуют только их ценные антикварные вещи. Я видела, как вы проверяли наклейки на мебели. Да, видела! — Поднявшись с пола, она с пылающим лицом устремилась к двери и прокричала: — Знаете, они еще не умерли, блин! — После чего хлопнула дверью.

Джой, которая появилась с чайным подносом, была поражена внезапным уходом внучки.

— Куда пошла Сабина?

— Да кто их поймет, этих подростков, — небрежно бросил Кристофер.

Кейт заметила, что он раскраснелся даже больше дочери. В том, что Сабина сказала про мебель, была доля правды.

— А... — Джой покосилась на дверь — не пойти ли за внучкой, — потом, очевидно, решила, что ее место за столом. — Может быть, она еще придет, — с надеждой произнесла она. Склонившись над столом, Джой стала расставлять чашки и чайник. — Мне нравится, что она живет с нами.

Говоря это, Джой взглянула на дочь едва ли не с робостью. Кейт, наблюдая за этим неслыханным для Килкарриона проявлением эмоций, равнозначным тому, когда нормальный человек срывает с себя одежду и объявляет через громкоговоритель о вечной любви, ощутила необъяснимое спокойствие.

Чаепитие проходило в неуютной атмосфере. Отсутствие Сабины воспринималось как прореха в церемонии, словно из семейного снимка был торопливо вырезан глава семьи. Джой продолжала волноваться за Сабину, несколько раз спросив, не надо ли оставить ей фруктового торта. Кристофер дулся, а Джулия пыталась создать видимость счастья, чересчур громко болтая о всякой чепухе. Кейт, которая уже решила, что ее визит обернулся еще худшим кошмаром, чем она себе представляла, почти не говорила. Она отвечала лишь на вежливые вопросы по поводу работы, ничего не рассказывая о своей личной жизни и борясь с желанием разыскать дочь. Кейт пошла бы за ней, но что-то ей подсказывало: Сабина просто оттолкнет ее или скажет, что она ничего не понимает. И Кейт подумала, что для одного дня это уж слишком.

Но на этом все не закончилось. Когда Джой, объявив, что собирается посмотреть, как там Эдвард, ушла, Кристофер, который, очевидно, все еще переживал по поводу замечаний Сабины, многозначительно спросил Кейт, когда она собирается научить дочь манерам.

— Крис, прошу тебя, не надо, — сказала Кейт. — Я устала, и у меня нет настроения.

— Понимаешь, ей ведь придется научиться. И очевидно, не у тебя.

— В каком смысле?

— Я хочу сказать, ты не лезешь из кожи вон, чтобы дать ей понятие о том, как вести себя в обществе.

Кейт уставилась на него, чувствуя, как кровь стучит у нее в висках. Крис завелся. Она здесь всего два часа, а он уже завелся, словно не было этих шестнадцати лет и они просто брат и сестра, а он опять цепляется к ней, упрекая в том, что она не умеет себя вести.

— Ради бога, Крис, я только что приехала. Прекрати!

— Не надо, дорогой. — Джулия, которая, как утверждали, покрывалась пятнами от малейшего намека на семейную ссору, встала, чтобы выйти из комнаты.

— Почему я должен прекратить? Ты вернулась сюда, зная, что старику немного осталось, и позаботилась о том, чтобы твоя дочь сначала втерлась в доверие к нашей матери. Полагаю, будет вполне справедливо, если она услышит в ответ несколько слов правды о нашей семье.

— Что ты сказал? — Задетая вспыльчивостью брата, Кейт с трудом верила своим ушам.

— То, что слышала. Твои намерения совершенно очевидны, Кэтрин, и говорю тебе, я считаю это низостью.

— Ты думаешь, я хотела сюда вернуться? Думаешь, Сабина хочет здесь остаться? Господи, я всегда знала, что ты невысокого мнения обо мне, но это уж чересчур!

Кристофер засунул руки глубоко в карманы и упрямо отвернулся к камину.

— Что ж, очень удобно для вас, не так ли? Много лет не проявляли к ним никакого интереса, а теперь, когда отец умирает, вы вместе с дочерью налетели сюда, как стервятники.

Кейт встала.

— Как ты смеешь?! — разгневанно произнесла она. — Как ты смеешь говорить, что мне есть хоть какое-то дело до денег мамы и папы? Если бы не твоя чертова паранойя, ты бы вспомнил, что я до сих пор прекрасно обхожусь без этих денег. В отличие от кое-кого.

— Те деньги были ссудой.

— Да. Ссудой, которую ты до сих пор не выплатил — как это, одиннадцать лет спустя? Несмотря на то что собственные родители замерзают в доме без центрального отопления, который того и гляди развалится. Чертовски щедро, скажу я тебе.

— Ах, прошу вас, не надо! — взмолилась Джулия. — Ну пожалуйста...

Поворачиваясь от одного к другому и, очевидно, поняв, что на нее не обращают внимания, она вышла из комнаты.

— А кто, по-твоему, платит за то, что они имеют? — Теперь Кристофер тоже стоял, нависая над Кейт с высоты своего роста. — Кто, по-твоему, платит этой чертовой сиделке четыреста фунтов в неделю?! — кричал он. — Кто оплачивает матери содержание ее старых лошадей, чтобы она считала, что ее жизнь идет по-прежнему?! Кто, по-твоему, каждый месяц кладет им деньги на счет, говоря, что это их инвестиции, и понимая, что иначе они просто не возьмут? Оглянись вокруг, Кэтрин! Открой глаза. Если бы ты приезжала сюда чаще одного раза в десять лет, то поняла бы, что наши родители полностью разорены. — (Кейт смотрела на него во все глаза.) — Но ты, правда, никогда дальше собственного носа не видела. Или, скорее, дальше того, что ниже пояса. Полагаю, пока ты здесь, захочешь навестить Александра Фаулера, поскольку отделалась от последнего своего парня, верно? Не сомневаюсь, он не прочь будет с тобой перепихнуться, ведь тебе всегда нравился только этот вид верховой езды.

Размахнувшись, Кейт с силой ударила брата по щеке.

Они словно оказались вдруг в безвоздушном пространстве. Она стояла, тяжело дыша, потрясенная тем, что сделала, и уставившись на ладонь, горевшую от удара. Пристально глядя на Кейт, он поднес руку к щеке.

— Итак, — язвительно произнес Кристофер. — Она еще не в курсе? Знает ли твоя дочь о своих достопочтенных корнях? — Он изучал ее лицо, ища ответа. — Она встречалась с отцом? Или, может, ты договоришься, чтобы она тоже ему позировала? Какой получится прелестный семейный портрет!

— Будь ты проклят! — Кейт оттолкнула его и выбежала из комнаты.

Летний домик никак не ассоциировался с этим восхитительным названием. Начать с того, что он не был похож на летний — всегда грязные окна, покрытые мхом, а отнюдь не сверкающие на солнце. Внутри не было кованой мебели, выкрашенной в веселые тона, а валялись старые ящики, банки с засохшей краской и лаком. Здесь водились мыши. В домике никогда не устраивались летние вечеринки со шведским столом, не выставлялись предметы декоративного оформления сада, когда-то существовавшего в Килкаррионе. Что до Кейт, ее не волновало истинное назначение летнего домика. В детстве он служил убежищем, местом, где она могла спрятаться от родных, которые, разумеется, быстро ее находили. В подростковые годы это было надежное место, где можно было покурить, послушать музыку из своего приемника и помечтать о мальчиках, которые ею не интересовались, потому что она жила в усадьбе и не умела модно одеваться. Позже, когда у Кейт появился парень, они здесь тайно встречались, вдали от любопытных глаз родственников.

Сейчас она пришла в этот домик, чтобы дать волю чувствам.

— Черт побери! Мать вашу! — рыдала она, колотя по стене в бессильной злобе, отчего тряслась и мигала лампочка. — Черт бы их всех побрал! Проклятый Кристофер. Проклятый Джастин! Блин!

Ей снова было шестнадцать, и она чувствовала себя беспомощной перед родственниками, которые совместными усилиями пытались навязать ей свой взгляд на мир. Она враз лишилась своего профессионального лица, статуса матери, самоуважения, столкнувшись с гневом старшего брата, как это было три десятилетия назад, когда он, бывало, сидел на ней верхом, прижимая ее руки коленями к земле и швыряя ей в лицо мелких насекомых.

— Мне тридцать пять лет, блин! — говорила Кейт, обращаясь к паукам и старым коробкам с гербицидами. — Как им удалось довести меня до такого состояния? Как, будь они неладны? Почему я чувствую себя ребенком? — Она замолчала, сообразив, что это звучит ужасно глупо, отчего рассвирепела еще больше. — Почему я, пробыв здесь два часа, чуть ли не бьюсь головой об эту чертову стену?

— Наверное, очень рада, что вернулась?

Кейт резко обернулась на голос непрошеного гостя. А потом замерла на месте с отвисшей челюстью.

— Том? — с запинкой произнесла она.

— Как поживаешь? — Он шагнул внутрь домика, и голая лампочка осветила его лицо. Под мышкой он держал два мешка с удобрениями, а в руке старый ящик. — Я не хотел тебя испугать, — произнес он, не отрывая взгляда от ее лица. — Я был в сарае и увидел свет. Подумал, что забыл выключить.

Его лицо стало шире. Когда она жила здесь раньше, лицо у Тома было узкое и худое. Но в те годы он тренировался для получения лицензии жокея и был озабочен поддержанием веса. Теперь у него были широкие плечи и тело под толстым свитером казалось крепким и сильным. Это было тело мужчины. Когда они виделись в последний раз, он был еще мальчишкой.

— Ты... ты хорошо выглядишь, — сказала она.

— Ты сама выглядишь великолепно. — Он медленно, с хитрецой улыбнулся. — А вот изъясняешься ты не так мило, как раньше.

Кейт зарделась, непроизвольно поднося руку к некрасивой оправе.

— О господи. Извини. Это... Ну, ты знаешь моих родичей. Они умеют меня разозлить.

Том кивнул, по-прежнему глядя на нее. Кейт почувствовала, что краска с лица медленно переходит на шею.

— Господи... — пробормотала она. — Я... я и правда не ожидала увидеть тебя здесь. — (Том продолжал молча стоять.) — Я думала, ты здесь больше не работаешь.

— Я и не работал. Вернулся несколько лет назад.

— А где ты был? То есть я знаю, ты уехал в Англию вслед за мной. Я просто не знала, чем ты занимался.

— Поехал в Лэмборн. Некоторое время работал на ипподроме. Потом подался в Ньюмаркет. Там у меня не сложилось, и я решил вернуться домой.

— Ты стал жокеем? Извини, никогда не читаю газет про скачки, поэтому не знала.

— Да, работал какое-то время. Честно говоря, звездой не стал. Был несчастный случай, и я в конце концов стал работать в конюшне.

Он поднял руку, и Кейт увидела его кисть. Сообразив, что неподвижность его кисти не имеет никакого отношения к малоподвижности Тома, Кейт вздрогнула. Он проследил за ее взглядом и опустил глаза, смущенно переступая с ноги на ногу. Кейт стало неловко оттого, что она сама спровоцировала это.

Наступила долгая пауза.

— А что произошло?

Ободренный ее прямотой, он поднял на нее взгляд.

— Запутался с лошадью в передвижном барьере на старте. Когда меня вытащили, спасать уже было нечего. — Он поднял руку, словно изучая ее. — Все хорошо. Больше меня это не беспокоит. Нормально справляюсь.

Кейт сильно опечалилась оттого, что именно Том, с его энергией и грацией, жизнерадостный и физически активный, стал калекой.

— Мне очень жаль, — произнесла она.

— Да ладно. — Голос его посуровел: очевидно, он не нуждался в сочувствии.

Еще несколько мгновений прошло в молчании. Кейт опустила глаза, Том по-прежнему смотрел на нее. Наконец она вновь подняла на него взгляд — у него был такой вид, словно его поймали за каким-то предосудительным занятием.

— Пожалуй, я пойду, — сказал он. — Надо закончить работу с лошадьми.

— Да. — Сама того не замечая, Кейт сняла очки и теперь вертела их в руках.

— Еще увидимся.

— Да. Я... вероятно, пробуду здесь еще несколько дней.

— Если родственники не доведут тебя до белого каления, да?

Кейт засмеялась коротким невеселым смехом.

Том повернулся, чтобы уйти, пригнувшись перед дверью.

— Твоя дочь Сабина, — вновь обернувшись к ней, сказал он, — отличная девчонка. Правда. Ты хорошо постаралась.

Кейт почувствовала, как лицо ее расплывается в широкой улыбке, возможно, впервые с момента приезда.

— Спасибо, — сказала она. — Большое спасибо.

А потом он ушел, и его смутный силуэт исчез в темноте.

Глава 10

Всегда непросто возвращаться в место, где вырос. В особенности если твоя мать никак не может примириться с тем, что ты вырос. И Джой, не ожидавшая от людей большой искренности, никогда и не думала, что встреча с матерью будет сердечной и легкой.

Прежде всего, Джой уже шесть лет не была в Гонконге. Шесть лет, в течение которых она следовала за Эдвардом по миру к местам его службы. Шесть лет, за которые она, может быть, и не стала совсем другим человеком, но ее уверенность в себе и ожидания намного выросли. Шесть лет, как умер ее отец, а мать стала еще более замкнутой и разочарованной в жизни.

Джой узнала о сердечном приступе отца из телеграммы, когда они жили в морских казармах в Портсмуте. Она молча горевала, мучась чувством вины оттого, что ее не было там, и думая о том, что, допусти она такую мысль, могла бы пожелать, чтобы мать ушла первой.

— Полагаю, она получила то, что хотела, — сказала она тогда Эдварду, и муж поднял брови в ответ на ее резкий тон. — Теперь она может выйти замуж за того, кто отвечает ее требованиям.

Не ощущая себя свободной после его смерти, Элис превратила покойного Грэма Леонарда в новое средоточие своей жизни, сердясь на него даже больше, чем на живого. «Теперь для меня слишком поздно», — небрежными каракулями писала она в письмах к дочери, а между строк читалось, что она не оказалась бы в столь безнадежной ситуации, если бы у него хватило благопристойности умереть раньше — до того, как она раздастся в талии, у нее обвиснет кожа и поседеют волосы. До того, как Данкан Аллейн, напуганный ее неожиданно изменившимся статусом, обратит внимание на более моложавую Пенелопу Стэндиш, чей муж, хотя и часто бывавший в отъезде, оставался очень даже живым. В этих письмах Элис тоном мученицы выговаривала Джой за ее отсутствие и в то же время отвергала любое предложение дочери вернуться и быть с ней. «Теперь у тебя своя жизнь», — периодически повторяла она, когда Джой скрепя сердце предлагала ей свободную комнату в их доме. И саркастически добавляла: «Зачем тебе обременять себя пожилой женщиной». Если бы за пять лет до этого Джой назвала ее пожилой женщиной, Элис ответила бы очень резко.

«Дорогая мама, — бывало, вежливо отвечала Джой, — как я уже писала тебе, мы с Эдвардом будем рады в любое время принять тебя у нас». Она знала, это ей ничем не грозит: Элис ни за что не променяет дом на Робинсон-роуд, с его паркетными полами и прекрасными видами, на стесненные и аморальные условия жизни семей морских офицеров. Но в каждом письме Джой на всякий случай непременно упоминала то случаи заражения какой-то инфекцией, то плохое поведение прислуги, то крики соседских детей.

Джой не хотела возвращаться в Гонконг. Прожив шесть лет в качестве жены морского офицера, она почувствовала, что прежней Джой больше не существует — несвободной, неловкой и несчастной Джой. Вместо того чтобы стараться стать на кого-то похожей, она наслаждалась свободой быть самой собой. Ее неуемная жажда открывать для себя мир утолялась их частыми перемещениями по земному шару — от Гонконга до Саутгемптона, далее в Сингапур, на Бермуды и, наконец, в Портсмут. Эдвард однажды сказал, что его жена — единственная из жен моряков, которая при появлении дорожных чемоданов радостно улыбается, а не покорно вздыхает. Джой, не обремененная детьми — они решили немного подождать — или стремлением обосноваться на одном месте, наслаждалась каждым новым местом назначения, будь то хмурые небеса Южной Англии или обжигающие пески тропиков. Во всем этом была новизна, это помогало расширить кругозор, как фотоаппарат с панорамным обзором, и уменьшало ее страхи оказаться в каких-то рамках, быть привязанной к более формальному, строгому образу жизни.

И что более важно, это означало быть с Эдвардом, который хотя и перестал быть для Джой богом, но проявлял к ней такую сильную привязанность и окружал таким вниманием, что только через три года замужества она перестала возносить ежедневную благодарственную молитву. Джой была счастлива и без конца говорила себе об этом, как будто произнесение этих слов могло удержать счастье. Ей нравилось ощущать себя с мужем командой, союзом двух людей, в отличие от ее родителей или многих других пар, которые были перед ее глазами, когда она росла. Многие были сломлены разочарованием, обязательствами и исчезнувшими мечтами. Джой не приходилось отказываться от мечтаний — она только-только научилась мечтать.

Ей пришлось, однако, научиться приспосабливаться к определенным условиям, заниматься хозяйством. И здесь Джой, столкнувшись с проблемами конфликтной прислуги, неисправного бойлера и неотвратимостью приготовления еды, невольно проникалась сочувствием к матери. С ее склонностью к одиночеству Джой не скучала без компании и поэтому нормально переносила длительное отсутствие мужа. Ей также пришлось привыкнуть к тому, что Эдвард нуждается в большом внимании. В первые годы их совместной жизни ей приходилось подавлять в себе ощущение клаустрофобии, когда он, бывало, ходил за ней из комнаты в комнату, как собака, выпрашивающая объедки. Ей также приходилось учиться большей общительности: положение Эдварда обязывало его к частым развлечениям с новыми коллегами и деловыми партнерами, посещавшими корабли. В обязанности Джой входила организация званых вечеров, разработка меню, инструктаж прислуги и подготовка достаточного количества форменной одежды — белая форма на день и короткие пиджаки на вечер для кают-компании, — чтобы муж всегда выглядел как положено.

Джой ничего не имела против: эти вечеринки проходили по-другому, поскольку жене Эдварда, освобожденной от бесконечных представлений потенциальным партнерам, позволялось в чем-то ошибаться. В те дни она редко ставила его в неловкое положение, даже когда не знала, что сказать. Он всегда говорил, что предпочитает ее общество всякому другому. Иногда другие мужчины, натянуто улыбаясь, отчитывали его за чрезмерную внимательность к жене. Очевидно, не принято было проявлять подобный интерес.

Они с Эдвардом разработали условные знаки: если кто-нибудь особенно докучает, потереть нос, повторное поглаживание волос означает чопорность, а если тянешь себя за мочку левого уха, значит мечтаешь о том, чтобы тебя вызволили. И Эдвард всегда спасал жену, подходя к ней с выпивкой и шуткой отвлекая раздражающего субъекта. Был еще один знак, означающий желание оказаться наедине. Это всегда заставляло Джой краснеть. Эдварду не терпелось побыть с ней наедине.

Но в Гонконге все будет по-другому, Джой не сомневалась. Она снова станет стеснительной, не очень то красивой Джой, которая неловко чувствует себя в компании и которую вдобавок изводит мать. Дочь старого доброго Грэма. Ну разве не досадно? Счастье, что она вообще вышла замуж. Так давно замужем, и нет детей. Что скажут люди?

Они вернулись в колонию в одну из самых влажных за всю историю недель, когда многоэтажные морские казармы на Пике были постоянно окутаны серым туманом, а волосы Джой от высокой влажности топорщились во все стороны, и ей приходилось по три раза на дню переодеваться. Дом был только что построен, и Джой, наблюдая за работой китайских слуг, которые вносили мебель в просторную трехэтажную квартиру, с восторгом увидела, что в ней есть не только огромная светлая гостиная с видом на бухту Абердин, отдельная столовая и не меньше трех спален, но и ультрамодные обогреватели, помогающие бороться с плесенью во время сезона дождей.

Женщины, живущие в колонии, вели непрекращающееся сражение с плесенью с той же мрачной решимостью, с какой их мужья бились с японцами. Выбора у них не было. Если в платяном шкафу не устанавливались маленькие электрообогреватели или кожаная обувь не протиралась, то от теплого и влажного воздуха квартиры все вещи через две недели зеленели, а лучшая одежда одевалась в зеленую бахрому. Необходимо было особенно бережно сохранить хотя бы одну коробку сигарет. Джой выяснила, что, даже если ты не куришь, важно иметь что предложить — очень неловко смотреть, как гость пытается прикурить влажную сигарету. И повсюду в воздухе витал неприятный запах плесени, предупреждая о вездесущих спорах. Джой включила обогреватель еще до того, как внесли ее вещи, и они вместе с тремя китайскими парнями одобрительно кивали, когда машина начала с негромким рокотом забирать влагу из воздуха.

Им повезло с квартирой, сказала ей одна из жен. Она же посоветовала Джой опускать вниз корзину на веревке, когда услышит свисток почтальона, — утомительно было идти вниз. Со времени прихода к власти коммунистов в Китае Гонконг был наводнен беженцами, что вызывало пугающие проблемы с жильем. На холмах возникали целые городки из лачуг, в гавани теснились сампаны, на которых жили «лодочники». Колония превратилась в еще более важный коммерческий центр, ее заселяли всякого рода люди, захватывая лучшие дома и поднимая арендную плату.

Появились некоторые желанные нововведения. Стало возможным посылать прислугу за свежими продуктами в магазины от молочных ферм и покупать особые деликатесы наподобие устриц, доставлявшихся по воздуху из Сиднея. Появились новые магазины с разнообразными товарами, журналами и книгами. Приток молодых медсестер и учительниц означал, что теперь легко было набрать нужное число гостей на званый обед. Джой обнаружила, что большинство медсестер общительные, и хотя несколько ожесточились, но с юмором относятся к своему опыту в войсках. Они искали общества молодых офицеров — более активно, чем учительницы, не столь уже молодые. У них часто хватало задора сопровождать мужчин в Ваньчай, где в неоновом свете распускалась ночная жизнь, возникали новые клубы вроде «Смоки Джойз» или «Розовой кошечки», извлекающие выгоду из потребности в развлечениях как военных, так и одиноких торговцев. Джой было очень любопытно узнать, что это за клубы, и хотелось выяснить, что в них такого скандального, однако Эдварду это казалось неинтересным. К тому же это было не то место, куда уважаемые женщины ходят в одиночку, особенно после наступления темноты.

А между тем мать Джой горько жаловалась на непрекращающийся грохот строительных работ и на исчезновение красивых видов из-за быстро растущих многоэтажных зданий, подступающих к береговой линии. Она говорила, что офисные здания, выросшие вокруг Сентрал-роуд и Дево-роуд, загородили вид на море из западных окон, а еще и сесть в трамвай стало практически невозможно. Поэтому Элис была в восторге от автомобиля Джой, белого «Морриса-10», на котором Джой каждый день не спеша ездила в гавань, чтобы встретить мужа после работы.

— Если хочешь, отвезу тебя на рынок в Стэнли, — предлагала Джой, выезжая задним ходом из гаража и глядя на изумленное лицо матери.

Элис никак не могла привыкнуть к независимости дочери.

— Это необычно, — говорила она теперь про Джой. — И на мой взгляд, не очень женственно, — сказала она матери Стеллы.

Элис могла признаться в этом миссис Ханнифорд, поскольку все знали, что Стелла бросила своего мужа-пилота, и поэтому ее родственники были не вправе судить.

— Не хочется тебя затруднять, — ответила Элис, обеими руками крепко прижимая сумочку к животу.

— Послушай, мама, мне это совсем не трудно. Мне нужно купить новое белье, и ты поможешь мне его выбрать. Поехали, хорошо проведем время.

Элис помолчала немного.

— Я подумаю, — сказала она.

С их возвращением в Гонконг опасения Джой по поводу ее стеснительности в обществе, как это было у нее в юности, не оправдались. А вот трудности общения с матерью никуда не делись. Хотя мать почти не вмешивалась в ее дела — Джой даже приходилось уговаривать Элис составить ей компанию, — поджатый рот матери по-прежнему выражал неодобрение или разочарование, к которым примешивались мученичество, а также неприкрытая ревность. Когда Эдвард, приехав домой с верфи, позволял себе в отношении жены нечто большее, чем чмоканье в щеку, голова Элис поворачивалась, как на шарнирах, и она нарочито отводила взгляд. Если зять приглашал Элис на ужин, та неохотно соглашалась, несколько раз повторив, что не хочет мешать. Он проявляет поразительное терпение, с благодарностью думала при этом Джой, но лишь потому, как знали оба, что Элис мало влияла на его жизнь. Если Эдвард предлагал Джой поехать кататься верхом на острова к югу от Гонконга, брови Элис взлетали вверх, словно он собирался заняться на публике какими-то сексуальными извращениями.

Джой пыталась вникнуть в это, но, как она сказала Эдварду, зачем подавлять свою радость, только чтобы мать пребывала в хорошем настроении.

— Знаю, — сказала она Элис вскоре после поездки без нее на рынок в Стэнли, когда та с плохо скрываемым неодобрением ощупывала новое белье. — Может быть, поможешь мне найти прислугу?

— Какого рода прислугу?

— Не знаю, — устало произнесла Джой. — Кого-нибудь, кто помогал бы по хозяйству. Со стиркой, например. Я и не представляла, как часто Эдвард будет менять рубашки при такой влажности.

— А кто занимается стряпней?

— Я, — словно оправдываясь, ответила Джой. — Ну, когда нет званых вечеров. Мне очень нравится готовить для него.

— Тебе понадобится прачка, а также прислуга номер один для готовки, — твердо произнесла Элис, проникшись проблемами Джой на хозяйственном фронте. — А потом прислуга номер один будет ухаживать за детьми, когда они появятся.

Элис, казалось, не заметила брошенного на нее острого взгляда Джой.

— Вот, — сказала она, листая маленькую записную книжку в кожаном переплете, — у меня есть прачка Мэри из Козуэй-Бей, которая ищет работу. Я записала ее телефон на прошлой неделе, потому что Бей Лин становится невозможной. Пусть знает, что ей можно найти замену, невзирая на то что она служит у меня очень долго. Знаешь, она изменилась, с тех пор как умер твой отец. Определенно погрустнела. И кажется, Джуди Бересфорд говорила, что знает хорошую прислугу, чьи хозяева собираются уехать. Позвоню ей и узнаю, ищет ли она работу. Она тебе очень пригодится. — Помолчав, Элис взглянула на Джой, подозрительно нахмурив брови. — Если, конечно, я не мешаю тебе, — добавила она.

— Хорошая новость про рубашки, — похвалил Эдвард за ужином. — У тебя много достоинств, дорогая моя, но стирка к ним не относится. Я уже стал подумывать, что сам этим займусь. Но к чему нам еще одна прислуга? Детей у нас вроде нет.

Джой подняла глаза от тарелки.

Эдвард встретился с ней взглядом. Потом долго смотрел на стол перед ней.

— Почему это ты не пьешь вино? — спросил он.

Кейт стояла у двери, из коридора наблюдая, как ее мать и дочь сидят, почти соприкасаясь головами, и рассматривают одну из коричневатых фотографий, которую Джой держала в загрубелых руках. Сабина, склонившись над снимком, восклицала, что старая белая машина «такая клевая», а Джой со смехом рассказывала о том, как боялась ездить по дорогам Гонконга, людным уже в те времена.

— Я только что научилась водить машину, — говорила она. — Инструкторы были дорогими, и меня учил твой дед, которому часто приходилось стискивать зубы. И после мы всегда останавливались выпить сухого бренди.

Кейт поднялась наверх в поисках Сабины, которая обычно либо ездила верхом, либо уединялась с бабушкой или дедом — читала деду, а бабушку забрасывала вопросами о жизни в старые времена, даже и теперь, когда Кристофер с Джулией отбыли в Дублин. Получалось, что в последние несколько дней Кейт, не зная, чем заняться, печально бродила по дому и двору, немного жалостно спрашивая, не видел ли кто ее дочь, и радуясь любому случаю, когда Сабина выбирала ее общество.

Но Сабина, похоже, редко это делала. И Кейт убеждала себя, что не столько обижена — дочь с тринадцати лет отказывалась проводить много времени с матерью, — сколько смущена пристрастием Сабины ко всему ирландскому. Она, не смущаясь, тепло обнимала бабушку и деда, проявляла неправдоподобную любовь к серой лошадке и, что самое удивительное, отказалась от городской потребности быть крутой. Ее даже не волновало, что кроссовки у нее испачканы грязью. Но Сабина также не скрывала раздражения в ответ на попытки Кейт помочь, например отнести отцу поднос с ланчем или почитать ему вместо нее.

— Теперь Сабина относится к нему собственнически, — с одобрением произнесла миссис Х. — Ни за что не подумала бы, что она так сильно переменится.

Миссис Х., с ее здравым умом и душевным теплом, уверяла Кейт, что ее дочь совсем недавно почувствовала себя в Килкаррионе счастливой. Но с другой стороны, Кейт, ощущая себя отвергнутой и неадекватной, наблюдала, как Сабина разговаривает с миссис Х.

В их отношениях настал момент потепления, когда однажды вечером Кейт зашла в комнату Сабины и сообщила ей, что они с Джастином расстались. Она подумала, что должна об этом сказать, но немного опасалась, что это будет воспринято как очередное потрясение в жизни дочери и что сама она расплачется, если не будет краткой и сдержанной. Но Сабина лишь притихла, будто давно ожидала это услышать, а потом с удовлетворенным видом сказала, что это совсем не сюрприз.

— Значит, ты не возражаешь?

— Почему я должна возражать? Он такая задница.

Кейт чуть не вздрогнула от резкого замечания Сабины. Она уже успела отвыкнуть от «деликатного» обращения дочери со словами.

— Так ты думаешь, я поступила правильно?

— Почему меня должны волновать твои поступки? Это твоя жизнь. — Сабина отвернулась, как будто собиралась читать книгу. — Как бы то ни было, я ожидала чего-то подобного, — пробормотала она, уставившись на страницу. — (Кейт села, не сводя глаз с лица дочери.) — Что ж, тебя не хватает надолго, верно? Ни один из твоих романов не длился долго. Не так, как у бабушки с дедушкой.

Эти тихо произнесенные слова огорошили Кейт, и она, сильно уязвленная, вышла из комнаты. С того момента Сабина стала обращаться с ней более мягко, поняв, что была чересчур резка, но при этом по-прежнему чувствовала себя свободнее со всеми остальными обитателями усадьбы.

Проведя все утро в поисках дочери, Кейт с удивлением обнаружила ее в кабинете.

Глядя, как бабушка с внучкой сидят рядом — умиротворенные, довольные обществом друг друга, не такие, как при общении с ней, — Кейт почувствовала комок в горле и детскую обиду, что ее все позабыли. Повернувшись, она тихо закрыла за собой дверь и стала спускаться по лестнице.

Знай Сабина о слезах, которые в одиночестве проливала мать, она бы, возможно, испытала чувство вины или желание утешить ее — в конце концов, она не была злой девочкой. Но ей было шестнадцать, и на ум приходили дела поважнее, вроде того, идти или не идти на свидание с Бобби Макэндрю. Он позвонил через два дня после охоты — Сабине понравилось, что скоро, но не сразу, — и предложил пойти в паб, или в кино, или куда она сама захочет. Джой, ответившая на звонок, передала трубку побледневшей Сабине со словами, что звонит один из ее дружков. Бобби, услышавший это, засмеялся и сказал: «Говорит твой дружок Бобби». Первый шаг был сделан, и Сабине уже не казалось чудно́й мысль о том, чтобы пойти на свидание с ирландским парнем.

Но теперь, когда до субботы оставалось несколько дней, она стала сомневаться, а стоит ли идти. Выйти из дома будет легко — никто особенно не замечал, что она делает, — но Сабина не знала, хочет ли провести с Бобби вечер. Для начала она не могла сказать, нравится ли он ей, и не помнила отчетливо его лица. Она знала только, что у него нет ни темных волос, ни оливковой кожи — это, как она определила с помощью женского журнала, ее тип. И Бобби, вероятно, захочет в конце вечера пообниматься с ней, особенно если они пойдут в кино. Даже если бы он ей понравился, она не могла решить, будет ли это предательством. Потому что, если Том пока и не проявлял желания обнять ее, ей не хотелось отказаться от такого поворота. Может быть, он просто робкий.

От Энни тоже не приходилось ждать помощи. Правда, она выслушивала излияния Сабины, но по-своему — глядя в окно, потирая руки, переключая телепрограммы, потом, словно в поисках чего-то, принимаясь бесцельно бродить по комнате.

— Стоит пойти, — небрежно произнесла она. — Тебе полезно приобрести новых друзей.

— Мне не нужно больше никаких друзей.

— Ну, тогда тебе полезно выбраться из дому. Ты проводишь с дедом ужасно много времени.

— А что, если он захочет стать больше чем другом?

— Тогда у тебя появится бойфренд.

— Ну а если я не уверена, что хочу завести бойфренда?

Энни неожиданно сникла, ответила Сабине, что не знает и что ужасно устала, и предложила ей прийти позже, а она пока вздремнет. К сожалению, все теперешние разговоры с Энни сводились примерно к этому. Сабина подумывала спросить об этом у матери, и, может быть, та купит ей что-то новое из одежды. Но мать либо начнет смущенно рассуждать о свидании Сабины, как она это называла, и будет предлагать подвезти ее на место, чтобы познакомиться с парнем, либо обиженно замолчит, потому что Сабина налаживает для себя жизнь в Ирландии. Сабина понимала, что мать задета тем, что ей здесь нравится. «Но в этом нет моей вины, — хотелось ей крикнуть матери, которая слонялась по дому с кислым лицом, как сказала бы миссис Х. — Это ты перевернула наши жизни. Ты сама заставила меня сюда приехать».

Сабина радовалась, что с Джастином покончено, хотя она не сказала об этом матери. Но ей было понятно, что это он бросил мать, а не наоборот, и Сабине почему-то стало еще труднее уважать Кейт.

В конце концов Сабина рассказала все деду. В последнее время ей стало легко с ним разговаривать — он перестал кричать, требуя, чтобы она говорила громче, и не сердился по поводу еды. Ему нравилось, когда внучка сидела рядом с ним и болтала. Она понимала это по тому, что его лицо разглаживалось, как тающее сливочное масло, и время от времени, когда Сабина брала его за сухую мягкую руку, он еле заметно сжимал ее руку, чтобы показать, что понимает.

— Наверное, он тебе понравился бы, — говорила Сабина деду, положив ноги в носках на его кровать, —

потому что он увлекается охотой и очень хорошо ездит на лошади. Перепрыгивая через препятствия, он даже не держится за гриву лошади. Возможно, ты знаешь его семью. Макэндрю.

На этом месте она почувствовала легкое пожатие.

— Но это не какое-то там серьезное свидание или типа того. Я не собираюсь за него замуж и все такое. Просто мне полезно завести новых друзей.

Из уголка дедовского рта, как ручеек, спускающийся по склону горы, потекла тонкая прозрачная струйка. Сабина взяла носовой платок и осторожно вытерла слюну.

— Однажды со мной случилось такое в подземке, — ухмыльнувшись, сказала она. — Накануне вечером я очень поздно легла спать после вечеринки, но мама этого не знала, потому что я ночевала у подруги. И вот в подземке я заснула на плече мужика рядом со мной. Проснувшись, я заметила на его плече мокрое пятнышко, куда я напускала слюней. Я чуть не умерла от стыда. — Сабина пристально посмотрела на деда. — Да, в тот раз я очень смутилась. Но вообще-то, это неплохой прикол. Если я решу, что этот Бобби Макэндрю мне не нравится, то всегда смогу в кино напускать на него слюней. Тогда он сбежит.

Сообразив, что скоро вернется сиделка, Сабина соскочила с кровати.

— Буду держать тебя в курсе, — весело проговорила она, чмокнув деда в лоб. — Не скучай.

Дедушка Сабины, укутанный в одеяла и окруженный пикающими приборами-часовыми, закрыл рот.

Кейт написала на клочках бумаги четыре варианта: вернуться в Лондон, вернуться в Лондон через неделю, поселиться в гостинице, невзирая на цену, и не позволять этим мерзавцам плохо с собой обращаться. По совету Мэгги надо было свернуть эти клочки бумаги, подбросить в воздух и схватить один, и тогда фатум решит, что делать. Или, возможно, это был Фрейд, Кейт никак не могла запомнить. Этот способ гарантировал неправильный ответ. В то время как каждая частичка тела Кейт рвалась на паром, идущий в Англию, бумажный способ предполагал третий вариант, который она не могла себе позволить, и к тому же он никак не разрешал ее проблем.

Вот во что превратила ее неделя пребывания в родительском доме, размышляла она, яростно вышагивая по раскисшим полям, идущим по берегу реки. Уловки и выходки школьницы. Угрюмое неодобрение родителей. Любое слово истолковывается неправильно. По эмоциям тяну на пятнадцать лет.

Свое возвращение Кейт представляла себе совсем иначе: вот она, успешная писательница, входит в дом с безмятежной, величавой грацией, с ней красивый интеллигентный друг. Ее встречает счастливая, любящая дочь. Ее природная уверенность в себе заставляет их признать, что она была права — каждый выбирает свой образ жизни. «Вот почему они хорошо к тебе относятся, — хотелось ей крикнуть дочери, — потому что ты все делаешь, как им захочется. Им легко быть добрыми, когда ты делаешь то, что они пожелают. А когда делаешь, как хочется тебе, все усложняется».

Но разумеется, в жизни бывает по-другому. Кейт вернулась если и не паршивой овцой, то притесняемым членом семьи, на которого могло обратиться всеобщее недовольство. Снова она оказалась не такой, какой ей следовало быть, — эксцентричная особа, не умеющая ездить верхом, работающая непонятно где, не имеющая подходящего партнера. Теперь даже собственная дочь смотрела на нее через отнюдь не розовые очки. Из-за того что у нее не хватало средств и не было нормального мужчины, она не могла даже поехать куда-нибудь, или улизнуть в паб, или пойти в кино, как любой нормальный взрослый, а вынуждена бессмысленно бродить по мокрым полям, чтобы сбежать от тягот родного дома.

Баллималнаф не отличался даже привлекательными сельскими видами. Ряды невыразительных бугристых полей, знаменитая изумрудная зелень которых побурела под постоянно серыми небесами, полей, окаймленных кустарниковыми изгородями и пересеченных унылыми, продуваемыми ветрами дорогами. Здесь не было ни волнообразной прелести Суссекских холмов, ни дикой, не укрощенной красы Пика. Чего здесь было в избытке, уныло подумала Кейт, так это мокрых овец. И голых, пропитавшихся влагой деревьев. И грязи.

Разумеется, пошел дождь. Жизнь представлялась теперь Кейт частью какого-то большого космического фарса. И конечно, будучи глупой горожанкой, она не подумала надеть плащ или захватить зонтик. За воротник лилась вода, и, взглянув на хмурое темнеющее небо, Кейт с тоской подумала о первом варианте. Просто уехать, подумала она. Вернуться в Лондон. Состояние папы кажется достаточно стабильным, он может еще прожить месяцы. Никто ведь не ожидает от нее, что она останется здесь до конца. Но была еще Сабина. Кейт подозревала, что, если она уедет в Лондон, Сабина может застрять здесь надолго.

Словно в унисон ее настроению, дождь припустил сильней, превратившись из мелкого, как туман, дождичка, в сплошные потоки воды. Кейт, направляясь к роще, поняла, что почти перестала видеть размытые очертания унылого пейзажа. «Почему не делают „дворники" на очки?» — сердито подумала она на пути к деревьям, дрожа в промокшем шерстяном жакете.

Именно в этот момент она услышала приглушенные бухающие звуки с неравномерным ритмом, перемежающиеся отдаленным позвякиванием. Прищурившись, Кейт стала всматриваться сквозь деревья в направлении звуков. Сначала она почти ничего не видела, но постепенно стала различать сквозь завесу дождя приближающийся силуэт лошади. Огромный серый конь устрашающе храпел, от его боков поднимался пар. Словно средневековый рыцарь возвращался с какой-то грандиозной битвы. Кейт забилась под деревья.

Но лошадь заметила ее. Замедлив шаг, она подошла ближе и наклонила голову. И тогда Кейт увидела его. Верхом на лошади, наполовину закрытый огромным коричневым дождевиком и широкополой шляпой, сидел Том. Посмотрев в ее сторону и уверившись, что это она, он подъехал ближе.

— С тобой все в порядке?

Кейт была ошеломлена его неожиданным появлением. Но ее беззаботный голос не выражал истинных чувств.

— Меня могли бы спасти зонтик, сухая одежда и новая жизнь. — Она отвела от лица волосы. — Жду, когда утихнет дождь, чтобы вернуться назад.

— У тебя промокший вид. — Том поерзал в седле. — Хочешь сесть на лошадь? Мальчик очень послушный. Быстро довезет тебя домой.

Кейт оглядела огромного серого коня, большие копыта которого беспокойно переступали рядом с ее ногами, а массивная голова качалась вверх-вниз. Он вращал глазами, показывая белки, а из пасти, как у дракона, вырывалось горячее дыхание.

— Спасибо. Я, пожалуй, подожду.

Том сидел совсем тихо. Кейт чувствовала на себе его взгляд, находясь в невыгодном положении, гораздо ниже его.

— Все в порядке, честно. — Она протерла стекла очков.

— Тебе нельзя здесь оставаться. Дождь и не думает прекращаться. Можешь прождать всю ночь.

— Том, пожалуйста...

Но он, наклонившись вперед, перекинул ногу через седло и спешился. Взяв лошадь под уздцы и чавкая сапогами по мокрой земле, Том подошел к ней и стянул с головы коричневую шляпу.

— Вот, — сказал он, — возьми. — Потом взъерошил мокрой рукой свои короткие темные волосы, и они встали торчком. — И это. — Он снял дождевик и накинул на нее. Кейт без слов приняла плащ, глядя на его толстый свитер, на который начали падать первые капли, пробивающиеся через редкий полог у них над головами. Она подумала, что, пока не посмотришь на кисть, про его увечье догадаться невозможно. —

Давай надевай, — сказал Том. — Я провожу тебя до дома.

— Промокнешь.

— Но ненадолго. Если останешься здесь в этой хламиде, — он махнул рукой в сторону ее жакета, — подхватишь пневмонию. Пошли, дождь усиливается.

— Мне... мне... — неуверенно начала Кейт.

— Холодно. Мокро. Пошли. Чем быстрее пойдешь, тем скорее вернемся.

Она надела плащ. Рассчитанный на то, чтобы закрывать седло и всадника, он доходил ей почти до щиколоток, шелестя вокруг ног. Кейт надела шляпу, и Том улыбнулся.

— Почему бы тебе не поехать рысцой? — жалобно сказала она. — Тогда не так сильно промокнешь. А мне будет хорошо в этой одежде.

— Я тебя провожу, — твердо произнес он, и Кейт решила больше не спорить.

Они пошли вдоль ручья в молчании, нарушаемом лишь цоканьем лошадиных копыт да время от времени металлическим клацаньем зубов об удила. За изгородью туман опустился так низко, что в том месте, где обычно виднелись трубы Килкарриона, оставалась лишь серая пустота. Кейт невольно вздрогнула.

— Почему ты гуляешь сама по себе?

Им приходилось говорить очень громко, чтобы перекричать шум дождя.

— Сама по себе, а не верхом?

— Ты понимаешь, что я имею в виду! — рассмеялся Том.

Кейт уставилась на свои сапоги, с трудом месившие грязь.

— Не так это просто, — в конце концов сказала она. — То есть возвращаться.

— Это уж точно.

— Так зачем ты это сделал? — Остановившись, она посмотрела на него. — Зачем вернулся?

Том, который тоже смотрел вниз, прищурившись, взглянул на нее, а потом отвернулся.

— Слишком длинная история.

— У нас, по крайней мере, полчаса. Если только мимо не пройдет такси.

— Точно. Но ты первая.

— Ну, я вернулась, потому что умирает мой отец. Во всяком случае, я думаю, что он умирает. Но ты, возможно, знаешь об этом больше меня.

Кейт пристально посмотрела на него, но Том, словно возражая, пожал плечами. Она с огорчением заметила, что его свитер растянулся под тяжестью воды.

— И я хотела повидаться с Сабиной. Но похоже, здесь что-то произошло, и она... — Кейт подняла голову, стараясь говорить ровным голосом, — похоже, она не хочет возвращаться домой.

Вот. Она призналась. Взглянув на Тома, Кейт ожидала от него отклика, суждения на этот счет, но он молча шел, опустив глаза в землю.

— Дело не в том, что я ее порицаю, — вздохнула Кейт. — Дома у нас было... много неразберихи. Я бросила любовника ради другого, и потом он оказался... в общем, не таким, как я ожидала. И я осталась сама по себе. — Она споткнулась, потом посмотрела на него, пытаясь улыбнуться. — Наверное, тебя это не удивляет.

Том продолжал молча идти. Кейт еле сдерживала слезы.

— И все же я думала, Сабина обрадуется. Думала, захочет вернуться и зажить вдвоем со мной. Потому что ей по-настоящему не нравился никто из моих мужчин. И я думала, она здесь не приживется — все эти глупые правила в отношении еды, и охота, охота, охота. Понимаешь, мне всегда хотелось, чтобы дочка росла свободной от всех этих ограничений. Никакой строгости. Никакой формальности. Никакого разделения на правильное и неправильное. Я просто хотела, чтобы она была счастлива и стала моим другом. Но... — Кейт подняла очки и провела пальцем вокруг глаз, зная, что широкие поля шляпы скрывают ее слезы, — ей здесь как будто понравилось. Похоже, Сабина теперь выбирает эту жизнь. Так что причина моих прогулок под дождем в том, что я чувствую себя немного лишней. Не знаю, чем сейчас заняться. И не знаю, что делать дальше. Пожалуй, никто здесь не знает, что делать со мной. — Кейт судорожно вздохнула. — Какая-то чепуха, — извиняющимся тоном проговорила она.

Том, держась рукой за опущенную шею лошади, казалось, глубоко задумался, не обращая внимания на ручейки воды, стекавшие с волос ему на лицо и капающие на воротник.

В молчании они дошли до ворот, которые Том открыл, придерживая лошадь и заботливо пропуская Кейт вперед.

— Глупо, право, — сказала она, испытывая потребность нарушить тишину, наступившую после того, как дождь стих. Она не подозревала, что в деревне бывает так тихо. — Вот я, женщина тридцати пяти лет, до сих пор не могу наладить свою жизнь. Мой брат уже давно наладил свою. Большинство моих подруг тоже наладили. Иногда мне кажется, что я одна из немногих, кого не научили правилам... знаешь, тем правилам, которые учат взрослеть. — Кейт заметила, что говорит на повышенных тонах. — Ты скажешь мне что-нибудь? — спросила она, когда ворота за ними закрылись.

Том взглянул на нее. Его глаза в обрамлении мокрых черных ресниц казались ярко-голубыми. Возможно, потому, что все вокруг было серым.

— Что ты хочешь от меня услышать? — спросил он в ответ.

Вопрос прозвучал очень искренне.

А неподалеку в сырой комнате Сабина и Джой рассматривали альбомы с фотографиями. К удивлению Сабины, Джой предложила это сама, но в последнее время многое в поведении бабушки стало необычным. Она без звука согласилась с намерением Сабины пойти на свидание с парнем, вдруг разрешила собакам спать на своей кровати, предпочитала заниматься любым делом, но только не сидеть в комнате с мужем.

Которого обожала.

Сабина рассматривала фотографию супружеской четы по случаю шестилетней годовщины свадьбы. Джой сидела на табурете в строгом темном платье с широким воротником и пышной юбкой. Она улыбалась, но явно пыталась сдержать смех. Он в белой форме стоял сзади, одну руку положив ей на плечо, а другой любовно сжимая ее руку. Взгляд его был направлен на ее макушку, и он тоже пытался не рассмеяться.

— Это был самый кошмарный фотограф, — с нежностью произнесла Джой, стирая со страницы несуществующую пыль. — На самом деле это был очаровательный молодой китаец, он употреблял ужасные английские выражения, услышанные им у военных, смысла которых он не понимал. Допустим, он хотел сказать вам, чтобы вы сели ближе друг к другу, но вместо этого выдавал какое-нибудь жаргонное выражение вроде... — Джой мельком взглянула на Сабину. — Как бы то ни было, мы с твоим дедом с трудом сохраняли серьезное выражение лица. Если не ошибаюсь, после мы просто рыдали от смеха.

Сабина рассматривала снимок, живо представляя себе двух заговорщицки улыбающихся любовников, охваченных одной и той же эмоцией и сощурившихся от яркого света. Казалось, их окружает какая-то невидимая аура и их счастье не допускает туда никого постороннего.

«Хочу, чтобы на меня вот так же смотрел мужчина, — подумала Сабина. — Хочу, чтобы меня так же любили».

— Вы с дедом никогда не ссорились?

Джой закрыла альбомную страницу папиросной бумагой.

— Конечно ссорились. И даже скорее не ссорились, а не соглашались друг с другом. — Подняв глаза, она посмотрела в окно. — Думаю, Сабина, для нашего поколения это было проще. Мы знали, какие роли нам уготованы. Не существовало всех этих протестов и споров по поводу того, кто что сделал, как это бывает у вас сейчас.

— К тому же у вас имелась прислуга. И вы не спорили о том, кому мыть посуду.

— Да, это помогало.

— Но наверное, иногда он тебя расстраивал. Иногда вы, наверное, ненавидели друг друга всеми печенками. Ведь совершенных людей нет.

— Мне не приходилось ненавидеть его всеми печенками, как ты очаровательно выразилась.

— Но вы все-таки ссорились? Все ссорятся.

«Ну пожалуйста, пусть это будет не только моя мама», — подумала Сабина.

Словно тщательно обдумывая ее слова, Джой сжала губы.

— Был один такой день, когда твой дедушка сильно меня расстроил.

Сабина ждала рассказа об этом ужасном деянии, но ничего не последовало.

Джой перевела дух и продолжила:

— После я чувствовала себя ужасно несчастной и подумала: «Почему, черт возьми, я должна остаться? Почему должна это терпеть? Это так трудно». А потом я припомнила ту нелепую фразу из... церемонии коронации. Знаешь, в молодости мы были помешаны на коронации. В то время для меня это выражало потребность быть верным чему-то. Тогда для нас существовало понятие о долге. И чести. И как же взволновало всех то, что эта молодая женщина и ее энергичный муж во имя долга посвятили свои жизни управлению светским королевством, как они его называли. И я поняла, что это делается не ради одного человека, не ради его счастья. Это делается ради того, чтобы не разочаровать других, поддержать надежды людей. — Джой, не отрываясь, смотрела в окно, на время захваченная воспоминаниями. — Поэтому я старалась не терять веру. А те люди, которые разочаровались бы, если бы я потеряла веру... что ж, думаю, в результате они стали счастливее.

«А как же ты?» — спрашивала себя Сабина. Но неожиданно бабушка засуетилась.

— Боже правый, взгляни на этот дождь, — заволновалась она. — Я и понятия о нем не имела. Пойдем, надо привести лошадей с нижнего поля. Ты еще успеешь мне помочь.

Глава 11

Томас Кенилли уехал из Ирландии в девятнадцать без денег и перспектив на получение работы. Он направлялся в Лэмборн в Англии, где, как уверяли его друзья-жокеи, парень с его руками, и, что важнее, с яйцами, найдет работу жокея. Дома он отказался от хорошей работы и по крайней мере двух предложений от известных инструкторов. Опечаленные родители, зная, конечно, что сыновья вырастут и уедут от них, предполагали, что первым уедет старший сын Кирон. Отец Тома очень надеялся на это, поскольку Кирон уже два раза разбивал отцовскую машину и, в отличие от Тома, никогда не отдавал матери часть зарплаты на хозяйство. Родители не стали спрашивать младшего сына о причинах отъезда, но его тетка Эллен, работавшая в большом доме, сдержанно сообщила им, что дело может быть в дочери. По этой причине мать Тома до самой смерти, а умерла она девять лет спустя, питала сильную неприязнь к Кейт Баллантайн, хотя Том никогда не говорил о ней матери. Видела она девушку всего раза два, и сама Кейт с позором уехала из Баллималнафа за несколько месяцев до отъезда Тома. Разумеется, там был ребенок, но Том, как ни странно, сильно разозлился на мать, когда та спросила, имеет ли он к этому отношение. Уже тогда у этого паренька не просто было добиться ответа.

Как и предполагалось, он довольно легко нашел работу в большой конюшне одной известной женщины-тренера, с выносливостью и телосложением ломовой лошади и жгучим темпераментом сочетающей в себе способность флиртовать со всеми, вплоть до ее животных. Том ей понравился — честный парень, который разбирается в лошадях и, главное, не боится ее. Среди парней ходили разговоры, что он нравится ей не только за это, но Том отличался таким неуемным честолюбием и трудолюбием, что всерьез об этом никто не думал.

Том не был, как говорили служащие ипподрома, своим в доску. Не пропадал с коллегами в пабе вечером пятницы, чтобы растворить в пиве жалкий заработок, не участвовал с местными девушками в буйных попойках и не водил их после работы в покосившиеся, плохо обогреваемые передвижные дома, не сидел с кружкой черного кофе после утреннего дежурства по конюшне, жалуясь на скудный заработок и каторжный труд, удел жокея-стажера. Том работал, изучал пособия, при любой возможности выезжал верхом, высылая родителям небольшие свободные деньги. Позже он сам признавался, что такой образ жизни подчас вызывал у него отвращение.

Именно по этой причине, когда четыре года спустя норовистый четырехлеток вырвался из стойла, сильно повредив Тому руку — она висела на двух сухожилиях и раздробленной кости, — единственными людьми, по-настоящему переживавшими за него, были та тренерша — она переживала также за себя, поскольку за всю ее карьеру никто из ее служащих так не вкалывал, — а также букмекеры, давно заметившие сверхъестественную, но предсказуемую способность Тома приводить лошадь второй в забеге. Такое могло произойти с любым из жокеев, но сослуживцы Тома, хотя и сочувствующие ему, затаив злорадство, вполголоса говорили друг другу, что с любимчиками учителя всегда что-нибудь случается.

Бо́льшую часть следующего года Том провел в больнице — поначалу боролся с инфекций, возникшей после ампутации, потом осваивал протез. Справедливости ради следует сказать, что он долго привыкал к своему увечью — даже несмотря на все усилия тренерши, которая предложила ему пожизненную работу на своей конюшне, проявив невероятную для себя непрактичность, что заставило Тома усомниться в оценке ее чувств к себе.

После того как Том запил, ее энтузиазм несколько угас. Позже тренерше пришлось отказаться от своего предложения, когда он, накачавшись двенадцатью пинтами австралийского лагера и затеяв грязную интрижку с барменшей — та сказала, что размер его обуви говорит кое о чем, — рано поутру въехал на «рейндж-ровере» тренерши в канаву, основательно разбив машину. Затем он отправился домой, не обращая внимания на рану на голове и на то, что сигнализация машины разбудила половину Беркшира. Том еще спал на окровавленной простыне, когда в его передвижной дом вломилась тренерша и велела ему паковать манатки.

После этого Том проработал в нескольких менее респектабельных конюшнях, где не придавали большого значения его репутации пьяницы и бабника, полагая, что смогут обогатиться за счет его прежнего трудолюбия и умения обращаться с лошадьми. Обычно он умудрялся разочаровать хозяина за полгода. Хорошо управляясь с лошадьми, Том плохо ладил с работниками, был несдержанным и, хуже всего, часто грубил хозяевам. Последний случай произошел с парнем, который отпустил шутку по поводу его протеза и оказался висящим вверх тормашками на крюке для чистки уздечек. История эта вскоре стала местной легендой.

Завершающей точкой падения стала его последняя должность. Том нанялся на работу к тренеру, тоже из Ирландии, чьи методы и организация вызывали недоумение в скаковых кругах, к которым когда-то принадлежал Том. Теперь, имея не только искалеченную руку, но и покалеченную репутацию и твердо решив не реагировать на просьбы родителей вернуться домой, он даже с некоторой готовностью принял предложение Джей-Си Кермоуда.

Джей-Си, невысокий и жилистый, бывший жокей, отличался умом, не уступавшим по остроте металлическим зубьям скребницы, и вкрадчивым говорком. Том быстро сообразил, что два эти дара, важные для каждого тренера, теряют свою привлекательность в сочетании со способностью искажать правду, наподобие того, как Ури Геллер сгибает старую ложку.

Величайший дар Джей-Си состоял не в дрессировке, а в умении уговорить доверчивых владельцев не только держать у него своих лошадей, но и приобретать еще, не обращая внимания в дальнейшем на счета из конюшни, которые он умудрялся наращивать как часть особой программы дрессировки. Характерным примером были Дин и Долорес, успешная в бизнесе пара из Солихалла, рядом с которыми Джей-Си сидел в самолете из Дублина. Не успел еще самолет приземлиться, как он убедил их, что они здорово повеселятся, если поедут с ним на скачки в Аттоксетер, и, если им понравится, у него как раз есть для них молодая кобыла. Дину, огромному и несимпатичному управляющему фирмой, продающей кухонную утварь, редко доводилось встречаться с подобной настойчивостью. Его новая жена Долорес, еще не совсем оправившись после развода, в результате чего ее перестали считать «сливками общества» Солихалла, не осталась равнодушной к игривой манере Джей-Си и его восхвалениям деловой хватки Дина. Бортпроводницы как раз попросили пассажиров пристегнуть ремни, а супружеская пара уже воображала себя в Аскоте, в окружении фаворитов. Долорес представляла себе, как ослепительно улыбается в телекамеры, а следовательно, в лицо всем этим стервам, поклонницам ее бывшего мужа. Что касается Джей-Си, то он планировал продать весьма проблематичную норовистую трехлетку по кличке Чарлиз Дарлинг с дефектом линии шеи.

Если первое время Дин и Долорес были для Джей-Си дойной коровой, как он часто называл их в разговорах с Томом, то впоследствии они стали его крахом. Поначалу прельстившись скачками и вообразив себя владельцем лошадей, чему способствовала совершенно непредвиденная победа Чарлиз Дарлинг в Донкастере, а также привычка Джей-Си брать с собой Тома, который нравился Долорес, Дин стал проявлять беспокойство по поводу растущих счетов на их четырех лошадей, после веселых выходных страдая на ипподроме не только от несварения желудка. Он признался недоверчивой Долорес, что Джей-Си наверняка что-то затевает. Долорес, чей гардероб для скачек теперь неизменно отражал их жокейские цвета, ответила, что это абсурд. Но когда Тому наскучило с ней флиртовать — «чувствую себя идиотом», упрямо повторял он раздраженному Джей-Си, — Долорес тоже усомнилась в филантропии их большого нового друга Джей-Си.

Потом появился Кенни Хэнлон, старый друг Джей-Си из Ирландии. Он прослышал о том, что его приятелю удалось заработать на одной доверчивой британской парочке, и решил отхватить кусок пирога себе. Известный в качестве владельца весьма сомнительной компании по аренде кухонных комбайнов, он начал появляться на скачках. Бодро приветствуя Джей-Си, Кенни садился на место, недавно занимаемое Томом, и осыпал комплиментами все более сомневающуюся Долорес, игнорируя молчаливую ярость Джей-Си, — для человека с изуродованными ушными раковинами, какие бывают у боксеров, он умел обворожительно обращаться с прекрасным полом. Уже через несколько недель Кенни, как Яго, нашептывал на ухо Долорес свои сомнения — уверена ли она, что Джей-Си ничего не добавляет к счетам? Она должна знать, что он этим славится. Уверена ли она, что Джей-Си достает ей лучших лошадей, а не старых кляч? В конце концов, в последнее время фаворитов у них было немного. Заинтересована ли она в том, чтобы переместить лошадей в другое место? Он знает такое место и гарантирует, что расходы Дина на фураж и ветеринара уменьшатся, как минимум, на треть. И знает ли она, как восхитительно выглядит в платье этого розовато-лилового оттенка?

Проснувшись однажды утром, Том и Джей-Си обнаружили, что фургон со скаковыми лошадьми из Солихалла готовится к перевозке из их конюшни в другое место в Ньюмаркете. Шофер сообщил, что это новые конюшни, и Джей-Си побагровел от гнева. Какого-то мужика по имени Кенни Хэнлон. Именно в этот момент ситуация вышла из-под контроля. Джей-Си проткнул шины фургона вилами, а шофер вызвал полицию. Последовали ночные набеги на конюшни, кражи седел, подстилок, даже микроволновки, предположительно в качестве компенсации с обеих сторон. Вскоре Кенни Хэнлон был уличен властями в предполагаемой неуплате налога на свое кухонное оборудование, за что ему грозил тюремный срок до четырех лет, а потом кто-то поджег конюшни Джей-Си. После всего этого Том решил, что с него довольно скачек. Он бросил пить и вернулся домой.

Том поведал Кейт эту историю, не упомянув лишь об отношении к ней своей покойной матери, во время неспешной прогулки под дождем к дому, прогулки, которая замедлилась еще больше, когда, не доходя до ворот дома, он предложил ей задержаться на пустынной автобусной остановке. Там, сидя на скамье рядом с ней и время от времени скармливая мятные конфетки дремлющей лошади, Том более сдержанно, чем Кейт, рассказал ей историю последних шестнадцати лет своей жизни.

Она заметила, как странно, что они в конце концов встретились здесь. Приводя Кейт в полное замешательство, Том долго смотрел ей в глаза, и она покраснела. Вообще, собственная реакция на Тома смущала ее во многих отношениях: когда, бродя вокруг дома и по окрестностям, она натыкалась на него, то терялась и не знала, что сказать. По крайней мере дважды он вгонял Кейт в краску, его привычка пристально смотреть на нее во время разговора лишала ее способности сосредоточиться на его словах. Последние несколько ночей в комнате, неточно названной Итальянской, если только не имелась в виду Венеция, думала Кейт, разглядывая новые подтеки на стенах, в ее воображении чаще возникало лицо Тома, чем Джастина.

Неужели он всегда был таким привлекательным? Или пережитые страдания и невзгоды бросили на его лицо новые интригующие тени? Мэгги часто обвиняла ее в нездоровом пристрастии к тем, кого она называла потерпевшими. И он всегда умел так хорошо слушать? С таким вниманием смотрел на нее? Кейт не знала. Том, которого она знала в девятнадцать, был другим, не таким уверенным в себе человеком. А сама Кейт в те годы была очень самоуверенной и весьма импульсивной. Уверенной в том, что ее ожидает впереди нечто гораздо более важное.

«Ты идиотка, — однажды сказала она себе, лежа в кровати и, как подросток, размышляя над этими вопросами. — Блин, ты никак не можешь обойтись без флирта. Именно поэтому ты в последний раз попала в беду. Именно за это тебя осуждает Мэгги».

И Кейт решила избегать Тома. Она занялась привезенными с собой писательскими проектами, брала у матери машину и осматривала окрестности. И что важнее всего, старалась не появляться в летнем домике, в полях или во дворе — в любых местах, где она могла, хотя бы с малой долей вероятности, наткнуться на него.

Поначалу Том, казалось, не замечал этого, но однажды утром, когда Кейт направлялась к машине, он возник рядом с ней, так что она вздрогнула.

— Ты меня избегаешь? — спросил он.

Она стала отнекиваться, запинаясь, говорила, что занята, надо смотаться в город, у нее уйма работы. Том лишь кивнул, подняв бровь, и Кейт поняла, что он догадался. Она с еще большим рвением решила держаться от него подальше. Чтобы не случилось беды.

Но когда он пригласил ее на ужин, она согласилась.

Как обычно, дверь в дом Энни была не заперта, но Джой два раза осторожно постучала. Учитывая последние события, она не знала, чего ждать. Ответа не последовало, Джой толкнула дверь и вошла, остановившись на пороге и вглядываясь в полумрак. В гостиной царил беспорядок — казалось, здесь прошел ураган, повсюду разбрасывая книги и бумаги. Задернутые шторы погружали комнату в сумрак, в просочившихся сквозь них узких полосках света плясали частички пыли, поднятой ногами Джой. Все это напоминало место действия некоего великого преступления, скрывающего страшные тайны.

— Энни? — позвала она, прижимая к груди коробку песочного печенья.

СЧАСТЛИВЫЕ ШАГИ ПОД ДОЖДЕМ

В последнее время Джой не часто выбиралась в деревню. Накопилось много работы по дому, особенно сейчас, когда Сабина помогала ей разбирать все эти старые бумаги. И что важнее, Джой подозревала, что не следует искушать судьбу, уходя слишком далеко. Оставляя мужа под присмотром внучки, она разбирала старые сувениры, которые привозил ей Эдвард из поездок. Ему, похоже, нравилось общество Сабины. Пока Сабина была с ним, Джой могла заняться делами по дому, и это все упрощало.

— Ты дома?

В ответ из кухни раздался какой-то шум.

— Энни?

— Привет! — послышался мужской голос. В дверь просунулась голова мужчины лет сорока с небольшим, с резкими чертами лица и коротко подстриженными волосами. — Я никого не нашел, — извиняющимся тоном произнес он, — и подумал, что сам займусь завтраком.

— О, отлично! — откликнулась Джой. — Вы гость, так ведь?

— Энтони Флеминг, — протянув руку, сказал он.

На нем была штормовка и сильно облегающие шорты, каких Джой в жизни не видела. Яркие, сшитые из блестящего нейлона, они облегали его фигуру, подчеркивая впечатляющие особенности мужской анатомии. Скромная девица на месте Джой вспыхнула бы от смущения. Но Джой, поморгав, отвела взгляд.

— Джой Баллантайн, — протягивая руку, сказала она. — Я живу на той стороне дороги. Энни дома?

— Не видел ее с вечера, — ответил мужчина, возвращаясь к тарелке с хлопьями. — Она впустила меня и нашла место для моего велосипеда — я путешествую по Ирландии, — а утром не было никаких признаков ее присутствия. Честно говоря, немного надоело здесь слоняться. А хлопья с молоком не совсем тот завтрак, который я себе представляю.

— О... — Джой не знала, что можно предложить этому человеку взамен. — Боюсь, ничем не смогу вам помочь.

Последовала короткая пауза.

— Энни... — медленно произнесла она. — Последнее время ей не очень везет. Обычно она более организованна.

Джой понимала, насколько беспомощно звучат эти слова на фоне окружающего хаоса и грязи.

— Вполне допускаю, — ответил Энтони Флеминг, ополоснув тарелку под краном и надев велосипедные туфли, — но я вряд ли примчусь обратно. Я не так себе представлял ирландское гостеприимство. В последней гостинице в Эннискорти, где я останавливался, было не так. «Белая лошадь». Или «Белый дом», не могу припомнить. Вы не знаете такой?

Джой не знала, но мужчина, видимо успокоенный тем, что смог хоть кому-нибудь высказать свое недовольство, галантно оставил Джой плату за постой и, забрав свой велосипед, уехал.

Проводив его взглядом из окна, она впервые хорошо рассмотрела кухню. Зрелище оказалось не из приятных: в раковине груда грязных тарелок, наполовину залитых жирной водой, черствый недоеденный хлеб на пластиковой разделочной доске, картонные коробки из-под готовой еды, сложенные в шаткие многоэтажные башни, обертки от конфет, хлебные крошки и пакеты с просроченным молоком — яркие свидетельства разрушающейся жизни.

Джой не очень удивилась всему этому. Миссис Х. как-то сокрушенно рассказала ей, что муж Энни, Патрик, не в силах больше жить с женой, которая даже не замечает его присутствия, не желает общаться с ним, разговаривать и даже спорить, ушел от нее.

— Он хороший человек, — сказала она Джой, немного смущенной непрошеными откровениями миссис Х., — и я не могу его винить. В последнее время Энни и святого вывела бы из себя, бродя по дому как привидение. Не хотела говорить про Найам, не признавалась, что все это из-за нее. Была для него совершенно закрытой. Она и со мной-то почти не разговаривает.

Именно нехарактерная для миссис Х. откровенность подстегнула Джой к этому визиту. По словам матери, Энни совсем сдала за последнюю неделю и никого не впустит. Но когда Джой предложила, что без предупреждения зайдет с коробкой печенья, миссис Х. с благодарностью согласилась.

— Она не ждет тебя, — сказала она. — Наверное, просто откроет дверь.

«Но что, черт возьми, я ей скажу по этому поводу?» — думала Джой, оглядываясь по сторонам. Она не хотела вмешиваться, не тот она человек. Вообще-то, людей лучше оставить в покое, чтобы сами разобрались со своими делами, если только они этого хотят.

Но в этом случае...

— Энни! — позвала Джой, выйдя через заднюю дверь в огород.

Маленький огород, не так давно предмет гордости Энни, теперь выглядел запущенным, заросшим сорняками. Из земли, как напоминание о лете, торчали жалкие остатки ломких стеблей.

Джой вернулась в дом, закрыв за собой дверь. Кладовка, обычно забитая рулонами туалетной бумаги, пакетами салфеток, мешками с картошкой, теперь была холодной и почти совсем пустой. В столовой все было покрыто тонким слоем пыли.

— Энни! — опять позвала она с лестницы. — Ты здесь?

В конце концов Джой заглянула в комнату Найам. Все люди, знавшие Энни, входили туда с неохотой — не из-за суеверия, связанного с жившей там девочкой, но потому, что отдавали себе отчет в глубине страданий Энни. Деревенская мудрость гласила, что человеку, потерявшему ребенка, позволено скорбеть так, как ему хочется. Весь невообразимый ужас такого события отметал возможность того, что кто-то в состоянии предложить верный способ преодоления ситуации.

— Энни... — вновь позвала Джой.

Энни сидела спиной к двери на аккуратно заправленной детской кровати, держа в правой руке пластмассовую куклу. Услышав свое имя, она не обернулась сразу, а продолжала, будто не слыша, глядеть на бурые поля за окном.

Джой остановилась на пороге, рассматривая игрушки, цветастые занавески, постеры на стенах и не решаясь войти. Она уже и так чувствовала, что вторгается в чужую жизнь.

— С тобой все в порядке? — напряженно спросила она.

Энни слегка повернула голову направо, словно рассматривая куклу. Потом медленно подняла ее и провела пальцами по ее лицу.

— Я собиралась вытереть пыль, — сказала она. — Здесь беспорядок.

Повернув голову к Джой, Энни улыбнулась странной унылой улыбкой.

— Домашняя работа, да? Я всегда стараюсь убежать от нее.

У Энни был бледный, усталый вид, спутанные волосы висели вдоль лица, движения были медлительными, словно они утомляли ее. Энни сидела в неловкой позе, закутавшись в многослойную одежду, которая должна была еще больше отгородить ее от внешнего мира. Джой, редко видевшая ее после ссоры с Сабиной, с тяжелым сердцем размышляла над тем, как горе может преобразить цветущую молодую мать, какой она была три года назад, в это существо, по виду накачанное наркотиками. Это напомнило ей про Эдварда, но она отогнала от себя эту мысль.

— Я... я принесла тебе печенья.

Предложение прозвучало нелепо, но Энни совсем не удивилась.

— Песочное. Как мило.

— Я хотела узнать, как твои дела. В последнее время мы не часто видимся.

Последовала долгая пауза, во время которой Энни внимательно рассматривала лицо куклы, словно выискивая дефекты.

— Может быть, тебе нужна помощь. Например, сходить в магазин. Или... — Джой не хотелось говорить про уборку. — Составить тебе компанию? Сабине нравится бывать у тебя. Может, позже я пришлю ее к тебе. — Она вспомнила про деньги, зажатые в руке. — Ах да, мистер Флеминг, постоялец, оставил это тебе. — Протянув руку, но не получив ответа, она положила деньги на туалетный столик.

— Как там мистер Баллантайн? — неожиданно спросила Энни.

— Нормально, спасибо. — Джой перевела дух. — Немного лучше.

— Отлично.

Энни осторожно положила куклу на кровать и снова повернулась к окну.

Джой колебалась, не зная, уйти ей или нет. Наконец она сделала шаг вперед и положила пачку печенья на кровать. Мысли бедной девочки витали неизвестно где. Джой мало что могла изменить. Она скажет миссис Х., что Энни нуждается в помощи, и, возможно, ей следует какое-то время пожить у родителей. Может быть, ей стоит обратиться — куда там все они ходят? — к психотерапевту.

Неслышно ступая по толстому ковру, Джой пошла к двери.

— Знаете, от меня ушел Патрик, — прозвучал голос Энни.

Джой обернулась. Энни по-прежнему смотрела в окно, и нельзя было видеть выражение ее лица.

— Просто я подумала, что вам надо знать, — сказала она.

В субботу вечером две пары из усадьбы Килкаррион собирались на свидание, причем каждая из них прилагала все усилия, чтобы сбить всех с толку. Сабина решила, что встретится с Бобби Макэндрю, приняла его приглашение пойти в кино и помогла выбрать фильм из местной газеты. Потом несколько дней кряду с тревогой думала о том, попытается ли он сесть с ней в последнем ряду и запустить руку ей под кофточку. Тогда она, скорее всего, снова потеряет к нему интерес.

— Я хочу надеть черный свитер с воротником поло, чтобы у него не возникло ненужных мыслей, — сообщила она деду, — и джинсы, чтобы не казалось, что я хочу вырядиться.

Глаза деда обратились к ней. Сбоку от него мигало и пищало медицинское оборудование.

— Не смотри на меня так, — ворчливо проговорила Сабина. — В наше время это очень модно. А вот ты привык носить костюмы и прочую чепуху.

Дед снова отвел глаза. Сабина улыбнулась ему и положила руку на покрывало.

— К тому же, если он пижон, хочу выглядеть как можно ужаснее.

Однако Бобби Макэндрю не тянул на пижона. На нем были темно-зеленые брюки, темно-коричневые ботинки на толстой подошве и черный шерстяной свитер с воротником поло, глядя на который Сабина чуть не прыснула. Может быть, это он боялся, что она набросится на него. Он приехал на своей машине — «воксхолле» приятного цвета, пусть и маленьком, — и Сабина была сражена. До этого она не бывала на свидании с парнями на машинах — да и не так уж много было у нее свиданий — и теперь упивалась ощущением взрослости. Понравилось ей также и то, как Бобби по-рыцарски напомнил ей пристегнуть ремень, —

у матери это получалось сварливо. Сабина включила стерео, и машину заполнил голос известной певицы, поющей об утраченной любви и бессонных ночах. И это напомнило Сабине, что уже больше месяца она не слушала никакой поп-музыки. Голос певицы, когда-то одной из любимых, казался почти незнакомым — немного самовлюбленным и глуповатым. Подавшись вперед, Сабина выключила приемник.

— Не любишь музыку? — спросил Бобби, искоса посмотрев на нее.

От него пахло лосьоном после бритья. Не слишком противно.

— У меня сейчас не то настроение, — ответила Сабина и с равнодушным видом отвернулась к окну, вполне довольная своим ответом.

Фильм закончился рано, к тому же он был смешным, и Сабина беззаботно смеялась. Бобби даже не пытался лапать ее в темноте, полфильма она просидела на краешке стула, готовая отразить нападение. Поэтому, когда он предложил ей съесть пиццу, она согласилась. Никто не сказал ей, когда надо вернуться, а в Килкаррионе следует пользоваться такими возможностями. Сабина призналась себе, что не прочь дольше побыть с Бобби — неплохо после уединенной жизни пообщаться со сверстником. Даже если она совсем забыла, как могут раздражать мальчишки.

— Ты вегетарианка, да? — спросил Бобби, прочитав то, что она выбрала.

— Да. Ну и что?

— И ты охотишься?

Вздохнув, Сабина оглядела зал ресторана, по которому сновали официантки. Одна из официанток взглядом словно хотела сказать, что Сабине рано бывать в таких местах.

— Я ездила только один раз, посмотреть, что это такое. И мы ведь никого не поймали тогда.

— Ты носишь кожаные туфли?

Он наклонился, делая вид, что хочет заглянуть под стол.

— Да, ношу. Пока не сделают приличных каучуковых, у меня нет выбора.

— Любишь жевательные конфеты? Ты знаешь, что их делают из кусочков коров? В них есть желатин.

Сабина скривилась, она хотела, чтобы Бобби сменил тему. Не успели они выйти из кино, как он принялся без остановки шутить и поддевать ее, видимо пытаясь показать, какой он умный. Поначалу она смеялась, но потом устала.

— Может быть, уже хватит? — сказала она с улыбкой, стараясь не обидеть его.

— Чего хватит?

— Просто я не ем мяса. Не хочу спорить на эту тему.

— Возражение принято.

Бобби взглянул на нее из-под длинных ресниц с едва заметным смущением. К нему сзади подошла сильно намазанная официантка и со стуком поставила на стол стакан кока-колы.

— Как там старикан? Я слышал, он при последнем издыхании.

— Он в порядке. — Сабина сама удивилась, что приняла оборонительную позицию. — С какой стати тебя так интересует моя семья?

— Я уже говорил тебе, девочка из Лондона. Здесь мы привыкли знать все про всех.

— Излишнее любопытство.

— Нет, просто эффективный сбор информации. Знание — сила, понимаешь?

— Я предпочла бы деньги.

Бобби провел пальцем по краю тарелки.

— Вообще-то, я спросил, чтобы узнать, когда ты собираешься вернуться в Англию. — (Сабина замерла, не донеся вилки до рта.) — Ну, здравый смысл подсказывает, что, если он... Ну, если ты остаешься, чтобы ухаживать за ним, и он... ну... я слышал, тогда ты вскоре уедешь.

«Какое тебе до этого дело?» — хотелось спросить Сабине. Но это было бы чересчур прямолинейно.

— Он не умирает, если ты об этом.

— Значит, ты останешься на какое-то время. То есть твоя мама не утащит тебя домой.

— Моя мама не командует моими поступками, — задиристо произнесла Сабина, насаживая на вилку кусочек гриба. — Могу остаться здесь, сколько захочу.

— Значит, ты не так уж скучаешь по Лондону?

Сабина на миг задумалась.

— На самом деле, если не считать пары друзей, совсем не скучаю.

После этого стало легче. Бобби перестал поддевать ее, и она разговаривала с ним почти как со старым другом. Правда, он продолжал гримасничать, разговаривать смешными голосами, то есть проявлял некоторую возбудимость, как сказала бы миссис Х., но смотрел на нее дружелюбно, и по дороге домой Сабина решила, что, если он попытается засунуть ей в рот язык, она не ударит его. По крайней мере, если и ударит, то не сильно.

— А где твой отец? — спросил Бобби.

Они напевали под мелодию на кассете, но в этот момент мелодия как раз закончилась.

— Настоящий отец? Я с ним не вижусь.

— Что, совсем?

— Ага.

— У твоей матери была с ним размолвка?

— Не то чтобы. — Сабина провела пальцем по запотевшему окну машины, выписывая свои инициалы. — Не думаю, что они долго были вместе до моего рождения. И пожалуй, он не очень-то хотел стать отцом, а она не очень хотела с ним связываться. К тому же мама хотела жить в Англии.

Это была официальная версия, которую рассказала ей Кейт, когда Сабина несколько лет назад заинтересовалась своим происхождением.

— И тебя это не волнует? — недоверчиво спросил Бобби.

— Почему это должно меня волновать? Я ни разу не видела его. Если человек не хочет быть моим отцом, я не стану за ним бегать.

— Ты знаешь, кто он такой?

— Я не знаю его имени. Наверное, мама говорила мне, но я забыла. Кажется, он был художником.

Сабина не притворялась: она искренне считала, что происхождение по отцу не так уж для нее важно. В Лондоне было полно ее сверстников, не имеющих никаких контактов с биологическими отцами. Этот вопрос волновал ее в детстве, когда она недоумевала, почему у них не такая семья, как в книгах. Приехав в Ирландию, Сабина иногда думала об отце, и это было неизбежно, раз она знала, что он живет где-то поблизости. Но гордость действительно не позволяла ей бегать за человеком, который никогда ею не интересовался. Кроме того, она понимала, что такого рода воссоединение не срабатывает, — она смотрела ток-шоу по телику.

Однако кое-что Сабина утаила от Бобби. То, что мать рассказала ей в небольшом подпитии: они сошлись, когда она была его моделью. Другой парень, которому Сабина рассказала об этом, начал говорить что-то о фотографиях топлес и называл ее мать немножко потаскушкой. Сабина не думала, что Бобби способен на такое, но пока мало его знала.

Бобби немного помолчал, глядя в зеркало бокового вида, и поехал в сторону Баллималнафа. Часы на приборной доске показывали без четверти одиннадцать. Она надеялась, что дома никто не будет ее ругать.

— Отцы иногда здорово достают, — произнес Бобби, глядя прямо перед собой. — Может, даже и лучше, что у тебя его нет. Мой всегда прицепляется ко мне со всякой ерундой. Многовато агрессивности, понимаешь?

Сабина кивнула в знак согласия. Она видела, что Бобби добрый и переживает за нее. И это было приятно.

Другое свидание проходило совсем не так гладко. В сущности, оно никак не проходило. Простояв перед своим отражением в зеркале минут сорок, Кейт решила, что ей нельзя идти с Томом на ужин. Во-первых, вечером должен был вернуться Кристофер и, едва он узнает о ее планах на вечер, начнет отпускать колкости и говорить Джулии, что только этого и следовало ожидать. Во-вторых, если мать узнает, что Кейт ходит в людскую, их и без того прохладные отношения только ухудшатся. Джой не нравилось, когда Кейт в юности гуляла с Томом, вряд ли ей понравится это сейчас. Возможно, не очень красиво идти на свидание с мужчиной, когда умирает отец. Наверное, следовало бы все время сидеть у его одра с мученическим выражением на лице. Но тогда она займет место Сабины, которая проводит наверху бо́льшую часть времени и сердится, когда мать предлагает помощь. Кейт втайне радовалась тому, что никто не ожидает от нее помощи по уходу за отцом. Они с ним почти не разговаривали, и он дал ей понять, что это вряд ли изменится.

Но дело было не только в том, что свидание это казалось во многих смыслах неуместным. Что более важно, оно подтверждало ее худшие опасения на свой счет: она не в состоянии жить без мужчины и часто ошибается в выборе, поневоле становясь обломком кораблекрушения на водах бурного океана любви.

«Пора браться за ум, — говорила себе Кейт, разглядывая свое обветренное от холода лицо. — Пора учиться жить самостоятельно. Поставить дочь на первое место. Быть ответственным взрослым человеком, что бы это ни значило».

Что сделала бы Мэгги? Кейт часто задавала себе этот вопрос, и именно он подстегнул ее к поспешному разрыву с Джастином, хотя его эти отношения не слишком тяготили. Мэгги не одобрила бы это, заключила Кейт, отказываясь допустить малейший намек на разочарование, присутствующий в воображаемом вердикте подруги. Наверняка не одобрила бы. Кейт глубоко вздохнула, натянула через голову еще один свитер и вышла во двор, чтобы разыскать Тома.

— Я не смогу пойти. — Слова прозвучали чуть более резко, чем она рассчитывала.

Под жидким светом мигающей лампочки Том натягивал в одном из стойл сеть для сена. За его спиной большой серый конь, которого она увидела в рощице в тот дождливый день, требовательно тыкался мордой в ведро с остатками фуража.

Том даже не обернулся:

— Почему?

— Потому что... у меня другие дела. Надо присмотреть за Сабиной.

— Сабина ушла на свидание.

Том завязал на сети последний узелок, закрепил пару раз и, хлопнув лошадь по крупу, вышел из стойла и задвинул дверь на засов. В темном опустелом дворе зазвучало эхо его шагов.

Кейт замерла на месте с полуоткрытым ртом.

— А ты не знала? Она пошла с одним из братьев Макэндрю. Он хороший парнишка. Можешь не волноваться.

На Кейт нахлынуло чувство ярости и унижения, лишая ее уверенности и самообладания. Сабина даже не сказала ей об этом мальчике, а уже вся усадьба знает, что она идет с ним на свидание. Как она выглядит со стороны — мать, которая последней узнает об этом? Что она такого сделала Сабине, отчего дочь хочет обидеть ее?

Мэгги называла это потерей авторитета. Предмет, очень важный в азиатских кругах. Сабина сделала так, что у Кейт не осталось авторитета.

И даже хуже, заставила ее лгать.

Том подошел к следующему стойлу, и Кейт пришлось идти вслед за ним. Открыв дверь, он заглянул внутрь и вытащил полупустое ведро воды.

— Ну почему еще ты не можешь пойти? — спросил он, выливая здоровой рукой ведро в канаву.

Кейт взглянула на него, пытаясь определить, сердится ли он. Нет, он не сердился.

— Все слишком сложно, — отрывисто произнесла она.

Том здоровой рукой поднял ведро и поставил его в стойло, закрыв за собой дверцу. Остановившись на миг, он облокотился на металлическую окантовку двери.

— Потому что...

В его добрых глазах таился смех. Короткие волосы были осыпаны сенной трухой, как шкура животного. Ее спрятанные в карманы руки чесались от желания взъерошить эти волосы.

«Не заставляй меня делать это, — молча просила Кейт. — Не заставляй назвать причины».

— Том...

— Послушай, не переживай ты так. Мне кажется, все это тебе надоело. Я знаю, тебе нелегко с родственниками. Я лишь хотел, чтобы ты немного отдохнула. Не бери в голову. — Том подошел к следующему стойлу, и Кейт осталась во дворе. — В другой раз, а? — бодро прокричал он через плечо.

Кейт почувствовала себя ужасно глупо. Она неправильно его поняла — он лишь предлагал провести пару часов вдали от семьи. Как говорит ее брат, почему она считает, что мир вертится вокруг нее? Кейт переминалась с ноги на ногу, не желая идти в дом и чувствуя, как постепенно немеют пальцы ног.

«Ну давай», — подначивал неслышный голос.

«Не смей», — говорила воображаемая Мэгги.

— Том...

— А?

Он уже был в кладовке с упряжью и высунул голову, когда она подошла ближе. На лице его отражалось спокойствие и дружелюбие.

— Пожалуй, я не прочь чего-нибудь выпить.

Он молчал, уставившись ей в лицо, и она опять почувствовала знакомое смущение.

— Отлично.

— Так ты придешь? Можем просто вместе выпить.

— Встретимся в «Черной курице». Помнишь, где это? — (Он над ней смеется — это единственный паб в деревне.) — Примерно... — Том посмотрел на часы, — в полвосьмого. Увидимся там.

Кейт шла в сторону паба по неосвещенной дороге, теребя очки в кармане, то надевая их на нос, то быстро снимая и снова засовывая в карман. Примерно то же самое она делала часом раньше, когда сидела за туалетным столиком, пытаясь причесать волосы, то подкрашиваясь, то стирая косметику и думая, что ее перехитрили. Казалось, его нисколько не заботит, будет это свидание или просто дружеская встреча. Но теоретически это выглядело нехорошо: только что расставшаяся с любовником мать приезжает к дочери, ее отец на смертном одре, а она идет в паб с привлекательным мужчиной. Любой человек предположил бы, что это свидание.

И даже если Кейт знала, что это не свидание, ей все равно претила мысль выйти в свет в этих некрасивых очках.

Вперед, решила она. Даже если это и не свидание, нет повода выглядеть непривлекательно. После фиаско с Джастином ей необходимо восстановить самоуважение. По пути она наткнулась на живую изгородь, но продолжала идти дальше. Дойдя до двери «Черной курицы», она толкнула одну половинку, но открылась другая, когда кто-то выходил из паба.

Поскольку Кейт не очень хорошо видела, то, когда она вошла в теплый, душный паб, ее обострившийся слух смог уловить еле заметную паузу в разговорах. Другим преимуществом плохого зрения было то, что она становилась невосприимчивой к мыслям других людей, поскольку не различала заинтересованного выражения на лицах. Кейт двигалась по прокуренному бару более уверенно, чем большинство женщин, приходящих в подобные заведения поодиночке, а в «Черной курице» таких было немного.

Однако имелись в этом и свои недостатки, например человек мог споткнуться о ступеньки, налететь на других посетителей, нарезающих неверные круги вокруг бара, или быть не в состоянии различить в неясном свете нужную персону. Перед ней стоял трудный выбор: признать поражение и достать очки, тем самым обнародовав свое тщеславие, или, сощурившись, пытаться различить размытые очертания стола и фигуры.

— Извините, — сказала она, схватив за локоть какого-то мужчину, после того как опрокинула ему на ботинки почти полную пинту. — Позвольте мне заказать вам еще.

— Нет уж, вы позвольте, — произнес голос, и Кейт различила в неярком свете и сигаретном дыму очертания лица Тома.

— Я сижу здесь, — сказал он, проводив ее к своему столику. — Садись, а я принесу тебе выпить.

Кейт все еще была в нерешительности — достать очки из кармана или нет. В полутемном пабе она почти ничего не видела. Но эти очки такие ужасные! Она никак не могла забыть насмешливое выражение на лице Сабины, когда та увидела мать в очках.

Том поставил перед ней бокал белого вина.

— Не поручусь за его качество, — сказал он, поднося к губам стакан апельсинового сока. — У них была только одна бутылка, и если вино прокисло, я принесу тебе что-нибудь еще.

— Что ты пьешь?

— Ах, это. Апельсиновый сок. — (Она вопросительно посмотрела на него.) — Не пью алкоголь со времен скачек. Догадываюсь, я один из тех людей — как они называются? — которые, выпив один стакан, доходят до десяти.

— Пристрастившиеся к выпивке.

— Что-то в этом роде.

— Ты не похож на такого, — сказала Кейт. — Чересчур осторожный.

Она заметила, что он слабо улыбается.

— А-а, Кейт Баллантайн. Это потому, что тебя не было здесь, пока проходила половина моей жизни.

Вино действительно отдавало уксусом, и Кейт сморщилась. Том рассмеялся и принес ей бутылку «Гиннеса».

— Здесь пиво, наверное, другое, — сказала она, стараясь поддержать нейтральный разговор, — но, поскольку дома я не пью «Гиннес», определить не смогу.

Перед ней на столе спокойно лежала его рука. Эта рука не хваталась то за ключи от машины, то за сигареты, как у Джастина, не выбивала на столе неровные ритмы. Эта широкая, потемневшая и загрубевшая от работы на улице рука просто лежала на столе. У Кейт возникло желание прикоснуться к ней.

— Ну так ты разобралась с Сабиной?

Кейт ощутила знакомый укол боли.

— Не совсем, — ответила она. — То есть она не так злится на меня, как это было в Лондоне, но, похоже, я ее все-таки раздражаю.

— Она кажется более счастливой, — отметил он.

Кейт подняла голову:

— По сравнению с чем?

— По сравнению с тем, когда она приехала. — (Кейт сжалась.) — Я не хотел сказать ничего такого.

— Извини. Наверное, я принимаю все слишком близко к сердцу.

Кейт сделала большой глоток пива. Оно немного отдавало железом.

— Я уже говорил тебе, Сабина мне нравится. Отличная девчонка.

— Ты ей тоже нравишься. Наверное, она рассказывает тебе больше, чем мне.

— Из-за этого тебе себя жаль?

Улыбнувшись, Кейт почувствовала, как спадает напряжение.

— Наверное, я просто ревную ее. К тебе. К моей матери. К любому, кто может сделать Сабину спокойной и счастливой. Такой, какой я сама сделать не в состоянии.

— Она еще подросток. Все образуется.

Они сидели в молчании, прислушиваясь к своим мыслям, витавшим над негромким гулом голосов.

— Она похожа на тебя, — заметил Том.

Кейт подняла глаза, чтобы увидеть выражение его лица.

— Это Кейт? Кейт Баллантайн?

Обернувшись, она увидела молодую женщину, которая помахала ей рукой.

— Я Джеральдина. Джеральдина Лич. Мы вместе занимались конным спортом.

Кейт смутно припоминала пухлую девочку с очень плотно заплетенными косами, отчего у нее над ушами оставались красные полоски. Больше ничего. Сбитая с толку, Кейт не могла теперь припомнить ее лицо.

— Привет... — сказала она, протягивая руку. — Рада увидеться.

— Я тоже. Ты приехала навсегда или просто погостить?

— Погостить.

— Ты ведь живешь в Лондоне? О, хотела бы я жить в Лондоне! Я живу в Роскарни, примерно в четырех милях отсюда. Если будет время, заглядывай ко мне.

— Спасибо.

— У нас немного шумно. У меня трое мальчишек. И Райан, мой муж, самый большой мальчик. Буду очень рада видеть тебя. Мы не встречались с тобой — сколько? Наверное, лет двадцать. Господи... ты от этого не чувствуешь себя старой?

Кейт улыбнулась, не желая чувствовать себя старой.

— Знаешь, ты совсем не изменилась. И эти прелестные рыжие волосы. В юности я бы убила за твои волосы. Я и сейчас убила бы. Посмотри на эту пробивающуюся седину! А у тебя есть дети?

— Один ребенок, — сказала Кейт, отдавая себе отчет в молчании Тома.

— Здорово. Кто у тебя — мальчик или девочка?

— Девочка.

Джеральдина не проявляла желания уйти.

— Я бы хотела девочку. Как там говорится? Мальчик с тобой до женитьбы, а девочка — всю жизнь. Запомни: мои мальчишки будут со мной до тридцати лет, со всем этим домашним уютом. Моя ошибка в том, что я неправильно воспитывала их отца. — Она наклонилась, и Кейт почувствовала легкий запах спиртного. — Если ему не удается сделать по-своему, он становится жалким кретином. Неудивительно, что он в конце концов стал работать в налоговой...

Кейт натянуто улыбнулась.

— Что ж, не буду тебя задерживать, — глядя на Тома, сказала Джеральдина. — Уверена, у вас есть о чем поговорить. Приезжай обязательно. Мой адрес: Блэккоммон-драйв, пятнадцать. Можешь найти меня в телефонной книге. Мы отлично проведем время.

— Спасибо, — ответила Кейт. — Очень любезно с твоей стороны.

Она отпила большой глоток, стараясь не оглядываться и не смотреть, вернулась ли Джеральдина к барной стойке.

— А теперь я могу уйти, — ухмыльнувшись, сказал Том.

Она подняла на него глаза:

— Только попробуй!

Оба они рассмеялись.

— На чем мы остановились?

Кейт посмотрела в свой стакан:

— По-моему, мы говорили про Сабину.

— А теперь давай поговорим про тебя.

В его взгляде было что-то такое, что заставляло Кейт почувствовать себя прозрачной.

— Как-то не хочется. Сейчас со мной ничего интересного не происходит. — (Том ничего не ответил.) — Когда я рассказываю людям о своей жизни, у меня возникает ощущение, что я повторяю одну и ту же старую череду несчастий. Мне скучно даже говорить о них.

— Ты счастлива?

— Счастлива? — Вопрос показался Кейт необычным, и она задумалась. — Пожалуй, иногда. Когда Сабина счастлива. Когда я чувствую... Даже не знаю. Когда человек чувствует себя счастливым? А ты счастлив?

— Счастливее, чем был раньше. Пожалуй, я доволен.

— Даже вернувшись сюда?

— Именно потому, что вернулся сюда. — Том снова улыбнулся, в полумраке сверкнули белизной его зубы. — Можешь мне не верить, Кейт, но это место было для меня спасением.

— Моя мать — ангел-хранитель! — с горечью рассмеялась Кейт.

— С твоей матерью все в порядке. Просто вы обе смотрите на мир разными глазами, вот и все.

— Тебе легко говорить, — откликнулась она.

— Сабине это удалось. Но поначалу они с твоей мамой нападали друг на друга.

Кейт сильно обескураживало то, что она многого не знает о жизни собственной дочери. Кейт тосковала по своей девчушке, которая, бывало, после школы бросалась к ней в объятия, горячо и сбивчиво рассказывая о том, чем занималась, кого видела. Она до сих пор помнила это ощущение прижавшегося к ней детского тела, когда они сидели на диване и смотрели детские программы, обмениваясь замечаниями по поводу школьного дня.

— А мы можем не говорить о моей семье? Я полагала, ты пригласил меня, чтобы я немного развеялась.

«Не дай им все испортить, — подумала она. — Не дай вмешиваться в мою жизнь». Кейт вдруг поняла, что хочет, чтобы Том принадлежал только ей.

Он поднял свой стакан, как бы оценивая, хватит ли ему сока, пока она будет допивать «Гиннес».

— Ладно. О тебе говорить нельзя. О твоей семье тоже. А как насчет религии? Эта тема всегда горячит кровь. Или что изменилось в Баллималнафе с тех пор, как ты уехала? Этого хватит на... несколько минут.

Она рассмеялась, благодарная ему за то, что он пытается улучшить ее настроение. В Томе было нечто такое, отчего всем становилось легче.

— Кейт?

Она повернулась на табурете и увидела мужчину средних лет, сжимающего в руке пинту.

— Стивен Спилейн. Не знаю, помните ли вы меня. Я работал в большом доме. Как дела, Том?

— Отлично, Стиви.

Сощурившись, Кейт пыталась рассмотреть черты огромного румяного лица.

— Я заметил вас оттуда, с той стороны бара, и сказал себе: «Похоже, это дочка Джой Баллантайн». Но я не знал, ошибаюсь или нет, и решил подойти ближе. Сколько прошло — десять лет?

— Почти семнадцать, — вмешался Том.

— Почти семнадцать. Ну и вот вы снова здесь. Вы сюда надолго?

— Нет, я...

— Это молодая Кейт Баллантайн? — К ним подошел другой мужчина, которого она не узнала. — Я подумал, что лицо знакомое. Вот приятная неожиданность. Давненько вас не было видно.

— Ну вот, Кейт, помните священника отца Эндрю?

Кейт с улыбкой кивнула, как будто помнила.

— Нельзя сказать, чтобы вы часто посещали воскресную службу.

— В наше время у молодых другое на уме, отец.

— И не только у молодых, да, Стиви?

— Вы переехали в Лондон? — Стивен Спилейн пододвинул к ней стул. От него пахло табаком и отбеливателем. — Вы живете не поблизости от парка Финсбери? Помните моего мальчика Дилана? Он живет там. Я дам вам его номер.

— Готов поспорить, многое изменилось с тех пор, как вы в последний раз приезжали домой, а, Кейт?

— Не сомневаюсь, Дилан будет рад пригласить вас на свидание. Он любит хорошеньких девушек. Вы сейчас замужем?

— Ой, посмотрите, вон Джеки. Джеки, ты помнишь Кейт Баллантайн? Дочка Эдварда Баллантайна. Приехала из Англии. Джеки, принеси нам выпить, ладно?

То ли потому, что кто-нибудь часто вклинивался в разговор, то ли потому, что Кейт не могла толком разглядеть лицо, или, быть может, ей просто хотелось остаться вдвоем с Томом, но она начала уставать от разговоров. Нет, говорила она, я здесь ненадолго. Да, приятно было вернуться. Да, она передаст отцу пожелания скорейшего выздоровления. Да, она уверена, раньше, когда он был Главным, охота была другой. И хуже того, да, было бы здорово поприветствовать людей, которых она не видела семнадцать лет и которые помнят ее тинейджером. Ах, они сейчас вон там, на другом конце бара. Конечно, будет здорово, если они подойдут к их столу. Что еще могла она сказать?

— Правда, нам пора возвращаться, Кейт, — заявил вдруг Том. — Помнишь, мать просила тебя вернуться пораньше и помочь ей. — (Кейт нахмурилась.) — Ты обещала вернуться к половине девятого.

— Ах да, я забыла, — с запозданием сообразила Кейт и оглядела расплывчатые дружелюбные лица. — Простите. Может быть, пообщаемся в следующий раз, когда я загляну сюда? Это будет замечательно. — Она широко улыбнулась.

Почуяв избавление, Кейт позволила себе быть великодушной.

— Ах, как жаль! А мы только начали.

— Она выглядит великолепно, правда? Жизнь в большом городе подходит тебе, девочка.

— Но у Тома наверняка на уме другое. Не станем мешать его планам.

При всей своей близорукости Кейт увидела, как Стивен Спилейн вовсю подмигивает.

— А что мы будем делать теперь? — переводя дух, спросила она, когда Том довел ее до двери.

— Подожди на улице, — ответил он. — Я мигом вернусь.

Минуту спустя он появился с двумя банками «Гиннеса» и двумя апельсинового сока, зажатыми под больной рукой. Даже Кейт была в состоянии различить его руки — опустились сумерки, и протез поблескивал в свете окон паба.

— Так получилось, что я знаю неподалеку отсюда отличное местечко для выпивки, — сказал он, — и местные не будут нам докучать.

Электрический свет из летнего домика не был виден ни из одного окна большого дома. Удивительно, что оба окна домика, хотя и не маленькие, не выходили на большой дом, бросая тусклый свет на запущенный сад. Подрастая, Кейт часто задумывалась о том, кто построил этот домик и нарочно ли его построили так, чтобы в нем не были слышны назойливые любопытствующие голоса из большого дома. Теперь же ее волновало, чтобы голая лампочка не бросала на ее лицо резкие тени, но опасалась, что если передвинется в тень, то совсем ничего не увидит.

— Боюсь, это не совсем «Риц», — сказал Том, открывая банку с пивом и передавая ей.

— Но с другой стороны, мне всегда казалось, что в «Рице» не бывает старых банок с лаком и гербицидами, — ответила Кейт, усаживаясь на лошадиную попону, которую Том постелил на ящики.

— Не говоря о мире животных.

Том потянулся и убрал паутину, висевшую у нее над головой. Вытерев руку о брюки, он уселся на другой ящик в нескольких футах от нее и открыл банку сока.

Кейт поневоле заметила, что он сел поодаль. Чуть раньше, выбежав из паба, они взялись за руки. Она истерично хихикала, как школьница, довольная, что они сбежали. До сих пор она ощущала прикосновение его негнущейся руки.

— Мы могли бы остаться в пабе, — извиняющимся тоном произнес он, — но ты ведь их знаешь — до конца вечера не оставили бы тебя в покое.

— Я сопротивлялась.

— Я подумал, что будет проще поговорить в другом месте.

— Мы могли бы пойти к тебе, — не подумав, брякнула Кейт.

— Если бы я это предложил, ты пошла бы домой.

Кейт увидела, как он улыбается, ее же улыбка медленно сползла с лица. Том прав. Она сочла бы это предложение чересчур интимным и рискованным. Но вот это разве не сокровенно? Они двое прячутся в их старом прибежище, наполненном воспоминаниями. Деревянные стены этой хибарки пропитаны сладким с примесью горечи ароматом прошлых лет.

Кейт оглядела этот заброшенный летний домик и вдруг почувствовала смущение, словно ее застали в месте, где ей не следует быть. Она вдруг подумала о Джастине. Потом о Джеффе. «Зачем я сижу здесь с этим человеком? Это нелепо». Перед ней замаячила фигура воображаемой Мэгги, которая сложила губы в насмешливую гримасу и погрозила пальцем.

— Знаешь что? Мне пора, — слабым голосом произнесла Кейт. Сейчас она радовалась, что не может толком разглядеть его лицо.

Том поставил банку с соком и поднялся. Ей почему-то было трудно пошевелиться.

— Мне правда надо идти.

— Чего ты боишься?

Наступило молчание. Кейт пыталась разглядеть его лицо, но Том отступил в тень, и она видела лишь отблески света на перевернутой жестяной банке. Тщетно всматриваясь в полумрак, она слышала, как под его ногами прогибаются доски. Он казался ей почти одноцветной тенью, которая приближалась к ней. Потом она уловила исходящий от него слабый запах лошади, запах мыла вперемешку с сигаретным дымом и пивом.

Замерев на месте, она судорожно вздохнула, когда почувствовала, как он осторожно запускает руку к ней в карман. Он медленно извлек ее очки, раскрыл их и осторожно надел ей на нос. Кейт на миг почувствовала прикосновение к руке прохладной пластмассы.

Присев на корточки, Том приблизил к ней лицо.

— Чего ты боишься? — тихо повторил он.

Она различала каждую его ресницу.

— Тебя.

— Нет.

Кейт взглянула на него, впервые ясно разглядев, как приподняты уголки его глаз, как смыкаются губы, когда он выдыхает. Маленький бледный шрам под бровью. «Не хочу видеть тебя так отчетливо, — подумала она. — Лучше, когда все размыто».

— Нет. — Том был серьезен. — У тебя нет причин меня бояться. Я никогда не причиню тебе зла.

Она не отрывала от него взгляда.

— Тогда я боюсь себя.

Он взял ее за руку. Его рука была сухой, огрубевшей, но ласковой. Она рассеянно подумала о том, какой может быть его вторая рука.

— Я все разрушаю, Том. Все делаю не так. С тобой будет то же самое.

— Нет, — вновь повторил он.

Том упорно смотрел на нее. Кейт чувствовала, что тает, что у нее перехватывает дыхание. Нежданно к глазам подступили слезы.

— Не могу допустить, чтобы это случилось. Ты ведь не знаешь меня, Том. Не знаешь, какая я теперь. Я не могу доверять своим чувствам, понимаешь? Я такая ненадежная. Мне кажется, я влюблена в человека, а потом через несколько месяцев понимаю, что вовсе нет. И все страдают. Я страдаю. Сабина страдает.

Она остро чувствовала нажим его руки. Ей хотелось вырвать свою руку. Хотелось почувствовать эту руку на своей коже, впиться в нее губами.

Глаза Тома продолжали сверлить ее. Кейт отвела взгляд и стала смотреть в окно, говоря в пустоту:

— Неужели не понимаешь? Все это происходит, потому что я здесь одна, потому что недавно рассталась с человеком. Я в точности знаю, что происходит. Я несамостоятельная, понимаешь? Не такая, как ты или Сабина. Вам и в одиночку хорошо. А мне нужна чья-то близость и внимание. И поскольку я не смогла получить этого от других, я ищу у тебя. — Теперь она говорила быстро и на повышенных тонах. — Послушай, будь я лошадью, ты усыпил бы меня из-за плохой формы. Вот что у меня такое. Плохая форма. Ради бога, Том. Разве ты не помнишь? Не помнишь, как я обошлась с тобой семнадцать лет назад? Тебе наплевать, что я причинила тебе много зла?

Том смотрел вниз, изучая ее руку, потом поднял на нее глаза.

— Будь ты лошадью, — начал он, — я сказал бы, что ты попала в плохие руки.

Кейт, не отрываясь, смотрела на него. Теперь он был так близко, что она чувствовала кожей тепло его дыхания.

— Это будет катастрофой, — пробормотала она, и по щекам у нее заструились крупные слезы. — Ужасной катастрофой.

И потом, когда Том нежно взял рукой ее мокрое лицо, Кейт наклонилась и прижалась губами к его рту.

Глава 12

Герцог стоял, повернувшись мордой в угол стойла, низко опустив голову и прижав хвост, словно ожидая удара. Кости таза у него выпирали вверх, а шкура, когда-то лоснившаяся от крепкого здоровья, потускнела и огрубела, став похожей на старый дешевый ковер. Глаза ввалились, а веки были полуопущены, как занавес, который вот-вот упадет.

Ветеринар, высокий худой мужчина ученого вида, похлопал лошадь по шее и, ступив на толстую соломенную подстилку, направился к Джой, ожидавшей у двери.

— Боюсь, у вашего мальчика неважные дела, миссис Баллантайн.

Джой заморгала и опустила глаза, словно обдумывая то, что давно ожидала услышать.

— Что у него?

— В основном остеоартрит. Это и плюс обезболивающие, которые мы ему даем. — Ветеринар нахмурился. — Фенилбутазон уже не действует. Фактически он скорее вреден ему, чем полезен. Может развиться язва, что часто случается у лошадей, которым дают фенилбутазон. Кроме того, у него диарея и потеря веса, а это нехорошо для лошади его возраста. Я возьму с собой эти образцы крови, но я почти уверен, что у него гипопротеинемия, то есть низкое содержание протеина в крови. — Ветеринар помолчал. — К тому же он устал, есть перебои в работе сердца. Думаю, угасает, бедняга.

Лицо Джой окаменело, черты посуровели. Только очень внимательный наблюдатель заметил бы слабую дрожь — единственный признак сдерживаемых эмоций.

— Язва — это мой просчет? — спросила она. — Я давала ему слишком много лекарства?

— Нет, вы здесь ни при чем. Это обычная токсическая реакция у лошадей, которым какое-то время давали этот препарат. Отчасти поэтому в некоторых регионах его не любят применять. Но для лошади его возраста ничего другого мы сделать не могли. И он достаточно долго продержался на этом. Сколько ему лет? Двадцать семь? Двадцать восемь?

— Можно назначить что-нибудь еще? Поменять препараты? — Джой держала руки перед собой, как будто в мольбе.

Ветеринар присел на корточки, убрал инструменты в чемоданчик и захлопнул его с решительным щелчком. Яркое, безупречно-голубое небо являло контраст мрачному настроению Джой.

— Мне жаль, миссис Баллантайн. Он много чего успел в своей жизни. Не думаю, что в наших силах продлить ее. Если не обманывать себя.

Последнюю фразу ветеринар произнес, украдкой посмотрев на Джой. Он знал, как много значит для старухи эта лошадь, но они и так уже несколько месяцев отодвигали неизбежное.

Джой подошла к лошади и ласково потрепала ее за уши. Потом отодвинула челку со лба, словно изучая лошадиную морду, и почесала нос. Конь приблизил к ней огромную голову и, прикрыв глаза, положил морду ей на плечо, отчего колени Джой слегка подогнулись. Ветеринар ждал, стоя у двери. Он хорошо знал свою клиентку и поэтому не торопил ее.

— Хочу, чтобы вы пришли завтра, — в конце концов сказала она тихим, твердым голосом. — Завтра утром, если вам это удобно. — (Ветеринар кивнул.) — И хочу попросить вас об услуге. — (Он встретился с ней взглядом.) — Я хочу, чтобы вы ему что-нибудь дали. Какое-нибудь обезболивающее. И чтобы не пострадал желудок. — Джой чуть повелительно подняла голову. — Знаю, у вас должно быть что-то.

Ветеринар глубоко вздохнул и, надув щеки, медленно выпустил воздух. Уставился в задумчивости на устланный соломой пол.

— Есть такой препарат, — в конце концов сказал он. Джой молча ждала. — Это экспериментальный препарат. Обычно я его не назначаю лошадям вроде вашей. И не должен этого делать. Но он действительно устраняет боль. Боль в ногах и желудке.

— Хочу, чтобы вы назначили это лекарство.

— Мне не следует этого делать. Я могу потерять лицензию.

— Только на один день, — сказала Джой. — Я заплачу, сколько скажете.

— В этом нет необходимости.

Наклонив голову, ветеринар выглянул из двери конюшни и испустил очередной долгий вздох.

— Я был бы вам признателен, если вы никому об этом не скажете.

Повернувшись к лошади, Джой что-то ласково пробормотала. Лицо ее смягчилось, как будто она ожидала облегчения для себя.

— Принесете сегодня, — не глядя на ветеринара, сказала она.

Джой снова чесала лошадиный нос, привычными движениями широких старческих ладоней оглаживала ее бока.

Ветеринар слегка покачал головой. Он чересчур мягок. Если узнает его партнер, будет очень недоволен.

— Утром у меня еще один визит. Потом заеду к вам. — Он повернулся, чтобы уйти. — Кстати, как там мистер Баллантайн?

— Спасибо, хорошо, — не поднимая глаз, ответила Джой.

В нескольких милях от усадьбы Кейт сидела в «лендровере», глядя через ветровое стекло на маяк Хук-Хэд, который одноцветным монолитом вырисовывался на фоне сверкающей синевы бухты Уотерфорд. Это был первый ясный день за несколько недель. Огромный маяк и небольшие дома, окружавшие его, стояли, высветленные бледным зимним солнцем, и на древний песчаник беспокойно накатывали пенистые волны.

Ее легкие еще не отвыкли от закопченной городской атмосферы, и Кейт, подобно знатоку, смакующему хорошее вино, вдыхала соленый воздух, приносимый резкими порывами ветра с берега внизу, слушала крики чаек и кайр, которые носились над головой. На Кейт были очки, и даже с большого расстояния до них периодически долетали мелкие брызги, сверкающие на свету, как бриллианты.

— Ты почти ничего не спрашиваешь, — сказала она, не глядя на сидящего рядом Тома, — о том, что было со мной. О Джастине — моем последнем партнере. Или о Джеффе.

— А зачем? — Том повернул к ней лицо. — Ты этого хочешь?

У далекого горизонта скользили облака, гонимые невидимыми ветрами.

— Просто я подумала, тебе интересно. Большинство мужчин предпочитают знать твою историю.

— Я знаю все, что мне надо знать. — Он опять повернулся лицом к морю, глотнув кофе из пластиковой чашки. — Иногда мужчины задают чересчур много вопросов.

— А вот ты ничего не спрашиваешь. Не хочешь даже узнать, что я думаю обо всем этом. Хорошо ли это.

— Как я сказал, иногда задают слишком много вопросов. — Том улыбнулся. — В особенности женщине вроде тебя.

Они сидели здесь уже с полчаса, наслаждаясь кратким побегом из Килкарриона с его сложностями. Половину этого времени они пролежали в объятиях друг друга, обмениваясь неспешными поцелуями и опьяненные невыразимым ожиданием. Они понимали, что все произойдет не сегодня, но это не имело значения. Хорошо было просто быть вместе, вдали от всех.

Прошло несколько дней с момента их свидания в летнем домике, и незаметно тревожное чувство вины Кейт отступило, побежденное отчаянным желанием быть рядом с Томом, видеть его улыбку. На следующий день она проснулась в настоящей панике, взамен теплых чувств испытывая ужас оттого, что снова увлеклась. Она разыскала Тома во дворе и твердо, но с легкой истеричностью в голосе заявила, что все это было ужасной ошибкой и она просит прощения, если ввела его в заблуждение, но теперь должна идти собственным путем. Том, кивая, сказал, что понимает. Он был так же невозмутим, когда в тот день она три раза разыскивала его, приглушенным, но настойчивым голосом вновь объясняя, почему это невозможно. Ведь она все обдумала и поняла: они совершенно не подходят друг другу и он слишком сильно ей нравится, но она не хочет разрушить его жизнь.

После этого Кейт поднялась к себе в комнату и, разозлившись на себя, безутешно рыдала. Поэтому, когда на следующее утро Том, вопреки обычаю, появился в столовой и сообщил Джой, что собирается в город в магазин упряжи, Кейт вскользь поинтересовалась, не может ли он подвезти ее. Ей понадобилось кое-что купить в городе. Кристофер — с чутьем ищейки он разгадывал любой неосмотрительный шаг с ее стороны — уехал в воскресенье вечером. Сабины дома не было, а Джой не заметила ничего предосудительного. В тот момент ее не интересовало ничего, кроме угасающей старой лошади и бесчисленных хлопот по дому и конюшне. Так что они с Томом незаметно вышли из дома и умчались в «лендровере», как ликующие дети, тайком прогуливающие уроки. Кейт, не сдержав желания прикоснуться к нему, потянулась к его руке, и ей стоило больших усилий не отдернуть свою руку, когда вместо податливой плоти дотронулась до твердого пластика.

— К этому привыкаешь, — не скрывая веселья, произнес Том. — Иногда я вскакивал во сне, когда принимался тереть нос. Или хуже того. — Говоря это, он искоса посмотрел на Кейт, и на его губах заиграла лукавая улыбка.

Кейт зарделась, но скорее не от смущения, а от удовольствия. После оба на несколько минут умолкли, мысленно представляя себе картинку, вызванную словами Тома.

— Ну а как же ты?

Том допил кофе и поставил стаканчик на приборную доску, рядом со старыми шерстяными перчатками, мотком бечевки и пожелтевшим экземпляром «Рейсинг пост».

— Как же я?..

— Ну ведь должен был быть кто-то. В конце концов, прошло больше семнадцати лет.

— Святым я не был, — пожал плечами Том. — Но никого особенного не встретил.

Кейт не могла в это поверить.

— За все это время? — В ее голосе послышался намек на опасение, что сейчас возникнет фантом его страстной увлеченности кем-то. — Должна быть какая-то женщина. Разве ты никогда не хотел жениться? Жить с кем-то?

— Была пара девушек, которыми я увлекался. — Он снова повернулся к ней и взял за руку. — Но мы разные. Мне довольно сложно кем-то увлечься. Я предпочитаю жить один, чем быть с женщиной, не... — Голос его замер.

Кейт попыталась закончить его мысль. Подходящей? Идеальной? Единственной? От перспективы быть единственной ее прошиб пот — еще не время ему так говорить. Она и сама толком не знала, правильно ли поступает, позволяя увлечь себя. Но была также другая нежелательная перспектива — в словах Тома звучала критика. «Мы разные. Я предпочитаю жить один, чем... чем быть похожей на нее?» Подразумевает ли он, что она неразборчива?

Кейт отхлебнула кофе, мысленно формулируя и отбрасывая разные ответы. Но не стала спрашивать его о том, что́ он имеет в виду. Как говорил Том, иногда задаешь слишком много вопросов.

Две крошечные мужские фигурки копошились, как насекомые, около лодки, один энергично жестикулировал. Третий ползал по берегу, собирая непонятные предметы.

— Ты сердился на меня? — спросила она наконец.
— Поначалу да.

В его голубых глазах отражалось удивительно ясное небо. Они остановились на каком-то далеком мгновении и, возможно, затерялись в истории.

— Трудно долго сердиться на человека. Во всяком случае, на того, кто тебе дорог.
— Прости. — Кейт кусала губы.
— Не извиняйся. Мы были молоды. И не могли не напортачить чего-нибудь.
— Но напортачила я.
— Просто ты оказалась там раньше меня.

— Ты стал настоящим дзен-буддистом.

— Дзен? — улыбнулся Том. — Так это называется? Не-а... — Его лицо расплылось в широкой улыбке. — Просто я научился не заводиться из-за того, чего не могу изменить.

Кейт колебалась, но все-таки не сдержалась и спросила:

— Вроде твоей руки?

— Угу. — Том взглянул на свою левую руку, лежащую у него на бедре. — Пожалуй, это было хорошее вступление. Приходится принять, что у тебя отсутствует конечность... Приходится смириться с тем, что у тебя чего-то нет.

Они сидели молча, наблюдая за чайками, кружащимися над бухтой. Лодку подтолкнули в море, и одна маленькая фигурка махала двум другим в лодке. Лодка запрыгала по первым волнам, как семга, плывущая вверх по течению.

Кейт размышляла о том, что можно назвать отстраненными предметами. Она хотела услышать от него такое, от чего тем не менее стала бы уклоняться — одинаково необходимое и невообразимое.

«Опять эти противоречия, — проворчала воображаемая Мэгги. — Все так же одержима любовью и тем, что она за собой влечет. По-прежнему не стоишь на своих ногах». — «Ах, отстань!» — ответила Кейт.

— Меня беспокоил один вопрос, — начал Том, по-прежнему глядя вдаль. Кейт, которая водила пальцем по его ладони, остановилась. — Это прозвучит немного странно. Но меня это долго тревожило... Хотел тебя спросить... почему он? — (Она этого не ожидала и заморгала от неожиданности.) — Ведь ты едва его знала. Я понимаю, мы были вместе не так уж долго и все такое, но я не мог понять, почему ты выбрала его. Я не понимал, почему... ну почему не меня?

Впервые Том выглядел взволнованным, не уверенным в себе. Словно борясь с незнакомыми чувствами, он открывал и закрывал рот.

— Когда я смотрю на Сабину, — произнес он наконец, — я думаю о том... что она могла быть моей дочкой.

Кейт думала об Александре Фаулере, о портрете на день рождения, о том, с какой яростной и упрямой решимостью она по собственной инициативе расстегнула молнию на своем старомодном бархатном платье и о смешанных чувствах изумления и похоти, отразившихся на лице мужчины, перед которым предстало обнаженное тело девушки-подростка. Она вспомнила, что там было жарко, пахло скипидаром и масляной краской, а вдоль стен были расставлены неоконченные портреты неизвестных ей людей. Пока она одевалась, он исчез в доме в поисках сигарет. Ей показалось, что теперь люди с этих портретов знают ее гораздо лучше.

— Если бы это был ты, это было бы для меня важно, — медленно произнесла Кейт. — А мне, пожалуй, не хотелось ничего серьезного.

«Дареная лошадка» — так он выразился. Ей тогда стало очень противно.

Том смущенно смотрел на Кейт, по-прежнему ничего не понимая. За его спиной с криками кружила одинокая чайка.

— Будь это ты, Том, — сказала она, крепче сжимая его руку, — ты заставил бы меня остаться.

Сабина, сидя у окна наверху, смотрела, как на подъездную аллею въезжает «лендровер» и из него выходит ее мать. В руках Кейт держала газету и коричневый бумажный пакет с покупками. Сабина подумала, что все это она могла позже купить в городе с бабушкой. Мать то и дело проводила рукой по волосам — точный признак того, что человек влюблен. Об этом Сабина прочитала в журнале. Наверняка, если приглядеться, зрачки матери расширены.

Отвернувшись от окна, Сабина посмотрела на кровать, в которой спал дед, и опустила тяжелую штору. Слишком занята флиртом с мужчинами, чтобы проводить время с отцом, с горечью подумала она. Можно сосчитать по пальцам одной руки, сколько раз Кейт навещала его. Дедушка, наверное, даже не знает, что приехала его дочь, — вот так она помогает ухаживать. С другой стороны, если не считать сиделки, Сабина единственная ухаживает за ним. Бабушка всегда очень занята. Или возится с Герцогом, который, как с нескрываемым удовольствием поведал ей Джон-Джон, скоро окажется на огромной фабрике кошачьего корма на небесах.

Сабина сидела на краю кровати, стараясь не беспокоить деда. В последнее время он лучше себя чувствовал во сне. Когда он не спал, то часто приходил в возбуждение, начиная хрипло, с трудом дышать, отчего у самой Сабины сжималась грудь. Тогда она брала его за руку, стараясь не пугаться, когда дед время от времени стискивал ее руку. Ей мерещилось трупное окоченение.

— Снова уснул? — спросила сиделка Линда, быстро входя в комнату с кувшином свежей воды. — Хорошо. Для него это самое лучшее.

Линда собиралась после завершения работы здесь уйти из сиделок и заняться ароматерапией. Она не говорила, когда закончится эта работа, но обе понимали когда.

— Просто уснул, — ответила Сабина.

— Почему бы тебе не уйти? Иди развлекись. Ты проводишь здесь слишком много времени.

Сабина ждала, когда Линда скажет, что это вредно для здоровья, но та сказала:

— Иди, а я посижу с ним. Да, можешь не напоминать, я убавлю громкость.

Сабина пошла в кабинет, чтобы снова прочитать содержимое бумаги, уже давно лежавшей у нее в кармане. Два дня назад она получила письмо от Джеффа с известием о том, что он собирается жениться на той индианке, и не знала, что с этим делать. Она предполагала, что матери было послано такое же известие, но ничто в ее поведении не подтверждало этого. Даже наоборот, она казалась более довольной, чем прежде.

Сабину тревожило даже не само известие о том, что Джефф, как и Джим, обрел новую семью. Ее тревожила обстановка в собственной семье. Почему Джефф не сделал матери предложения? Они были вместе шесть лет, и Джефф отличался преданностью. Он даже в шутку называл себя суррогатным отцом. Сабине приходилось признать, что Кейт не тот тип женщины, на которых женятся мужчины. Совсем не как бабушка, которой сделали предложение после первого дня знакомства. Мать принадлежит к тому типу, который позволяет использовать себя, таких женщин бросают снова и снова. С ее нехваткой самоуважения это безнадежно. Ее постоянный интерес к мужчинам, готовность с благодарностью принять какие-то никчемные обрывки чувств. Сабина вчитывалась в слова письма, выражающие искреннее желание держать ее в курсе дел и готовность всегда прийти на помощь. Суть не в том, что Сабина хотела, чтобы мама вышла за Джеффа, а в том, что он не сделал ей предложения. От этого Сабина еще больше сердилась на мать. Это казалось очередным провалом.

Сабина взглянула на фотографии, которые они с бабушкой еще не разобрали: детские снимки Кейт и Кристофера, — она решила, что уже тогда он казался напыщенным, — в бордовых рамках с золотым тиснением, а также фотографии Кейт с китайским мальчуганом. Сабине хотелось расспросить про мальчика, но Джой торопилась покончить с ними, как она сказала резким, будничным голосом. Предстоит еще много дел. Сабина может делать с этими снимками все, что угодно.

«Похоже, он единственный парень, который не бросил тебя, — подумала Сабина, держа снимок улыбающихся детей в панамках. — Чем бы ты ни обладала, мама, ты определенно это потеряла».

— Сабина!

Сабина вздрогнула. В дверях стояла Кейт.

— Я подумала, ты захочешь пообедать. Бабушка сказала, что не голодна, дедушка спит, и я подумала, может, перекусишь со мной.

— Надеюсь, ты его не разбудила, — проворчала Сабина, засовывая письмо в задний карман джинсов.

— Нет, милая, он спит. Сиделка мне сказала.

— И думаю, ты не стала проверять.

Кейт заставила себя улыбнуться. Ничто не испортит сегодняшний день — ни то, что ее мать резко отклонила предложение Кейт приготовить ланч — у миссис Х. был выходной, и она отправилась в город, чтобы посоветоваться с врачом насчет Энни, — ни раздражение дочери в ответ на попытку помочь. Она незаметно продвинулась в комнату.

— Я разогрею суп и принесу хлеб с маслом. Миссис Х. оставила нам буханку.

— Хорошо. Как хочешь.

Сабина вернулась к фотографиям. Но Кейт не уходила.

— Что ты делаешь?

«А как ты думаешь?» — мысленно произнесла Сабина.

— Просто разбираю старые фотографии, — уклончиво ответила она. — Бабушка мне разрешила.

Кейт наткнулась взглядом на снимки в верхней части коробки.

— Это я? — Наклонившись, она взяла фотографию, на которой она была с китайским мальчиком. — Боже правый, — сказала она, поправляя очки, — я не видела этого много лет. — (Сабина молчала.) — Это Тун Ли, — сказала она. — Сын моей няни. Мы обычно вместе играли... пока... — Она умолкла. — Прелестный мальчик. Ужасно робкий. Возможно, он был первым моим детским другом. Между нами была разница всего в несколько месяцев. — (Сабина непроизвольно подняла глаза.) — На территории наших апартаментов в Гонконге был бассейн. И когда родных не было поблизости, мы играли там в водяных драконов. Или катались вокруг на моем красном велосипеде. Помню, пару раз падали в бассейн. Моя няня ужасно сердилась! — рассмеялась Кейт. — Чертовски трудно было в сезон дождей сушить вещи, так что утопить лучшие туфли в бассейне казалось настоящей катастрофой.

— Сколько тебе тогда было?

Кейт нахмурилась:

— Пожалуй, мы переехали в апартаменты с бассейном, когда мне было около четырех, так что... лет пять. Или шесть?

— А что с ним случилось?

Оживление Кейт пропало.

— Ну, мне запретили с ним играть.

— Почему?

— В то время так было принято. У твоей... бабушки были очень четкие представления о том, что правильно, а что нет. Видимо, играть с Тун Ли считалось неправильным. Во всяком случае, для девочки из нашего круга.

— Даже несмотря на то, что вы все это время были друзьями?

— Да.

При воспоминании о той несправедливости лицо Кейт погрустнело.

Сабина рассматривала фотографию.

— Это непохоже на бабушку, — сказала она.

Кейт подняла голову, не в силах сдержаться:

— Ты ведь так не думаешь, правда?

— Она всегда хорошо ко мне относится, — пробурчала Сабина.

— Знаешь, дорогая, когда-нибудь ты увидишь, что она не такая уж добрая старушка, какой тебе сейчас кажется. Она бывает твердой как кремень.

Изумленная ее непривычно жестким тоном и одновременно испытывая желание возразить, Сабина взглянула на мать.

— Ты считаешь справедливым разлучать двух детей только из-за цвета их кожи?

— Нет, — ответила Сабина, понимая, что ее загнали в угол. — Но тогда многое было по-другому, так ведь? Люди не так смотрели на все. Это зависело от их воспитания.

— Так, значит, ты согласишься, если дома я заставлю тебя есть мясо, потому что так я была воспитана? Ведь так оно и было. Откажись я здесь от мяса, и мне велено будет есть картошку или ничего.

— Нет, конечно.

— Скажи, Сабина, как это получается, что бабушка делает все правильно и все ее поступки можно оправдать? А все мои добрые намерения часто понимаются превратно?

Кейт не могла объяснить, что на нее нашло, но эта фотография вдруг оживила старые обиды, и она вновь разозлилась. Ей надоело отвечать за все беды мира, надоело невозмутимо воспринимать колкости Сабины, покорно, с улыбкой выслушивать обвинения в том, что она разрушила всем жизнь.

— Часто, Сабина, твоя мама оказывается потерпевшей стороной. И только изредка бывает правой.

Кейт, однако, не приняла в расчет врожденное упрямство дочери. И самоуверенность шестнадцатилетних.

— Вряд ли ты считаешь, что всегда права, — разгневанно произнесла Сабина. — Особенно после того, как себя вела.

— Что?!

— Это разумно. Когда вы жили в тропиках, бабушка сама выбирала тебе друзей. Возможно, она лишь пыталась сделать тебе лучше. А не то о тебе стали бы говорить, и все такое — как это бывало в те времена. — (Кейт медленно, недоверчиво покачала головой.) — Знаешь, бабушка много мне об этом рассказывала. О тогдашних правилах и обычаях. О том, как начинали судачить о людях, которые поступали неправильно. И даже если тогда ты была права, это не значит, что всегда права теперь. Непохоже, чтобы другие люди были у тебя на первом месте. Ты даже не удосуживаешься пообщаться с собственным отцом, хотя приехала сюда, думая, что он умирает. Ты слишком занята флиртом с первым встречным, чтобы пополнить список очередным неудавшимся романом, блин!

— Сабина!

— Но ведь это правда! — Сабина понимала, что переступает черту, но, рассердившись, не могла сдержаться. Кто такая ее мать, чтобы судить других людей? — Ты меняешь мужчин, как дедушка меняет носовые платки. Тебе, похоже, наплевать на то, как это выглядит. Не мешало бы тебе больше походить на бабушку и дедушку и ждать, пока не встретишь нужного человека. Иметь какие-то обязательства. По-настоящему привязаться к кому-нибудь. Полюбить кого-то. Но ты меняешь одного мужчину на другого, и тебя это нисколько не волнует. Вот, например, Джастин. Сколько времени вы были вместе? А Джефф? Господи, тебе даже наплевать на то, что он женится.

Кейт, которая собиралась так же горячо ответить, оцепенела.

Наступила краткая пауза.

— Что ты сказала?

— Джефф. Он скоро женится. — Сабина глубоко вздохнула, поняв вдруг, что мама, наверное, не получила письмо. — Я думала, ты знаешь.

Кейт опустила глаза, вытянув руку, чтобы опереться на полку.

— Нет, — осторожно произнесла она. — Я не знала. Когда он сказал тебе?

Сабина молча вынула из заднего кармана джинсов измятое письмо и протянула матери. Кейт, облокотившись на письменный стол, прочитала его.

— Что ж, недолго же он раздумывал, — проговорила она.

О господи! — подумала Сабина. Ее глаза наполнились слезами.

— Я думала, ты знаешь, — повторила она.

— Нет, не знала. Вполне возможно, он написал мне домой, но меня там сейчас нет.

Последовало долгое молчание. На улице кто-то уронил ведро, и по двору разнесся грохот, потом мужской голос закричал лошади, чтобы стояла смирно. Кейт даже не вздрогнула, она поднялась как лунатик и медленно направилась к двери.

— Ладно, пойду разогрею суп, — сказала она, отводя волосы с лица. — И принесу хлеба.

Сабина села на пол, чувствуя, что сейчас расплачется:

— Мне жаль, мама.

— Здесь нет твоей вины, дорогая, — печально улыбнулась Кейт.

За ланчем они почти не разговаривали. Сабина, вопреки обыкновению, пыталась поддерживать разговор, чувствуя свою вину за резкие слова. Кейт кивала и улыбалась, благодарная дочери за редкие попытки пощадить ее чувства, но обе испытали облегчение, когда ланч закончился и они смогли разойтись и не чувствовать, как над ними, подобно туче, нависает недавняя ссора. Сабина поехала на серой лошадке в Мэнор-Фарм, где могла попрактиковаться в прыжках на пересеченной местности. А Кейт впервые после приезда нашла время, чтобы посидеть с отцом.

Она просидела около часа в кресле у его кровати, а Линда периодически появлялась, чтобы проверить мониторы, катетеры и предложить чашку чая. Кейт, сидя почти в полном молчании и глядя на когда-то оживленное лицо отца — отца, который качал ее на руках и доводил до изнеможения щекоткой, — сильно опечалилась, что не оправдала его ожиданий и что он умрет, а они так и не смогут навести мосты через разделявшую их пропасть. «Я пытаюсь поступать правильно, — говорила она ему. — Пытаюсь ставить других людей на первое место, но вы с мамой трудная парочка, вам сложно угодить. Хотела бы я, чтобы вы это поняли. И чтобы сказали об этом Сабине».

Отец не отвечал ей, да Кейт и не ждала ответа. Она просто сидела, мысленно беседуя с ним и листая книги, которые Сабина положила на прикроватный столик.

Уже почти стемнело, когда Кейт разыскала Тома и попросила встретиться с ней в летнем домике. Он внимательно посмотрел на нее, заметил, что она избегает его взгляда, и ничего не сказал.

Она услышала его свист, когда он шел через заросший сад. Подойдя к двери, Том не поцеловал Кейт, а просто оперся на косяк в излишне небрежной позе и улыбнулся.

Она сидела на ящиках, накрытых одеялом, как ребенок, обхватив колени руками. Волосы упали ей на лицо.

— Надо прекратить это. Сейчас же.

Пытаясь заглянуть ей в глаза, Том наклонил голову.

— Пока ты снова не передумаешь? — Он говорил легко, с юмором. — Получаса тебе хватит?

Кейт подняла глаза. Глаза за стеклами очков были красными, заплаканными.

— Нет, я не передумаю. Я еду домой.
— Не понимаю.
— А я этого и не жду.
— Что бы это значило?
— То, что я сказала. Еду домой. В Лондон.
— Что?

Впервые Том говорил рассерженным голосом. Мельком взглянув на него, Кейт увидела на его лице боль и непонимание.

— Послушай, Кейт, я тебя знаю. Знаю, что ты меняешь мнение, как непостоянный ветер. Но что, черт побери, все это значит?

Кейт, не желая смотреть, отвернулась от него.

— Я делаю это ради всех нас, — тихо произнесла она.

— В каком смысле?
— Я уже сказала, что это лучше для всех.
— Чушь собачья!
— Ты... ты не понимаешь.
— Так объясни.

Кейт плотно зажмурила глаза, мечтая оказаться подальше отсюда.

— Просто сегодня я кое-что услышала, мне сказала Сабина. И это заставило меня понять: что бы я о тебе ни думала, что бы мы сейчас ни испытывали, я опять повторяю свои обычные ошибки. — Она вытерла нос рукавом. — Я не подумала хорошенько, Том. Не подумала, куда это может нас завести. Не подумала о людях, которым будет больно, если все рухнет. А это рухнет, понимаешь? У нас с тобой мало общего. Мы живем в разных странах. Мы ничего не знаем друг о друге, если не считать того, что по-прежнему находим друг друга физически привлекательными. Так что почти наверняка я так или иначе все испорчу. А штука в том, что когда я что-то порчу, то теряю частицу уважения дочери. И хуже того, теряю частицу себя самой. — Стараясь не шмыгать носом, Кейт опустила лицо в скрещенные руки, и голос ее зазвучал приглушенно. — Как бы то ни было, я думала об этом весь день и решила, что для всех будет лучше, если я уеду домой. Завтра сяду на паром. Папа не станет по мне скучать — он даже не понял, что я здесь. А моя мать изо всех сил старалась игнорировать меня. Сабина... — На этом месте Кейт испустила долгий прерывистый вздох. — Я решила, пусть она остается здесь. Она чувствует себя тут более счастливой, чем в Лондоне. Даже ты это заметил, хотя знаешь ее всего пару месяцев. Она может вернуться домой, как только пожелает. Или поступить в университет. Не собираюсь ни к чему ее принуждать. Просто я подумала, что ты должен знать. — Не поднимая головы, она продолжала смотреть вниз.

— Вот так, значит?

Она наконец подняла голову. Том, тяжело дыша, здоровой рукой поглаживал свой затылок.

— Прощай, Том, и прости за то, что сбила тебя с толку, но я решила, что так будет лучше для всех, и тебе придется смириться. — Кейт пристально смотрела на него.

— Чушь собачья, Кейт! Просто чушь. Не позволю тебе снова это сделать. Никто не может предугадать, как будут развиваться отношения, и не тебе решать за меня. — Он мерил шагами тесное помещение, не обращая внимания на жестянки, которые попадались ему под ноги. Воздух накалился от его гнева. — Я сижу здесь уже несколько дней и выслушиваю твои рассуждения по поводу того, что правильно, а что нет и надо ли нам быть вместе. Зная тебя, я решил, что лучше всего сидеть смирно и дать тебе выговориться. Но даже если ты решила, будто что-то неправильно, это еще не означает, что оно неправильно. — Пытаясь выровнять дыхание, он сжал челюсти и тяжело опустился на перевернутое ведро. — Послушай, Кейт, я был давно влюблен в тебя. Ужасно давно. И с тех пор встречался с разными девушками — красивыми девушками, с широкими улыбками и добрыми сердцами. Девушками — верь мне или нет — даже более красивыми, чем ты. И чем больше я встречался, тем лучше понимал, что если чего-то не хватает в самом главном, если нет ощущения неоспоримой правильности, то теряется смысл всего. Верно? А потом ты вдруг неожиданно приезжаешь, и я сразу понимаю. С самого первого раза, как я увидел тебя здесь, плачущую, как подросток, и что-то здесь... — Он стукнул себя в грудь. — Что-то дрогнуло: «А, вот оно!» И я все понял.

Кейт в волнении смотрела на него, оттопырив нижнюю губу. Прежде она никогда не видела его в гневе, он никогда не говорил так много. Когда Том пересел с ведра на ящики рядом с ней, она слегка вздрогнула.

— Послушай, если ты еще не понимаешь, Кейт, то я понимаю. И мне наплевать на всех тех придурков, с которыми ты встречалась, и наплевать на то, что мы живем в разных местах. Или что мы даже не любим одно и то же. Потому что это мелочи, понимаешь? Мелочи. — Он взял ее за руку. — Я знаю, что не идеален. Я слишком привык быть сам по себе и сержусь на всякие глупости, и... я потерял чертову руку. И понимаю, что теперь уже я не тот, каким был.

Кейт покачала головой, не желая, чтобы он говорил об этом, признавал фактом.

Том вглядывался в нее и вдруг заговорил неожиданно тихим голосом:

— Вот что я скажу тебе, Кейт: неправильно будет, если ты сейчас уедешь. Совсем неправильно. Тогда ущербной будешь ты, а не я.

Потом Том неожиданно прижался губами к ее ладони. Закрыв глаза, он какое-то время не отпускал ее руку.

Кейт, не обращая внимания на слезы, катящиеся по щекам, погладила его по щеке.

— Но откуда нам знать, Том? — спросила она. — Откуда мне знать?

— Потому что я знаю, — открыв глаза, ответил он. — И в кои-то веки тебе придется мне поверить.

Они вместе вышли из летнего домика, как будто после сильного шторма, впервые не думая о том, что их могут увидеть вместе. Том сказал, что ему нужно взглянуть на лошадей, а Кейт вызвалась составить ему компанию в надежде найти Сабину. Она не хотела, чтобы дочь тревожилась, хотела сказать ей, что не волнуется из-за Джеффа, но не могла пока сказать ей почему.

У сарая на кипе сена сидел Лайам, протирая уздечку тряпочкой и насвистывая сквозь зубы под мелодию из радиоприемника. Когда они подошли, он бросил на них проницательный взгляд, но ничего не сказал.

— Привели лошадей с нижнего поля? — спросил Том, проверяя засовы на двери конюшни.

— Ага.

— Сабина вернулась?

— Только что поставила серого в стойло. Мы перевели его в последнее стойло, поскольку над средним опять протекает крыша.

— Придется пока прикрыть брезентом. — Подняв глаза на прореху в крыше, Том тихо выругался. — У нас не осталось черепицы, чтобы залатать?

— Израсходовали ее несколько месяцев назад, — ответил Лайам. — Что поделываете?

Он медленно оглядел Кейт с головы до ног, и та почувствовала, что у нее горят щеки.

— Занимались канцелярской работой, — ответил Том. — Я думал, ты сказал, что все лошади на месте.

Лайам повернулся к нему, а затем проследил за его взглядом, устремленным мимо амбара к нижним полям.

— Да, на месте.

— Тогда что это?

Лайам поднял руку ко лбу и стал, прищурившись, вглядываться в окрашенный лучами заходящего солнца горизонт.

— Похоже на Герцога, — нахмурившись, произнес он. — Но он уже давно охромел. Эта лошадь не хромает.

Том с непроницаемым лицом молчал.

Лайам продолжал вглядываться в даль.

— И кто это на нем? Кто-то на нем едет.

— Что случилось? — спросила Сабина, только что подойдя с седлом в руке. Она искоса взглянула на мать, недоумевая, что та делает на конюшне.

— Не вижу, — сказала Кейт. — Так далеко мне не разглядеть.

— Это миссис Балан...

Лайам умолк, когда Том положил руку ему на плечо.

— Пошли, — тихо произнес он. — Оставим их в покое.

— Что? — удивилась Сабина. — Это там бабушка верхом? На ком она едет?

— Проклятье! Она много лет не ездила верхом. — Голос Лайама от изумления стал тонким.

— Пошли, — сказал Том, увлекая их к дому. — Пойдем в дом.

Они повернули к дому, и он бросил взгляд через плечо — в отдалении, на фоне заходящего солнца вырисовывались царственные силуэты старухи и ее старого коня, который высоко держал когда-то гордую голову и прядал ушами, прислушиваясь к звуку ее голоса. Покачиваясь, они медленно двигались к лесу.

Глава 13

После того как усыпили Герцога, Джой два дня не выходила из своей комнаты. Миссис Х. говорила, что впервые видит хозяйку такой удрученной. В тот день Джой поднялась на рассвете и провела первые два часа в стойле старой лошади, начищая ее и разговаривая с ней. Так что ветеринар, войдя в конюшню, увидел не жалкое, приговоренное к смерти, а довольно бодрое животное, старая шкура которого благодаря неимоверным усилиям Джой сверкала, почти как у здорового. Потом она решительно встала рядом с конем, положив ладонь ему на морду, и, пока ветеринар вводил лекарство, конь уткнулся ей в плечо. Герцог был таким расслабленным, что, падая, едва не подмял под себя Джой, но стоящий рядом Том сумел вовремя вытащить ее. Несколько минут все стояли молча, глядя на неподвижное тело на полу, застланном подушками. После этого Джой, вежливо поблагодарив ветеринара, решительно вышла из конюшни в сторону дома, неуклюже прижимая руки к бокам и подняв подбородок. И не оглянулась.

«Странная она, — размышляла миссис Х. — Хочет достойно попрощаться со старым конягой. Столько времени потратила на него».

«Не так, как с собственным мужем», — думала Сабина, понимая, что так считают все.

На второй день, когда Джой заперлась в комнате, отказываясь от еды и никого не принимая, Эдвард стал хуже дышать. Линда по собственной инициативе вызвала врача, боясь, что, если дожидаться, когда соблаговолит появиться его жена, врач может не оказаться на месте.

Пока врач щупал пульс больного, прикладывал стетоскоп к костлявой груди и шептался о чем-то с Линдой, бледная, настороженная Сабина сидела рядом, держа деда за руку.

— Все в порядке, — раздраженно произнесла она. — Можете мне сказать. Я его внучка.

— Где миссис Баллантайн? — проигнорировав ее, спросил врач.

— Сегодня она не выйдет из комнаты, так что вам придется поговорить со мной.

Врач переглянулся с Линдой.

— У нее умерла лошадь, — подняв бровь, сказала Линда, видимо несколько разочарованная тем, что врач кивнул в знак согласия.

— Кристофер здесь?

— Он уехал.

— А твоя мать здесь? — спросил он Сабину.

— Да, но она ни имеет никакого отношения к моему дедушке.

Сабина говорила медленно и отчетливо, как говорят с идиотами.

— Такая вот эта семейка, — заметила Линда. В последнее время она стала свободно высказывать свои суждения.

— Послушайте, почему вам не поговорить со мной? Я передам бабушке, когда она выйдет, — предложила Сабина.

Врач обдумывал ответ. Потом, взглянув на Сабину, сжал губы в тонкую линию.

— Полагаю, мы не можем ждать так долго.

Вскоре после этого Кейт, воодушевившись тем, что ее любят, решила взять дела в свои руки. Подойдя к комнате матери, она резко постучала в дверь и, не обращая внимания на протесты Джой, вошла в скромно обставленную комнату и сказала, что врач хочет срочно поговорить с ней.

— Не могу сейчас прийти, — не глядя на дочь, ответила Джой. Она лежала на своей односпальной кровати, повернувшись спиной к двери и подогнув к животу длинные тонкие ноги в поношенных вельветовых брюках. — Скажи, что я позвоню ему позже.

Кейт, которая никогда не видела, чтобы мать выглядела уязвимой — та даже никогда не ложилась днем, — заявила твердым голосом и решительно:

— Боюсь, он хочет поговорить с тобой сейчас. Папа плохо себя чувствует.

Джой продолжала лежать.

Кейт долго дожидалась ответа.

— Мне жаль Герцога, мамочка, но тебе придется встать. Тебя просят спуститься вниз.

Из-за двери было слышно, как Сабина, горестно всхлипывая, идет в свою комнату. Когда она осознала серьезность дедушкиного состояния, то, как ребенок, разразилась громкими рыданиями, размазывая по щекам слезы и сопли. Кейт была поражена этим несвойственным для Сабины всплеском эмоций и поэтому решила действовать. В какой-то момент матери все же придется выйти из своей комнаты. Хорошо, конечно, оставлять все на Сабину, но в таких ситуациях не мешало бы вспомнить, что внучке всего шестнадцать лет.

— Мамочка...

— Пожалуйста, уйди, — сказала Джой, немного приподняв голову, и Кейт разглядела красные заплаканные глаза, примятые, спутанные седые волосы. — Хочу, чтобы меня оставили в покое.

Кейт услыхала, как в коридоре закрылась дверь комнаты Сабины.

— Знаешь что? — тихим голосом заговорила она. — Будет здорово, если ты выслушаешь меня. Только один раз. — (Джой, отвернувшись, смотрела в окно.) — Послушай, мама, что бы ты обо мне ни думала, я по-прежнему папина дочь. И я сейчас здесь. Кристофера нет. Неправильно, если Сабина сама будет всем этим заниматься. Кому-то надо решить, отправить ли папу в больницу, а если нет, то что нам делать дальше. Если ты через пять минут не спустишься вниз, то мы вместе с врачом решим, что делать с папой.

Глубоко вздохнув, Кейт вышла из комнаты, плотно прикрыв за собой дверь.

Джой вошла в гостиную, когда врач допивал чашку чая. Волосы у нее были приглажены, глаза сильно опухли от слез.

— Извините, что заставила вас ждать, — произнесла она.

Кейт, сидевшая напротив в одном из кресел у камина, не знала, смеяться ей или плакать.

— Создается впечатление, что она готова сделать все, что угодно, но только не разговаривать со мной, — говорила Кейт некоторое время спустя, рассеянно теребя какой-то кожаный ремешок, — они с Томом сидели в кладовке для упряжи.

Кейт утопала в старом кресле, вытянув ноги к электронагревателю, который, ярко светясь, давал мало тепла. Прохладный чистый воздух конденсировался при разговоре в маленькие облачка пара.

— Я хочу сказать, в такие времена семья должна сплачиваться. Даже семья вроде нашей. Но мама продолжает бродить вокруг, находя себе все новые занятия, избегает папу и отказывается говорить со мной о том, что нам с ним делать. Кристофер застрял в Женеве на какой-то конференции, а Сабина слишком молода, чтобы принимать подобные решения.

Том мокрой губкой очищал уздечку, ловко отпаривая пряжки и отдирая их правой рукой.

— Неужели я такая бесполезная? И нельзя допустить, что я в состоянии помочь?

— Дело не в тебе, — покачал он головой. — Дело в ней.

— Что ты имеешь в виду?

— Ей проще горевать по коню, чем по мужу. Она такая зажатая, твоя мать, привыкла все держать внутри. Боюсь, она не знает, как справиться с этой ситуацией.

Кейт на минуту задумалась.

— Я не согласна. Мама всегда легко приходила в ярость. Думаю, дело во мне. Она просто не хочет дать мне почувствовать, что я могу сделать для нее что-то полезное. — Кейт поднялась. — Она никогда не гордилась тем, что я делала. В ее глазах я всегда все делала неправильно. Она просто не хочет допустить, чтобы это изменилось.

— Ты ужасно сурова с ней.

— Это она ужасно сурово ко мне относилась. Послушай, Том, кто сказал, что я не могу жить дома, когда я забеременела Сабиной? А? Как по-твоему, это меня задело? Боже правый, мне было восемнадцать!

Теперь Кейт вышагивала по комнатушке, проводя рукой по стеллажам с седлами.

— Я думал, ты сама не захотела остаться.

— Не захотела. Но это было потому, что они ужасно ко мне относились.

Том поднес уздечку к свету, отыскивая пятна сажи, потом опустил ее на колено.

— Это было давно. Надо идти дальше. Мы идем дальше.

Кейт повернулась к нему, сложив губы в упрямую гримасу. Если бы ее покойной бабке Элис довелось увидеть эту гримасу, она сказала бы, что это в точности как у матери.

— Я не могу идти дальше, Том, пока мама не перестанет порицать меня за все, что я делаю. И пока не начнет принимать меня такой, какая я есть.

Сложив руки на груди, Кейт сердито уставилась на него. Волосы падали ей на лицо.

Том отложил уздечку, встал и крепко обнял ее. Она сразу почувствовала, что тает в его руках.

— Выбрось это из головы.

— Не могу.

— На время. Мы что-нибудь придумаем, чтобы отвлечь тебя.

Голос его был тихим, нежным. Кейт провела пальцем по его губам. На нижней губе был едва заметный волдырь от лихорадки.

— Так что ты задумал? — пробормотала она. — Ты ведь знаешь, в доме полно народа.

Он улыбнулся, в глазах появилось озорное выражение.

— Пожалуй, тебе пора начинать ездить верхом.

Кейт уставилась на него, потом отодвинулась.

— Ох, нет, — ответила она. — Если ты заставил Сабину, то меня не заставишь. Последние двадцать лет я благодарю Бога, что мне не приходится садиться на чертовых лошадей. Ни за что!

Том медленно подошел к ней. Он по-прежнему улыбался:

— Мы могли бы уехать на несколько миль от дома. Погода прекрасная.

— Нет. Ни за что.

— Можем медленно ехать шагом до леса. Где нас никто не увидит.

Кейт покачала головой, плотно сжав губы, словно опасаясь непрошеного поцелуя.

— Я не езжу верхом, Том. Лошади меня пугают. Я буду рада, если никогда больше не сяду на коня.

Здоровой рукой он обнял ее за шею и осторожно притянул к себе. От него пахло мылом и сладковатым духом сена.

— Тебе не придется одной ехать верхом. Сядешь вместе со мной. Обниму тебя и буду все время держать.

Опьяненная его близостью, Кейт испытывала легкое головокружение. Обнимая его за шею, она хотела раствориться в нем, хотела, чтобы и он растворился в ней. Глаза ее закрылись, она склонила голову набок, чувствуя на шее его теплое дыхание.

— Хочу с тобой быть самим собой, — прошептал Том, и от вибрации его голоса у неё на шее волоски встали дыбом.

Услышав, как хлопнула дверь конюшни, Кейт отскочила от него.

Послышались приближающиеся шаги, и в двери появился Лайам. Его худое обветренное лицо на фоне яркого света казалось темным. Стоя с попоной под мышкой, он переводил взгляд с Тома, который, сидя, опять чистил упряжь, на Кейт. Она стояла, небрежно прислонившись к одному из седел.

— Прекрасный день, — сказал Лайам. Слова были обращены к Тому, но смотрел он на Кейт. — Я подумал, что пока заберу попону у гнедого жеребенка. Не такой уж он неженка, как мы думали.

— Хорошее дело, — кивнул Том. — Поскольку погода улучшается, я вот решил, может быть, выпустить его. — Потом, на миг скосив глаза на Кейт, испытующе посмотрел на Лайама. — Ты весь день будешь здесь?

Сабина шла по двору конюшни, глубоко засунув руки в карманы джинсов и спрятав подбородок в воротник свитера, так что видны были только глаза и нос, красноватые и мокрые. Со слов врача можно было заключить, что ее дед умирает, хотя говорил он о разных проблемах и прогнозе. Дедушка умирает, бабушка стала очень странной из-за того, что усыпили ее лошадь, Энни уже давно не отвечает на звонки, и все разваливается на части. Единственная приличная семья, которая у нее была, разваливается на части.

Сабина уселась на деревянную скамью подле загона и вытерла нос рукавом. У ее ног устроился Берти. Ей приходилось отгонять от себя подозрение, каким бы глупым оно ни казалось, что все это имеет какое-то отношение к ней. Две семьи, которые у нее были дома, с Джимом и Джеффом, распались. Теперь ее ирландская семья, члены которой были хорошими, нормальными людьми — ну, может быть, не совсем нормальными, — тоже распадалась. С тех пор как она приехала, ничего не осталось прежним. Ничего. И если это не имеет к ней отношения, тогда что же это?

Сабина испустила долгий судорожный вздох, и Берти посмотрел на нее вопросительно, а потом опять уткнул нос в лапы. Когда Сабина изложила Бобби по телефону свою теорию, он назвал ее нелепой.

— Старики умирают. Старые лошади умирают, — сказал он. — Такое случается. Просто прежде ты с этим не сталкивалась.

Бобби был очень мил, не отпускал шуточек на этот счет, понимая, что ей действительно надо с кем-то поговорить. Сабина с горечью подумала, что поговорила бы с Томом, но последнее время его почти не было видно. Он уже давно не предлагал вместе поехать верхом, а когда они оказывались во дворе вдвоем, шутил и смеялся, как будто разговаривал с Джон-Джоном или даже с незнакомым человеком.

Озябнув, Сабина встала и пошла к стойлам. Она заглядывала поверх каждой дверцы, чтобы посмотреть, кто из лошадей есть, а кого нет. Ее позабавил недавний разговор с матерью. После того как она получила от

Джеффа письмо, они с мамой пару дней хорошо ладили. Но при всем расположении Кейт разговор с ней по поводу Килкарриона может оказаться чересчур трудным, ведь Кейт не в состоянии поладить с Джой. К тому же обе они знали, что Кейт хочет как можно скорее уехать из Ирландии, а Сабина не хочет.

В этом-то и состояла проблема — даже если бы дед умер, Сабина не захотела бы уезжать. Она привыкла к здешней жизни, к ее ритму и правилам, к тому, что ты знаешь, что тебя ждет. Бо́льшую часть времени. Она полюбила лошадей. Большой дом. Людей. Ей трудно было представить, как она будет часами слоняться по жилому массиву Кер-Харди, где людей интересует только то, кто во что одет и кто кому нравится. Заговори она с ними о верховой езде или охоте, они станут над ней насмехаться и говорить, что она заделалась аристократкой. Они заставят ее почувствовать, что она отличается от других, — и отличается даже больше, чем сейчас. Почему-то дом перестал для нее быть домом. «Мама, когда услышит об этом, — виновато подумала Сабина, — очень сильно расстроится».

Она толкнула дверь стойла, тихо вошла внутрь и обняла серую лошадку, которая опустила голову в кормушку с сеном и не обратила на Сабину внимания. Через некоторое время Сабина вышла, плотно закрыла дверь и направилась к кладовке с упряжью. Прогулка верхом разгонит черные тучи. Так всегда говорила бабушка.

В сарае Лайам чистил попону щеткой, которая была забита шерстью больше, чем сама попона.

— Я решила проехаться на сером, — сказала Сабина, беря уздечку.

— Хороший для этого денек, — ухмыляясь, произнес Лайам. — Заметь, для этого день всегда хороший.

— Ха-ха! — сдерживая улыбку, ответила Сабина.

Она считала, что Лайама поощрять не надо.

— Одна едешь?

— Да, а что?

— Ничего, — пожал плечами Лайам. — Мне казалось, ты любишь ездить за компанию. Любишь ездить с Томом.

Сабина с трудом сняла седло со стойки, стараясь не зардеться от смущения.

— Ну, я не знаю, где он. Никого другого тоже нет поблизости.

— Знаешь, тебя может скоро ожидать сюрприз. — (Сабина взглянула на него.) — По-моему, Том поехал в лес. На большой лошади. — Парень бросил щетку в коробку на полу и встряхнул попону. — Не помню, один он поехал или с кем-то. — Он взял из кипы следующую попону. На губах его играла странная улыбка. — Удачной прогулки, — сказал он.

Сабина, нахмурившись, вышла со двора, таща за собой по земле поводья. Лайам иногда бывает таким странным.

Дремучая Кабанья чаща, как хорошо знали местные, не была дремучей, и в ней не водились кабаны. Она простиралась в ширину примерно на четверть мили вдоль небольшой речки, отмечавшей границу двух поместий, где в сезон ловилась форель, а летом, вырвавшись из-под присмотра старших, здесь шныряли местные подростки. Этот протяженный лесной участок тянулся вдоль извилистой речки почти на полторы мили, так что желающие, укрывшись под молчаливыми деревьями и кустами, могли уверить себя, что находятся вдали от цивилизации.

Пройдя полпути по этой тропе, идущей вдоль реки, Том остановил своего крупного гнедого гунтера, перекинул ногу через седло и легко спрыгнул на мягкую торфянистую землю. Взяв поводья в левую руку, он помог Кейт спешиться. Не так грациозно, как он, она соскользнула со спины лошади, медленно подошла к стволу поваленного дерева и осторожно присела на мшистую поверхность.

— Завтра я не смогу и пошевелиться, — сказала она, потирая спину и морщась.

— По-настоящему тебя прихватит послезавтра.

— Не понимаю, чему ты радуешься.

Том почесал коня по носу и подвел его к другому дереву. Сняв повод с шеи лошади, он пристегнул его к удилам и привязал слабым узлом к ветке. Потом медленно подошел к поваленному дереву и сел рядом с Кейт, отведя с ее лица волосы и поцеловав в нос.

— Неужели так плохо?

Невесело усмехнувшись, она опустила глаза, словно силясь разглядеть сквозь одежду проступающие синяки.

— Я бы этого не сделала ни для кого другого.

— Надеюсь. Если бы мы сидели ближе друг к другу, то нарушили бы законы благопристойности.

— О, у меня было ощущение, что ты не стал бы возражать.

Повернувшись друг к другу, они замерли в долгом поцелуе. Кейт вдыхала влажные таинственные запахи леса, запахи гниющих листьев и резкий запах новой поросли, смешанные с более тонкими ароматами сидящего рядом с ней мужчины. Она почувствовала себя абсолютно счастливой.

— Знаешь, я тебя люблю, — сказал Том, когда они оторвались друг от друга.

— Знаю. Я тоже тебя люблю.

Эти слова не потребовали от Кейт никакого усилия. Никаких душевных поисков. Никакой муки.

Над их головами яркое солнце бросало сквозь зеленый полог леса длинные солнечные лучи, освещая землю подвижными вспыхивающими пятнами света. Ветер шелестел в подлеске, словно проводя по нему невидимой рукой. Они снова поцеловались, и Том запустил пальцы в волосы Кейт, осторожно прижимая ее спиной к широкому стволу дерева и придавливая своим телом. Она ослабела от желания, в ответ сильней прижимаясь к нему, стараясь быть еще ближе.

Время замедлилось, а потом остановилось, растворившись в их смешавшемся дыхании, в прикосновении его губ к ее коже.

— О Том, — прошептала она ему на ухо, — я хочу тебя.

Кейт ощутила шершавость его щеки, а он будто замер. Потом приподнялся на здоровой руке, не спуская с нее взгляда.

— Я хочу тебя, — сказал он и, наклонившись, запечатлел на ее лице поцелуй, как благословение.

Желая сократить расстояние между ними, Кейт попыталась притянуть его к себе, но Том воспротивился.

— Нет, — сказал он.

— Что?

Луч света пробил тенистую завесу над ними, и она прищурилась, на миг перестав видеть его лицо. «О господи, — подумала она, — это очки. Не надо было надевать очки».

— Не хочу делать это здесь. — Он полностью выпрямился, продолжая прерывисто дышать. — Не хочу, чтобы это вышло... пошлым.

— Как это может быть пошлым? — Кейт, с трудом поднимаясь, старалась не говорить раздраженно.

— Не пошлым, нет. Неподходящее слово. — Он взял ее за руку, повернул ладонью кверху. — Просто я хотел, чтобы это получилось идеально. Это... не знаю... Я ждал так долго... Ты так много для меня значишь.

Кейт смотрела на свою ладонь, чувствуя, как по телу медленно разливается тепло, а потом на смену ему приходит необычная нежность. Другая энергия.

— Это не будет идеальным, Том.

Он поднял на нее взгляд — две безупречные голубые радужки в черной окантовке.

— Нельзя ожидать, что все получится идеально. Когда ожидаешь слишком многого, можно разочароваться. Поверь мне.

«Уж я-то знаю», — добавила она про себя.

Том по-прежнему смотрел вниз, изучая ее руку.

— Не стоит придавать этому слишком большое значение только потому, что нам пришлось так долго ждать, — продолжала она. — Сначала нам, наверное, будет немного неловко. То есть мы должны привыкнуть друг к другу. — (Он бессознательно посмотрел на свою руку.) — Мы оба изменились, Том. Нам обоим придется начать с нуля. Думаю, в конце концов... все получится. Но наверное, важно с чего-то начать. — Она с улыбкой огляделась по сторонам. — Даже если это случится не здесь. И не в ближайшие два дня. Потому что, честно говоря, я, кажется, не смогу двигать ногами.

Напряжение между ними спало. Взглянув на нее, Том шумно выдохнул и рассмеялся. Потом взял ее руку и, не сводя с нее глаз, легонько куснул за запястье. От прикосновения его губ у Кейт по спине разлился жар, в глазах помутилось. Она судорожно сглотнула.

— Ты права, — произнес он, не поднимая головы и впившись взглядом в ее глаза. — Нельзя считать это самым важным в жизни. — Отпустив ее руку, он улыбнулся. — Но знаешь, ты и не права тоже. Это будет идеальным.

Сабина повернула к дому, подняв ногу с натренированной легкостью и, чтобы дать коню немного отдохнуть, ослабила застежки на лошадиной подпруге. Сегодня она поездила вволю, сосредоточиваясь лишь на ощущении того, как мускулистое тело коня под ней ритмично и тяжело скачет по дерну, на восхитительном, всепоглощающем ощущении, когда он перепрыгивает через препятствия, готовый преодолеть любые трудности.

Она не хочет возвращаться домой. Надо только сказать маме. Она объяснит, что будет навещать ее, звонить каждую неделю, но жить она хочет здесь. Там, где нужна бабушке. Где чувствует себя счастливой. Может быть, последнего она не скажет, подумала Сабина, отпуская поводья, и конь благодарно наклонил голову. Звучит немного жестоко. Даже для мамы.

Заходящее солнце бросало на опустевшие поля красноватые отсветы, окрашивая тронутые изморосью верхние поля оттенками розового. Следом за Сабиной, на безопасном расстоянии от копыт коня, вяло трусил измученный Берти. Если мама очень расстроится, она может приезжать каждые выходные. Сабина знала, что мать не любит быть одна. Но пусть признается, что это отчасти ее вина, ведь она сама прислала сюда Сабину. И не вина Сабины, что она смогла поладить с бабкой и дедом гораздо лучше самой Кейт.

— Может быть, они даже оставят тебя мне, — сказала она коню, который задвигал ушами. — Какая разница — конем больше, конем меньше.

Но дело не только в ее интересах. Если она останется, то сможет помогать бабушке с дедом. У бабушки полно других дел, а если отпустить Линду, они могут сэкономить. Кроме того, миссис Х. сможет проводить больше времени с Энни, которой наверняка понадобится консультация психотерапевта, и кому-то придется готовить обед. Пока хлеб печет миссис Х., но Сабина подумала, что справится с этим. А между делом она может каждый день ездить верхом. И помочь всем немного взбодриться. И присматривать за Кристофером и Джулией. И может быть, продолжать встречаться с Бобби. Он вполне подходит ей в качестве друга, правда, насчет другого она не вполне уверена.

Она как раз заворачивала за угол у церкви Святого Петра, когда ее серый конь остановился, резко подняв голову и прядая ушами. Что-то почуяв, он испустил протяжное и тихое приветственное ржание. Берти, шедший впереди, тоже поднял голову.

Выйдя из задумчивости, Сабина огляделась по сторонам в поисках того, что растревожило ее лошадь.

Следуя за взглядом животного, Сабина различила на отдалении большую лошадь из их конюшни, медленно идущую вдоль изгороди у поля в сорок акров. Сначала она различила с такого расстояния Тома верхом на ней и уже собиралась что-то ему крикнуть. Но потом лошадь немного повернула налево, и Сабина поняла, что верхом едут два человека. Это были Том, а у него за спиной ее мать. Сабина разглядела рыжий цвет ее волос, пламенеющий на фоне вспаханного коричневого поля. Мама держалась за талию Тома, положив голову ему на плечо.

Сабина сильно заморгала, поначалу не веря своим глазам, а потом оцепенела от ужаса.

Ее мать боялась лошадей. Было только одно объяснение тому, почему она едет верхом.

Ей вдруг вспомнились слова Лайама.

Сабина подождала, когда они проедут, не обращая внимания на нетерпеливый топот серого и внутренне сжавшись. Только убедившись, что ее не видят, Сабина пустила коня к дому.

Кейт лежала в ванне с пеной до подбородка, высунув из горячей воды кончики пальцев ног. Тело уже начинало болеть, как она и предполагала, но было наполнено таким приятным ощущением легкости, что ей было все равно. Том ее любит. Он действительно ее любит. Все остальное — это мелочи.

Закрыв глаза, она вспоминала его прикосновения, его дыхание на себе, его обнимающие руки, его посадку на лошади, это спокойно-эротическое ощущение его тела, прижимающегося к ней, их молчание в ответ на приглушенный топот лошадиных копыт под ними.

Кейт вспоминала о том, что, посидев с ней на старом поваленном дереве, Том по ее настоянию снял свитер и расстегнул рубашку, чтобы показать механизм своей руки. Сначала он немного стеснялся, но потом, чтобы скрыть смущение, стал демонстративно все показывать, наблюдая за ее реакцией на каждое разоблачение. Она хотела сказать ему, что для нее это не имеет значения, просто ей надо знать.

Том объяснил, что кисть изготовлена из силикона и в какой-то степени приспособлена для захвата. Ее продолжением является покрытое пластмассой запястье, и все это с помощью металлических кабелей и цилиндрических трубок соединяется с ремешками, охватывающими его плечи.

— Разве ты не мог сделать себе одну из этих хитрых электронных штук? — спросила Кейт, проводя пальцами по протезу. — Штуки, которые управляются нервами, или типа того? Они вроде выглядят более реальными.

— Только если бы я отказался от прежней работы, — ответил Том. — Эта устаревшая модель не боится сырости или пыли от сена. Она редко ломается. И, кроме того, в основном я прекрасно обхожусь правой рукой.

Большинство людей, потерявших руку, сказал он, особо не беспокоятся. Слишком много напряга, и поначалу они испытывают дискомфорт. Он упорно добивался своего, потому что не любит, когда на него пялятся. А люди обычно пялятся — никак не могут удержаться.

Тогда она подняла силиконовую руку и поцеловала ее, а Том притянул Кейт к себе и поцеловал ее в волосы. Потом она об этом не думала. Пока не знала, что там, под свитером, это ее интриговало. Она думала о том, как может сложиться ее жизнь с Томом — каково это будет, просыпаясь, видеть эти радужные голубые глаза, прижиматься к широкой сильной груди. «Как узнать об этом?» — как-то спросила она мать в те времена, когда они могли разговаривать о таких вещах, как любовь. «Просто знаешь, и все», — ответила Джой обыденным тоном. В то время этот ответ совершенно не удовлетворил Кейт. Но может быть, мать была права, с удивлением подумала она. Сейчас Кейт испытывала нечто другое — не ту тревожную любовь к Джастину, не благодарную, сдержанную любовь к Джеффу. Сейчас была, конечно, страсть, но было и нечто надежное, незыблемое, чего она не в силах изменить, даже если попыталась бы. Неизбежное. Улыбнувшись, она согнула колени и погрузила лицо в воду, наслаждаясь теплом.

Поскольку Кейт жила дома одна, она утратила привычку запирать дверь ванной, в этом не было необходимости. Поэтому она очень удивилась, увидев стоящую перед собой Сабину.

— Сабина? — разбрызгивая воду и стирая с лица пену, спросила она. — С тобой все в порядке? Чего ты хочешь?

— Когда ты это прекратишь? — Сабина стояла с искаженным от гнева лицом, уперев руки в бока и брызгаясь слюной. — Неужели и пяти минут не можешь прожить без мужика?

Кейт выпрямилась, подавляя в себе желание прикрыть наготу под суровым взглядом дочери.

— Что...

— Ты отвратительна! Тебе это известно? Ты мне противна! Ты похожа на чертову шлюху!

— Послушай, успокойся... — Кейт потянулась за полотенцем, отчего вода в ванне пошла волнами и немного выплеснулось на пол. — Погоди немного...

— А я ведь даже пожалела тебя! Знаешь? — Сабина покачала головой. Волосы, примятые шляпой для верховой езды, теперь торчали в разные стороны. — Я жалела тебя из-за Джеффа! Я очень переживала, что сказала тебе. А ты все это время... ты просто... — Она искала подходящее слово. — Просто трахала Тома. Накинулась на него. Господи, меня от тебя тошнит!

— Я не спала с Томом. — Кейт вылезла из ванны, держась за радиатор. — Я ни с кем не спала!

— Я тебя видела! Видела, как ты ехала с ним на лошади! Собственными глазами!

Кейт оцепенела, раздавленная неприкрытой ненавистью, написанной на лице дочери.

— Сабина, это не то, что ты думаешь...

— Что? Ты хочешь сказать, что не увлечена им?

— Нет, этого я не говорила, — шумно выдохнула Кейт.

— Тогда не лги мне. Не пытайся отговориться. Господи, мама, когда я сюда приехала, то по-настоящему тебе сочувствовала! Ты это знаешь? Жалела тебя, потому что тебе пришлось здесь расти. Я считала их невозможными. — Сабина плакала, судорожно всхлипывая и зажмуриваясь, чтобы прекратить поток слез. — А теперь, теперь я жалею... что росла у тебя, а не у них. Люди, которые любят друг друга, хотя и не всегда это показывают. Люди, привязанные друг к другу. Люди, которые не прыгают в постель к первому встречному. Почему ты совсем на них не похожа? Почему надо быть такой... шлюхой?

Последнее слово прорезало влажный воздух, как лезвие ножа.

— Я не спала с ним, — тихо сказала Кейт, сжимая полотенце.

Теперь и у нее по щекам струились слезы. Но Сабина уже ушла.

Сабина бродила по дому, не имея представления, что сделает в следующий момент. В голове у нее путались мысли, отражаясь друг от друга, как осколки зеркала, и ничего не объясняя. В конце концов она оказалась в конюшне, подсознательно чувствуя, что бесхитростная компания лошадей и собак надежнее обитателей дома. Как она могла? — думала Сабина, обнимая серого за шею и прижимаясь щекой к его шкуре. Как могла ее мать вешаться на Тома, который единственный понимал ее с первого дня приезда? Неужели мать совсем собой не владеет? Зачем она все испортила?

Сабина отвязала коня и опустилась на пол в углу конюшни, пытаясь осмыслить слова матери. Она утверждала, что не спала с ним. Но очевидно было, что собиралась. Стоило Сабине закрыть глаза, и она представляла себе мать, прижавшуюся к спине Тома, который медленно правил лошадью. Даже с такого расстояния Сабине удалось разглядеть самодовольное выражение ее лица. Мать явно наслаждалась их близостью. С таким же выражением она смотрела на Джастина, думая, что Сабина этого не видит. Сабина потерла глаза в сгущающемся сумраке конюшни, пытаясь прогнать видение. Почему ей так не повезло с матерью? Когда-то Сабина была близка с ней, понимая, что, хотя матери трудно с Джеффом, она пытается сохранить семью, пусть даже и необычную. Теперь Сабина совсем не понимала мать: после романа с Джастином Кейт сильно изменилась. Она стала человеком, который переходит все границы. Сабина не просто злилась, а теряла почву под ногами, словно погружаясь в зыбучие пески.

Встав, Сабина опустила руки в ведро с водой, а потом прижала мокрые, синие от холода кисти к лицу, чтобы остудить лихорадочные мысли. Ледяная вода немного успокоила ее. В этот момент она услышала голос Тома, ласково распекающего лошадь в соседнем стойле, а потом приглушенный шлепок ладони по мускулистому крупу. Послышался звон металла, а затем глухой топот лошади, неуклюже стукнувшейся о стену. Несколько мгновений Сабина стояла не шелохнувшись. Словно думая о чем-то.

Только она ни о чем не думала.

Сабина откинула волосы со лба, вытерла глаза и расстегнула воротник рубашки. Подумав, она сняла свитер через голову и аккуратно повесила его на дверь стойла. Потом вышла из стойла серого и вошла в соседнее, прикрыв за собой дверь.

Том, спина которого была засыпана соломой, стоял лицом к стене. Он оглянулся, и его лицо на время осветилось желтым светом лампочки над головой.

— Привет! — сказал он, поднимая сетку к кольцу и завязывая на узел. — Пришла помочь?

Сабина прислонилась к стене конюшни, не сводя с него взгляда.

— Недавно я вытащил из копыта этого коняги камень величиной с яйцо, — сказал он, продолжая тянуть за сеть. — Не поверишь! Неудивительно, что вчера он хромал.

Сабина потихоньку перемещалась вдоль стены ближе к нему.

— Сам виноват, что не заметил, — пробормотал Том, завязывая последний узел. — Не поверишь, что после двадцати лет работы можешь совершить подобный промах. Ну, где пропадала?

Наконец он повернулся к ней, но ему пришлось немного отступить назад, потому что Сабина оказалась ближе, чем он ожидал.

— Я выезжала на сером, — сказала она, подогнув колено. — Так, безо всякой цели.

— Теперь он хорошо тебя слушается, — с улыбкой произнес Том. — Ты с ним поладила.

Сабина взглянула на него из-под ресниц.

— А ты?

— Нет, он для меня маловат. Но это, пожалуй, мой тип. Храбрый, простой коняга.

— Я говорила не о лошади.

Том замер, наклонив голову набок.

— Мы ладим? Мы с тобой? — Ее голос был тихим, медоточивым.

В конюшне стало очень тихо, топот лошади иногда громко раздавался в почти полной тишине.

— Мы прекрасно ладим. — Том нахмурился, пытаясь понять, к чему она клонит.

Сабина пристально смотрела на него:

— Так я тебе нравлюсь?

— Конечно нравишься. Ты понравилась мне в первый же день.

Сабина сделала к нему шаг. Ее сердце колотилось так сильно, и она подумала, что он, наверное, слышит его.

— Ты мне тоже понравился, — прошептала Сабина. — Ты мне по-прежнему нравишься. — Кончиком языка она облизала губы.

Том, продолжая хмуриться, отвернулся и взял швабру, прислоненную к кормушке в углу. Остановившись, он потер затылок, словно что-то соображая, потом повернулся и наклонился, чтобы поднять почти пустое ведро с водой. Оно с грохотом упало на землю, и лошадь от испуга дернулась.

Теперь Сабина стояла от него в нескольких футах, и рубашка ее была распахнута до талии.

Под рубашкой ничего не было.

— Сабина... — Том сделал шаг вперед, словно собираясь прикрыть ее, но она опередила его.

Подойдя к нему, она положила правую руку ему на грудь и прижалась тонким станом.

Потом, на миг глянув вниз, взяла его правую руку и медленно, но уверенно прижала ее к своей голой левой груди.

— Ш-ш-ш, — прошептала она, широко раскрыв глаза и глядя на него. Ее кожа дрожала под его ладонью.

У Тома тоже расширились глаза, и от изумления он судорожно вздохнул.

— Сабина... — повторил он, но она обняла его за шею и потянулась к нему губами.

На миг настала жуткая тишина. Потом Том оторвался от нее, отступая назад и качая головой:

— Сабина... Нет-нет... Прости меня... но...

Он повернулся к двери. Потом поднял ведро силиконовой рукой, а здоровой принялся тереть глаза и лицо, словно отгоняя от себя наваждение. В кладовой упряжи зажегся свет, полоска света под дверью легла на булыжники двора. Во дворе залаял Берти.

— Сабина... я не могу. Ты очаровательна, правда, но...

Сабина затряслась. Она стояла перед ним почти в полной темноте, неловко застегивая рубашку. У нее дрожала нижняя губа. Она казалась очень хрупкой и очень юной.

Том с участием шагнул к ней:

— О господи, Сабина, иди сюда...

Но она проскользнула мимо и с приглушенным рыданием исчезла в темноте.

Кейт разыскала Джой в кабинете — спутанные седые волосы, прямая спина в стеганом зеленом жилете. Она сидела за письменным столом Эдварда, просматривая коробку с документами. Некоторые из них складывала перед собой в аккуратную стопку, но бо́льшую часть выбрасывала в металлическую корзину для мусора, стоящую на полу. Она не раздумывала над каждой бумагой — беглый взгляд, а затем в стопку или в корзину. Слева от нее стояла коробка с фотографиями, за рассматриванием которых Кейт два дня назад застала Сабину, очевидно ожидающая своей очереди на безжалостную инвентаризацию.

Кейт, едва ли не бегом поднявшаяся по лестнице, перевела дух и постучалась, хотя уже вошла в комнату.

Джой обернулась. Увидев дочь, она слегка удивилась и бросила взгляд за дверь, словно ожидая кого-то еще.

— Что ж, можешь радоваться, что добилась желаемого, — тихим, ровным голосом произнесла Кейт. Джой нахмурилась. — Честное слово, мама, я знала, ты осуждаешь меня, но то, что тебе хватило всего... сколько? Двух с половиной месяцев? Ну, это впечатляет. Даже по твоим меркам.

Джой полностью повернулась к ней:

— Извини. Я не очень понимаю.

— Сабина. Тебе хватило нескольких недель. И теперь она презирает меня не меньше твоего.

Мать и дочь упорно смотрели друг на друга в старой пыльной комнате. С приезда Кейт это была их самая продолжительная встреча.

Джой поднялась со стула. Ее движения были медлительными, не такими, как запомнились Кейт. Казалось, они требовали от нее больших усилий.

— Кэтрин, что бы ни произошло между тобой и Сабиной, это не имеет ко мне никакого отношения. — Джой повернулась лицом к дочери, одной рукой по-прежнему держась за спинку стула. — Понятия не имею, о чем ты говоришь. А теперь извини, мне надо кое-что сделать внизу.

— Ах, какая неожиданность! — (Джой вздернула подбородок.) — Ну, у тебя всегда найдутся дела. Они важнее, чем разговор с собственной дочерью.

— Не надо сердиться. — Джой не хотела смотреть на Кейт, стоящую у нее на пути.

— Нет, мама, я не сержусь. Я совершенно спокойна. Просто я думаю, что нам пора поболтать. Я устала, — здесь Кейт поневоле повысила голос, — оттого, что ты вежливо игнорируешь меня, словно я какой-то неприятный запашок. Я хочу поговорить с тобой, и хочу сделать это сейчас.

Джой посмотрела на дверь, потом оглядела пол, в основном освобожденный от коробок, которые пролежали здесь много лет. На старых коврах остались темные прямоугольники — пыльные отметины от коробок.

— Ладно, попробуем и не будем затягивать. Не хочу надолго оставлять твоего отца.

Кейт почувствовала, как в ней закипает ярость.

— Что ты рассказала про меня Сабине?

— Прошу прощения?

— Что ты сказала? Когда она уезжала из Лондона, все было в порядке. А теперь она осуждает все, что я делаю. Все во мне. И знаешь что, мама? Некоторые ее слова — ну, их могла сказать только ты.

— Я понятия не имею, о чем ты говоришь. — Джой напряженно стояла, еле сдерживаясь. — Я не разговаривала с Сабиной о тебе.

Кейт рассмеялась глухим безрадостным смехом:

— О, ты могла и не говорить ничего особенного, но я знаю тебя, мама! Знаю, как ты это умеешь. Как не произнесенные тобой слова могут быть столь же ядовитыми, как и то, что ты делаешь. И поверь мне, что-то все-таки произошло. Потому что моя дочь взяла тебя за образец настоящей любви, блин! А все, что делаю я, теперь чертовски несовершенно.

— Это не имеет ко мне никакого отношения. — Джой сохраняла строгое выражение лица. — И у меня нет для этого времени. Правда.

Но Кейт уже не могла остановиться.

— Знаешь что? Жаль, я не такая, как вы с папой, да? Жаль, у меня никогда не было белого свадебного платья. Жаль, моя школьная любовь не длится всю жизнь. Но времена меняются, и, веришь или нет, многие люди моего возраста такие же.

Джой еще сильней вцепилась в спинку стула.

— Я не оправдала ваших ожиданий? Я не достойна вашей с папой чертовой любовной истории? Но это не делает меня плохим человеком. Это не означает, что ты вправе осуждать меня за каждый пустяк.

— Я никогда тебя не осуждала.

— Ну перестань, мама! Ты заставляла меня сомневаться в любой мелочи, которую я совершала. Ты осуждала меня за Сабину, за Джима. Ты дала мне понять, что не одобряешь Джеффа, хотя он чертов врач.

— Я не осуждала тебя. Просто я хотела видеть тебя счастливой.

— Ах, какой вздор! Вздор! Ты даже не позволяла мне дружить в детстве, с кем хочется! Посмотри! — Кейт достала из кипы фотографию, где она была снята с Тун Ли. — Помнишь его? Спорю, не помнишь.

Джой мельком взглянула на снимок и отвела глаза:

— Я прекрасно помню, кто это, не волнуйся.

— Да, Тун Ли. Мой *лучший* друг. Лучший друг, с которым мне не разрешили играть, поскольку ты считала, что девочке моего круга не следует играть с сыном прислуги.

— Дело не в этом, Кэтрин. — Джой вдруг сникла и уселась на стул. — Ты неправильно поняла.

— Неужели? Помнится, в то время ты выражалась очень четко. «Неподходящий» — так ты говорила. Помнишь? А я все еще помню. Потому что это меня очень задело. Неподходящий!

— Все было не так, — совсем тихо произнесла Джой.

— Он тебя не устраивал. Точно так же, как не устраивало все, что я делаю. Как живу, в кого влюбляюсь, как воспитываю дочь. Даже то, кого я выбрала себе в друзья. В шесть лет! Неподходящий, блин!

— Ты неправильно это поняла.

— Как? Как я могла неправильно понять, черт возьми? Мне было шесть лет!

— Я уже сказала, все было не так.

— Так скажи мне!

— Хорошо. Хорошо, скажу. — Джой глубоко вздохнула и закрыла глаза. — Причина, по которой я не разрешала тебе играть с Тун Ли... — Она снова вздохнула. За дверью скреблась и подвывала одна из собак, прося, чтобы ее впустили. — Причина, по которой я не разрешала тебе играть с Тун Ли... Я не могла этого вынести. Потому что мне было слишком тяжело. — Открыв глаза, блестевшие от слез, она посмотрела прямо на Кейт. — Потому что он был твоим братом.

Глава 14

Джой Баллантайн так сильно страдала от утренней тошноты, как рассказывала впоследствии знакомым ее мать, что ее муж уволил одну за другой двух кухарок, убежденный в том, что они пытались отравить Джой. Сначала Элис приняла это на свой счет, поскольку в свое время приложила немало усилий для поиска прислуги номер один, но даже ей пришлось признать, что частые приступы рвоты у Джой и неспособность по неделям подняться с дивана никак не ассоциировались со здоровой беременностью.

Ибо начиная с шести недель, когда Джой сообщила Эдварду о предстоящем отцовстве, ее самочувствие стало еще больше ухудшаться, бледное лицо приобрело специфический желтовато-серый оттенок, обычно пышные волосы стали тусклыми и безжизненными, несмотря на бесконечные попытки матери уложить их. Ей стало трудно двигаться, она жаловалась, что от ходьбы ее тошнит, столь же трудно разговаривать и почти невозможно бывать на людях, поскольку у нее случались внезапные приступы сильной рвоты. Элис говорила, что жизнь в многоквартирном доме только все усугубляет.

— Все эти кухарки, которые весь день готовят чеснок и бог его знает что еще. Вывешивают на просушку свиные потроха. Готовят пасту из репы. До чего отвратительный овощ, пахнет тухлятиной.

— Да, спасибо, мама. — Джой наклонилась для облегчения над тазиком.

Узнав, что скоро станет бабушкой, Элис заметно взбодрилась — из-за своего физического состояния Джой не могла долго держать это в тайне — и с почти неподобающим удовлетворением взяла на себя роль главы семьи, проживающей в квартире номер четырнадцать в Санни-Гарден-Тауэрс. Она заменила последнюю прислугу номер один девушкой по имени Вай Ип из Гуандуна, которая была гораздо моложе прочих кухарок, но знала английскую кухню, и, как говорила Элис, молодая женщина более энергична с детьми.

— Вот что я тебе скажу, Джой, дети не только губят наше здоровье, но и совершенно изнуряют нас. Поэтому тебе потребуется человек, который освободит тебя от части обязанностей.

Элис наняла также прачку Мэри из Козуэй-Бей и при каждом удобном случае указывала зятю на превосходно накрахмаленные сорочки.

Между тем Джой проливала молчаливые, горькие слезы, обиженная на этого поселившегося внутри приживальщика, измученная неумолимой тошнотой и раздосадованная собственной недееспособностью. Больше всего она проклинала этого непрошеного узурпатора за то, что он встал на пути ее отношений с Эдвардом. Она теперь не могла уже сопровождать мужа на мероприятия, ее внешний вид, как она догадывалась, разочаровывал его, хотя он ничего не говорил. Это уже частично разъединило их, превратив ее из партнера в будущую маму, над которой трясутся женщины и врачи и для которой оказались под запретом верховая езда, теннис и другие виды физической активности, доступные недавно им обоим. Джой знала, что Эдвард и смотрит-то на нее по-другому. Это было заметно по той осторожности, с какой он приближался к ней после работы, деликатно целуя в щеку, вместо того чтобы страстно привлечь к себе, как он обычно делал. А как муж смотрел на нее, когда она тащилась из комнаты в комнату, стараясь придать себе бодрый вид, а мать оживленно замечала, что в жизни не видела такого бледного лица. Но худшее настало на десятой неделе, когда Эдвард, очевидно раздосадованный отсутствием близости между ними — обычно Джой ложилась с ним четыре или пять раз в неделю, — склонился над ней и стал гладить, ожидая поцелуя.

Однажды Джой, задремав, в панике проснулась. Она не говорила мужу самого ужасного: что теперь ее тошнит даже от запаха его кожи. В тот раз он всего лишь поцеловал ее в щеку, и ей удалось спрятать страх под улыбкой. На этот раз ее замутило от ритмичных движений его руки, а когда он прижался губами к ее рту, к горлу подступила тошнота. Господи, прошу, не надо, молила Джой, зажмуривая глаза и пытаясь остановить подступающую тошноту. А потом, понимая, что не может больше терпеть, грубо оттолкнула его и бросилась в ванную, где ее долго и шумно рвало.

Это было началом. Эдвард не захотел выслушивать ее слезных объяснений, а молча перешел в гостевую комнату. Джой почти физически ощущала волны исходящей от него обиды. И на следующее утро он не пожелал об этом говорить, хотя слуги были в другой комнате. Но на третий вечер, когда она лежала, размышляя над тем, почему он так поздно пришел с верфи, Эдвард пробормотал одно слово: «Ваньчай». И Джой стало страшно.

После этого она никогда больше не спрашивала мужа, где он пропадает вечерами по три-четыре раза в неделю. Но несмотря на усталость, Джой лежала без сна в их двуспальной кровати, ожидая, когда откроется входная дверь и Эдвард, обычно пьяный, ввалится в гостевую комнату, где он спал теперь почти постоянно, за исключением вечеров, когда сильно напивался и забывал, что спит отдельно. Тогда Джой начинало мутить от запаха алкоголя, и она уходила сама. По утрам они не разговаривали: Джой чувствовала себя ужасно и не знала, о чем говорить, а Эдвард, мучаясь от последствий возлияний, вечно торопился на службу. Джой не с кем было поговорить об этом — она не хотела доставлять матери удовольствие, — а той было бы приятно видеть, что они с Эдвардом опустились до семейных неурядиц, вполне обычных для семейных пар вокруг. Стелла была в Англии, а других подруг у нее не было. Другом Джой раньше был Эдвард, и она не собиралась искать кого-то еще.

Итак, Джой худела и худела, в то время как, по словам флотского врача, должна была набирать вес, и потому становилась все печальней. Она понимала: Эдварду проще уйти, чем остаться и смотреть на ее укоризненное лицо.

А потом, примерно на шестнадцатой неделе, Джой проснулась однажды утром и обнаружила, что тошнота почти исчезла, мысль о еде не вызывает у нее отвращения и она с удовольствием прогулялась бы, не страшась почувствовать неожиданные мерзкие запахи. Увидев себя в зеркале, Джой заметила, что щеки у нее немного порозовели, а глаза стали ярче.

— Вот видишь, — отметила мать с легкой ноткой разочарования в голосе. — Ты начинаешь расцветать. Теперь можно немного принарядиться. Выглядеть чуть более радостной для окружающих.

Но Джой хотела выглядеть радостной лишь для одного человека. Когда в тот вечер Эдвард пришел домой, она не просто бодрствовала, а на ней было его любимое платье и она чуть надушилась духами, которые он подарил ей на Рождество. Немного робея, она быстро подошла к нему, едва он открыл дверь, молча прижалась губами к его губам и обняла за талию.

— Пожалуйста, не уходи вечером, — прошептала она. — Останься со мной.

Эдвард опустил взгляд на ее лицо, и в его глазах одновременно отразились жуткая печаль и огромное облегчение. Он крепко прижал Джой к себе, и ей показалось, что сейчас она задохнется. Они долго стояли так, не разговаривая и обнимая друг друга, пока не спало напряжение последних недель.

— Что ж, сегодня утром у вас довольный вид, — заметила Элис, застав их за завтраком.

Потом она догадалась почему и поскучнела.

Примерно пять с половиной месяцев спустя во флотском госпитале родился Кристофер Грэм Баллантайн. Роды были скорыми и прошли без осложнений, что предопределялось, как впоследствии шутил Эдвард, скорее не намерением младенца выйти на свет божий, а желанием матери вновь ездить верхом. Это был крупный, спокойный младенец, обожаемый родителями, которые тем не менее были довольны, что могут вновь распоряжаться телом Джой, и не позволяли, чтобы его появление радикально повлияло на их светскую жизнь или привычку ездить верхом. Это не беспокоило Элис, и не только потому, что не принято было родителям тратить на детей слишком много времени, но и потому, что это позволило ей посвятить себя ребенку, возиться с ним, одевать в красивые рубашечки и катать в огромной коляске, с гордостью демонстрируя другим дамам с детскими колясками своего безупречно одетого красивого внука. Джой наблюдала за тем, как мать обожает ее сына, со смешанным чувством материнского удовлетворения и смущения: казалось, мать проявляет куда бо́льшую любовь к этому ребенку, чем когда-либо к ней. Джой не помнила, чтобы ее без конца обнимали, сюсюкали с ней и окружали таким вниманием, какое перепало Кристоферу.

— Не беспокойся, — говорил Эдвард, довольный тем, что ему достается бо́льшая часть внимания жены. — Ведь они оба теперь счастливы.

В следующие два года все были счастливы: Эдвард, руководящий инженерными работами на верфи, Элис в роли неофициальной няни и Джой, будучи любящей матерью, снова была рядом с мужем и решительно не желала допустить, чтобы между ними вновь возникла дистанция. Даже наоборот, Эдвард стал более любящим, внимательным, пожалуй, даже благодарным за то, что Джой не превратилась в беспокойную, суетливую, помешанную на детях мать. Он не имел ничего против того, чтобы оставаться на берегу, в отличие от некоторых офицеров, которые, подолгу задерживаясь на одном месте, начинали тревожиться. Ему нравилось быть с семьей. С женой. Он никогда не вспоминал об «эпохе Ваньчай», как втайне называла это Джой, и она никогда не требовала от него объяснений. Она была наслышана о той части города и не хотела вникать в нежелательные подозрения. «Не буди лиха, пока тихо» — эта пословица приходила ей на ум. Они все были счастливы, счастливее даже, чем ожидала Джой, если учесть события, приведшие к рождению Кристофера.

Вот почему, когда однажды утром она проснулась со знакомым тревожным ощущением тошноты, сердце у нее сжалось от страха.

— Что ж, ваши подозрения правильны, миссис Баллантайн, — сказал флотский врач, умывая руки в маленькой овальной раковине. — Я бы сказал, около семи недель. Ваш второй, не так ли? Мои поздравления!

Он очень удивился, услышав шумные, неудержимые рыдания Джой. Не в силах поверить, что случилось самое ужасное, она сидела, прижав ладони к лицу.

— Мне жаль, — положив руку ей на плечо, сказал врач. — Я думал, это было запланировано. В конце концов, после рождения вашего сына мы обсуждали методы...

— Эдварду они не понравились, — вытирая лицо, ответила Джой. — Он сказал, это все портит. — Она вновь расплакалась. — Мы думали, что соблюдали осторожность.

Прошло несколько минут, и сочувствие врача поубавилось. Сев за стол, он решительно сообщил секретарю по телефону, что скоро будет готов принять следующего пациента.

— Извините, — сказала Джой, ища в сумке несуществующий носовой платок. — Я сейчас успокоюсь. Правда.

— Знаете, миссис Баллантайн, ребенок — это благословение, — сказал врач, строго глядя из-за бифокальных очков. — Множество женщин были бы счастливы здоровому пополнению семьи. А тошнота, как вы знаете, верный признак здорового ребенка.

Джой, уловив в его словах нотки увещевания, встала, чтобы уйти. «Я знаю, — думала она, — но мы больше не хотим детей. Мы даже не были уверены, что хотим первого».

— В этот раз тошноты может и не быть, — предположила Элис, очень довольная перспективой рождения второго внука. Она была склонна приравнять плодовитость дочери к упрочению собственного статуса. По крайней мере, у нее появилась роль, которой она была лишена с того времени, как Джой выросла. — У многих женщин этого нет.

Однако Джой, которая уже начинала чувствовать еле уловимые запахи колонии, пряные ароматы еды, разносимой уличными торговцами, выхлопы транспорта и замирала при виде тележки с мясными тушами, знала, что ее ждет. Она ощущала беспомощное оцепенение мелкого зверька, парализованного светом фар и ожидающего худшего.

Напротив, в этот раз было еще хуже. Джой быстро уложили в постель, теперь она не ела ничего, кроме вареного риса, которым ее кормили каждые два часа, чтобы остановить рвоту. Ее рвало, если она была голодна, рвало после еды. Ее рвало, когда она двигалась, и рвало, когда она просто лежала под вращающимся вентилятором, мечтая, чтобы ее переехал грузовик и положил конец ее страданиям. Она могла лишь шептать ласковые слова малышу Кристоферу, который льнул к ее распростертому телу. Как было объяснить ему, что ее мутило даже от запаха его волос? Скоро Джой стало настолько плохо, что ей было безразлично, что подумает Эдвард. Ей просто хотелось умереть. Хуже просто не могло быть.

На этот раз даже Элис забеспокоилась — часто вызывала врача, и тот выписывал лекарства, которые Джой отказывалась принимать. Врач тревожился по поводу того, что она быстро теряет вес.

— Если обезвоживание будет продолжаться, нам придется положить ее под капельницу, — сказал он. Но в его манере сквозило, что, хотя все это, без сомнения, неприятно, Джой придется смириться. Такова женская доля. — Почему бы вам не подкраситься немного? — посоветовал он перед уходом, промокая ее потный лоб сложенным носовым платком. — Чуть-чуть порадовать себя.

Эдвард, который поначалу проявлял к Джой сочувствие — сидел, бывало, рядом с ней, гладил по волосам, неубедительно говоря, что скоро она поправится, — вскоре устал проявлять терпение и уже не скрывал подозрений, что жена немного переигрывает.

— Она обычно очень мужественна, — услышала как-то Джой его слова, обращенные к одному из коллег, когда компания сидела на балконе, прихлопывая москитов. — Не понимаю, почему она все время плачет.

Эдвард уже не пытался заниматься с ней любовью, а просто перебрался с вещами в гостевую комнату. От этого Джой стала плакать еще больше.

Не помогало и то, когда к ней заходили другие молодые жены и матери и делились с Джой своим опытом. Некоторые успешно прошли через эти испытания, бодро замечая, что их ничуточки не тошнило, как будто это могло служить ей утешением. Другие, хуже того, говорили, что понимают, каково ей, хотя она знала, что совершенно не понимают, и предлагали разные средства, которые быстро поднимут ее с постели: слабый чай, тертый имбирь, пюре из бананов. Джой послушно все пробовала и с той же готовностью извергала все наружу.

Дни перетекали один в другой, растворяясь в сезоне дождей. Вслед за безветренными, влажными днями наступали нескончаемые ночи, когда лежишь в поту, и Джой становилось все трудней притворяться перед сыном, что с мамочкой все в порядке, или перед мужем, что скоро ей станет лучше. Она повторяла это как мантру в надежде, что это остановит Эдварда от посещений Ваньчая. Ослабленная физически, Джой, пребывая в глубокой депрессии, перестала замечать дни. Она лишь считала, сколько еще пройдет до ее выздоровления, лежа в полумраке, тревожно прислушиваясь к собственному дыханию и стараясь не извергнуть свежую воду, которую приносила ей каждый час Вай Ип.

Когда срок подошел к шестнадцати неделям, а заметного улучшения в состоянии Джой не наступило, врач решил, что надо поместить ее в больницу. Она уже довольно сильно обезвожена, а это представляет риск для ребенка. Все были ужасно озабочены будущим ребенком. Но к этому времени Джой было все равно, выживет ребенок или умрет и выживет ли она сама. Поэтому она послушалась мать и без возражений собралась в больницу.

— Я позабочусь о Кристофере, — озабоченно нахмурив брови, сказала Элис. — Ты сосредоточься на своем здоровье.

Джой, для которой в ее одурманенном состоянии многое оставалось незамеченным, обратила внимание лишь на встревоженное лицо матери и в ответ сжала ее руку.

— Ни о чем не тревожься, — сказала Элис. — Мы с Вай Ип обо всем позаботимся.

Когда ее загружали в «скорую помощь», Джой просто закрыла глаза, благодарная за то, что ей больше не надо беспокоиться.

Почти месяц Джой пробыла в больнице, пока в ее состоянии не наступило заметного улучшения и она не смогла есть самую пресную еду и гулять без посторонней помощи по всему женскому отделению. Почти две недели она пролежала под капельницей, что почти сразу улучшило ее самочувствие, хотя из-за внезапных приступов тошноты есть она по-прежнему боялась. В иные дни даже безобидный подсушенный хлеб мог спровоцировать тошноту, в более удачные дни ей удавалось затолкать в себя кусок вареной рыбы. «Белая еда», говорили врачи, и чем пресней, тем лучше. Поэтому Элис, навещавшая дочь каждый день, приносила свежеиспеченные ячменные лепешки, бананы и даже меренги — все, что могли придумать они с Вай Ип. Правда, к огорчению обеих женщин, ей не разрешали приводить с собой Кристофера, чтобы не слишком утомлять маму.

— Должна сказать, она очень хороша, — говорила Элис Джой, сидя у ее кровати в модном голубом костюме с пышным бантом и откусывая от лепешки. — Много не болтает, а усердно работает, даже когда на вид усталая. Мне кажется, у девушек с материка не такое отношение к службе, как у наших из Гонконга. У них гораздо меньше самомнения. Я сказала Бей Лин, что заменю ее девушкой из Гуандуна, вот увидишь.

Впоследствии Джой считала, что в то время они с матерью были близки, как никогда: Элис, обремененная ответственностью как за дочь, так и за внука, серьезно относилась к своим обязанностям, не вызывая у Джой чувства вины за это. Джой, страдая от женских недомоганий, словно бы признавала тем самым значимость матери. Это показывало им обеим, что Элис нужна и что ее неловкая, странная дочь в конце концов оказалась права. Она ведь страдала во имя того, чтобы подарить мужу следующего ребенка.

Между тем Джой утратила свой боевой дух. Находясь в больнице, сломленная болезнью, а также неослабевающей, ненавязчиво-деспотической заботой медперсонала, она постепенно стала пассивно воспринимать различные лечебные процедуры и налагаемые на нее необоснованные правила, подчинившись больничной рутине и благодарная матери. Она просто хотела, чтобы все заботы были переложены на кого-то другого. Здесь она могла лежать на хрустящих белых простынях, под вращающимся вентилятором, прислушиваясь к тихому шарканью ног медсестер по линолеуму и шуршанию их накрахмаленных юбок, к тихому гулу голосов в другом конце отделения, находясь вдали от пота и запахов настоящей жизни. И хотя Джой очень скучала по ребенку, она в то же время испытывала облегчение оттого, что ей не надо выполнять его постоянные требования и удовлетворять физические нужды.

То же самое относилось к ее мужу.

Но по прошествии еще одного месяца, когда Джой почувствовала, что опять становится собой, она испытала растущее желание снова быть с родными. Мать дважды привозила Кристофера, и им позволили сидеть на открытом воздухе в пышном саду. В конце посещения Элис пришлось отрывать от нее плачущего ребенка, и сердце Джой едва не разорвалось. И, что более важно, ее волновало, что Эдвард здесь редко появлялся.

Он держался с женой неловко, последние два раза даже не попытался поцеловать ее в щеку, а только бродил вокруг кровати, поглядывая в окно, словно ожидая какого-то бедствия, так что в конце концов Джой пришлось попросить его сесть. Эдвард бормотал, что не любит больниц и все это смущает его. Она не сомневалась, что он имеет в виду женское отделение, и поняла его, потому что в женском окружении она тоже чувствовала себя некомфортно. Но когда Джой спросила мужа, все ли у него хорошо, он набросился на нее, говоря, что пусть она перестанет волноваться из-за пустяков. После его ухода Джой вволю поплакала в подушку.

— Не знаешь... Эдвард часто отлучается из дома? — спрашивала она потом у матери.

Сама Элис почти все время проводила дома, беспокоясь, что Вай Ип не сможет хорошо ухаживать за маленьким Кристофером.

— Отлучается из дому? Да нет. На прошлой неделе он ходил на прием к коммандеру. А в четверг участвовал в скачках в Хэппи-Вэлли. Ты это имела в виду?

— Да, это, — сказала Джой, откинувшись на подушки с плохо скрываемым облегчением. — Хорошо, что был у коммандера. Просто я хотела убедиться, что он не позабыл.

Элис сказала, что Эдвард почти никуда не ходит. Она даже советовала ему почаще выходить из дому, урвать свой кусочек свободы, что, как думала Джой, звучало немного забавно из уст женщины, которая била своего мужа по голове венчиком для сбивания яиц за то, что тот приходил домой утром. Но Эдвард съедал ужин, приготовленный Вай Ип, заходил в комнату к сыну, чтобы пожелать спокойной ночи, и скрывался в кабинете, где работал, или время от времени отправлялся в Хэппи-Вэлли или на позднюю прогулку вокруг Пика.

— Мне надо домой, — заявила Джой.

— Тебе надо позаботиться о будущем ребенке, — дотрагиваясь до напудренного лица, сказала Элис. — Нет смысла рваться домой, когда мы вполне можем обойтись без тебя.

На двадцать второй неделе Джой наконец отпустили домой с условием, что она будет больше отдыхать, избегать напряжения и выпивать по меньшей мере две пинты воды в день, хотя бы до окончания сезона дождей. Эдвард пришел встречать жену на Моррис-стрит, 10, без пиджака и в слаксах. Он сердечно обнял ее, и Джой сразу же успокоилась, уверившись, что с этого момента все будет в порядке. Кристофер, поначалу сдержанный, вцепился в мамины ноги и в первую неделю пребывания Джой дома просыпался по три-четыре раза за ночь. Элис же между тем с облегчением и некоторым разочарованием пришлось принять, что дочь выздоровела и поэтому не нуждается в ее помощи.

— Я поживу у вас первые недели две, — сказала она, когда Джой открыла дверь квартиры, чувствуя себя чужой в собственном доме. — Тебе понадобится помощь. А Кристоферу надо придерживаться режима. У нас с ним был очень хороший режим.

Джой оглядывала безупречные паркетные полы и тиковую мебель своего жилища, пытаясь почувствовать все это снова своим. Это место казалось давно знакомым, но каким-то неуютным. Вай Ип внесла поднос с прохладительными напитками, подняла на нее глаза, кивнула в знак приветствия и вышла. «Даже она привыкла, что меня здесь нет, — подумала Джой. — Наверное, пытается вспомнить, кто я такая». Она подошла к каминной полке, на которой стояла картина с голубой лошадью на белой бумаге, теперь наклеенная на светлый картон в обрамлении позолоченной рамки. Джой с минуту рассматривала ее, потом перевела взгляд на Эдварда, наблюдавшего за ней. Очевидно, он тоже старался привыкнуть к ее присутствию в доме.

— Хорошо вернуться домой, — произнесла Джой.
— Мы скучали по тебе, — не сводя с нее глаз, отозвался Эдвард. — Я скучал по тебе.

Неожиданно, не обращая внимания на поднятые брови матери, Джой быстро подошла через комнату к мужу и уткнулась лицом ему в грудь, чувствуя его основательность, вспоминая любимый запах. Он обнял ее и склонил к ней голову, прижавшись щекой к ее волосам.

Элис подчеркнуто отвела взгляд, а Кристофер вбежал в комнату и попытался втиснуться между родителями, раскинув пухлые ручонки и крича:

— На ручки, на ручки!

Как это было во время первой беременности, едва Джой оправилась от утренней тошноты, они с Эдвардом вновь стали близки. Он был необычайно внимателен, часто дарил ей цветы и коробки швейцарского шоколада, которые покупал на приходящих судах. Его изъявления нежности к жене подчас вызывали у Элис открытое раздражение, и она говорила ему:

— Оставь ее в покое. Кристоферу не полезно все это видеть.

Эдвард вновь пристрастился к привычке ходить за женой по пятам из комнаты в комнату, так что время от времени Джой, спасаясь от двух своих мужчин, запиралась в ванной. Если он иногда терял толику чувства юмора или становился чуть более настороженным, Джой относила это к проблемам на верфях. Из разговоров его флотских коллег, приходивших на ужин, она знала, что у Эдварда большой напряг на службе. Старый зануда Эдвард, говорили они, воспринимает все чересчур серьезно. Последнее время им не до смеха.

Кэтрин Александра Баллантайн родилась на неделю раньше срока в той же больнице, где Джой провела бо́льшую часть лета. Роды, как выразился доктор, были до неприличия скорыми.

— Эта крошка не задержалась у барьера на старте, — шутливо сказал врач Эдварду, когда того наконец впустили и он в восторге глазел на свою новорожденную дочь.

Врач был тоже любителем скачек, и они время от времени встречались вечерами в Хэппи-Вэлли.

Джой лежала на подушках в состоянии эйфории и глубокого облегчения оттого, что кошмар беременности уже позади.

— Как ты себя чувствуешь, милая? — спросил Эдвард, наклонившись, чтобы поцеловать ее в лоб.

— Немного устала, но очень хочу домой, — слабо улыбнувшись, ответила Джой. — Не забудь сказать старику Фогхиллу, чтобы подготовил для меня лошадь.

Муж одобрительно улыбнулся.

Но на этот раз у Джой почти не оставалось времени для верховой езды, по крайней мере в первые месяцы. Кэтрин, как часто замечала Элис, была трудным ребенком — долго не могла успокоиться, ее часто мучили колики, и она могла просыпаться несколько раз за ночь. Ей быстро удалось истощить совместные силы ее матери, Элис и Вай Ип, разбивая в пух и прах традиционные теории и средства Элис и горничной.

Как ни странно, Эдвард проявлял большое терпение с младенцем и, возвращаясь домой со службы, часто выходил с ней на спокойную прогулку по Пику, прихватив с собой джин с тоником, — прогулку можно было бы назвать спокойной, если бы Кэтрин перестала в это время кричать. Эдвард был ласков с дочкой, когда утомленная Джой испытывала лишь раздражение, и Кейт, в свою очередь, становилась с ним спокойней, инстинктивно узнавая отца.

— Вот, папина девочка, — говорила Элис, искренне радуясь тому, что посвятила себя маленькому Кристоферу. — Ты была точно такой же. — В ее устах это звучало весьма неодобрительно.

— Мне безразлично, чья она девочка, пусть только перестанет плакать, — отвечала Джой.

Уже почти два месяца она недосыпала по ночам. Ночью за ребенком следила Вай Ип, но крики младенца все равно будили Джой, запуская какую-то первобытную систему реагирования, да и няня очень уставала, поэтому Джой, проснувшись, часто заставала ее крепко спящей на раскладушке.

Никогда прежде Джой так не уставала: покрасневшие глаза чесались, как от плохой косметики, и все расплывалось перед глазами. Иногда она бывала так измотана, что ей мерещилось, будто она подошла к Кэтрин, а на самом деле нет. Тогда к ней подходил Кристофер, будил ее и серьезно объявлял, что ребенок опять плачет. Джой старалась не показывать перед Эдвардом усталости, стремясь возобновить близость, тем более что врач разрешил им это. Несмотря на собственное утомление, она ни за что не хотела отказывать ему.

— Когда Кейт будет нормально спать, я стану похожей на себя, — извиняющимся тоном говорила она мужу, осознавая, что сейчас не более соблазнительна, чем старое одеяло.

— Ты в порядке. Просто я хочу быть рядом с тобой, — нависая над ней, отвечал Эдвард, и Джой едва не плакала от благодарности.

На этот раз он согласился на предложенные врачом способы.

Джой была настолько поглощена проблемами своей семьи, что почти не замечала, какой измученной стала их молодая прислуга. Дважды, зайдя в комнату, Джой заставала ее спящей днем — такую ситуацию Элис считала возмутительной, — хотя Джой, сама живущая в состоянии постоянной апатии, сочувствовала Вай Ип и не хотела наказывать.

— Она много сделала для нас, пока я была в больнице, — сказала она Элис, когда Вай Ип пошла на кухню за их ланчем. — Как правило, она хорошо со всем справлялась.

Джой качала Кэтрин на руках, стараясь не допустить плача. Врач сказал, что с трех месяцев ребенка будут меньше мучить колики, но, несмотря на все старания Джой увидеть признаки этого, Кэтрин все же была весьма предрасположена к плачу.

Элис, листая журнал, подняла глаза на Вай Ип, которая поставила на стол две тарелки и с легким поклоном вышла из комнаты.

— Я уволю эту девушку, — недовольно сжав губы, сказала она. — Боюсь, она тебя обманывает. Терпеть не могу нечестную прислугу.

Кэтрин издала пронзительный вопль, и Джой принялась яростно качать ее на руках, боясь, что она разбудит Кристофера, который только что уснул.

— Что ты имеешь в виду? — спросила она.

— Не замечаешь, как она изменилась в последнее время? Как поправилась? Когда она появилась здесь, то была тощая как щепка. Да она просто объедает тебя.

Джой не хотела волноваться из-за нескольких чашек лапши. Если у вас хорошая прислуга, то можно смириться с их слабостями. Некоторые люди, правда, и не пытались, удерживая часть их жалованья. Недавно Леонора Парджитер со второго этажа рассказала Джой, что, когда ее не было дома, прислуга сдавала напрокат ее новехонький электрический кухонный комбайн. Наверное, заработала целое состояние.

— На этот раз оставлю все как есть. Возможно, в Китае она голодала, — решила Джой, прислонив Кэтрин к плечу и с чувством похлопав ее, отчего ребенок выпучил глаза. — Может быть, она впервые в жизни ест нормально.

Филантропии у Джой поубавилось, когда, сидя месяц спустя с матерью на балконе и наслаждаясь краткой передышкой во время сна обоих детей, она услышала от Вай Ип, которая подошла к ним со слезами на глазах, что ей придется вернуться в Китай.

— Что? Надолго? — в ужасе спросила Джой.

Кэтрин только начала к ней привыкать, и в предыдущие два вечера Джой с Эдвардом смогли выйти в свет, оставив ребенка с Вай Ип.

— Не знаю, мисс. — Девушка не поднимала взгляда. На деревянный пол бесшумно упали две слезинки.

— Я так и знала. Разве я не говорила тебе, что она злоупотребляет нашей добротой? — потягивая херес, произнесла Элис.

— Вай Ип, с тобой все хорошо? — Джой посмотрела на стоящую перед ней согнутую фигурку, ругая себя за то, что несерьезно отнеслась к ее переутомлению. — Ты больна?

— Нет, мисс.

— Разумеется, она не больна. Ты так хорошо ей платишь, что она может позволить себе поехать в отпуск. Может быть, даже в один из этих новых круизов.

— Вай Ип, что случилось, черт возьми?

— Мисс, не могу сказать. Я должна уехать, вернуться домой, — ответила та, избегая взгляда Джой.

Элис отвернулась от окна и сурово уставилась на молодую прислугу, сверля ее взглядом. Потом заерзала в кресле, пытаясь рассмотреть девушку с разных точек.

— Она в интересном положении, — объявила Элис. — Посмотри! Она беременна! — На этот раз слова были произнесены с торжеством. — Неудивительно, что она поправляется. О неблагодарное дитя! Похоже, тебе придется уехать, это несомненно.

В этот момент Вай Ип разрыдалась, опустив плечи. Джой рассмотрела очертания округлившегося живота, спрятанного под свободной одеждой из хлопка.

— Это правда, Вай Ип? — Джой говорила ласково, осторожно.

— Простите, мисс... — У Вай Ип тряслись плечи, лицо было по-прежнему спрятано в натруженных руках.

— Тебе необязательно передо мной извиняться, — сказала она. — Тебе самой придется с этим справляться. Как я понимаю, ты не замужем?

Вай Ип бросила на нее непонимающий взгляд, потом покачала головой.

— Конечно, она не замужем. Вероятно, подкатывала к какому-то американскому военному. Вот что им всем сейчас нужно — паспорт для поездки в США.

— И что же ты будешь делать?

— Пожалуйста, мисс, я хочу вернуться к работе. Я буду очень стараться.

— А что она собирается делать с ребенком? — Элис, сидя со скрещенными на груди руками, пренебрежительно фыркнула.

— Не знаю, мисс... Может быть, моя мать... — Здесь Вай Ип снова расплакалась.

Джой стала размышлять о перспективе появления в доме еще одного младенца. Эдварду наверняка это не понравится. Она знала, муж хочет, чтобы их жизнь снова стала нормальной, а это означало — он, она и как можно меньше беспокойства. Но Джой было жалко Вай Ип, которая сама напоминала ребенка. К своему стыду, Джой даже не удосужилась спросить, сколько ей лет. А работала она очень усердно.

— Позволишь ей принести ребенка домой, и конца этому не будет, — покачала головой Элис.

— Мне надо поговорить с мужем, Вай Ип. Ты же понимаешь.

Кивнув, девушка наклонила голову и выскользнула из комнаты. Было слышно, как она, шмыгая носом, идет по коридору.

— Ты пожалеешь об этом, — сказала Элис.

Согласно одной китайской легенде, в небе некогда было десять солнц, и их совместный жар иссушал землю. Когда один лучник Хоу И сумел поразить из лука девять из десяти солнц, Царь земли дал ему волшебное снадобье, которое сделало бы его бессмертным. Красавица-жена лучника Чан Э, не ведая о том, что снадобье волшебное, выпила его и начала высоко подниматься в ночное небо, пока не достигла луны.

Лучник тосковал по жене, Лунной даме, и попросил Царя земли помочь ему добраться до нее. Царь позволил лучнику подлететь к солнцу, но с тех пор тот мог добираться до луны, только когда она была полная и круглая.

Как беременность, рассеянно подумала Джой. Когда становишься большой полной луной, то в конечном итоге опускаешься вниз.

Был вечер Праздника луны, когда китайские семьи из колонии выходят на улицы и медленно прогуливаются группами с зажженными фонарями и подношениями, а также обмениваются сладким печеньем и пирожными, испеченными в форме полумесяца. Джой, как это бывало каждый год, увлеченно наблюдала с балкона за тысячами крошечных движущихся огоньков, медленно ползущих в сторону темно-фиолетовой гавани, где устраивали фейерверк. Эти огоньки словно отражались в звездах на ясном небе — два разных скопления созвездий, перемигивающихся между землей и небесами. Даже Элис, никогда прежде не выказывающая интереса к китайским празднествам — по ее мнению, то, что китайцы не могут праздновать Новый год в одно время со всеми другими, еще раз доказывает их своенравие, — тем не менее вручила Кристоферу маленький бумажный фонарик. Мальчик, потребовав, чтобы выключили свет, бегал из комнаты в комнату, и его фонарик светился, как маяк во мраке.

Эдвард, придя домой, выглядел необычайно бодрым и не только поцеловал Джой, но и принялся кружить ее по коридору. Кристофер, смеясь, просился поиграть с ними, а Элис, поджав губы, объявила, что ей пора уходить. Эдвард принес причудливо украшенную жестяную коробку с «лунными» печеньями, подарок одного из китайских инженеров, и горел желанием рассказать Джой о планах работ на верфи, успешное осуществление которых могло означать повышение по службе.

— Ты остаешься служить здесь? — стараясь скрыть беспокойство, спросила Джой, когда они садились за стол.

— Разумеется. Ехать никуда не надо. Но нам могут улучшить жилье — предоставить хороший дом вместо квартиры. Тебе бы хотелось этого, дорогая? Дом, может быть с маленьким садом? Хорошо для детей.

— Думаю, да, — ответила Джой, которая начала уже привыкать к жизни в квартире.

— Знаешь, это необязательно. Просто я подумал, нам понадобится больше места — теперь, когда у нас двое малышей.

Пожалуй, в этом был смысл. Элис говорила, насколько проще поставить коляску Кэтрин в конец сада и на время забыть о ней.

— Повышение по службе — это здорово, — улыбнулась Джой. — Умница!

Эдвард потянулся к жене через стол и, взяв за руку, нежно сжал ее:

— У нас все будет хорошо, дорогая. Вот увидишь.

Джой смотрела на его гладкие рыжеватые волосы, упавшие на лоб во время еды, которую он неизменно поглощал с мужской жадностью, и чувствовала, как ее переполняет нежность, сродни нежности к детям. Эдвард был таким внимательным, таким деликатным. Она знала: ей повезло, в особенности по сравнению с тем, что достается на долю других женщин. А теперь, когда муж согласился на предложение врача, у них больше не будет детей. Они могут продолжать любить друг друга, становясь все ближе и ближе, все счастливее...

Джой очнулась от грез и распрямила плечи, решив приняться за еду. Это была запеканка с курицей, недотягивающая до обычных стандартов Вай Ип, задумчиво жуя, подумала Джой. В этом, пожалуй, не было ничего удивительного.

— Ни за что не угадаешь, что мы сегодня обнаружили, — начала Джой, поднося вилку ко рту. — У Вай Ип будет ребенок. Должна сказать, для меня это стало полной неожиданностью. Я даже не знала, что у нее есть парень.

Эдвард резко поднял голову. В его голубых глазах отразилось изумление, потом он на короткий миг испытующе заглянул в ее глаза. В соседней квартире кто-то уронил на пол металлический предмет со звоном, прозвучавшим эхом по коридору. Эдвард, казалось, ничего не заметил.

Вилка Джой замерла в воздухе. Подавшись вперед, она уставилась на мужа, изучая новое выражение его лица. Его обычно румяные щеки немного побледнели.

— Ты знал?

Эдвард взглянул на Джой, пару секунд моргая, а потом отвернулся. Казалось, он собирался что-то сказать, но вместо этого взял еще цыпленка на вилку и осторожно поднес ко рту.

Последовала короткая пауза.

Джой не сводила с него взгляда.

— Эдвард, — начала Джой, и в голосе ее прозвучали нотки страха, — Эдвард, пожалуйста...

Муж, похоже, немного пришел в себя. Проглотив кусок без видимого усилия, он поднес к губам салфетку и не спеша вытер их.

— Твоя мать была совершенно права относительно ее. Вай Ип стала ненадежной, и ей придется уехать. — Он помолчал. — После выходных я предупрежу ее об увольнении.

Говоря, Эдвард не смотрел на Джой, а уперся взглядом в тарелку.

Сидящая напротив Джой затряслась, вне себя от ужаса, — сначала мелкой дрожью, а потом сотрясаясь всем телом. Эдвард встал и, не глядя на нее, объявил сдавленным голосом, что идет в кабинет.

Без возражений со стороны мужа Джой провела ту ночь в гостевой комнате. Дрожа, она натянула на голову вышитую белую простыню и потом, свернувшись калачиком под большим вентилятором, едва освещаемая через ставни голубым сиянием полной луны, разразилась судорожными горестными рыданиями, сотрясающими ее тело. Эдвард, который не мог уснуть в соседней комнате, вошел к ней около трех часов утра и зашептал пылкие извинения, задыхаясь и пытаясь обнять ее. Но Джой, рассвирепев, размахивая руками, принялась молотить его кулаками, била по голове, плечам, по всему, что попадалось под руку, и он наконец, пятясь, с рыданиями вышел за дверь.

Потом Джой, не шелохнувшись, лежала в постели.
Вспоминая.
Размышляя.

Ее мать, разумеется, догадалась. Догадалась, как только Вай Ип принесла ребенка домой. Это было несложно: из обычных для новорожденных приплюснутых черт у Тун Ли выделялся крупный носик, и волосы имели отчетливый рыжеватый оттенок. Надо отдать ей должное, Элис никогда не говорила об этом дочери, возможно, потому, что уловила из лаконичного сообщения Джой о присутствии в их новом доме прислуги под номером один то, что ее напутственные слова вроде «все мужчины одинаковы» или «эти китайские девицы готовы подцепить кого угодно» будут плохо восприняты. Помня о рискованно непреклонном поведении Джой, она все же не волновалась из-за пересудов соседей, вопреки собственным изречениям. Что подумают люди? Пожалуй, Джой это не беспокоило.

Когда минуло три долгих дня после ужина в день Праздника луны, Джой сообщила Эдварду о своих планах. Она встретилась с ним за завтраком — аккуратно уложенные волосы, голубая блузка с коротким рукавом, белые слаксы. Наливая мужу чай, она не смотрела на него.

— Я сказала Вай Ип, что ей не надо возвращаться в Китай, — произнесла Джой размеренным, тихим голосом.

Она впервые заговорила с ним после ссоры.

Эдвард поднял глаза, не донеся до рта кусочек тоста.

— Что?

— Я поговорила с людьми. В Китае ее не признают. Ее и ребенка. Ей не удастся найти работу, а ребенка могут подвергнуть остракизму из-за... из-за его внешности. Учитывая ту ситуацию — коммунисты и все такое. И они будут жить впроголодь. — (Эдвард не пошевелился.) — Я решила: мы за нее отвечаем. Ты отвечаешь. И я не хочу, чтобы на моей совести было благополучие этого ребенка. Тебе надо позаботиться о том, чтобы в новом доме хватило места на всех. Думаю, ты с этим справишься.

Наступило долгое молчание. Эдвард поднялся из-за стола и подошел к ее стулу. Потом опустился на колени и на миг прижался лицом к ее руке, а затем поднял голову.

— Я думал... думал, ты уйдешь от меня, — дрожащим голосом произнес он.

Джой молчала. Она смотрела в окно, губы у нее дрожали. На коже она чувствовала его горячие слезы.

— О господи, Джой, я так тебя люблю! Прости, прости меня. Мне было ужасно одиноко. Я...

Джой резко повернула к нему голову и отдернула руку:

— Не хочу об этом говорить. Никогда!

Глава 15

Сабина сидела на перевернутом ящике в летнем домике, набросив на плечи изъеденную молью попону и плотно натянув на грудь рубашку, но все же дрожала от холода. Она была здесь уже с полчаса, прислушиваясь к настойчивым призывам Тома из конюшни и следя за тем, как сумерки переходят в ночь, застилающую все вокруг своей чернотой. Тихо плача в этом заброшенном убежище, парализованная изумлением и горем, она даже была не в состоянии застегнуть измятую рубашку.

Сначала Сабина не знала, куда идти, повинуясь только властному желанию скрыться от Тома, избавиться от горечи унижения. Поэтому она пошла в нижние поля, вышла, не помня себя от горя, на дорогу к деревне и в конце концов оказалась в летнем домике. Теперь Сабина пребывала в замешательстве: если она вернется в дом, ей придется объясняться с матерью. А если останется здесь, то совсем замерзнет, потому что оставила свитер на двери стойла. Одно она знала точно: ей придется уехать из Килкарриона, нельзя оставаться здесь после того, что она совершила.

Сабина вытерла нос тыльной стороной ладони и, вспоминая, как положила руку Тома себе на грудь, вновь разразилась сердитыми слезами. С каким ужасом он тогда посмотрел на нее. Что он про нее подумал? Она не лучше матери — такая же шлюха. Зачем она это сделала? Она все испортила. Но в голове вертелась другая мысль: «Неужели я такая противная? Что ему стоило поцеловать меня в ответ?»

Боясь привлечь к себе внимание, Сабина не включила свет, но на наручных часах разглядела, что уже полшестого. Во дворе раздавалось хлопанье дверей и звон ведер — лошадям задавали вечерний корм. Где-то там суетится бабушка — чистит собак или загружает морозильную камеру. В доме Линда отсчитывает последние полчаса, потом забирается в свою маленькую блестящую красную машину и едет домой. Вероятно, будет смотреть сериал. Ее день расписан в зависимости от этих сериалов, и даже дед принимает лекарства в соответствии с графиком просмотра.

Вспомнив о дедушке, Сабина стала еще сильней тереть глаза. Наверное, он думает, где его внучка, — сегодня она почти не была у него. Наверное, дед думает, она теперь как мать — беспечная, невнимательная. Эгоистичная. Но ей нельзя сейчас идти в дом. Ей некуда идти — по крайней мере, нет такого человека, на которого можно положиться. Сабина в сердцах двинула ногой по груде старых цветочных горшков, не заботясь о том, что они могут разбиться, и почти не видя их распухшими от слез глазами. Потом подняла голову, как принюхивающаяся гончая.

Энни. Она может пойти к Энни. Энни поймет. А если у Энни неудачный день, она может позвонить от нее Бобби и попросить его приехать. В конце концов, необязательно все ему рассказывать.

Сабина сбросила попону и, внимательно оглядевшись по сторонам, проскользнула через заброшенный сад к задним воротам, стараясь унять дрожь и икоту — следствие слез — и идти быстрым шагом.

По какой-то причине все три фонаря, стоящие на главной улице Баллималнафа, в тот вечер не горели, и Сабина, радуясь ясному небу, обхватив себя руками, едва не бежала по дороге, слыша лишь звук собственных шагов. Свет исходил только из окон домов, мимо которых она проходила, — там, где шторы еще не задернули, — освещая сценки семейной жизни. Вот молодая пара расположилась на диване перед телевизором, а ребенок играет на полу, вот старушка читает газету, вот накрытый к чаю стол, а невидимый с улицы телевизор бросает в угол комнаты движущиеся отсветы, как от северного сияния. Пробегая мимо, Сабина видела этих людей, и ей становилось совсем тоскливо.

«У меня никогда не будет нормальной семьи, — думала она, вновь ударяясь в слезы. — Я всегда буду сторонним наблюдателем, который заглядывает в окна».

Перед домом Энни Сабина остановилась, стараясь отдышаться и вытирая глаза. В конце концов, не надо было, чтобы Энни подумала, будто кто-то умер. Для одного дня и так довольно происшествий.

Свет внизу горел, хотя шторы были задернуты, как и последние несколько раз, когда Сабина проезжала мимо верхом. В нерешительности остановившись перед крыльцом, Сабина вспомнила слова миссис Х.

о том, что Энни нужен психотерапевт, и наконец-то застегнула рубашку, собираясь войти.

В этот момент дверь дома распахнулась, и сад осветился полосой ярко-оранжевого света. На пороге стоял высокий худой мужчина с темными волосами, в блестящих велосипедных шортах, который собирался сбежать по ступеням, но, увидев Сабину, схватил ее за плечи.

— Слава богу! — выдохнул он. — Нам нужна «скорая»! — (Сабина оцепенела.) — «Скорая»! У тебя есть мобильник? — Она во все глаза смотрела на него, и мужчина досадливо покачал головой. — Послушай, я всего лишь постоялец. Энтони Флеминг. Просто я вернулся вечером, хотя не собирался, и нашел миссис Коннолли... и... вот, ей нужна «скорая». Срочно. У тебя есть телефон? Этот, кажется, отключен.

У Сабины на миг остановилось сердце, и она заглянула в ярко освещенный дом. Она знала, что у Энни депрессия, но мысль о том, что... не приходила ей в голову. Сабина вздрогнула. Она вдруг вспомнила про девочку из школы, которая два года назад вскрыла себе вены в туалете, — в школе ее запугивали. Как рассказала ей одна ученица, кровь брызнула до самого потолка.

— Она... она... — Голос ее замер.

— Ну, я не специалист, но, похоже, ждать осталось недолго, — ответил мужчина. — Нельзя терять время. Где телефон?

Не обращая внимания на его протест и не замечая беспорядка в комнате, запаха пыли и несвежей еды,

Сабина влетела в дом. Ей надо увидеть Энни. Она пошла вперед, но сердце ее сжалось от страха, когда она услышала странные звуки, доносящиеся из кухни. Никто не говорил ей про шум: когда в фильме человек убивает себя, он не шумит.

Крови нигде не было, только кухонный пол из голубого линолеума был залит бесцветной жидкостью, а посредине сидела Энни, обеими руками уцепившись за буфет и пытаясь приподняться.

— Энни! — позвала Сабина.

— О господи-и-и-и...

Энни издала долгий тихий стон. У нее был такой вид, словно она сосредоточивается на чем-то, чего Сабине не видно. Она покраснела от натуги и была непохожа на умирающую.

— Она не умирает, — объявила Сабина мужчине, который вновь появился перед ней.

— Разумеется, не умирает, — нетерпеливо произнес он, хлопая одной рукой о другую. — Она рожает. Но я агент по кредиту, а не врач. И говорю тебе, надо вызвать «скорую».

Уставившись на Энни, Сабина потрясенно пыталась уразуметь слова мужчины.

— Останьтесь с ней, — сказала она, устремляясь к двери. — Я вызову врача.

И Сабина помчалась обратно к Килкарриону, чувствуя, как кровь стучит в висках.

Кейт тяжело оперлась о письменный стол, глядя на коричневатый снимок, который продолжала сжимать в руке, — на собственную широкую улыбку. На круглое лицо Тун Ли, глядящего на нее. Его застенчивость перед камерой теперь приобрела для нее особый смысл, черты его лица — Кейт, вглядевшись в них, увидела их своеобразие — теперь можно было объяснить.

— Почему ты мне не сказала? — наконец произнесла она робким, дрожащим голосом.

Джой, сидевшая со склоненной головой рядом с ней на стуле, устало посмотрела на дочь:

— Что я могла тебе сказать?

— Не знаю. Что-то. Что-то, что могло бы объяснить... Ах, не знаю. — Кейт покачала головой. — О господи, мамочка... все это время...

На улице было темно, и два светильника бросали на стены приглушенные тени, освещая опустевшие полки, на которых осталось несколько неразобранных коробок. Со стены была снята старая карта Юго-Восточной Азии в рамке, с потрескавшимся стеклом, и поставлена у стены.

— Что с ним сталось? — спросила Кейт, все еще рассматривая фотографию. — С ними обоими?

— Они не вернулись в Китай. Когда мы приехали из Ирландии, я узнала, что Вай Ип имеет хорошую работу в семье военнослужащего из «Блэк уотч»[1], расквартированного на Новой территории. Думаю, там ей было намного лучше. Ближе к своим родным. И все стало... — Джой глубоко вздохнула, — стало проще.

Кейт снова посмотрела на снимок, потом осторожно положила его на верх коробки.

— Не могу в это поверить... — сказала она словно себе самой. — Не могу поверить, что папа... Я счита-

---

[1] «Блэк уотч» — ударная пехота Британской империи.

ла вас идеальной парой, — добавила она. — Я правда думала, у вас была идеальная любовь.

— Идеальных людей нет, Кэтрин.

Две женщины сидели в молчании, прислушиваясь к отдаленным звукам суеты на конюшне. Кейт заметила, что впервые это не пробудило в Джой энтузиазма.

— Почему ты осталась? — спросила Кейт. — Тогда шли шестидесятые, верно? Люди поняли бы. Мы тоже поняли бы.

Нахмурившись, Джой подняла руку к волосам.

— Я думала об этом. Но все-таки для тех времен это было бы позором. И несмотря ни на что, я решила, что поступаю правильно. Я подумала, что таким образом вы, дети, вырастете в нормальной семье. И вам не придется терпеть, как люди шушукаются, показывают на вас и сплетничают... И мы построили совместную жизнь. Ведь у нас был один и тот же взгляд на жизнь... — Джой повернулась к Кейт, и выражение ее лица смягчилось. — Знаешь, мы так сильно вас любили. Для нас самым главным было ваше счастье. И хотя твой отец сделал мне очень больно, — Джой немного поморщилась, и Кейт потрясенно поняла, что рана от этого предательства еще не совсем затянулась, — я решила, что мои чувства в конечном итоге не самое важное.

Надолго воцарилось молчание. Кейт сидела в холодной, нежилой комнате, пытаясь соотнести свои давние мысли с тем, что узнала. На миг ее охватила беспричинная злость, словно сложности общения между ними вызваны тем, что ее не посвятили в эту тайну.

— А Кристофер знает?

— Разумеется, нет. И я не хочу, чтобы он узнал. Я не хотела, чтобы вы оба узнали. — На мгновение к Джой вернулась ее резкость. — Ничего не говори ему. Или Сабине. В наше время глупо всем все рассказывать. — В ее суровом голосе слышалось что-то еще, похожее на слезливость.

Кейт встала и несколько мгновений смотрела на мать, постепенно осознавая любовную историю, о которой раньше не знала. Потом, шагнув вперед, впервые со времен детства она обняла Джой, осторожно прижимая к себе и дожидаясь, пока обычно скованная мать хоть немного расслабится. От нее пахло лошадьми, собаками и чем-то сладковатым, как лаванда. Через некоторое время Джой, словно успокаивала животное, рассеянно похлопала Кейт по плечу.

— Все эти годы, — прерывающимся голосом произнесла Кейт, зарывшись носом в ее стеганый жакет, — все эти годы, и... Я не смогла быть достойной тебя.

— Прости, дорогая. Я не хотела, чтобы ты так считала.

— Нет. Я не то хотела сказать. Все эти годы я не знала, что ты страдаешь. Я не знала, с чем тебе приходилось мириться.

Джой отодвинулась от дочери и, распрямив плечи, потерла глаза.

— Послушай, не надо преувеличивать, — твердо произнесла она. — Твой отец — хороший человек. И мне не приходилось мириться с чем либо, как ты выразилась. Он по-своему любил меня. — Джой посмотрела на Кейт настороженно, немного вызывающе. — Он просто...

— Не смог сдержаться?

Джой отвернулась от нее к окну.

Кейт бросила взгляд на соседнюю дверь, за которой дремал, накачанный лекарствами, ее отец, и почувствовала холодную ярость к человеку, предавшему единственную женщину, которую, как она полагала, он безоговорочно любил.

— А ты так и не заставила его заплатить за это, — с горечью произнесла Кейт.

Проследив за взглядом дочери, Джой взяла ее руку своей огрубевшей за многие годы работы рукой.

— Ты ничего не должна ему говорить. Не беспокой его. Твой отец все-таки заплатил, Кейт, — произнесла она печальным, но уверенным голосом. — Мы оба заплатили.

Ни на кухне внизу, ни в гостиной никого не было, и Сабина, у которой от избытка адреналина кружилась голова, хлопая дверями и зовя миссис Х., заметалась по дому. Ей вослед лаяли собаки.

— Где же все, черт возьми? — крикнула она, распахнув дверь кладовки.

Дом настороженно молчал. В комнате для завтрака тоже никого. Тишина усиливала шум от ее стремительного вторжения, который гулко отражался от мебели.

Задыхаясь от напряжения, Сабина взбежала по лестнице, перепрыгивая через две ступени и держась за перила, чтобы не упасть. Все это время перед ней маячил образ Энни, согнувшейся на полу от боли. На этот раз взгляд у нее был не такой отстраненный, как обычно, а даже сосредоточенный.

О господи, где же миссис Х.? Энни нужна мать. Это ясно любому. Ей определенно нужен кто-то другой, а не какой-то там Энтони. Сабина на секунду остановилась на площадке, разыскивая глазами пылесос или еще какие-то признаки присутствия здесь миссис Х. И тут ее осенило.

Линда.

Почему она не подумала о Линде?

Она знает, что делать. Она обо всем позаботится. Сабина распахнула дверь комнаты деда, открыв рот и приготовившись произнести свое срочное сообщение. Но она наткнулась лишь на выключенный телевизор и аккуратный ряд пластиковых чашек и пузырьков с лекарствами — молчаливое напоминание о том, что сиделка уехала домой. Поверх подушек вырисовывался острый профиль ее деда, который, накачанный лекарствами, спал, не ведая тревог.

Она не удосужилась даже закрыть дверь. Продолжая всхлипывать, Сабина побежала по коридору, распахивая каждую дверь и громко зовя миссис Х., мать или бабушку. При мысли о только что увиденной сцене ее с каждым шагом все больше охватывала паника. А если тот человек уйдет? По его виду можно было понять, что он стремится уйти. А если все ушли куда-то? Она может вызвать «скорую», но не знает, как еще помочь. Часть ее существа совсем не хотела в одиночестве возвращаться к этим звукам, этой крови.

Они в кабинете. Сабина распахнула дверь, не ожидая там никого увидеть, и остановилась, тяжело дыша, при виде двух обнимающихся женщин.

Пытаясь осознать сцену, которой на самом деле быть не могло, и она это знала, Сабина замерла на месте. Недавние события этого вечера заставили ее отвернуться от матери. Но она быстро пришла в себя.

— Где миссис Х.?

Бабушка отодвинулась от матери и пригладила торчащие в разные стороны волосы.

— Уехала в город. Полагаю, чтобы встретиться с кем-то по поводу Энни.

Казалось, Джой смущена, что ее застали в такой момент.

— Мне надо с ней поговорить.

— Ну, сегодня она вряд ли вернется. Она рано уехала. Думаю, Мак поехал ее встречать. — Обе женщины уставились на Сабину, которая в волнении переминалась с ноги на ногу. — Так в чем все-таки дело?

— Нам надо вызвать ее. Это Энни... Она... Думаю, у нее скоро родится ребенок.

На миг воцарилась тишина.

— Что?!

— Ребенок? Ты уверена?

За дверью в возбуждении лаяла одна из собак.

— У Энни не может быть детей, — уверенно произнесла Джой.

— Сабина, ты точно знаешь?

— Послушайте, пойдем скорей. Я не выдумываю. — Сабина потянула бабушку за рукав. — Она в доме. С одним из постояльцев. Там на полу что-то разлито, и все такое, и он говорит, что скоро уедет и что надо вызвать «скорую», а у Энни не работает телефон.

Джой и Кейт переглянулись.

— Он там один. — Сабина едва не плакала при виде их глупых, оцепенелых лиц. — Энни нужна помощь. Надо идти прямо сейчас.

Джой, задумавшись, подперла ладонью лицо, потом шагнула к двери, подтолкнув вперед свою дочь.

— Кейт, бегите туда с Сабиной. Я позвоню в «скорую» и соберу кое-какие вещи. Позвоню также и Маку. Думаю, у нас где-то есть номер его мобильного. Попрошу Тома помочь.

— Показывай дорогу, — сказала Кейт, торопливо спускаясь по ступенькам и спотыкаясь о путающихся под ногами собак. — Бедная женщина, — произнесла она, похлопывая Сабину по плечу. — Слава богу, ты нашла ее.

Энтони Флеминг приплясывал на ступеньке крыльца, смешно размахивая руками, словно танцевал джигу. По крайней мере, так это выглядело издали, но когда Сабина с Кейт, тяжело дыша от спринта, подошли ближе, то оказалось, что он просто беспокойно переминается с ноги на ногу. Как бы взывая о помощи, он ухватился за отвороты пальто Кейт.

— Вы врач? — с тревогой спросил он.

— Врач едет, — ответила Кейт. — Где она?

— О господи... Господи! — Энтони Флеминг заламывал руки.

— Где она?

Проигнорировав его и Сабину, Кейт ринулась через гостиную в кухню и проворно присела на корточки рядом с Энни, которая, уцепившись за край табурета и раскачиваясь взад-вперед, издавала пронзительные вопли, от которых волоски на шее Сабины встали дыбом.

— Ты молодец, Энни, ты просто молодец, — повторяла Кейт, держа ее за плечи и гладя по волосам. — Все идет нормально. Все будет хорошо.

Сабина оглядела кухню, увидела, что длинная юбка Энни лежит, намокшая, в углу у раковины, там же валяется какая-то розовая тряпица в пятнах, вероятно ее трусики. Повсюду была видна бледная, водянистая кровь. Это напомнило Сабине тот вечер, когда дед упал головой в овощную запеканку.

— Я ничего не понимаю в младенцах, — ломая руки, то и дело повторял Энтони Флеминг. — Я занимаюсь банковскими ссудами. А вернулся я только потому, что у нее есть место для хранения моего велосипеда.

Сабина не стала ему отвечать. Она во все глаза смотрела на Энни, которая теперь с искаженным лицом вцепилась в Кейт, то и дело издавая какой-то животный вопль. Кейт, взглянув на потрясенное лицо дочери, выдавила из себя улыбку:

— Все в порядке, дорогая. Честное слово. По виду это хуже, чем на самом деле. Почему бы тебе не пойти и не дождаться «скорой»?

— Этим займусь я, — вмешался Энтони Флеминг, который уже направился к двери. — Я встречу «скорую» на улице.

Кейт с раздражением посмотрела ему в спину. Она то и дело поглядывала на часы, отмечая промежутки времени между криками Энни.

— Хорошо, хорошо... Э-э, Сабина, найди-ка несколько чистых полотенец. И ножницы. Вскипяти воду и простерилизуй ножницы. Ладно?

— Ты ведь не собираешься разрезать ее?

Сабина, оцепенев, чувствовала, как грудь ее сжимается от страха. Она боялась, что не совладает с собой при виде крови.

— Нет, милая. Это для пуповины. На случай, если ребенок родится до приезда «скорой». Давай, у нас мало времени.

Кейт повернулась к Энни и принялась гладить ее по волосам, бормотать слова утешения, не обращая внимания на то, что ее одежда намокла в кровянистой жидкости, разлитой по полу.

— Мне надо потужиться, — сказала Энни, волосы которой обрамляли лицо влажными завитками. Это были ее первые слова, услышанные Сабиной. — О господи, мне надо потужиться!

— Сабина! Иди наконец.

Сабина повернулась, собираясь бежать за ножницами, хотя понятия не имела, где в этом доме их можно найти, — и столкнулась с Джой, которая держала в руках стопку полотенец.

— «Скорая» приедет с минуты на минуту, — сказала она. — Том пытается дозвониться до миссис Х. Где они?

— У тебя есть ножницы?

— Да-да... — Джой прислушивалась к протяжному звуку, который постепенно перешел в неестественно высокий вопль. — У нас все есть. Они на кухне?

Вновь раздавшийся звук был просто ужасным. Сабина похолодела, словно услышала в ночи вой гончих. Она подумала, что Энни сейчас умрет. Ее лицо сморщилось.

Увидев страх на лице внучки, Джой смягчилась и протянула к ней руку:

— Все в порядке, Сабина. Правда. Рождение — трудное дело.

— Она умрет? Не хочу, чтобы Энни умерла.

— Конечно же она не умрет. — Улыбнувшись, Джой сжала ее руку. — Как только ребенок родится, она сразу все забудет.

Сабина наблюдала из-за двери, как Джой подошла и присела на корточки рядом с Кейт, помогая Энни согнуть ноги и бормоча какие-то ободряющие слова. Кейт сказала что-то про перемещение, и они с Джой обменялись беглым взглядом. На их лицах отражались не только взаимопонимание и забота, но и слабый намек на грядущую радость, как будто обе знали нечто такое, чего не могли еще подтвердить. Сабина, видя это, почувствовала, что сейчас заплачет, но не потому, что ее не посвятили, а потому, что успокоилась.

— Хорошо, Энни, — сказала Кейт, которая была теперь у ее ног, — приготовься тужиться. Скажи, когда почувствуешь следующую схватку.

Энни широко открытыми глазами уставилась на свои ноги и, прижав подбородок к груди, издала протяжный рев, сначала сквозь стиснутые зубы, а потом, широко открыв рот. Сабина, подглядывающая у двери, сама не сознавая, тоже широко открыла рот.

Джой, наморщив покрасневшее от усилий лицо, пыталась удержать Энни за плечи. Кейт держала ноги Энни в согнутом состоянии и вытирала ей лицо влажной салфеткой. Она едва не плакала.

— У тебя почти получилось, Энни. Я вижу головку. Еще немного.

Энни на миг открыла глаза и посмотрела на Кейт измученным, смущенным взглядом.

— Дыши глубже, Энни. Опусти подбородок вниз. Скоро все кончится.

— Где Патрик? — едва слышно спросила Энни.

— Патрик скоро приедет, — твердо произнесла Джой, приблизив лицо к Энни и поддерживая ее под мышки. — Патрик приедет, и приедут твои родители, и сейчас приедет «скорая». Так что не волнуйся. Сосредоточься на этом чудном ребенке.

— Мне нужен Патрик! — заплакала Энни.

Началась следующая схватка, и ее рыдания переросли в громкий рев. Она так яростно ухватилась за поддерживающие ее руки, что Сабина заметила на лице бабушки гримасу. Кейт по-прежнему сидела на полу перед Энни и, ухватившись за ее лодыжки, подталкивала вверх колени, не забывая подбадривать словами:

— Он выходит, Энни. Давай тужься. Он правда выходит. Я вижу голову. — От возбуждения голос Кейт звучал пронзительно, она с широкой улыбкой посмотрела на Энни.

Та в изнеможении привалилась к Джой.

— Не могу больше, — сказала Энни.

— Можешь, уже почти получилось, — в один голос произнесли женщины.

— Подыши часто, Энни, — попросила Кейт. — Подыши минуту. — Взглянув на мать, она тихо спросила: — Так правильно, мама?

Джой кивнула, и они вновь улыбнулись друг другу.

— Хорошо, потужься еще раз, — велела Кейт.

И тогда Энни пронзительно закричала на одной долгой, вибрирующей, сдавленной ноте, и Кейт тоже завопила, и Джой, которая по-прежнему морщилась от боли, тоже завопила, а Сабина поняла, что плачет. В тот момент, когда она подумала, что больше не вынесет, что-то как будто выскользнуло из Энни. И вот ее мать держит в руках это существо с двумя фиолетовыми ручками, поднятыми вверх, как у футбольных фанатов, и Джой, смеясь, целует Энни, а Кейт с нежностью заворачивает ребенка в полотенце и кладет молодой матери на грудь, и все трое обнимают друг друга. А Сабина продолжала наблюдать за лицом Энни, на котором отразились одновременно радость, боль, облегчение, Энни не обращала внимания на кровь, шум и Энтони Флеминга. Тот стоял в дверях, покашливая в кулак, и просил всех извинить его, но приехала «скорая».

Потом Кейт, как будто вспомнив про Сабину, протянула к ней руку, и Сабина подошла и опустилась рядом с ними на колени, глядя на это существо, испачканное кровью и завернутое в пляжное полотенце. Глядя вниз, она не видела пятен крови, намокших полотенец, трусиков, собственных испачканных брюк, а видела только два туманных глаза, глядящих на нее не мигая, с тем первобытным выражением, которое предполагает знание всех тайн мира. Крошечный мягкий ротик шептал неслышные слова, рассказывая ей все то, чего она не знала о жизни. Сабина вдруг поняла, что в жизни не видела ничего более красивого.

— Маленькая девочка, — с мокрыми от слез глазами сообщила Кейт, стискивая плечи дочери.

— Она само совершенство, — сказала Сабина, осторожно протягивая к ней руку.

— Моя крошка... — изумленно поглядела на ребенка Энни. — Малышка моя!

И вдруг она разразилась неудержимыми рыданиями, сотрясающими все ее тело, давая выход давно сдерживаемой печали. Кейт пришлось даже на время забрать у нее ребенка, чтобы оградить от этой боли.

Джой, подавшись вперед, прижала к себе голову Энни и заплакала.

— Я знаю, знаю. — И потом, когда Энни в конце концов успокоилась, Джой прошептала ей слова, которые Сабина с трудом различила из-за восклицаний входящих людей: — Теперь все хорошо, Энни. Все хорошо. Все закончилось.

А затем Кейт, у которой тряслись руки, помогла Сабине подняться с пола, и, обнявшись, они молча вышли во двор, где под вращающейся мигалкой с голубым светом санитары в светящихся униформах, с шипящими рациями в руках выгружали из машины носилки.

Глава 16

В жизни остается немного настоящих сюрпризов, говаривала миссис Х., и одним из них наверняка было рождение ее внучки. Она повторяла это много раз, многим людям, но каждый раз ее глаза наполнялись слезами благодарности. Рождение маленькой Ройзин Коннолли было хорошей новостью, а хорошие новости можно повторять часто.

Патрик вернулся к Энни в день рождения ребенка. Глубоко потрясенный и очень обрадованный появлением дочери, он испытывал большое облегчение оттого, что наконец-то получил объяснение странного поведения жены за прошедшие несколько месяцев. Врачи сказали, что Энни, так и не примирившаяся со смертью первого ребенка, из-за новой беременности пришла в неуравновешенное состояние, в результате чего стала игнорировать ее и отдалилась от окружающих. Очевидно, эта реакция была не такой уж необычной. Несмотря на все это, миссис Х., похоже, была сильно смущена тем, что не догадалась о беременности собственной дочери, и винила себя в драматическом появлении на свет Ройзин. Однако Мак, Том и все прочие просили ее не сходить с ума. Позже Энни говорила, что уж если ей удалось держать это втайне от мужа, то мать и подавно не могла догадаться. Миссис Х. немного успокоилась, но после часто можно было заметить, как она изучает талии местных женщин, в надежде быть первой в распознавании беременности, и несколько раз на нее обижались за бестактные вопросы.

Энни провела в госпитале несколько недель — во-первых, для того, чтобы составить Ройзин компанию, поскольку девочка родилась на месяц с небольшим раньше срока и ее поместили в инкубатор, а во-вторых, чтобы под присмотром медицинских светил дать себе время адаптироваться к вновь обретенной роли матери. Погоревав первое время по Найам — по общему мнению, два младенца были поразительно похожи, — Энни на удивление быстро оправилась, не проявляя признаков послеродовой депрессии, хотя врачи предупреждали о частом возникновении ее в подобных случаях. Кроме того, Энни прошла курс психотерапии, хотя миссис Х. сказала, что лучшая психотерапия для нее — это держать на руках малышку и чтобы рядом был муж. Теперь Энни даже говорила про Найам, рассказывая, как похожи они с Ройзин при кормлении и как несхожи по форме крошечных ногтей или цвету волос. Иногда Энни отчитывала приходящих родственников, когда те начинали плакать, если она это рассказывала, говоря, что не хочет, чтобы Ройзин росла в тени Найам.

Сабина навещала ее несколько раз и осторожно держала на руках крошечного ребенка, восхищаясь тем, как быстро существо с красным приплюснутым личиком превратилось во что-то подвижное, розовое и душистое. Правда, она сказала Энни, что не хочет собственного ребенка. Если и захочет, то не раньше, чем удастся заставить парня иметь детей. В ответ на это Энни рассмеялась. Как и предсказывала Джой, она удивительно быстро позабыла о боли и крови. Теперь Энни часто смеялась, озорно сверкая глазами, когда поддразнивала Сабину по поводу Бобби Макэндрю. А какой радостью сияли ее глаза, когда маленькая дочка делала что-то примечательное, например махала ручонкой с растопыренными пальцами или чихала. Про себя Сабина считала, что Ройзин пока не очень похожа на человека, но вслух этого не говорила. Еще раньше Энни попросила ее быть крестной матерью, и даже Сабина понимала, что такого крестные не говорят.

Патрик, почти неотлучно находившийся в больнице и надоедавший всем, как с улыбкой говорили медсестры, сидел и смотрел на дочь. Его большое лицо освещалось радостью, руки не метались больше, чтобы погладить жену, а чаще всего уютно переплетались с ее руками. Миссис X. говорила, что он уже несколько недель не работает, но, с другой стороны, иметь все сразу невозможно.

Приехав домой, Патрик со слезами благодарил Сабину, Джой и Кейт. Сабине даже стало немного неловко за него, но Кейт его обняла, тоже плача и повторяя, что она так счастлива, так счастлива, словно это она сама родила ребенка. Ребенок, как сказала Джой Сабине, сама еще пребывая в волнении, — это величайший дар для человека. Когда-нибудь внучка это поймет. Сабина подумала про себя, что она, возможно, уже поняла. Ей никогда не доводилось видеть ничего похожего на выражение лица Энни, когда та увидела свою новорожденную дочь, — эту смесь радости, страдания и облегчения. Мысли об этом будили в ней какие-то чувства, но она не хотела ни с кем ими делиться.

Том так и не сказал Кейт о попытке Сабины соблазнить его. Или, может быть, сказал, но та решила ничего не говорить дочери. Так или иначе, Сабина испытывала благодарность, правда не знала кому, и от этого ей было немного не по себе.

Она вновь увидела Тома в тот вечер, когда родилась Ройзин. Сабина с Кейт только что вышли из дома и стояли около «скорой», не зная, что делать дальше, и тут увидели бегущего по дороге Тома. Он резко остановился перед ними, переводя взгляд с одной на другую, и протянув каждой руку.

— Все в порядке? — спросил он. — С Энни все хорошо? А вы в порядке?

На последних словах он очень строго взглянул на Сабину, и та кивнула, все еще находясь под впечатлением драматичного рождения ребенка и забыв про свое унижение. Неожиданно все связанное с Томом показалось ей чем-то нереальным, давним и случившимся с кем-то другим. Сабина в напряжении ждала, что он поцелует ее мать, или обнимет ее, или что-то еще, но Том этого не сделал. Они лишь посмотрели друг на друга, а потом Кейт тихо сказала ему, чтобы шел в дом и повидался с Энни. После его ухода Кейт повлекла Сабину к дому со словами:

— Не знаю, как ты, милая, но мне точно надо выпить.

А потом Сабина увидела его на следующий день. Том дождался, когда Сабина выйдет во двор, и пригласил ее прокатиться верхом. Вдвоем с ним. Она посмотрела поверх дверцы на серого и увидела, что он вычищен и оседлан, так что у нее не было выбора. Сабина очень смутилась, хотя по голосу Тома было понятно, что он не собирается приставать к ней или что-то еще. Ее терзала мысль о том, что он может заговорить о прошлом вечере.

Но Том держался так, будто ничего не случилось, болтал про лошадей, про Энни и новорожденного ребенка, про то, как все были потрясены. Они долго ездили по пересеченной местности, Том заставил ее перепрыгнуть через пару канав, на что одна она не решилась бы. Когда Сабина категорически отказалась взять Уэксфордскую насыпь, Том рассмеялся. Да, сказала Сабина, стараясь не смеяться в ответ, она делала это раньше. Но если хладнокровно смотришь на проблему, все по-другому. В ответ на это Том кивнул, сказав, что она права. Словно Сабина сказала нечто большее, чем хотела сказать.

Не то чтобы во время прогулки между ними произошло что-то важное, но, вернувшись, Сабина почувствовала, что напряжение спало и Том опять стал ее другом, с кем можно, по крайней мере, поговорить. К тому же, пристально рассматривая его, когда он этого не видел, Сабина подумала, что не так уж он ей и нравится, в особенности после того, как мать рассказала ей, что Том вполне мог стать ее отцом. После такого на человека смотришь по-другому.

Как и следовало ожидать, с матерью все было не так просто. На следующий день после рождения ребенка

Кейт все еще была на взводе, сказав, что не станет завтракать, и со слезами на глазах предаваясь грезам. К тому же она застенчиво обнимала Джой за столом, что показалось Сабине лишним, хотя миссис X. сказала после, как это замечательно, что они снова стали друзьями, в особенности по прошествии всех этих лет. Сабину по-прежнему смущало то, как испугана она была при рождении ребенка и как все они цеплялись друг за друга, и теперь решила относиться ко всему хладнокровно. Это всего-навсего ребенок, говорила она им. Ее сильно раздражало, как мать с бабкой обмениваются взглядами и ухмыляются в ответ на ее слова, словно всегда относились к ней с пониманием и знали, что она делает.

Тем не менее кое-что Кейт уловила правильно. Несколько дней спустя она зашла в комнату Сабины, когда та переодевалась, и, сидя на кровати дочери, напрямик спросила, хочет ли она остаться в Ирландии или вернуться в Англию. Сабина, снимая через голову толстый голубой свитер, втайне радуясь, что не видит лица матери, промычала через слой шерсти, что ей вполне нравится Ирландия и она может с тем же успехом сдать здесь следующие экзамены. К ее удивлению, Кейт не стала плакать, а бодрым голосом объявила, что если Сабина этого хочет, то так они и сделают. Потом она ушла. Никакого самокопания, никакого занудства насчет того, как она хочет стать ее другом и хочет, чтобы они были счастливы, и все такое прочее. Все по существу. Сабина очень удивилась, когда, сняв свитер, увидела, что мать уже ушла.

Потом, через пару дней, когда они были одни в гостиной, Кейт спросила Сабину, как она отнесется к тому, если они продадут дом в Хакни и переедут сюда, чтобы постоянно быть рядом с бабушкой. «Хочешь сказать, быть рядом с Томом», — подумала Сабина, но, очень удивившись, что с ее мнением считаются, не стала злиться.

— Я подумала, мы можем купить один из коттеджей в поселке, — продолжала Кейт. Такой бодрой Сабина ее давно не видела. — Где-то поблизости. С двумя спальнями. От продажи дома в Лондоне у нас много останется. Не вижу причины, почему я не смогу работать здесь. Интересно будет выбирать новый дом.

Вдруг сжавшись, Сабина хотела спросить ее, переедет ли к ним Том, но Кейт опередила ее:

— Пока Том останется у себя. В нашей семье и так хватает перемен. Но если не возражаешь, он будет проводить с нами много времени.

— А в чем дело? Разве он не захочет переехать? — спросила Сабина, стараясь, чтобы ее голос не прозвучал насмешливо.

Похоже, история повторялась.

— Я еще не спрашивала его, дорогая, — ответила Кейт. — Пожалуй, нам с тобой пора немного повеселиться вместе. — Потом добавила: — И мы обе знаем, где его найти, верно?

Джой тоже одобрила новость про маму с Томом. Сабина очень осторожно сказала об этом бабушке, ожидая услышать какое-нибудь резкое неодобрительное замечание. Но Джой, которая, похоже, уже знала об этом, даже не подняла глаз от «Лошади и гончей», сказав, что Том хороший человек и она не сомневается, он отдает себе отчет в собственных поступках.

Как сообразила впоследствии Сабина, бабушка не сказала того же про Кейт, но, по словам миссис Х., невозможно иметь все.

Между тем, когда Сабина сообщила Бобби, что остается, он отпустил какую-то пошлую шуточку насчет того, что она-де не может покинуть его. Но когда Сабине удалось заткнуть его на пять минут, Бобби сказал, что она здорово повеселится, познакомившись с теми, кого он назвал остальной частью банды. И Бобби рассказал ей про бал охотников, который состоится через две недели, туда они могут пойти, и про вечеринку в Адамстауне в эти выходные, где выступит живая группа и будет очень весело. Бобби действительно казался очень довольным. Сабине не хотелось рассказывать, что она задумала подкатить к его старшему брату.

Эдвард Баллантайн умер через три недели после рождения Ройзин Коннолли, тихо угаснув в промежутке между дневными новостями и первым сериалом Линды. Все в порядке, как сказала потом Линда миссис Х. На случай таких обстоятельств у нее всегда были видео серий для домашнего просмотра. После этого миссис Х. почти с ней не разговаривала.

Сабина, вернувшись после прогулки верхом с Бобби, была безутешна, обвиняя себя в том, что дед умер один, хотя последнее время он почти не приходил в себя. Но Джой впустила ее к нему в комнату и села вместе с ней у кровати, обнимая, пока внучка плакала. Сабина согласилась с бабушкой, что теперь у него более умиротворенный вид. Во всяком случае, то, что осталось от деда, а казалось, что осталось от него лишь это безмятежное, осунувшееся старческое лицо и почти холодные руки, лежащие на алом покрывале как напоминание о другой жизни. Сабина на миг подумала о том, как впервые прикоснулась к руке Тома, но его рука, пусть неживая, была заряжена его жизненной энергией. Руки деда напоминали пыльные, высохшие музейные экспонаты, несущие на себе лишь отдаленные отголоски минувших времен.

— Не надо было заставлять Сабину сидеть с ним, — сказала Кейт, которая все это время с бледным, сумрачным лицом ждала в коридоре. — У нее будут ночные кошмары.

— Чепуха, — ответила на удивление спокойная Джой, глядя на дочь сухими глазами. — Он ее дедушка. Она имеет право попрощаться с ним. Тебе тоже неплохо было бы с ним попрощаться.

Но Кейт, прижав ладони к лицу, на пару часов исчезла в своей комнате.

В тот же вечер приехали Кристофер и Джулия в черном платье. Джулия то и дело принималась плакать, и Джой приходилось без конца ее утешать.

— Не могу этого вынести, — говорила Джулия, рыдая в плечо старой женщины. — Я плохо переношу смерть.

Миссис Х. неодобрительно заметила, что все плохо ее переносят. К тому же Джулия при любой возможности старалась сказать Джой, что она понимает ее чувства. В конце концов, она менее года назад потеряла Мамзель.

Между тем бледный Кристофер был сам похож на покойника и говорил невнятно, будто у него каша во рту. Когда Кейт спустилась вниз, брат неловко похлопал ее по спине и сказал: он надеется на то, что у них не возникнет проблем. Сабина догадалась: Кристофер говорит о мебели с ярлыками, но Кейт ответила, что предоставит все решать маме. Ведь это ее дом. Ее вещи. И ни один из них не испытывает каких-либо финансовых трудностей. Кивнув, Кристофер, к обоюдному удовлетворению обоих, оставил Кейт в покое.

Джой занялась приготовлениями к похоронам, отклоняя предложения о помощи, но не в той жесткой и резкой манере, какая была ей присуща. Оставаясь очень энергичной, она стала мягче и немного задумчивой.

— Она позже осознает утрату, — горестно фыркнула Джулия, наблюдая, как Джой выходит из гостиной, где они сидели после ужина. — Запоздалая скорбь — вот что это такое. Только когда мы похоронили Мамзель, до меня все дошло.

Но если печаль и пришла, то Джой не показывала ее. А Линда едва ли не оскорбилась недостатком истерии в доме Баллантайнов.

— У меня на всякий случай есть успокоительное. Скажите только слово, — говорила она любому проходящему мимо. Сама же собирала перед уходом свои вещи.

В конце концов Джулия взяла одну таблетку. Позже она призналась Кейт, что особо в ней не нуждалась. Просто Джулия считала это правильным. Ей не хотелось, чтобы Линда рассказывала всем в Уэксфорде, будто Баллантайнам на все наплевать.

Вопреки прямо противоположному впечатлению Джулии, Сабина была потрясена печалью матери по поводу смерти деда. Не ее обычная, раздражающая и показная печаль, которая проявлялась в слезах, всклокоченных волосах и размазанной туши. Это разозлило бы Сабину: она чувствовала, что имеет больше прав на скорбь по деду, чем ее мать. Кейт действительно поражала бледностью и тихой печалью, и когда Сабина увидела, как у летнего домика ее сочувственно обнимает Том, то не разозлилась, а даже обрадовалась, что кто-то пытается помочь в беде. Сабина по-прежнему с трудом выносила физический контакт с матерью и старалась уклониться от объятий, но так, чтобы не обидеть ее.

Однако на Сабину сильно повлияла материнская печаль, и она два дня прорыдала, но потом ей стало лучше. У матери был необычный, немного разочарованный вид, словно она борется с чувствами, которые не в силах передать.

— Как это вышло, что ты так горюешь по деду? — в конце концов спросила Сабина, когда они сидели в кабинете, молча разбирая последние две коробки.

В этой комнате теперь не осталось ничего, кроме пустых полок и выцветших обоев. Здесь намечался косметический ремонт и собирались сделать спальню. Кристофер сказал, что, будучи одной из немногих пустых сухих комнат в доме, она должна эффективно использоваться, возможно, как «номер плюс завтрак». В конце концов, теперь, когда Энни с Патриком закроют свою гостиницу, в бизнесе может образоваться прореха. «Не волнуйся, — ответила миссис Х. на возмущенный ответ Сабины. — Она быстро всех отпугнет». Итак, Сабина с матерью совместно взялись за разборку последних коробок в кабинете. Сабина, отобрав любимые фотографии, теперь разбирала оставшиеся письма, втайне надеясь найти по-настоящему пикантное любовное письмо. Кейт предложила фотографии, собранные в хронологическом порядке, вставить в альбом с кожаной обложкой и подарить бабушке. Во всяком случае, бо́льшую часть фотографий.

— Не хочу показаться грубой и все такое, но ты вроде мало о нем говорила, когда он был живой.

Сабина смотрела на мать, понимая, что произнесенные вслух слова звучат более резко, чем звучали у нее в голове.

Кейт закрыла крышкой прочную коричневую коробку и с минуту молчала, смахивая с носа пыль.

— Было такое... — начала она и снова замолчала. — Наверное, мне просто хотелось бы, чтобы мы с папой лучше понимали друг друга. Но теперь уже слишком поздно. Это вызывает во мне отчасти досаду, отчасти грусть.

Сабина оперлась на письменный стол, вертя в пальцах старую ручку и не зная, что ответить.

Кейт повернулась к ней:

— Очень жаль, что мы упустили шанс на всю жизнь стать хорошими друзьями. Мы перестали быть близкими друзьями, когда я была чуть старше тебя.

— Почему?

— Ах, обычные дела. Он не одобрял стиль моей жизни. И стал строже, когда появилась ты. Но он все равно любил тебя, — поспешно добавила она.

— Знаю, — пожала плечами Сабина.

Она надеялась, что под конец жизни дед любил ее больше всех.

Некоторое время они сидели молча. Сабина перебирала выцветшие бумаги, читая только те, которые были написаны от руки. Было много почтовых открыток, адресованных Кейт и Кристоферу и написанных теперь уже знакомым, угловатым почерком деда. Там он называл имена кораблей, на которых плавал, и описывал погоду разных мест. Похоже, он на время пропал после рождения Кейт, но Сабина не нашла ни одного письма, адресованного бабушке.

Кейт сидела, задумчиво глядя в окно.

— Припоминаю, каким ласковым папа был со мной, когда я была маленькой, — произнесла она в тишине, и Сабина вскинула на нее глаза. — Он всегда брал нас с собой в разные места — на верфи, к нему на работу, на Пик, на маленькие острова вокруг Гонконга, чтобы мы с Кристофером увидели мир. Знаешь, он был хорошим отцом.

Сабина взглянула на мать, заметив, что та как будто немного оправдывается.

— Он был нормальный. Для старикана. — Сабина постаралась скрыть подвох в голосе. Ей по-прежнему было трудно говорить о нем.

— Наверное, мне хотелось бы, чтобы он гордился мной, — с грустью произнесла Кейт. — Тяжело, когда чувствуешь, что в глазах близких делаешь все не так. — Она взглянула на дочь, и на ее губах заиграла улыбка. — Да, хочешь верь, хочешь нет — даже в моем возрасте.

Сабина некоторое время смотрела на мать. Потом протянула к ней руку.

— Я не считаю, что ты все делаешь не так, — начала она тихим голосом, словно выдавала чей-то секрет. — Я знаю, что иногда не очень хорошо с тобой обхожусь, но думаю, ты нормальная мама. В целом. То есть я знаю, ты любишь меня и все такое. А это важно. — Сабина покраснела. — И готова поспорить, дед тобой гордился, — продолжала она. — Спорим, гордился, правда. Просто не показывал этого. В смысле эмоций они не очень сильны, бабушка и дед. Не так, как мы с тобой. Честно. — Она сжала руку матери. — Я знаю.

Снизу раздался пронзительный голос Джулии, которая помогала миссис Х. подготовить гостиную к поминкам. Был слышен скрежет передвигаемой мебели, потом последовала пауза, во время которой Джулия, очевидно, опять зарыдала.

Кейт взглянула на руку дочери, подняла глаза и медленно улыбнулась.

— Наверное, ты права, — ответила она.

Эдварда Баллантайна хоронили в такой дождливый день, что все дороги вокруг кладбища затопило, и небольшие группы приглашенных на похороны пробирались к могиле по щиколотку в воде. К всеобщему облегчению, кладбище располагалось на пригорке. Дождь лил непрерывно уже два дня, превращая небеса в мокрый пепел, а траву в слякоть и скрывая многочисленные букеты под запотевшим защитным целлофаном. Несколько стариков из деревни, укрывшись в нефе маленькой церкви, ворчали по поводу скверной погоды, бормотали что-то про знамения и символы, но Джой, не обращая внимания на мокрые туфли, непонятно улыбалась самой себе и говорила недовольным, что считает погоду подходящей. Она обыденным тоном велела Сабине пойти и надеть резиновые сапоги, если хочет, и ее внучка, плача на первых в ее жизни похоронах, очень удивилась и спросила мать, все ли в порядке с бабушкой.

— Вспомни, что ты говорила мне. Про эмоции, — прошептала Кейт, и Сабина, поразмыслив немного, успокоилась.

Народу пришло много. Удивительно, право, сказала из-под зонта миссис Х., учитывая то, каким грубым бывал мистер Баллантайн в то или иное время с большинством сельчан. Но Том, рука об руку с Кейт, прошептал, что люди понимают, что к чему. К тому же дело в уважении, сказал он Кейт, которая тоже удивлялась числу пришедших в церковь. Некоторые не проявляли восторга по поводу того, что Эдвард Баллантайн и его семья сделали для охоты, но все же пришли ради Джой.

— Это все происхождение. Хорошее воспитание видно сразу, — тихо произнес Том и сжал руку Кейт.

— Хорошие поминки видны сразу, — пробормотала миссис Х., купившая по указанию Джой два окорока, коробку семги и алкоголь, которого, по словам Кристофера, хватило бы, чтобы потопить небольшое судно.

За их спинами уже чувствовался подъем в настроении приглашенных сельчан, отдаленный, но явственный гул голосов, когда, выполнив свой долг, люди ожидали застолья в большом доме.

Кейт спряталась под зонтом Тома, чувствуя себя немного неловко в новом черном пальто и радуясь, что дождь смоет следы слез. Она поняла, что не может долго сердиться на отца, об этом побеспокоилась ее мать. «Это свойственно людям», — твердо сказала

Джой, хватая морщинистыми руками руки дочери, когда та злилась на старика в день его смерти. Такой же была и Кейт. И кстати, добавила Джой, на месте Кейт она бы не сердилась.

Но это означало, что Кейт оставалось лишь сожалеть и скорбеть о кончине отца. А также испытывать чувство вины, что она не сумела перебросить хрупкий мостик через зияющую пропасть, чересчур долго разделявшую два поколения ее семьи.

— За тебя это сделала Сабина, — сказал Том. — Радуйся этому.

Но радоваться было еще рано.

Под неумолчный шорох дождя монотонно звучал голос викария, вещая о прахе и тлене. За их спинами громко зарыдала Джулия, и Кристофер, извинившись, увел жену. На полпути до Килкарриона слышались ее протестующие вопли о том, что она не может этого вынести.

Остальные приглашенные восприняли это как сигнал и стали отделяться от толпы, стоящей у могилы, поодиночке и парами, вышагивая под разномастными зонтами. Патрик и Энни с ребенком, которого она прижимала к груди, задержались. Патрик навис над женой, как медведь-защитник.

— Дайте знать, чем я могу помочь, — сказала Энни, обращаясь к Джой в тот момент, когда викарий, прикоснувшись к ее руке и кивнув на прощание, поспешно направился под своды церкви, придерживая полы намокшей сутаны. — Я серьезно, миссис Баллантайн. Вы так много для меня сделали.

— Ты очень добра, Энни, — ответила Джой, по зонту которой стекали потоки воды. — Обязательно.

— Знаешь, она не станет просить, — ласково проговорила Энни, когда они с Патриком медленно пошли прочь. — Эта женщина упряма, как мул.

У могилы молча остались стоять Том, Кейт, Сабина и Джой — высокая, худощавая фигура в черном костюме, модном примерно в конце 1950-х.

Том повернулся к уходящим Патрику и Энни, очевидно решив, что его место рядом с ними, но сначала подтолкнул Кейт к матери. Но Кейт расплакалась при виде прямой черной спины, и Сабина сделала Тому знак, чтобы увел ее. Если бабушка расстроена, то меньше всего ей надо, чтобы Кейт оплакивала ее.

Джой, не обращая внимания на слякоть, в которой утопали ее туфли, и глядя невидящими глазами, стояла подле кучи темной земли, заваленной цветами. Ей хотелось бы поплакать, но ее смущало присутствие всех этих глазеющих людей. Она понимала, что, вероятно, разочаровала их тем, что не плакала. Но дело было в том, что ей стало лучше, как будто огромная туча унеслась прочь.

Едва признав это, Джой мысленно обратилась к Эдварду: «Прости, дорогой. Ты знаешь, я не хотела тебя обидеть». Теперь, когда муж ушел, ей стало легче с ним разговаривать, как будто, не видя его страданий и немощи, физического напоминания об их прежней жизни, она обрела свободу снова любить его. Джой понимала, что окружающих удивляет ее невозмутимость, а Джулия, миссис X. и все остальные ходят вокруг нее на цыпочках, думая, что это затишье перед бурей и все случится вечером, на поминках, когда ее сразит горе.

Джой мысленно сказала мужу, что может это сделать, просто чтобы порадовать их. Она хотела устроить ему хорошие проводы, да, но не хотела слишком долго разыгрывать из себя хозяйку, доставлять удовольствие малознакомым гостям. Она по-прежнему не любила званые вечера, даже теперь.

Эдвард понял бы это.

Джой заморгала, вдруг сообразив, что выпустила зонтик из рук, и теперь по ее спине лилась вода. Она посмотрела на небо, рассеянно размышляя о том, расширится ли светлая полоска, потом повернулась и увидела рядом Сабину. Внучка заботливо смотрела ей в лицо распухшими от слез глазами, потом решительно просунула свою руку под руку бабушки.

— Ты в порядке? — спросила она.

— Все нормально, Сабина.

Джой уставилась на то место, где под землей лежал гроб. Казалось, он не имеет никакого отношения к Эдварду.

— Тебе грустно?

Джой улыбнулась. На минуту задумалась.

— Нет, дорогая, не очень. — Она тяжело вздохнула. — Думаю, твой дедушка был готов уйти. Он всю жизнь был очень активным, и ему не нравилось сидеть без дела. Я не стала бы желать ему жить дольше, чем он жил.

— Но разве ты не будешь скучать по нему?

Джой ответила не сразу:

— Конечно буду. Но у нас с твоим дедом были чудесные времена. И они останутся со мной навсегда.

Сабину, казалось, устроил этот ответ.

— И наверное, тебе не придется больше о нем волноваться, — предположила она.

— Да. И никому из нас не придется.

Небо немного светлело. Дождь лился уже тонкими струями, словно потеряв уверенность в собственном неоспоримом праве все затоплять и намечая следующий пункт назначения. Две женские фигуры повернулись и начали спускаться с холма.

— У меня для тебя кое-что есть, — сказала вдруг Сабина, засунув руку в карман. — Это было в последней коробке с бумагами в кабинете. Я подумала, сегодня тебе надо на это взглянуть. То есть я ничего не понимаю в религиозных делах, но миссис Х. говорит, что чтение Библии... ну, в такие времена успокаивает.

Сабина протянула бабушке листок бумаги, написанный от руки и выцветший от времени. Чтобы листок не намок, пришлось держать его под зонтом, но все-таки вода попала на пару слов, и старые чернила растеклись крошечными синими завитушками.

...что при содействии Его божественной благодати ты сможешь править, охраняя вверенные твоему попечению народы в богатстве, мире и благочестии, и по прошествии долгого и славного правления светским королевством в мудром, справедливом и религиозном духе ты сможешь наконец войти в Царствие Небесное через Господа Нашего Иисуса Христа. Аминь.

— Это твой почерк, и я подумала, это может для тебя что-то значить. Так? То есть это религиозное письмо? Я знаю, ты не очень религиозна и все такое, но я подумала, это может подойти для дедушки.

Джой стояла, не сводя взгляда с маленького кусочка бумаги, размягченного и потемневшего от водяных капель, и чувствуя, что у нее стоит ком в горле.

— Это же ты писала, — немного обиженно произнесла Сабина.

— Да, я писала. И это похоже на религиозное послание, — хриплым голосом ответила Джой. — Но, да. По сути дела, оно... оно очень подходит. Большое тебе спасибо.

Сабина с одобрением улыбнулась, ее юное лицо очистилось от печали, как небо от туч.

— Хорошо. Я же говорила, что плохо разбираюсь в этих делах, — сказала она.

Потом, взявшись за руки и ступая нетвердой походкой по неровной земле, старая женщина и ее внучка пошлепали по лужам к дому.

Благодарности

Эта книга не была бы написана, если бы не ясная память моей бабки Бетти Макки, чьи красочные воспоминания о ее романе с моим покойным дедом Эриком я бесстыдно разграбила, чтобы создать собственных персонажей. Мне бы хотелось поблагодарить Стивена Рэбсона из архивного отдела «P&O» за то, что помог мне нарисовать живую картину жизни на борту судна в 1950-е, а также Петера Ван дер Мерве и Николаса Дж. Эванса из Национального морского музея в Лондоне за их помощь в области истории флота. Благодарю также Брайана Сандерса за его воспоминания о Суэцком канале и Джоан Прайс за ознакомление с Уэксфордской насыпью.

Выражаю искреннюю признательность Джо Франку из «AP Watt» за издание моей книги и за поддержку, советы и наши грандиозные обеды, которые привели к этому. Я не менее признательна Каролин Мэйс и команде «Hodder» за их мастерство, а также Вики Каббит за ее неиссякаемый энтузиазм.

Я бесконечно благодарна Ане Уоддингтон и Пенелопе Дан за их советы и за то, что никогда не поднимали брови, если я писала им что-то типа: «...хотелось бы, чтобы Вы взглянули на это». Благодарю также Дэвида Листера и Майка Маккарти из «Independent», а также Кена Виву за их щедрость и поддержку в наших совместных литературных авантюрах. Удачи вам со следующими, ребята.

Спасибо моим родителям Джиму Мойесу и Лиззи Сэндерс за то, что передали мне если и не способность к сочинительству, то определенную своенравную решимость. Но больше всего благодарю моего мужа Чарльза за то, что, не жалуясь, ухаживал за детьми и верил в то, что я смогу довести это дело до конца. Благодарю его и всех, кому сильно докучала своими идеями по поводу новых историй.

Мойес Дж.

М74 Счастливые шаги под дождем : роман / Джоджо Мойес ; пер. с англ. И. Иванченко. — М. : Иностранка, Азбука-Аттикус, 2017. — 480 с.
ISBN 978-5-389-09785-8

Незабываемая и трогательная история женщин трех поколений, связанных нерасторжимыми узами.

Отношения между Джой и Кейт, матерью и дочерью, далеки от идеала, и Кейт, пытаясь устроить личную жизнь, бежит из дому. Поклявшись себе, что, если у нее когда-нибудь будет дочь, уж она, Кейт, станет ей лучшей подругой и они никогда не разлучатся. Но история повторяется. Сабина, дочь Кейт, выросла упрямой и дерзкой, она с презрением относится к своей матери из-за череды любовных неудач Кейт. И вот обстоятельства складываются так, что Сабина приезжает к своей бабушке Джой. Джой, никогда не видевшая внучку, поначалу безмерно рада ее приезду. Но между ними слишком мало общего. И вот уже возникает конфликт, который только усиливается, когда в доме появляется Кейт и на свет вылезают старые, казалось, давно похороненные семейные тайны.

Смогут ли героини залечить душевные раны? Смогут ли снова поверить в любовь?

УДК 821.111
ББК 84(4Вел)-44

Литературно-художественное издание

ДЖОДЖО МОЙЕС
СЧАСТЛИВЫЕ ШАГИ ПОД ДОЖДЕМ

Ответственный редактор Ольга Рейнгеверц
Редактор Алла Косакова
Художественный редактор Виктория Манацкова
Технический редактор Татьяна Тихомирова
Компьютерная верстка Светланы Шведовой
Корректоры Татьяна Бородулина, Лариса Ершова

Подписано в печать 28.12.2016. Формат 84×100 1/32.
Печать офсетная. Тираж 5000 экз. Усл. печ. л. 23,4. Заказ №2243.

Знак информационной продукции
(Федеральный закон № 436-ФЗ от 29.12.2010 г.):   16+

ООО «Издательская Группа „Азбука-Аттикус"» —
обладатель товарного знака «Издательство Иностранка»
119334, г. Москва, 5-й Донской проезд, д. 15, стр. 4

Филиал ООО «Издательская Группа „Азбука-Аттикус"»
в Санкт-Петербурге
191123, г. Санкт-Петербург, Воскресенская наб., д. 12, лит. А

ЧП «Издательство „Махаон-Украина"»
04073, г. Киев, Московский пр., д. 6 (2-й этаж)

Отпечатано в ООО «Тульская типография»
300026, г. Тула, пр. Ленина, 109

ПО ВОПРОСАМ РАСПРОСТРАНЕНИЯ ОБРАЩАЙТЕСЬ:

В Москве: ООО «Издательская Группа „Азбука-Аттикус"»
Тел.: (495) 933-76-01, факс: (495) 933-76-19
E-mail: sales@atticus-group.ru; info@azbooka-m.ru

В Санкт-Петербурге: Филиал ООО «Издательская Группа „Азбука-Аттикус"»
Тел.: (812) 327-04-55, факс: (812) 327-01-60
E-mail: trade@azbooka.spb.ru; atticus@azbooka.spb.ru

В Киеве: ЧП «Издательство „Махаон-Украина"»
Тел./факс: (044) 490-99-01. E-mail: sale@machaon.kiev.ua

Информация о новинках и планах
на сайтах: www.azbooka.ru, www.atticus-group.ru

Информация по вопросам приема рукописей и творческого сотрудничества
размещена по адресу: www.azbooka.ru/new_authors/

HJJM1781404R